【陳巨鎖 編著】

隱堂師友百札

姚奠中題

山西出版傳媒集團
三晉出版社

圖書在版編目（CIP）數據

隱堂師友百札／陳巨鎖編著．—太原：三晉出版社，2010.10

ISBN 978-7-5457-0304-7

Ⅰ. ①隱… Ⅱ. ①隱… Ⅲ. ①書信集—中國—當代
Ⅳ. ① I267.5

中國版本圖書館 CIP 數據核字（2010）第 208451 號

隱堂師友百札

編　　著	陳巨鎖	網　　址	http://sjs.sxpmg.com
責任編輯	張繼紅	經 銷 者	新華書店
裝幀設計	冀小利	承 印 者	山西新華印業有限公司
出 版 社	山西出版傳媒集團·三晉出版社	開　　本	889mm × 1194mm　1/16
地　　址	太原市建設南路21號	印　　張	14.5
郵　　編	030012	字　　數	300 千字
電　　話	0351-4922268（發行中心）	版　　次	2010年11月　第1版
	0351-4956036（綜合辦）	印　　次	2010年11月　第1次印刷
	0351-4922203（印制部）	書　　號	ISBN 978-7-5457-0304-7
E-mail	sj@sxpmg.com	定　　價	捌拾圓

自序

上小學時，就學過如何寫生活應用文一類的文章。此後，家中有事時，祖母便讓我給四十里外原平鎮上經營生意的祖父寫信。信是祖母口述，由我來執筆的。家居山村，其時，村中尚無郵政所的設置，信則需託人吉便捎帶，有所謂『捎書帶信』者也。我會寫信了，祖父自是十分高興，然而每去信，祖父總會把信中的錯别字指出來，讓我很是難爲情，此舉促使我在日後的學習中更加認真起來。有時，鄰居也讓我代筆寫信，竟做起了『小先生』。祖母也爲此很有幾分快慰。

祖父晚年，身體欠佳，經濟也甚拮據，家人節衣縮食，供我上大學，我心頗感不安。而祖父總是經常寫信要我安心讀書，完成學業，不要爲家中的事分心。很遺憾，這些信一封也没有保存下來，而祖父對我做人和治學的教導，數十年來，則一刻也不曾忘却。即使信中的一些瑣屑，如『放置在窗臺上的洋綉球，已經努出了骨朵，不久就會開放的』，我也記得清楚。這寥寥二十餘字，讓我感到了温暖，也令我的心境充溢着愉悦。

自幼喜好書畫，在大學時，我專修國畫，兼及書法。于書法上，尤喜王右軍、蘇東坡、米襄陽、趙子昂之書簡法帖，凡能看到者，莫不摹寫，以至于當時摹寫的習作盈床叠架，遺憾的是當時的摹本，在十年浩劫中，皆付諸一炬。所幸撥亂反正後，書法事業蓬勃發展，歷代簡札競相出版，隱堂之中，庋藏印品，也復不少。閑暇中，翻閲展對，揣摩欣賞。賞心悦目者，不獨法書娟美，文字亦多精妙，一卷在手，情趣無窮，此中况味，非認真品讀者，似不能有深切之感受和領略。

中年後竟竿列書家行列，作字雖爲餘事，因之愛好，與當代書壇大家前輩，也偶有請益過從。在文聯工作之餘，也曾應邀爲出版社編選書法圖書，爲風景名勝區與建碑林而徵集稿件，遂與各地書家有了更多往來。承蒙不棄，得諸稿件之同時，兼得書札多多。數十年間，隱堂中所積函札多以數千計，乃擇其要者，理爲專集、手卷、册頁十數種；尚有捆集、堆壓者，一時不能理出頭緒來；也有理爲一處，擬珍藏什襲者，如吾師趙延緒先生之函札，方到用時，却遍覓不得，竟不知藏諸何處了。

如今時代進化，書信爲手機、網絡所代替，便捷是便捷了，而函札一道，也有隨之而消失之虞，曾爲中國書法藝術重要的表現形式的書札，也將退出歷史舞臺。或有以書札形式進行書法創作的書家，其作品當是矯揉造作的僞書札了。每想到此，如我等好書札者，當會生發出一絲若有所失的惆悵來，故而從集藏中，撿出百餘位師友的部分函件，影印出版，也是我對書札藝術的一種留戀和紀念吧。

此集隱堂師友百札，以前輩書札爲多。一者，前輩中，故去者多，其書札，當不會再生，以此也算是一種懷念；再者，前輩書家的函札，各具風采，從書法到文字，都有可供我們學習和借鑒之處。在中青年友朋中，我也收藏着他們不少的函札，衹因此集篇幅所限，他們寫給我的信札，將是選編續集時的主要内容了。

在簡札的編選過程中，面對其中一些十幾年乃至幾十年以前的舊物，人雖物化，而紙墨猶新，睹物思人，頓覺又與前輩先生晤言一室之内、謦欬相接，如坐春風，豈不欣欣然而快哉。集既成，摘録舊作『懷人之什』廿餘篇，以附書尾。讀者諸君，或因此拙文，發一遐想，想見前輩先生，予我等種種功德，當感而戴之，亦仰而敬之。

陳巨鎖　二零一零年五月十四日于隱堂

目錄

隱堂師友百札

隱堂師友雜憶

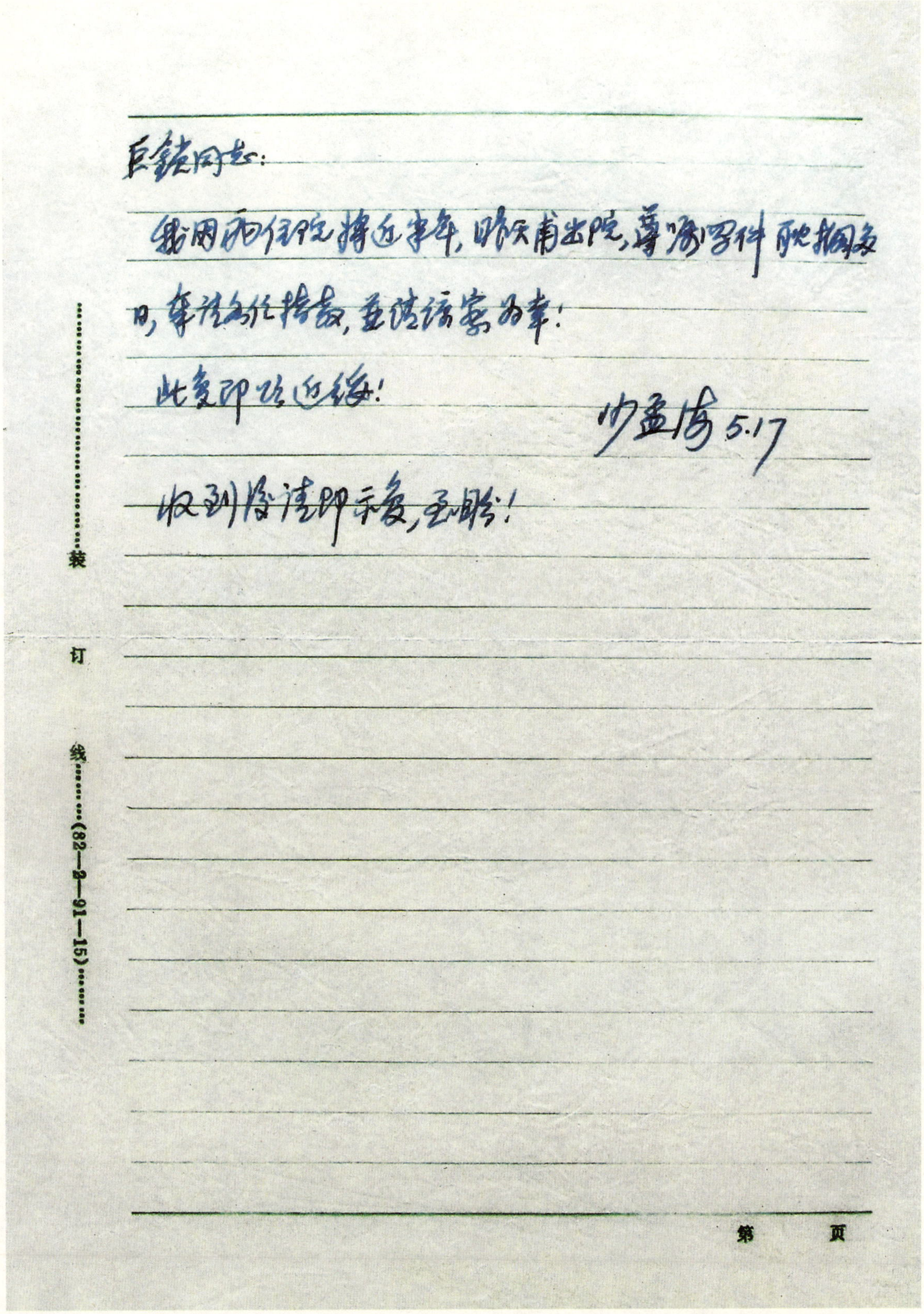
巨鎔同志：
我因病住院将近半年，昨天甫出院，尊嘱写件耽搁多日，无法为你措手，並请谅察为幸！
此复即颂近绥！
沙孟海 5.17
收到隐堂印存，至谢！

装订线（82—2—91—15）
第　页

沙孟海，一九零零年生，一九九二年卒。浙江鄞縣人。字文若，别名石荒、沙村等。學者，書法家。

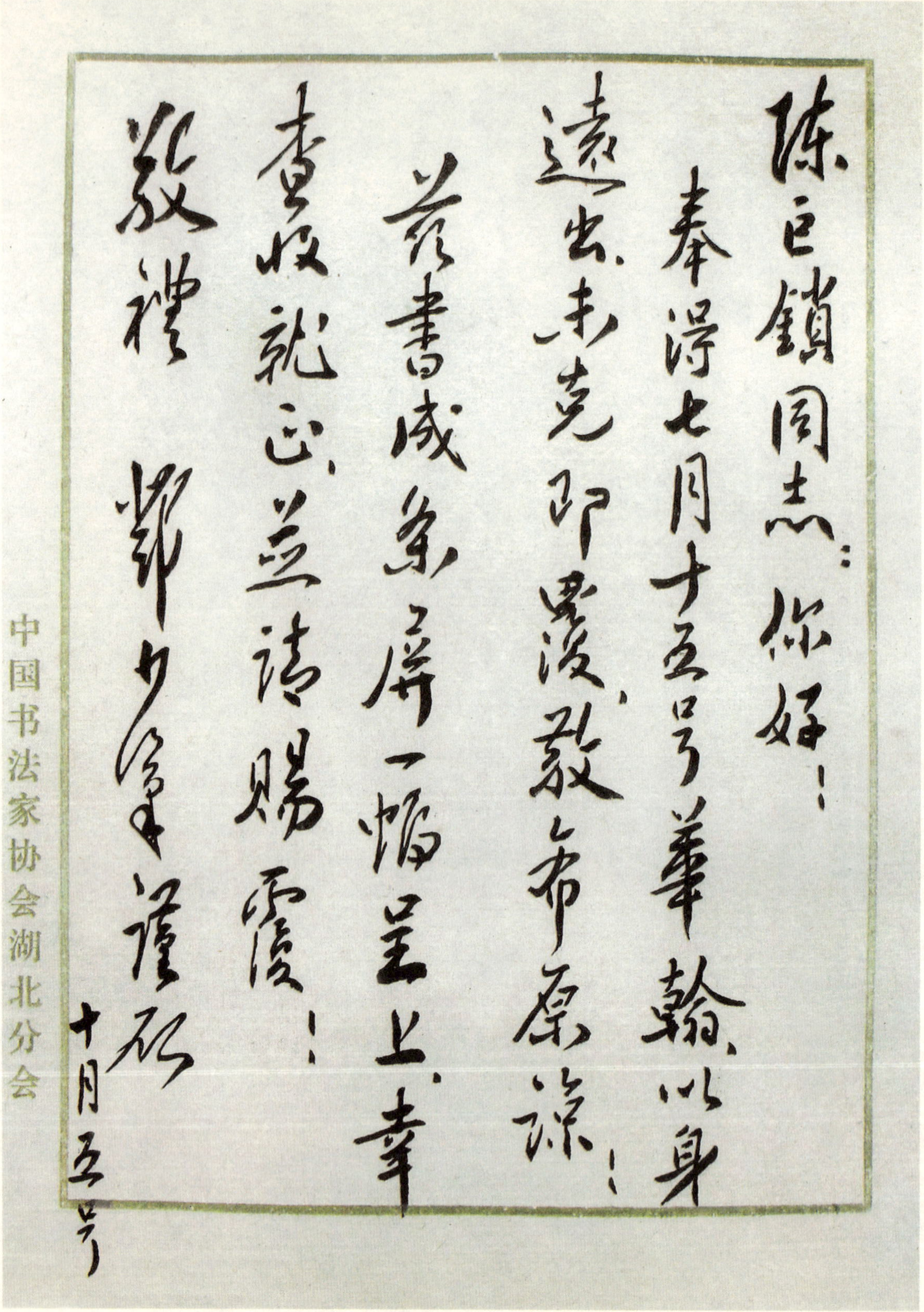

陈巨锁同志：你好！

奉得七月十五号華翰，以身遠出，未克即覆，敬希原諒！茲書成条屏一幅呈上，幸查收就正，並請賜覆！

敬禮

鄧少峰謹啟

十月五号

中国书法家协会湖北分会

鄧少峰，一九零二年生，一九八六年卒。湖北漢口人。名璧，字上翁。書畫篆刻家。

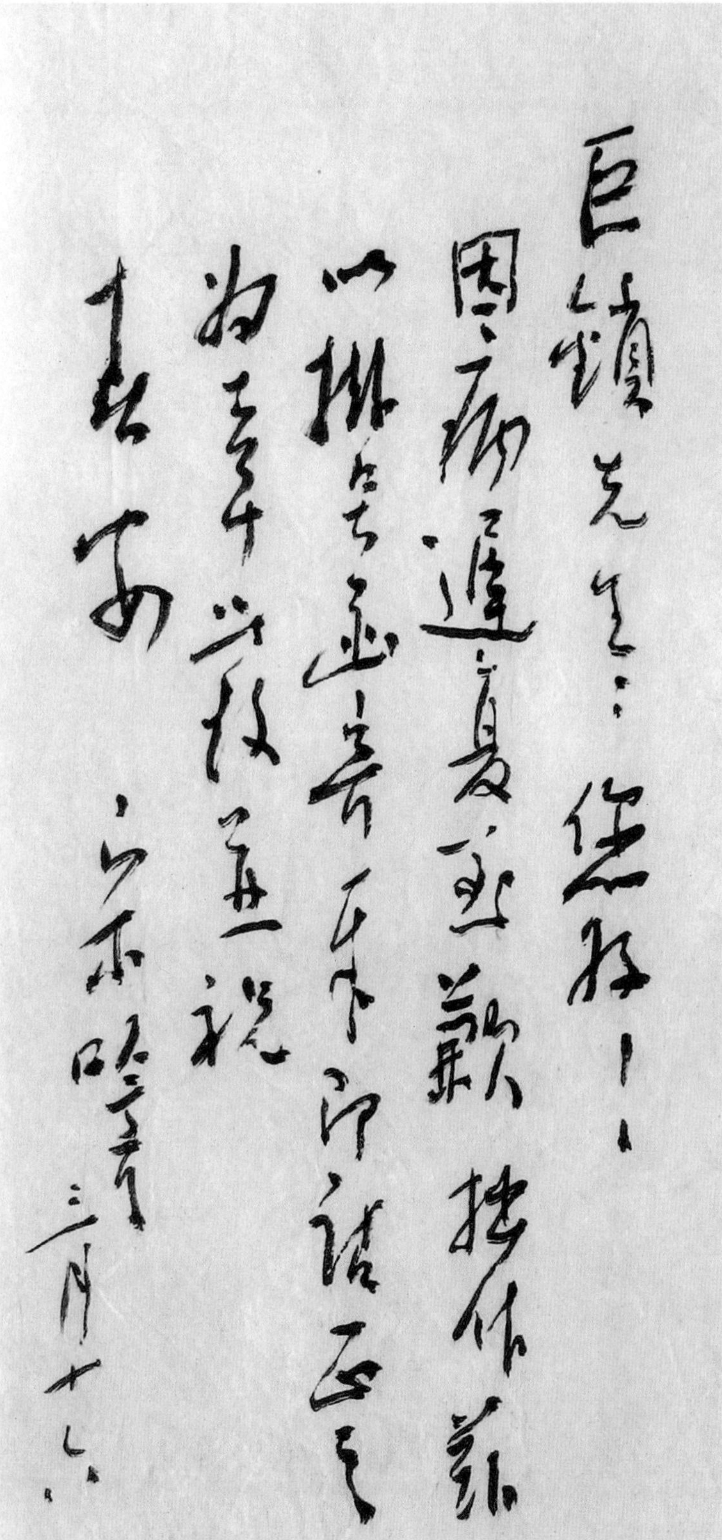
巨鑽先生：您好！！
因病遲復爲歉，拙作[illegible]
以[illegible]先函[illegible]寄去，不知可否，請正之。
爲[illegible][illegible][illegible][illegible][illegible][illegible]並祝
春安
宋吟可
三月十七。

宋吟可，一九零二年生，一九九一年卒。江蘇南京人。畫家。

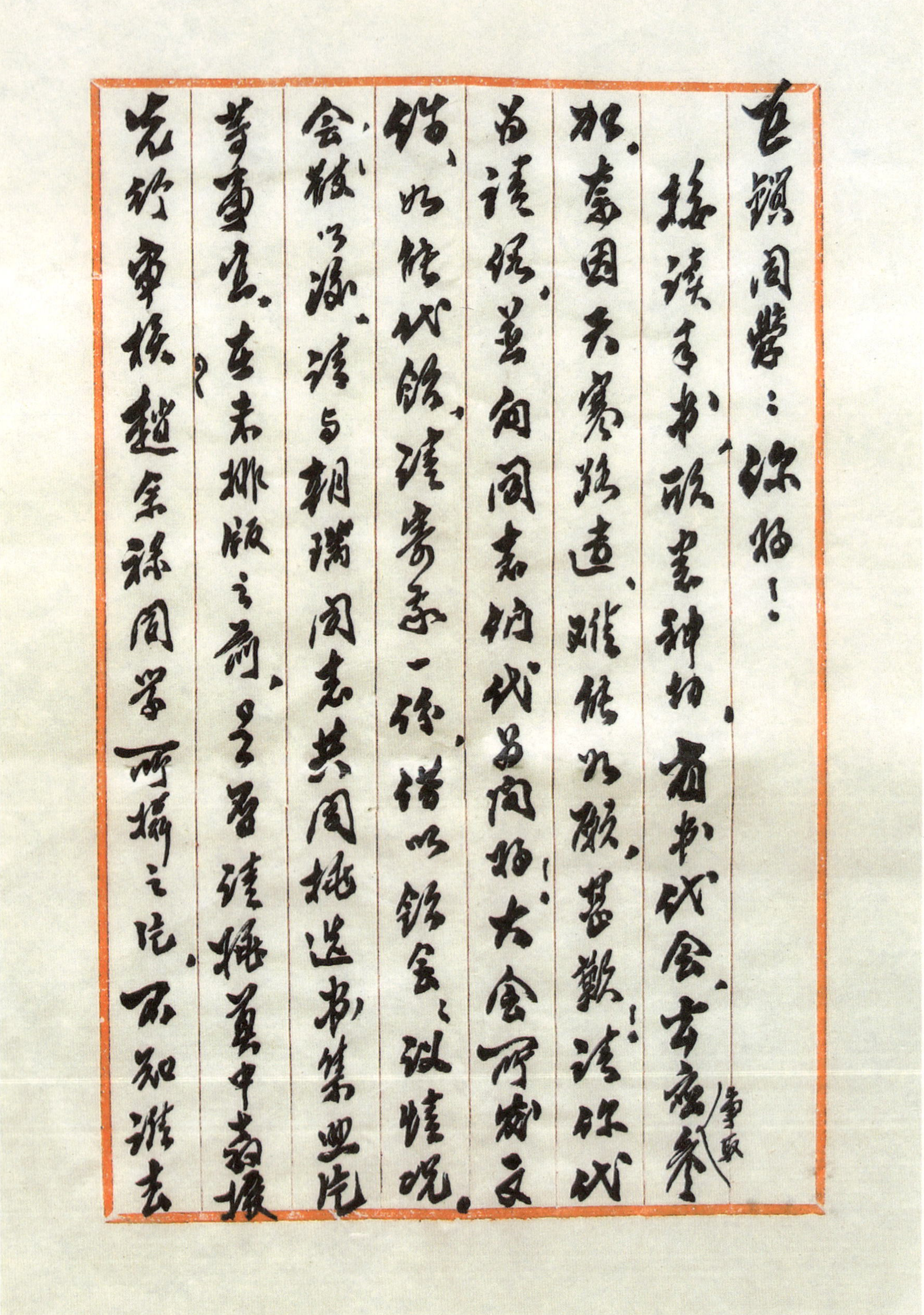

段體禮，一九零二年生，一九九二年卒。山西原平人。字子敬。書畫家。

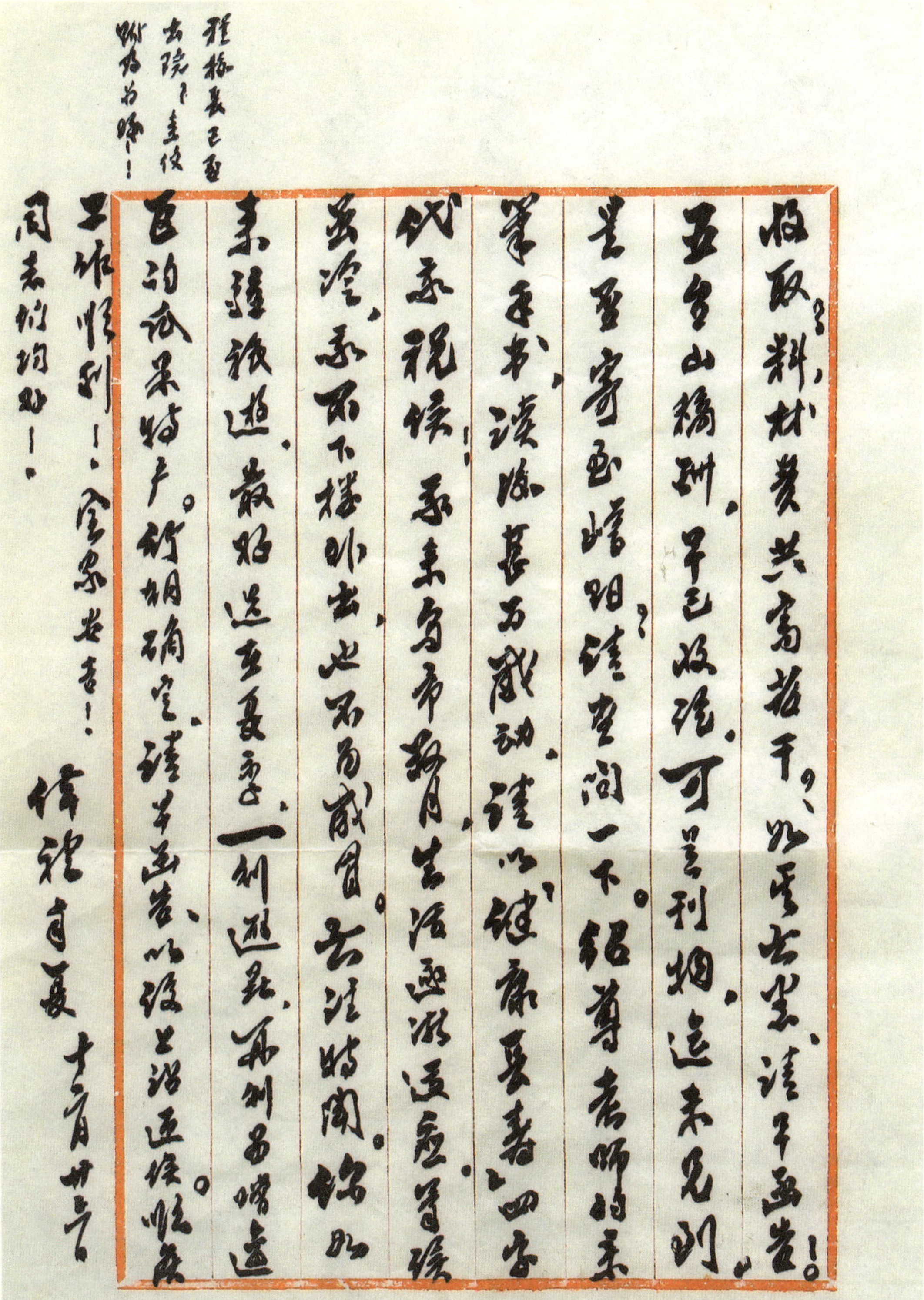

收取料材費共需若干？以便寄去，請早函告！五台山楹聯，早已收到。可望刊物送來見到。是否寄至增明？請查問一下。紹尊老師的來信手書，讀後甚為感動，請以健康長壽四字代我祝壽！我來青市兩月，生活逐漸適應習慣。無恙，我很不樣外出，也不多感冒。去住時間，緣如來這裏旅遊，最好是夏季。一到避暑，再到各地遊覽。這的水果特產。待明確定，請早函告，以便及時迎接。

工作順利！全家安吉！

同志們均好！

體禮 敬上 十月廿日

程校長已至去陝了，主任們均好吧！

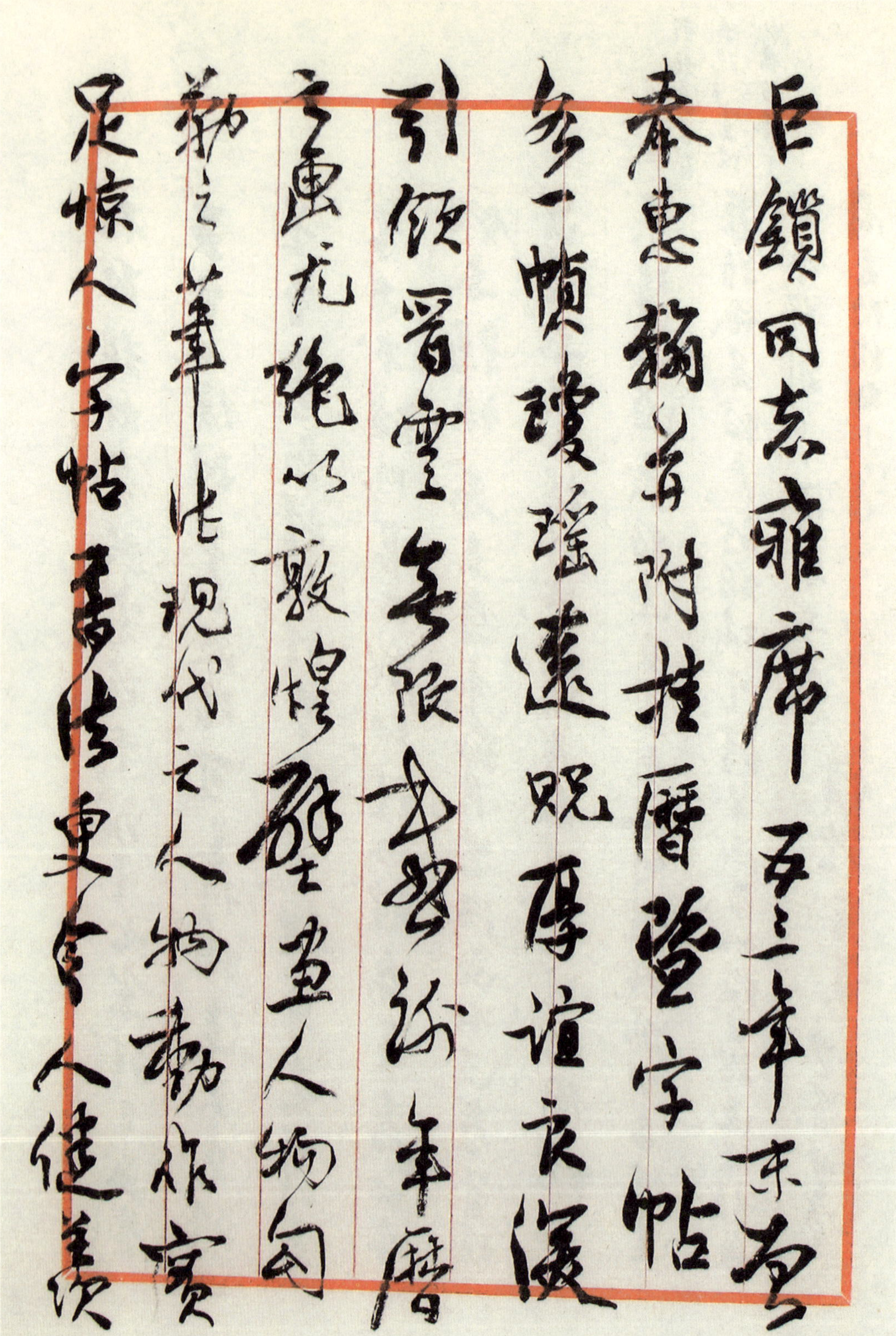

巨鎖同志雅席：去年末蒙
奉惠稿并附挂曆暨字帖
各一幀，護瑤遠貺，厚誼良深，
引領晉雲，無限感謝。年曆
之畫尤絕，以敦煌壁畫人物勾
勒之筆法，現代之人物動作，實
足驚人。字帖書法更令人健羨

沈延毅，一九零三年生，一九九二年卒。遼寧蓋縣人。書法家。

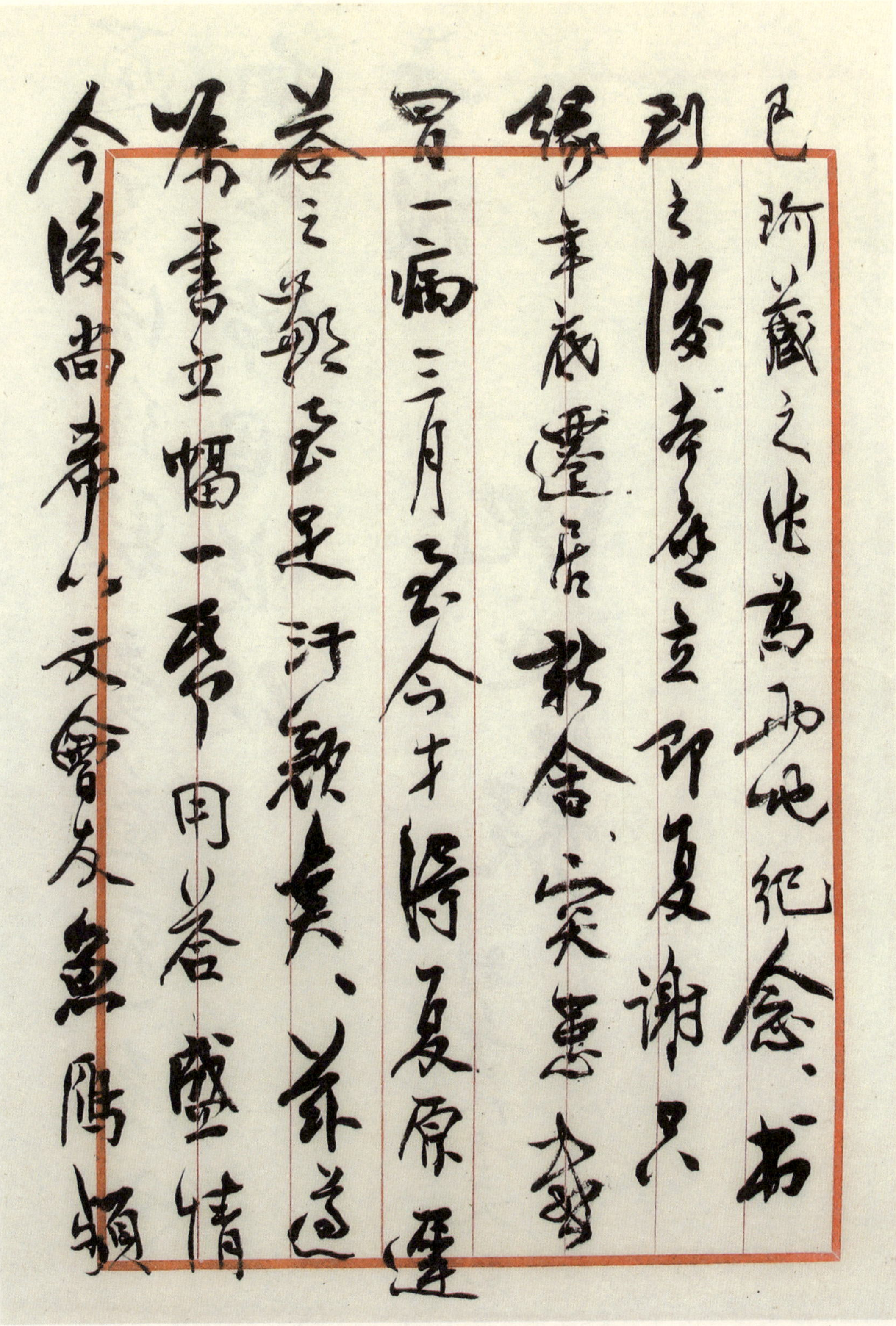

已所藏之作為永紀念、若
到之後請立即復謝只
緣年底遷居新舍實甚忙
冒一病三月至今才得復原遲
答之罪至足汗顏矣、並道
承書立幅一幀用答盛情
今後尚希以文會友魚雁頻

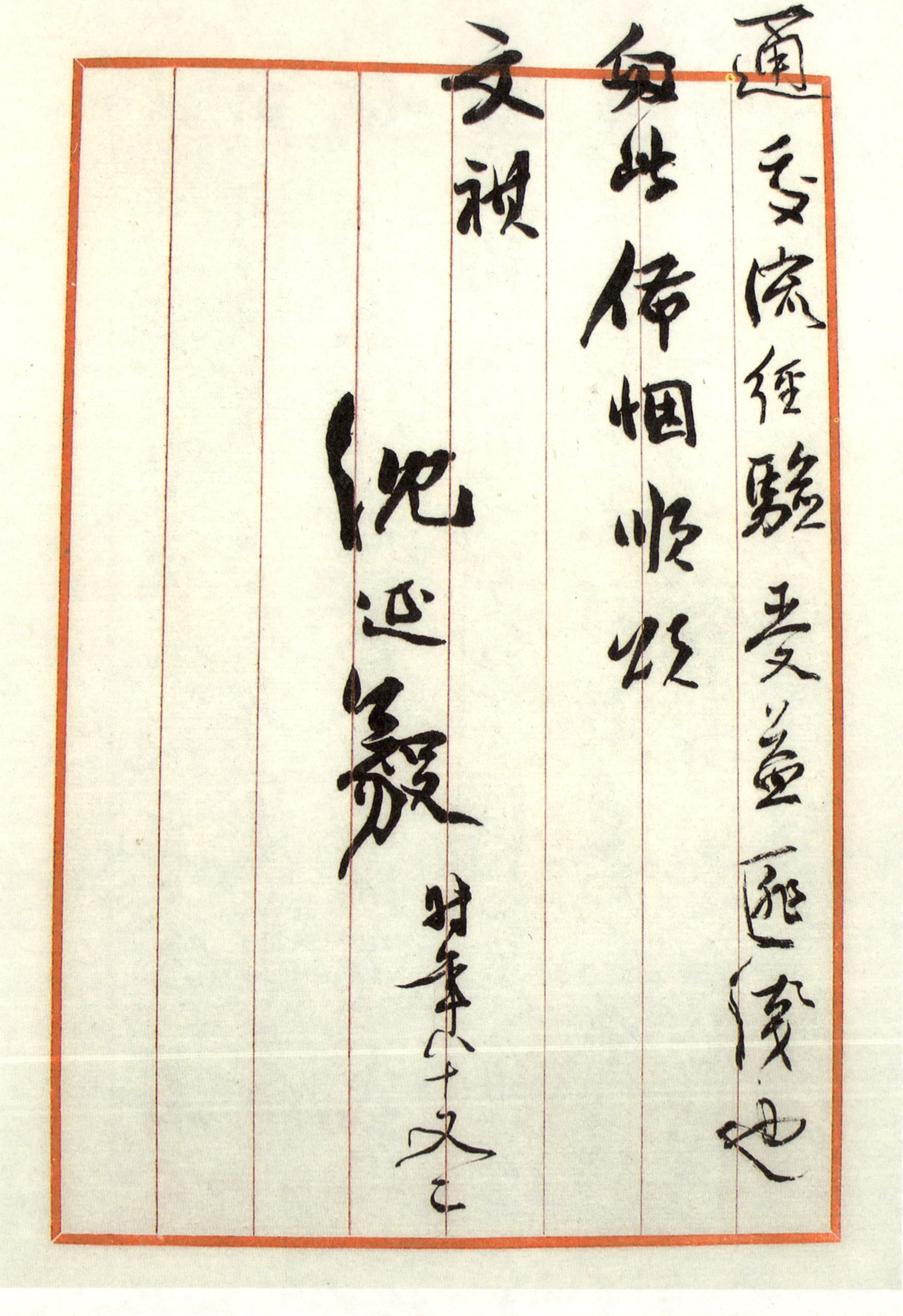

通交流經驗交益進境也

匆此佈悃　順頌

文祺

沈延毅

時年八十又二

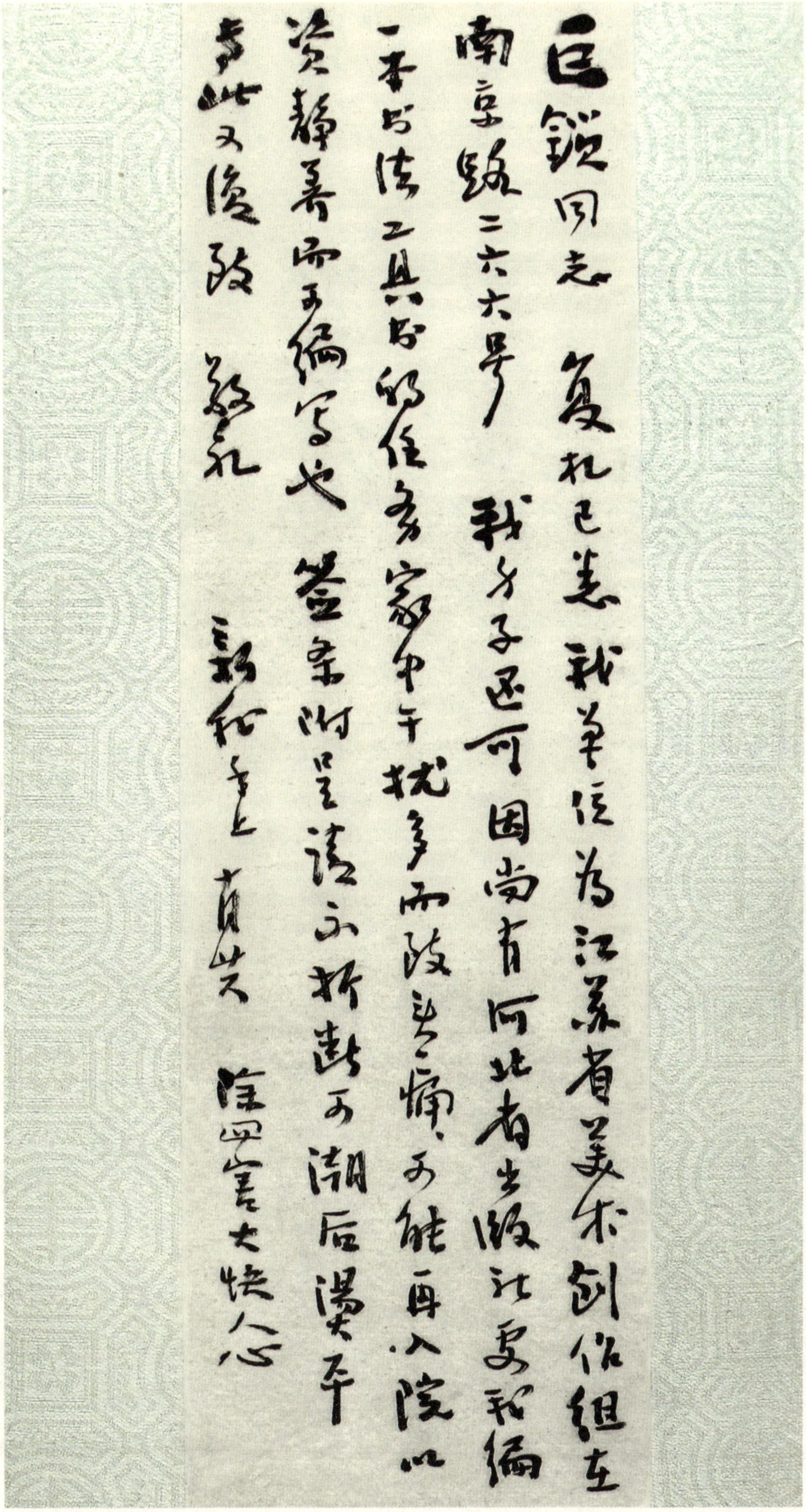

費新我，一九零三年生，一九九二年卒。浙江湖州人。字立千，號立齋。書畫家。

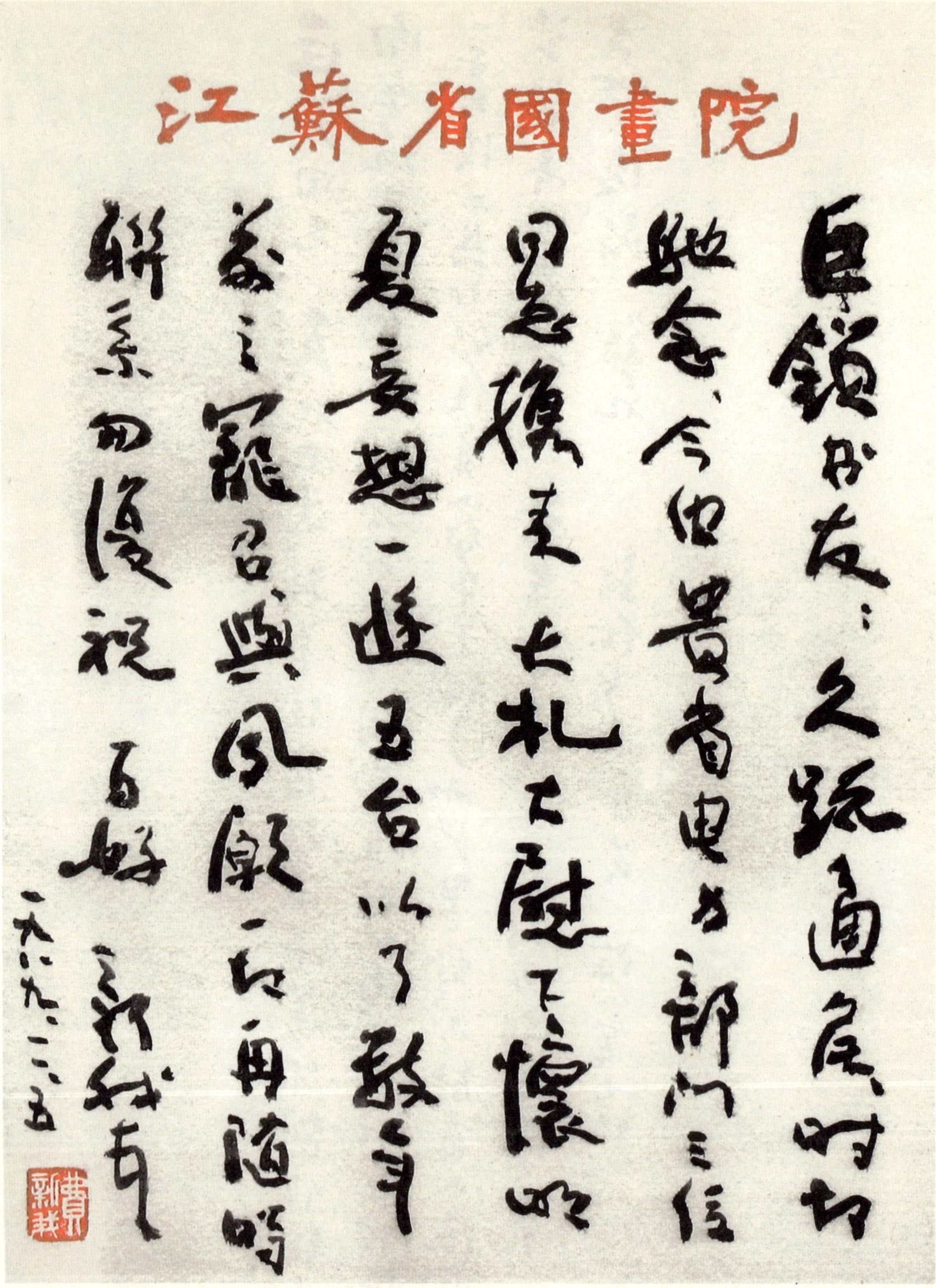
江蘇省國畫院

巨鎔吾友：久疏通候，時切馳念。今由貴省電力部門之侯思遠攜來長札，大慰下懷。曉復，妄想一遊五台，以了數年蓄之之願，召與風歇一時，再隨時聯系面復。祝
百好
新我首
一九八九、二、五

藝石齋

巨鎮吾友：疏候一年多了，忽来长卷大函，又附嘉章横幅，文采风流，尤爲吟诵。惜我跌伤兼卧床褥，未能及时奉复。歉甚，好能下床，稍理積債。

年事日高，精力渐衰，字也退了，因此也怕写了，偶後寫也不佳，故以大幅帖，又要上石，能不胆怯乎？旅游吾比回校向往，前年联系上曾有来苏访木渎，办公电建休养所，常有人来去，携带照排，倒有了伴侣。衰年经不起岁月如流，步履已蹒跚，上下级尤难胜任，又有了气喘，有时力不支，气则苦急了。故五台山游，恐无福消受矣。去年(90)春夏与老伴（她今年90，大我二岁）还去海南，闻有，却都是平地，武夷可不必登临，然又多付，今日回顾岂可復得！專复，順頌

新春如意

新我 2.4

中国　苏州

年　月　日　　　第　页

巨锲同志：

曩奉台示，敬悉。属书陆俨山入谷诗，累月久稽为歉！近来首都稍事休息，稍有暇闲，因遂书一幅奉教。拙书不堪印布，聊以留念。

匆请

撰安。

顾廷龙

4月5日

山东沂源印刷厂出品　14 59 60 —75

装　订　线

2003—001—4

顧廷龍，一九零四年生，一九九八年卒。號起潛。圖書館事業家，學者，書法家。

董壽平，一九零四年生，一九九七年卒。山西洪洞人。書畫家。

臼鋪同志惠贈隆情厚意示永銘詢及先妣祖母馮婉琳及家父述如復：先祖昆仲三人伤祖董麟,,邢郡城中、祖父文煥行二事蹟見山西歷代名人傳,妣祖父樺 内閣中書

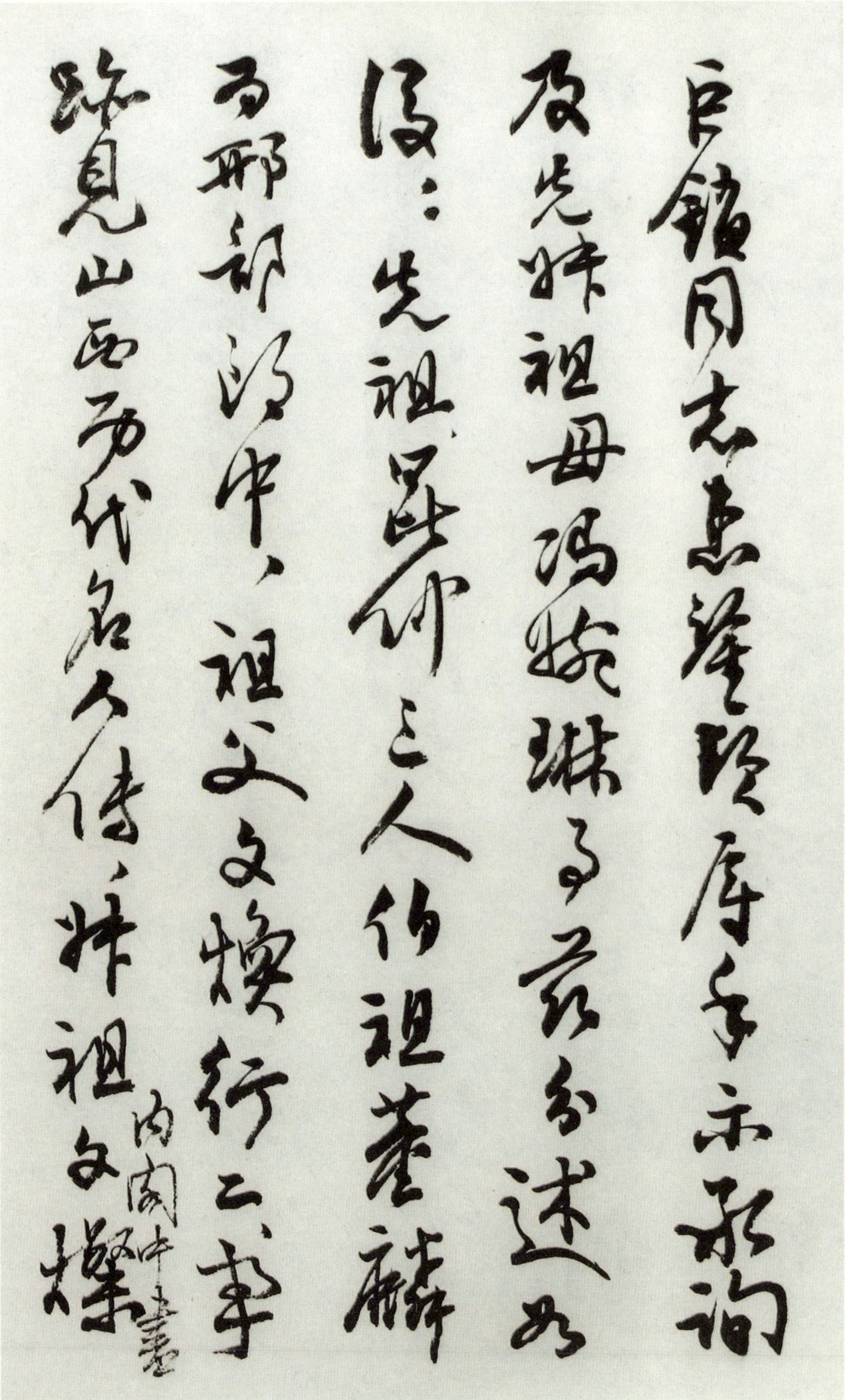

结婺代州冯氏,诗幼年时尚旦
名诗安,林祖玄好喜金石学,
前降咸同年间克中三人蒹晋京
师时人呂蒹民之凤之自先辈
祖母诗民国年间曾利入山西

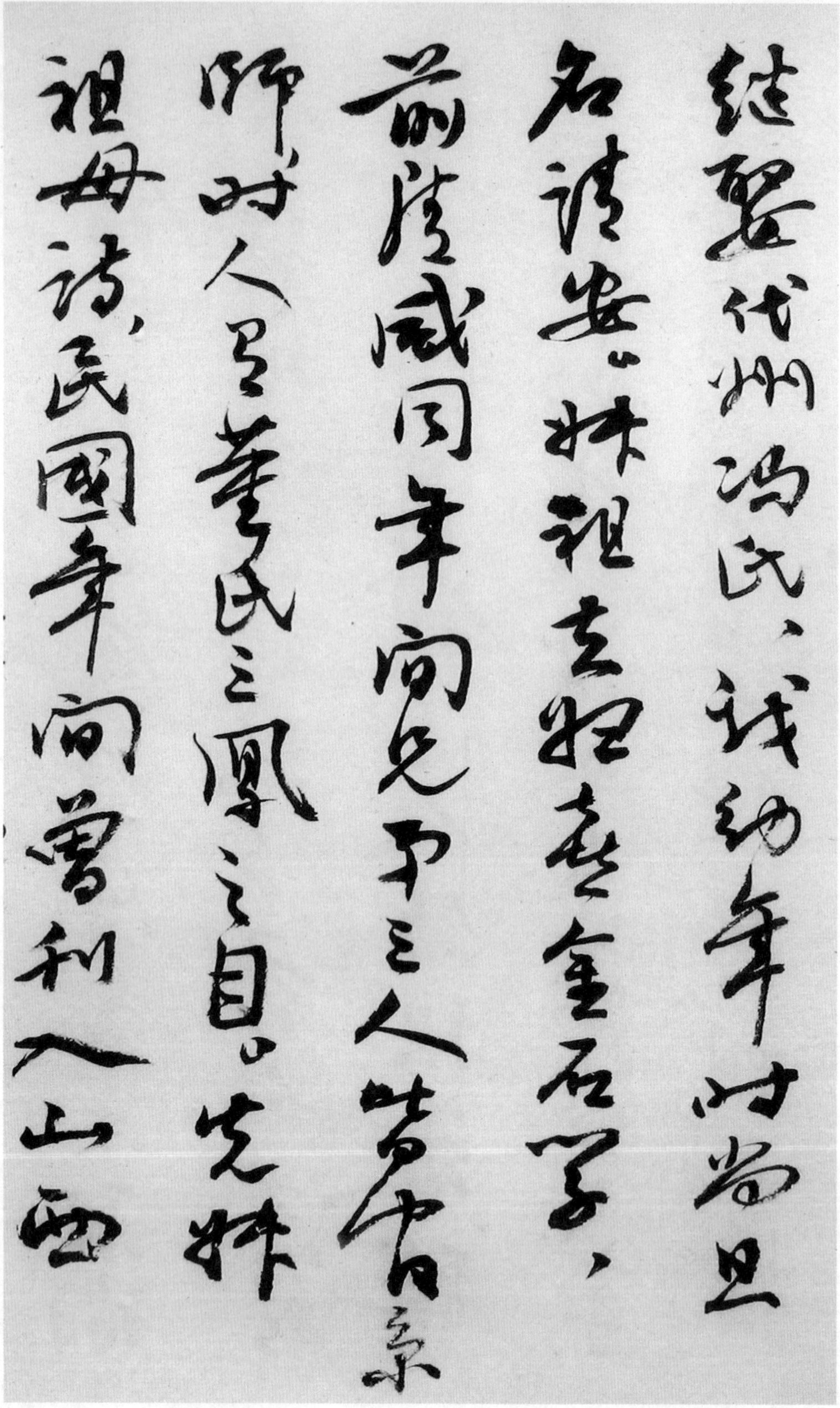

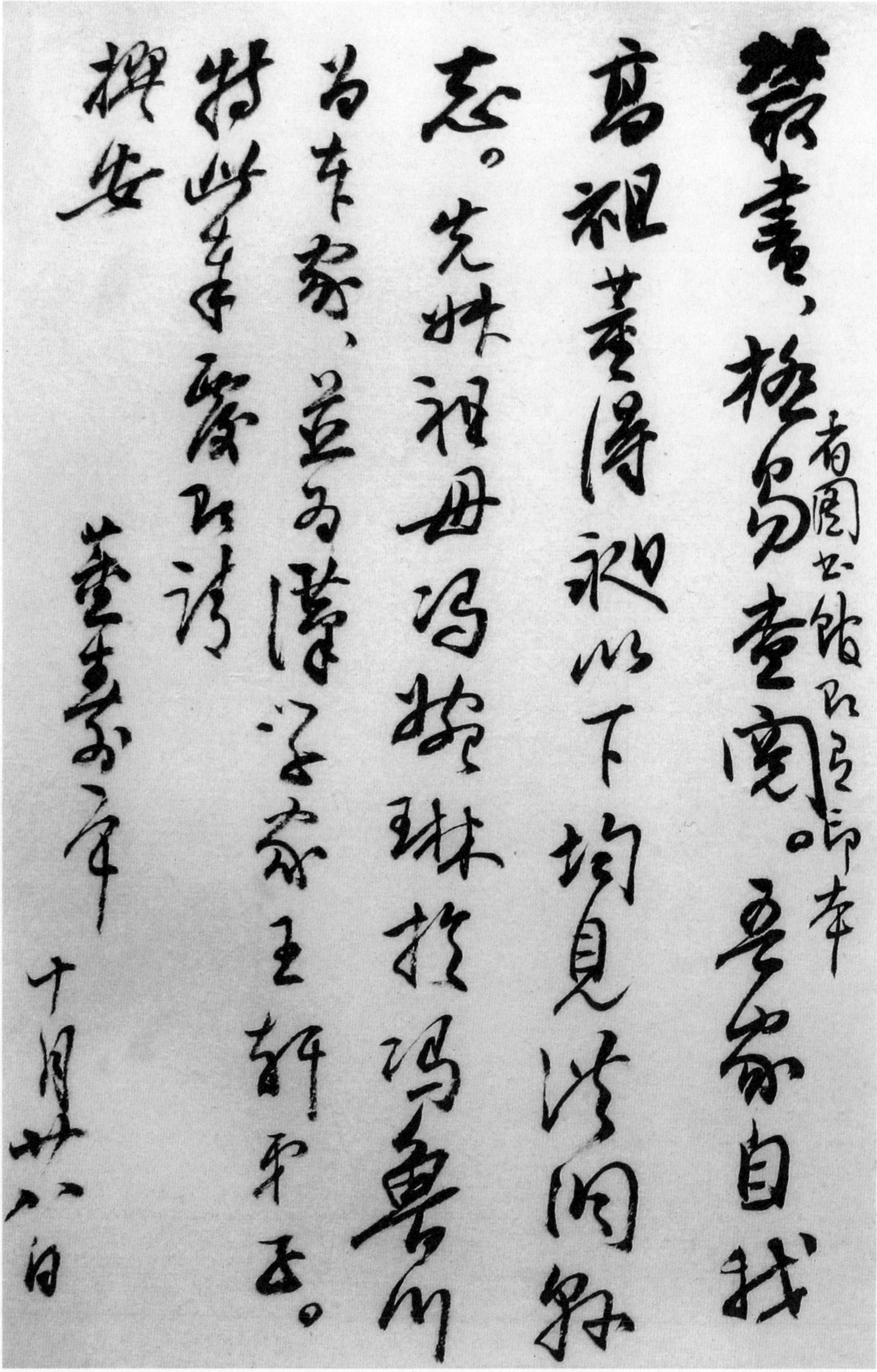
[illegible]書、[illegible]查閱。[illegible]家自我
高祖董得祖以下均見[illegible]
志。先妣祖母馮[illegible]琳[illegible]馮[illegible]所
為本家、並為[illegible]家王[illegible]平[illegible]。
特此[illegible]敬請
撰安
董壽平
十月廿八日

巨鎖同志：

您上次惠臨我家，帶去拙旧作《傅山的教育觀》一篇，這一篇拙作，作於文化大革命前，距今已二十餘年了，怎样写的，写了些什么，全忘記了。估計写作精神要求，不对的地方，错误的地方，免不了。看々可以，發表不可以，所以专门給您去信，請不要发表，把它擲還。别不提，順祝

暑安！

陈监先

1984年3月25日

209828　　787×1092—16×100頁

陳監先，一九零四年生，一九九零年卒。山西原平人。一名憲章。版本目録學家。

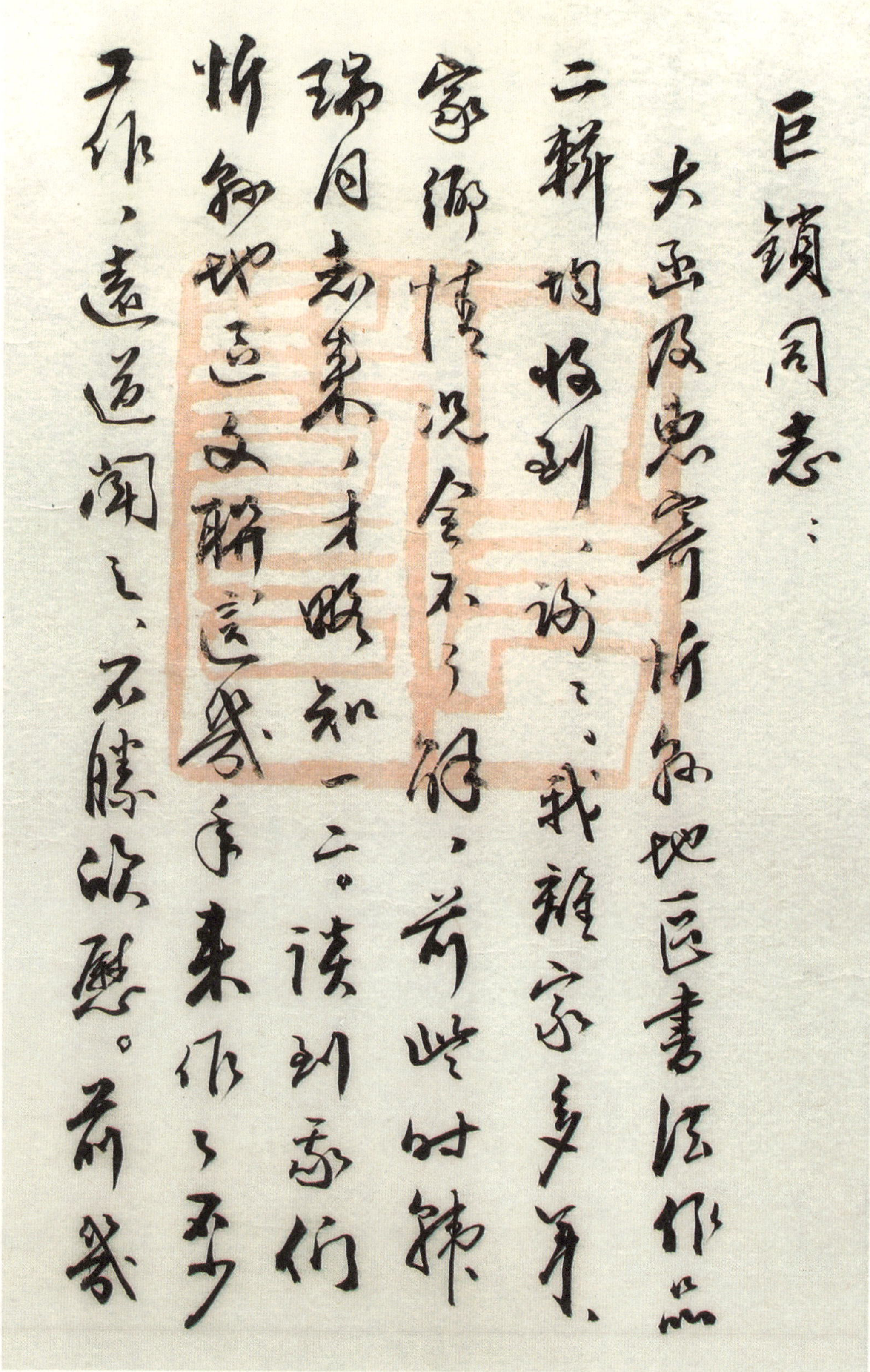
巨鎮同志：
大函及惠寄忻縣地區書法作品二輯均收到，謝謝！我離家多年，家鄉情況全不了解，前些時[illegible]歸自老家，才略知一二。讀到[illegible]忻縣地區文聯[illegible]盛舉，[illegible]，遠道聞之，不勝欣慰。前略

宮葆誠，一九零六年生，一九九五年卒。山西神池人。別號菽園，容安軒主。書法家。

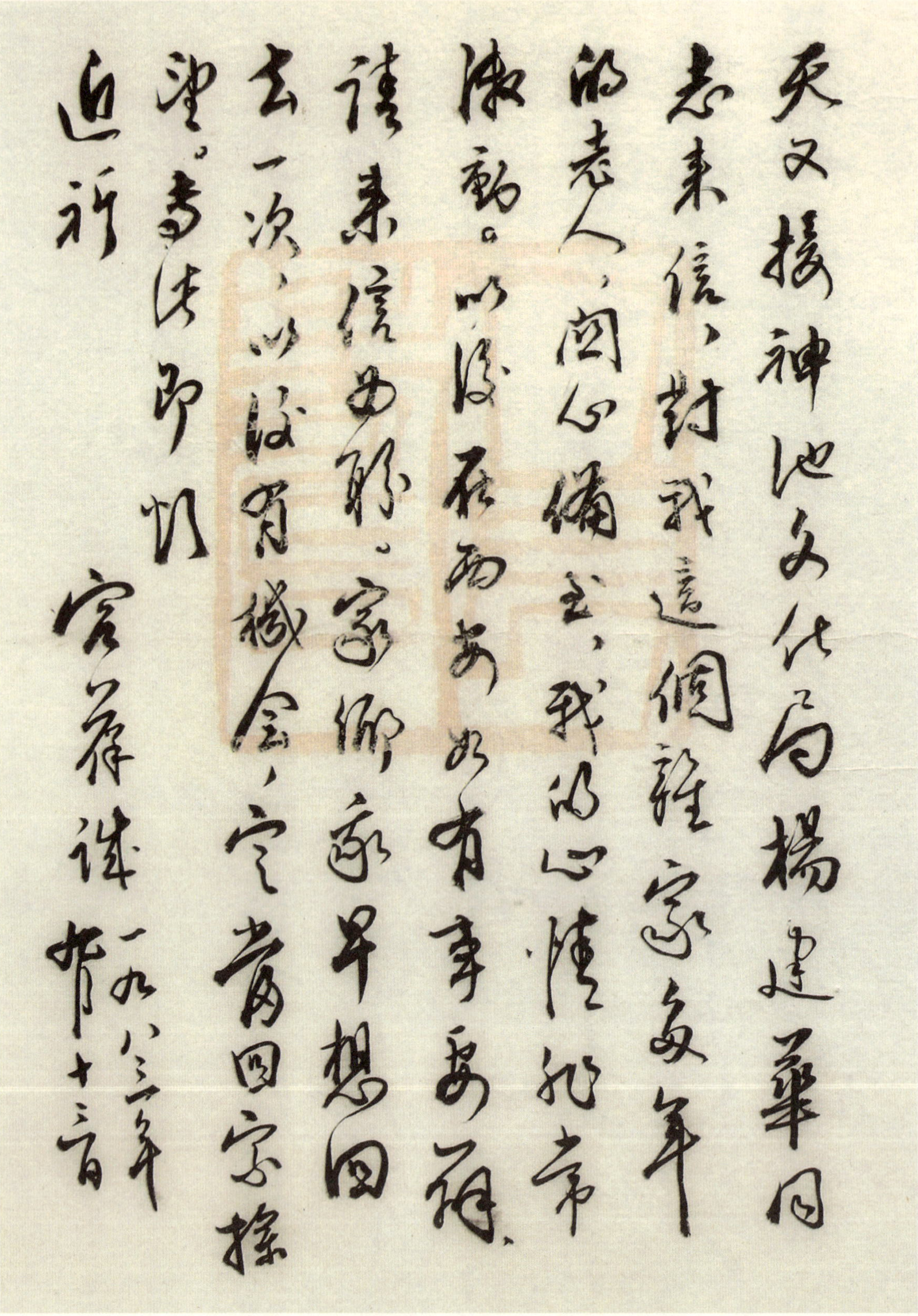

天又接神池文化局楊建華同志來信，對我這個離家多年的老人，關心備至，我的心情非常激動。以後在西安如有事要辦，請來信安排。家鄉離早想回去一次，以後有機會，定當回家探望。專此即頌

近祺

宮葆誠 一九八三年十二月

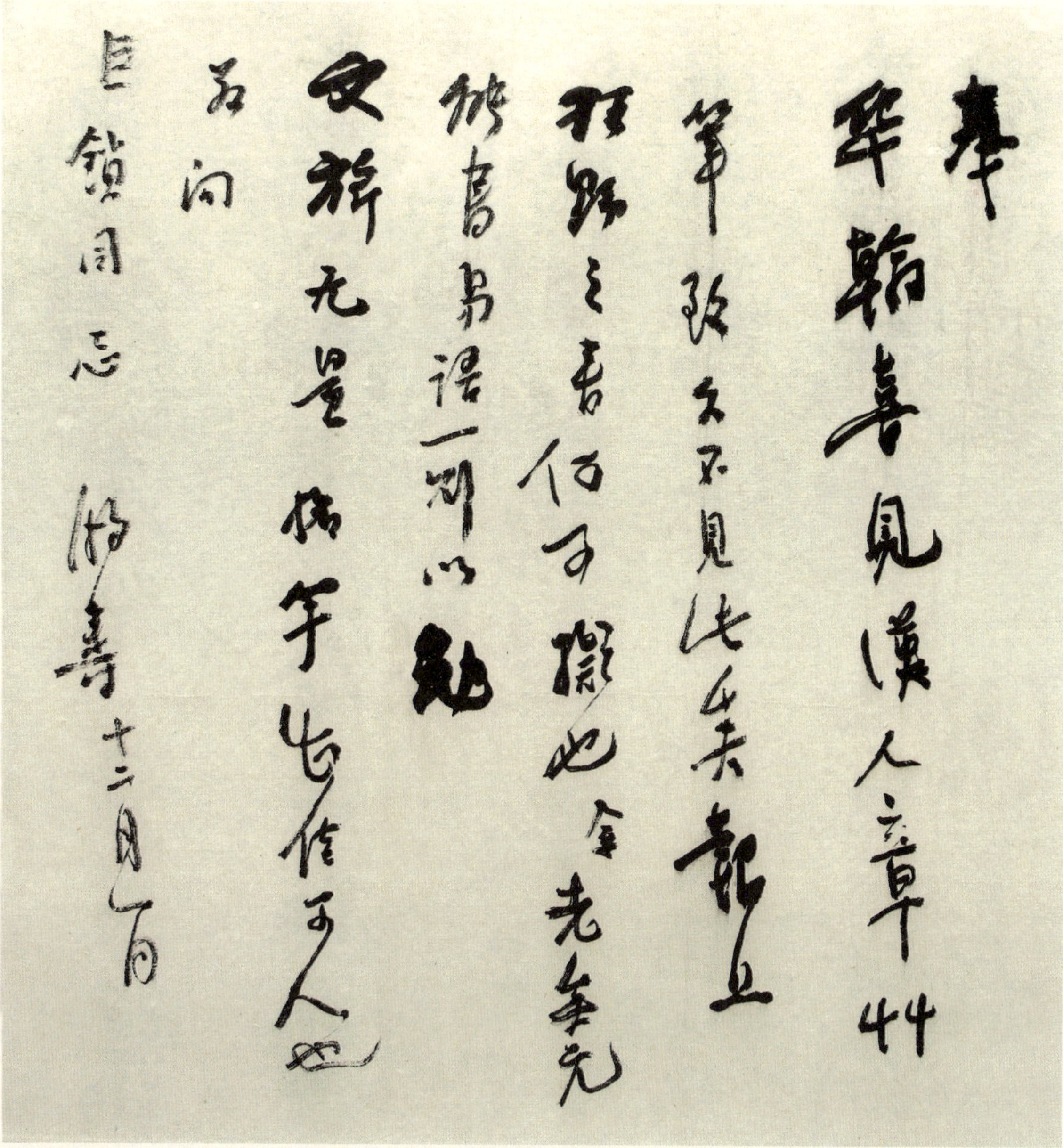
奉
華翰喜見漢人章草
筆致久不見此矣
狂野之書何可擬也
女孩无量
為問
巨鎮同志
游壽 十二月一日

游壽，女，一九零六年生，一九九四年卒。福建霞浦人。字介眉。學者，書法家。

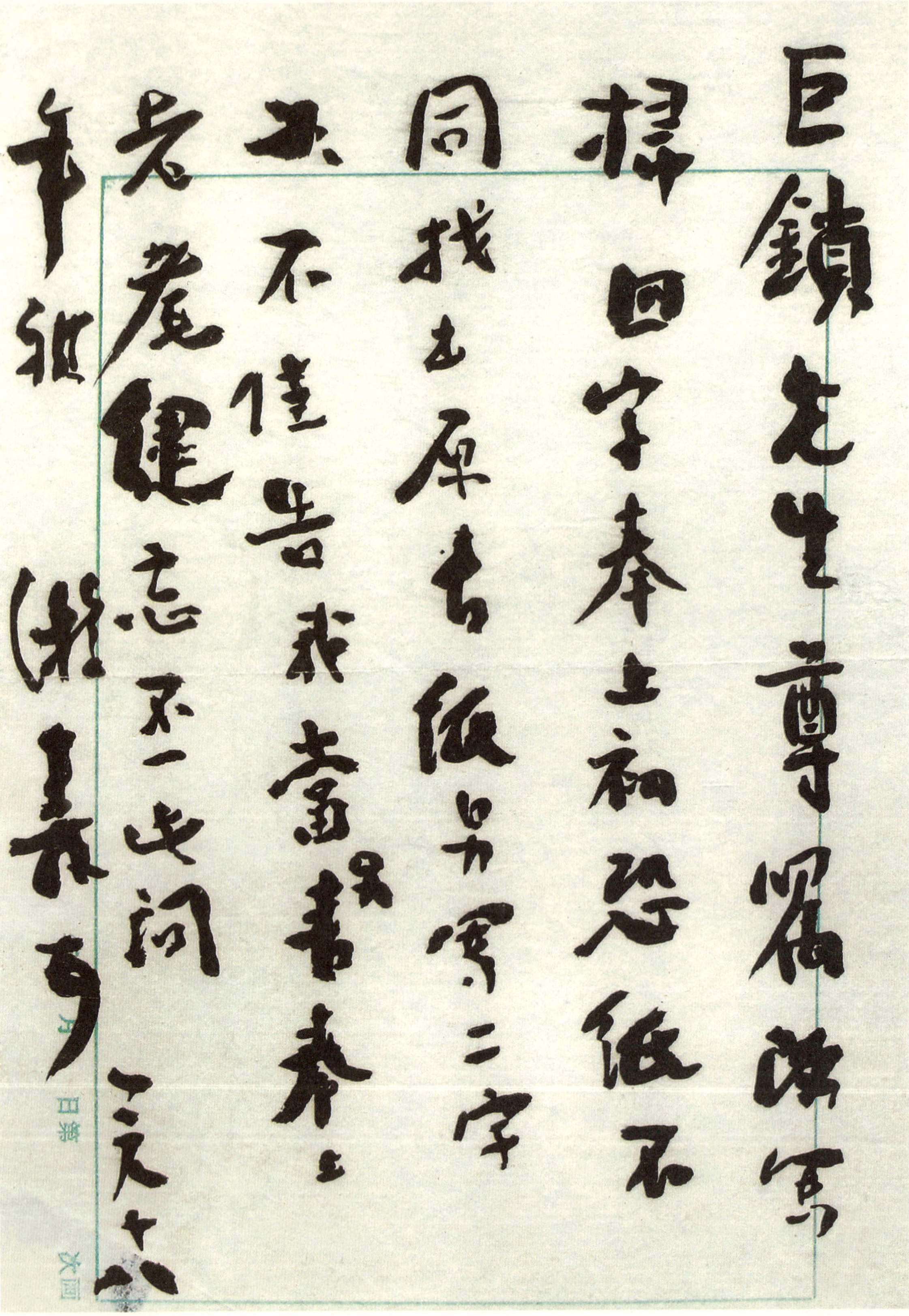
巨鏞先生：尊囑寫榜四字奉上，初恐紙不同，找去原書紙，另寫二字亦不佳，告我，當另書奉上。老態健忘。不一。此詢 一九七八年秋 游壽寄

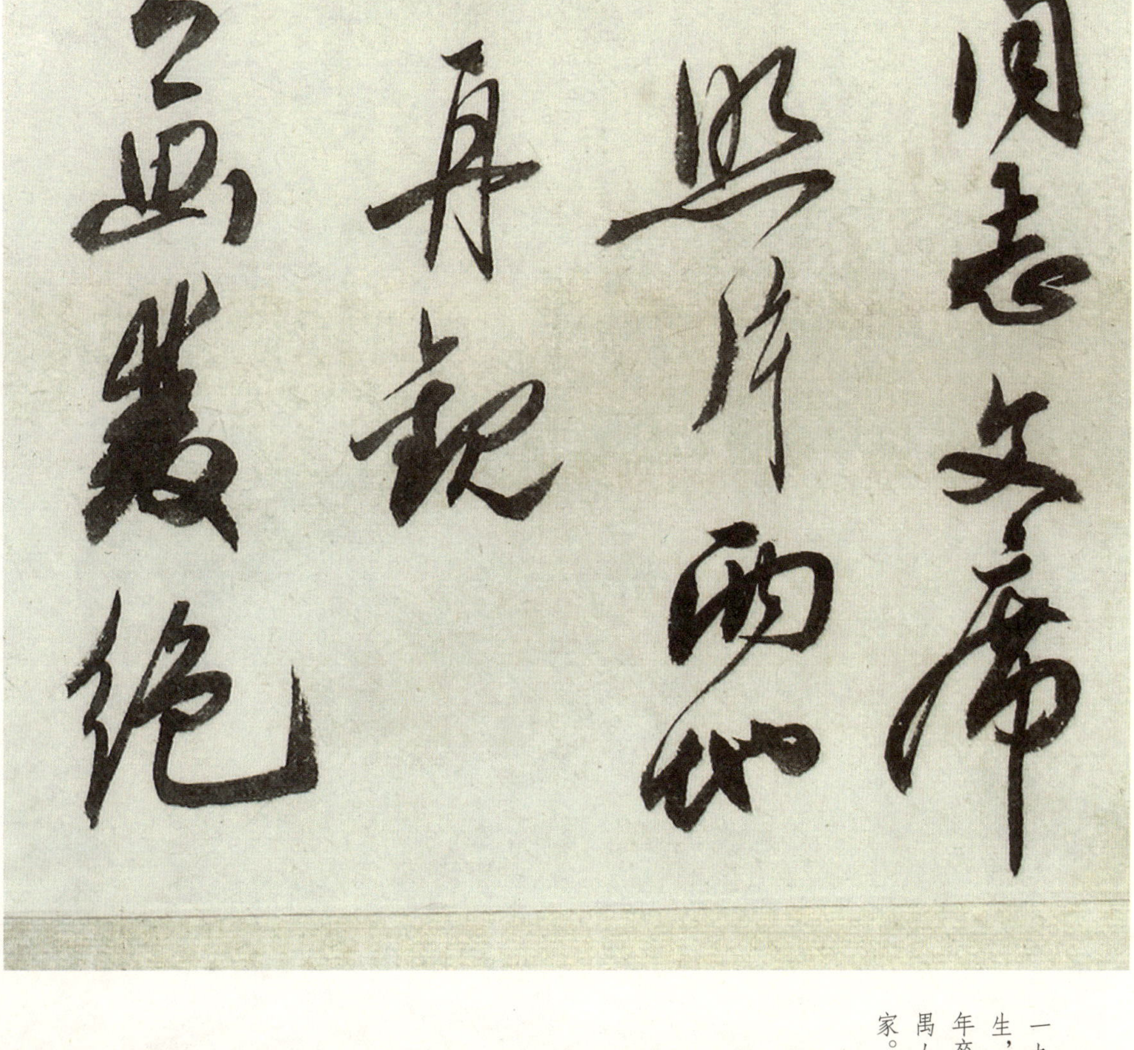

麥華三，一九零七年生，一九八六年卒。廣東番禺人。書法家。

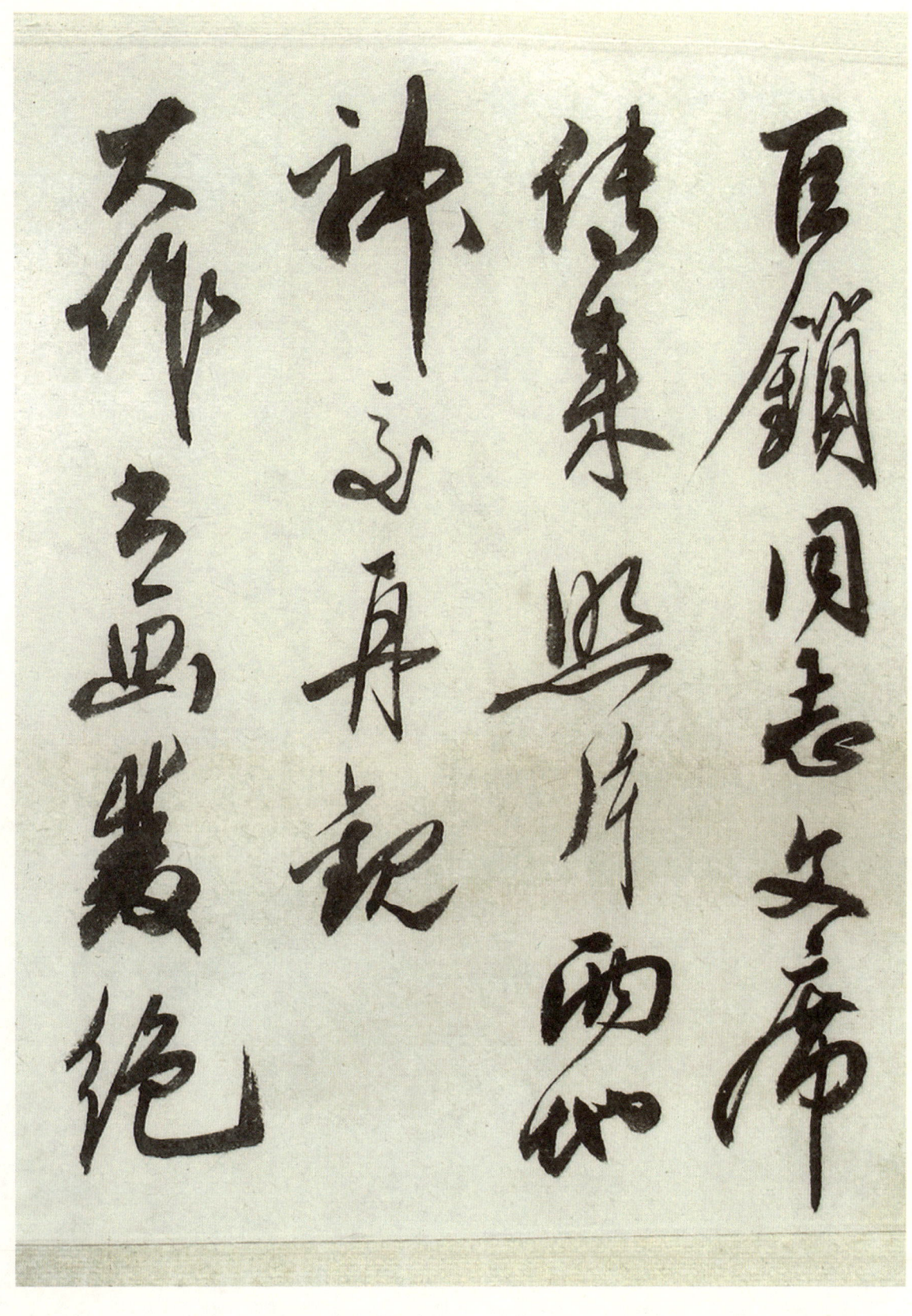

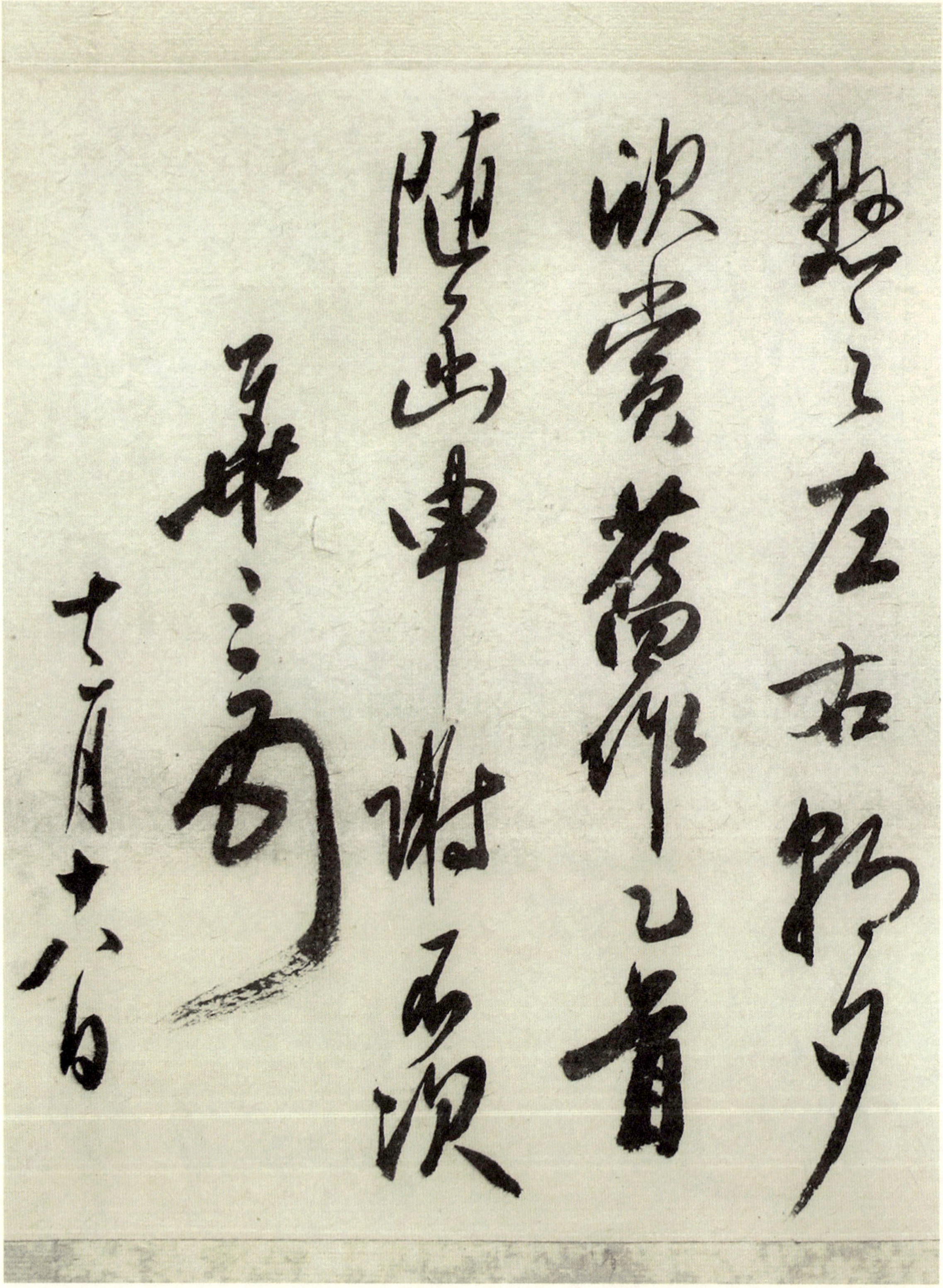

麥華三

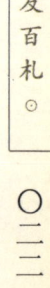

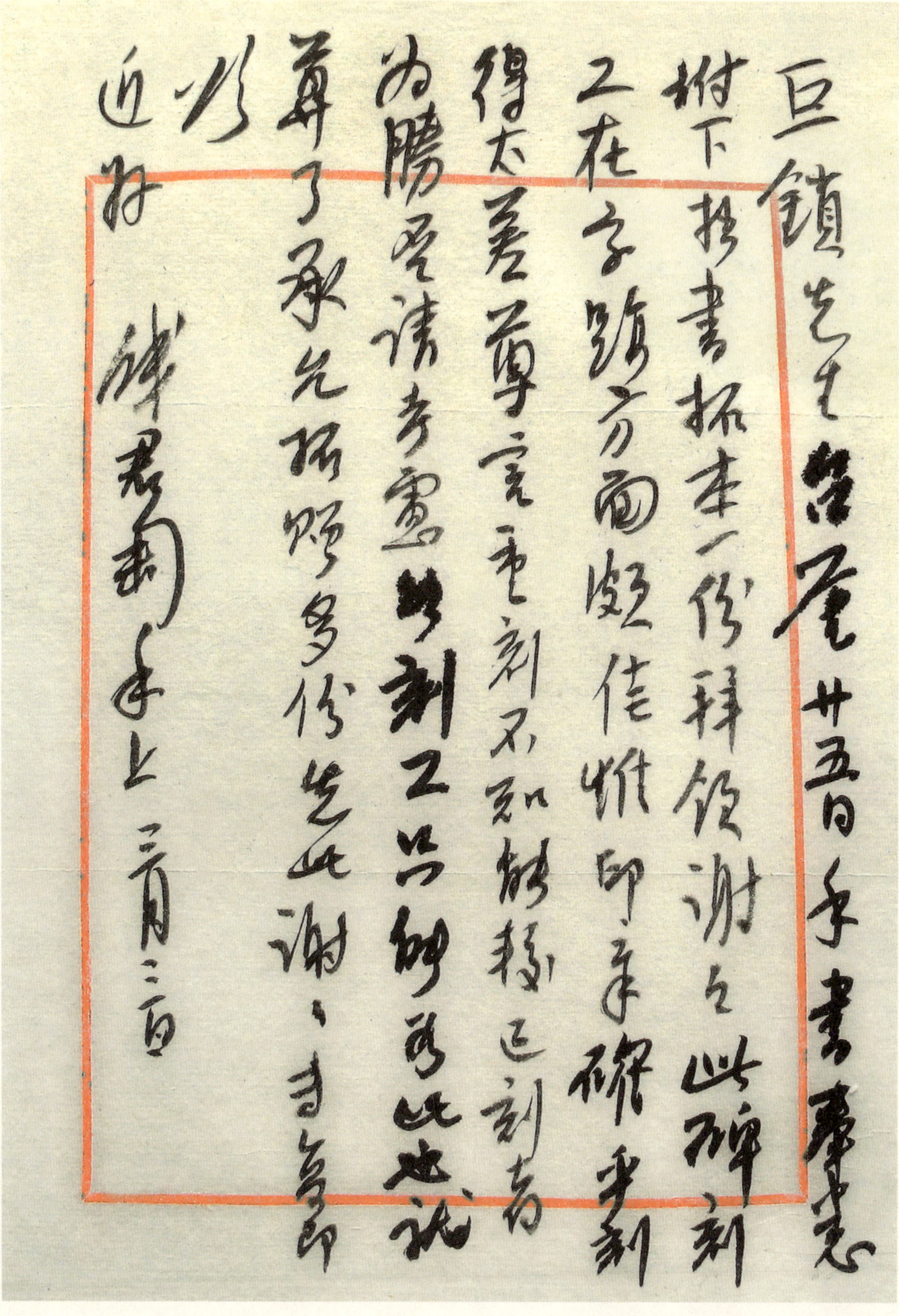
巨鎮先生：[illegible]庵廿五日手書奉悉
[illegible]下[illegible]書拓來一份拜領謝謝，此碑刻
工在字體方面頗佳，惟印章碑刻
得太差，尊意重刻不知能[illegible]？近刻者
為[illegible][illegible]請寄[illegible]，此刻工只能為此也，祇
尊了承允拓贈多份，先此謝謝，專[illegible]即
頌
近好
錢君匋手上 二月二日

錢君匋，一九零七年生，一九九八年卒。浙江桐鄉人。別署豫堂。書法篆刻家。

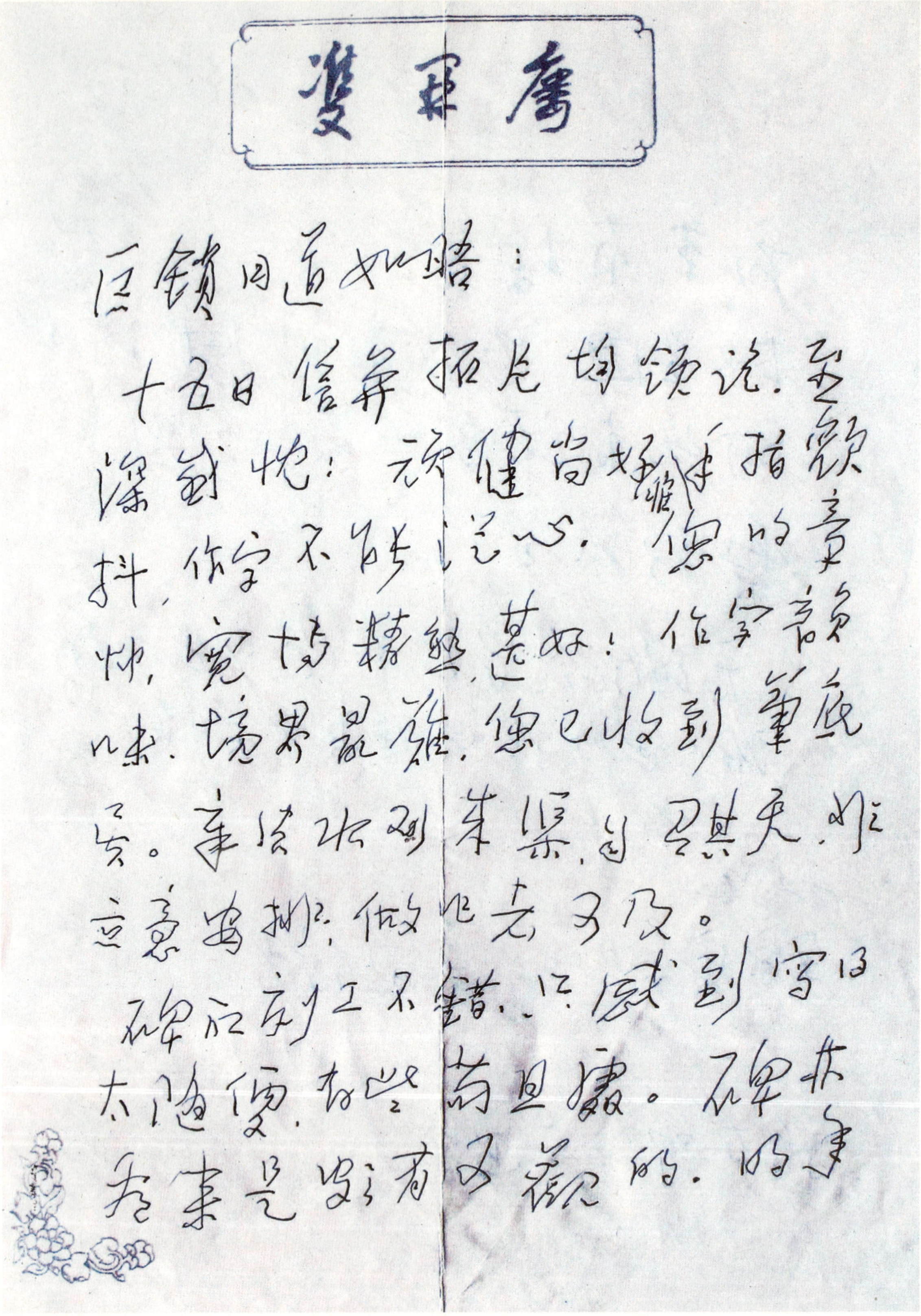

雙槐居

巨鎖同道如晤：

十五日信件拓片均領悅。至深感忱：頑健尚好，雖手指顫抖，作字不妨說心。德的章怀，寬博精鍊甚好！作字韻味，境界最難。德已收到筆底去。辛稼状到末緊，句望默契，妳立意安排，做也去了及。碑石刻工不錯，心感到寫得太隨便，有些苟且處。碑共尋究是沒有可觀的。的事

衛俊秀，一九零八年生，二零零二年卒。山西襄汾人。字子英，筆名景迅、若魯。書法家、學者。

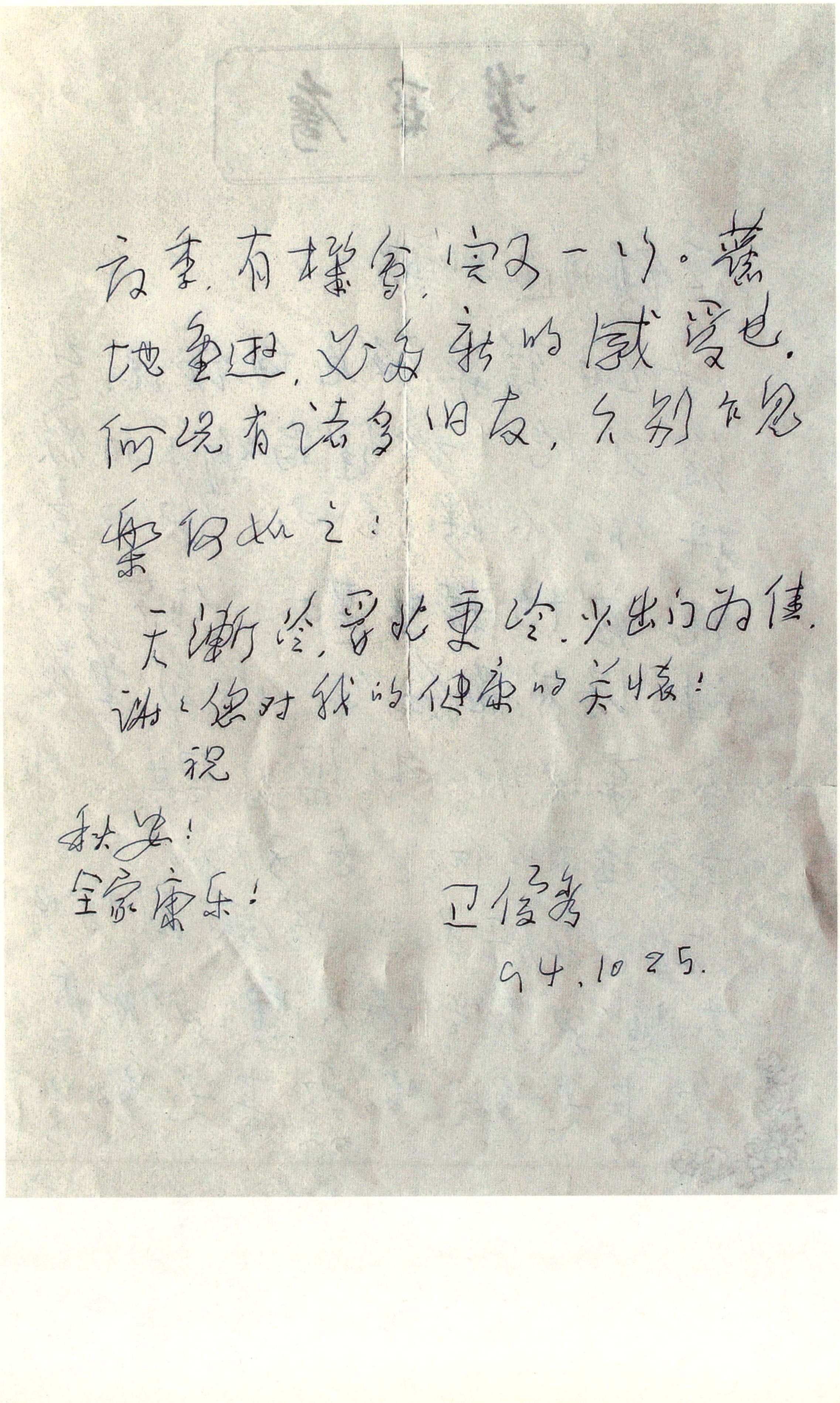
夏季，有机会，写文一篇。落地重返，必有新的感受也。何况有诸多旧友，久别后见，乐何如之！

天渐冷，冀北更冷，少出门为佳。谢谢您对我的健康的关怀！

祝

秋安！

全家康乐！

卫俊秀

94.10 25.

庄锳好友：

收到大作《隐堂散文集》，翻读了几篇游记，如东岭秋色等文，美奥纵游，轻松和畅，良慰心怀！您游览的地方比我多，此中乐趣，胜过读书，境界高远。谈到书法，您的字极力向高境界发展，有了大家气象。至于文章，可见用心之深。今之青年，不读书，怕费心力，而求名

装订线

陕西财政专科学校　电话：5—1622/1830　第　页

利之慾，迫切非常。古的
剑本字前卫派，奴性十足。
那像书法中之国粹性？可
叹！……！
我觉书艺校此间要有一些正
规，歪风邪气少。须大力提倡，重
视传统，然后再说创新。书
法史上，有几个创新的人物？现在
"家"很多，"大师"也不少。徒而招外
人嗤笑耳！随便谈谈，作为聊
天。祝
文安！
节日愉快！
朋友们好！
俊秀
元月廿日

陕西财政专科学校　电话：5—1622 1830　第　页

装　订　线

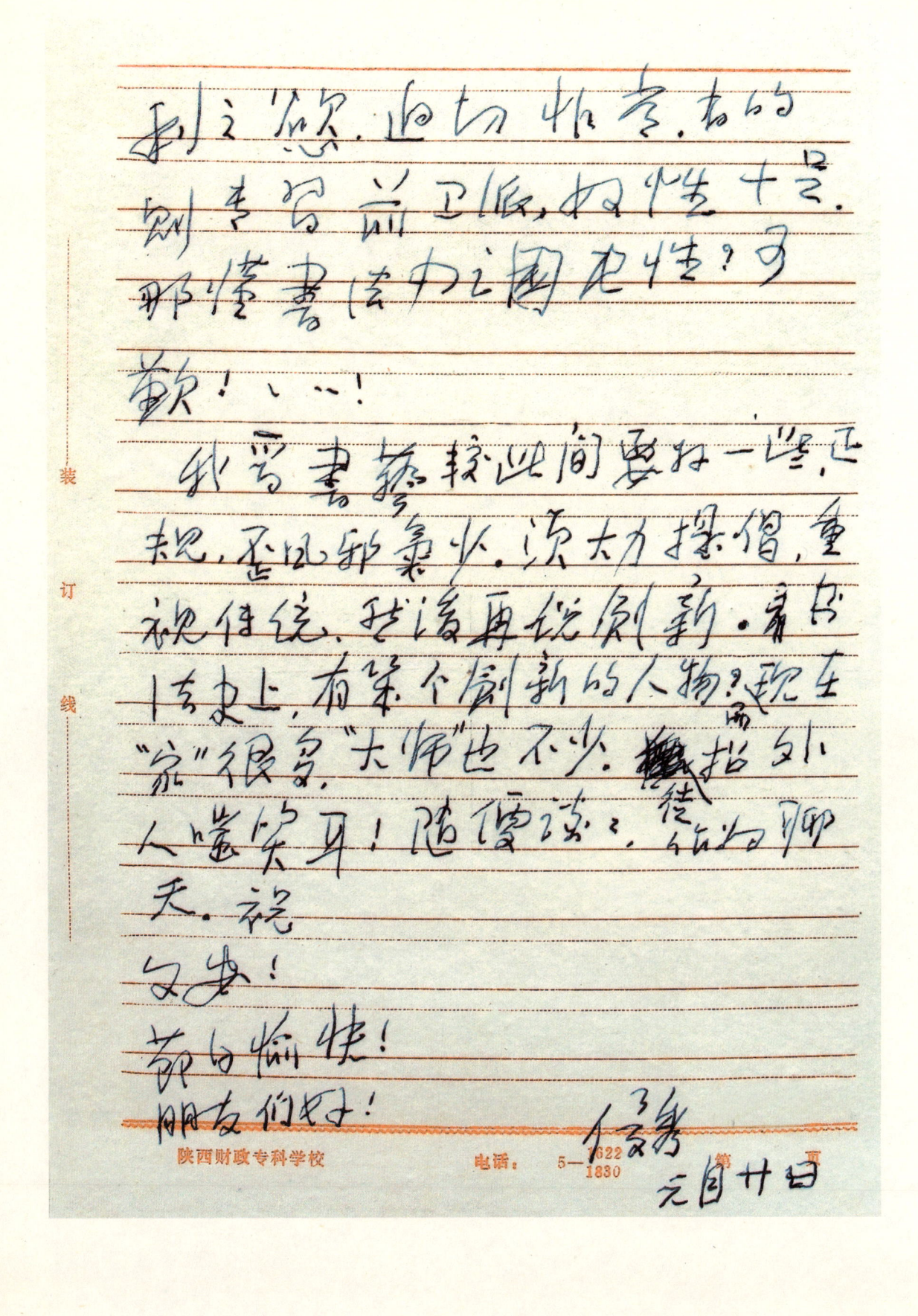

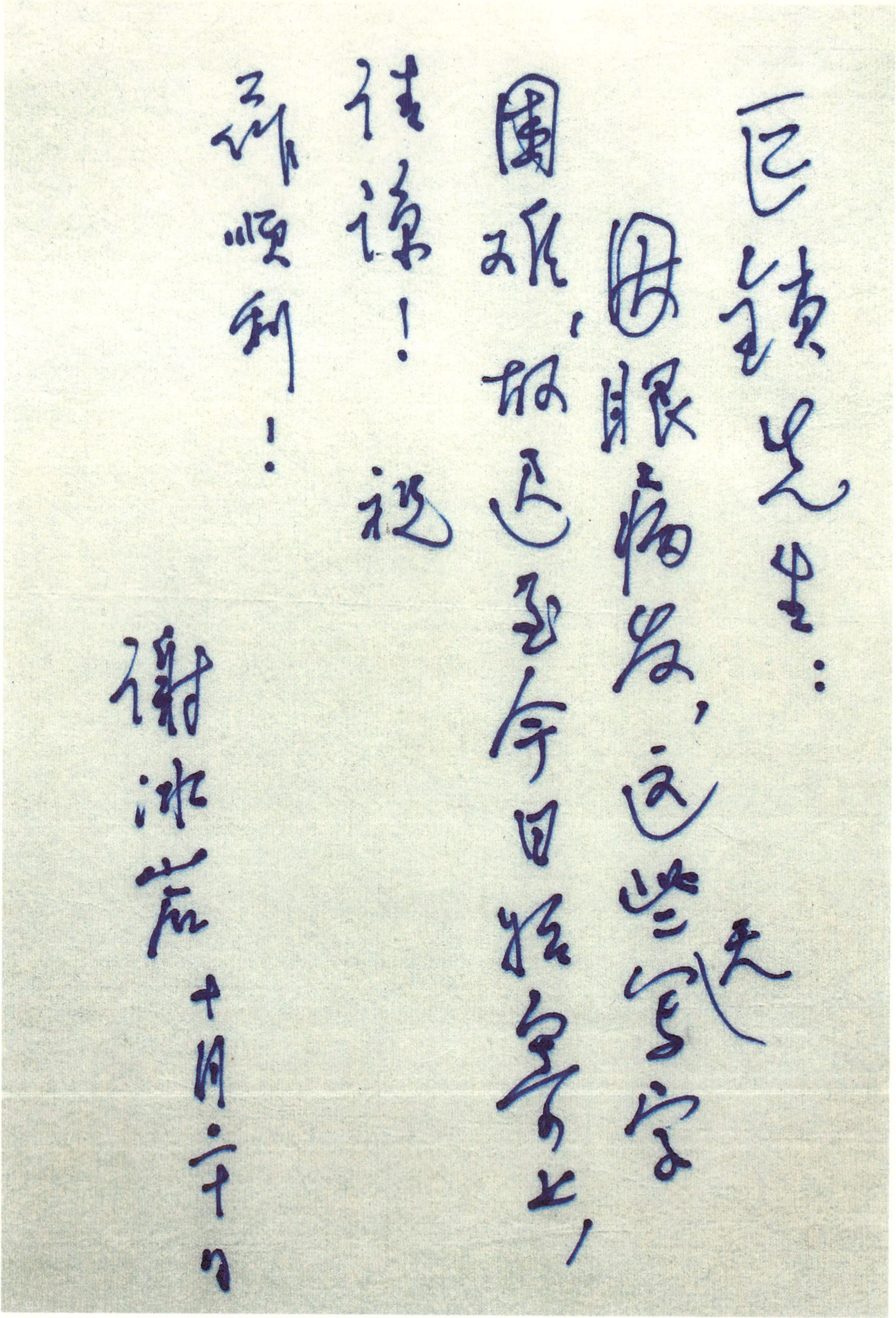
巨鎮先生：
因眼痛發，近些天寫字
困難，故遲至今日始寄上，
請諒！祝
工作順利！
謝冰岩
十月二十日

謝冰巖，一九零九年生，二零零六年卒。江蘇淮陰人。書法家。

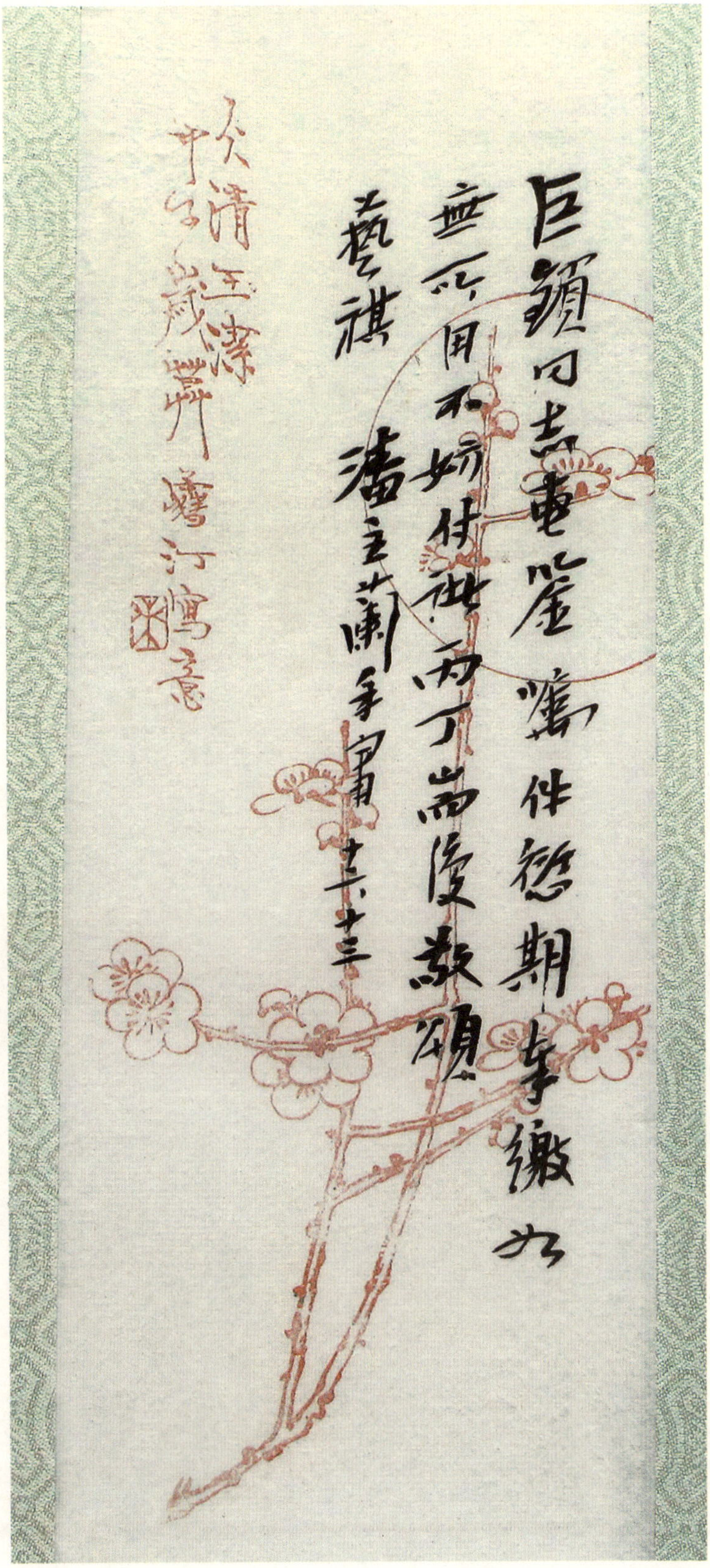

潘主蘭，一九零九年生，二零零一年卒。福建長樂人。書法篆刻家。

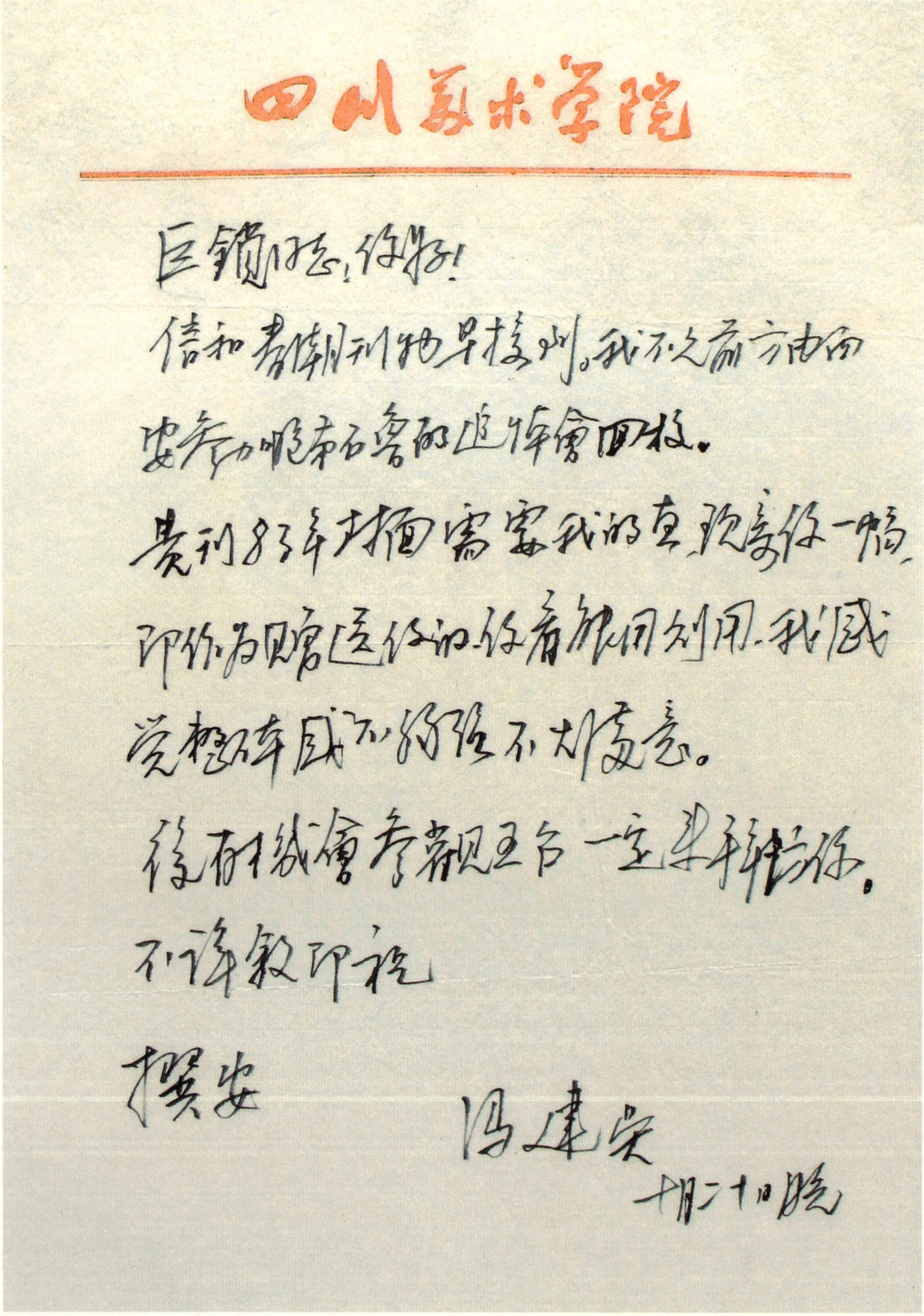
巨镇同志：你好！

信和书谱刊物早接到。我不久前方由西安参加[illegible]石鲁的追悼会回校。

贵刊83年封面需要我的画现寄你一幅，即作为赠送你的，你看能否刊用。我感觉整幅画成不好很不太满意。

待有机会参观王台一定来拜访你。

不详叙即祝

撰安

冯建吴

十月二十日晚

馮建吳，一九一零年生，一九八九年卒。四川仁壽人。書畫篆刻家。

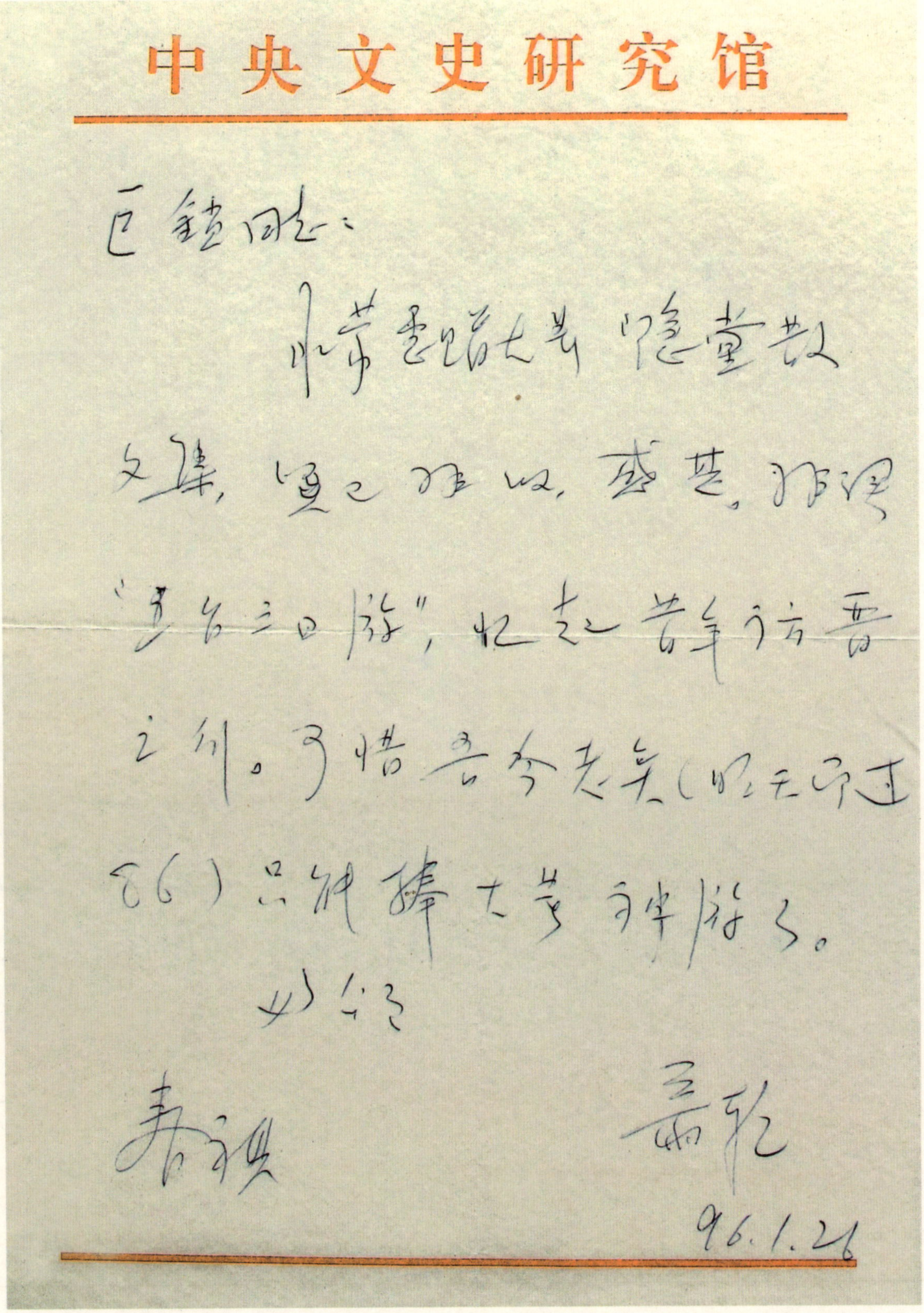

中央文史研究馆

巨鎔同志：

惊悉惠赠大著《隐堂散文集》，读之难以，感甚。特阅"五台三日游"，忆起当年访晋之行。可惜吾今老矣（眼已不中用了）只能捧大著神游了。

此颂

春祺

萧乾

96.1.26

萧乾，一九一零年生，一九九九年卒。北京人。作家。

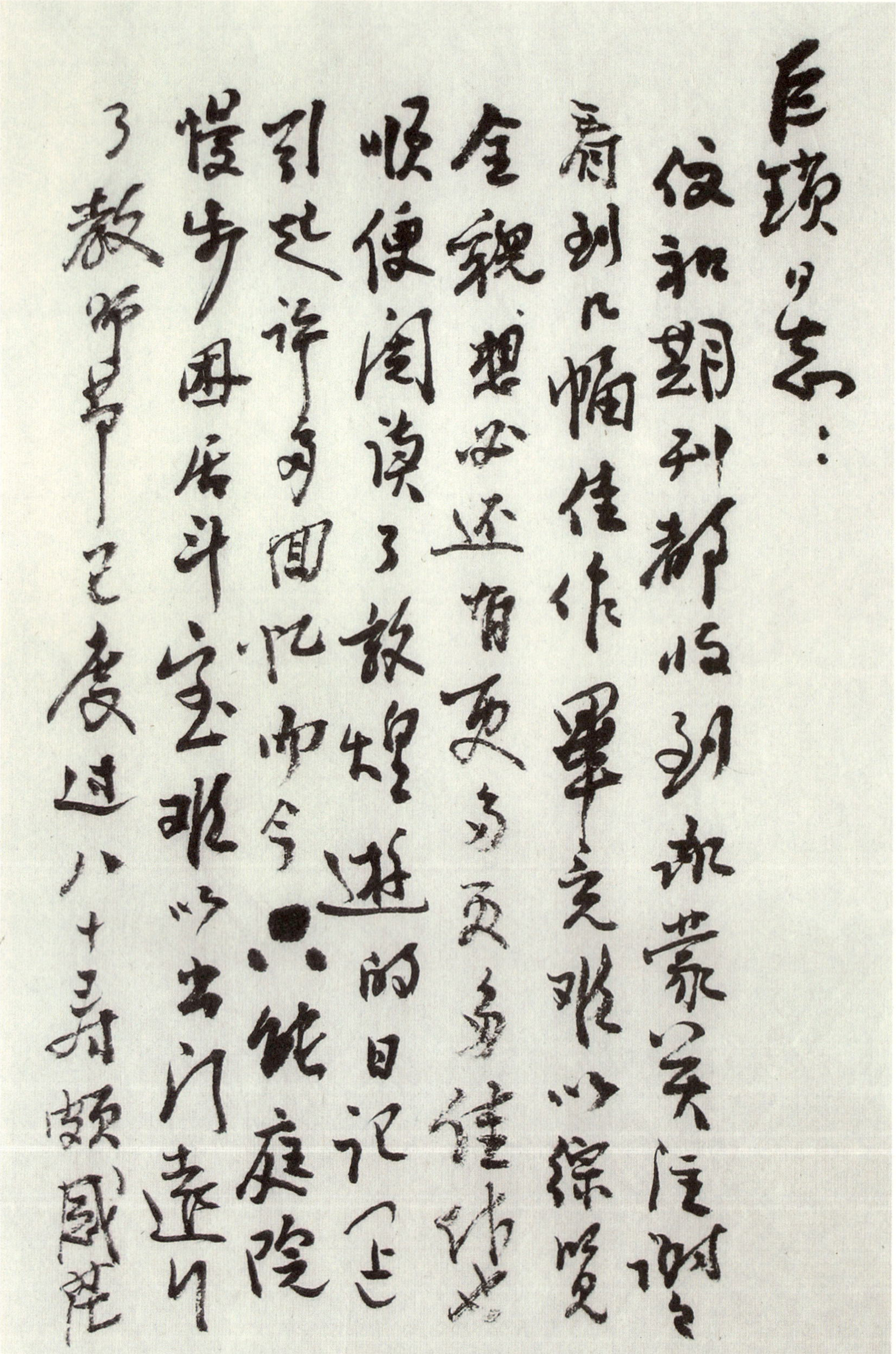

巨瑛同志：

欣知翔刊都收到，承蒙关注，谢谢！看到几幅佳作，毕竟难以综览全貌，想必还有更多更多佳作也。顺便阅读了敦煌游迹的日记（上），引起许多回忆，而今只能庭院慢步，困居斗室，难以出门远行了。教师节已度过八十三寿

颂国庆

閻麗川，一九一零年生，一九九六年卒。山西太原人。美術史論家，書畫家。

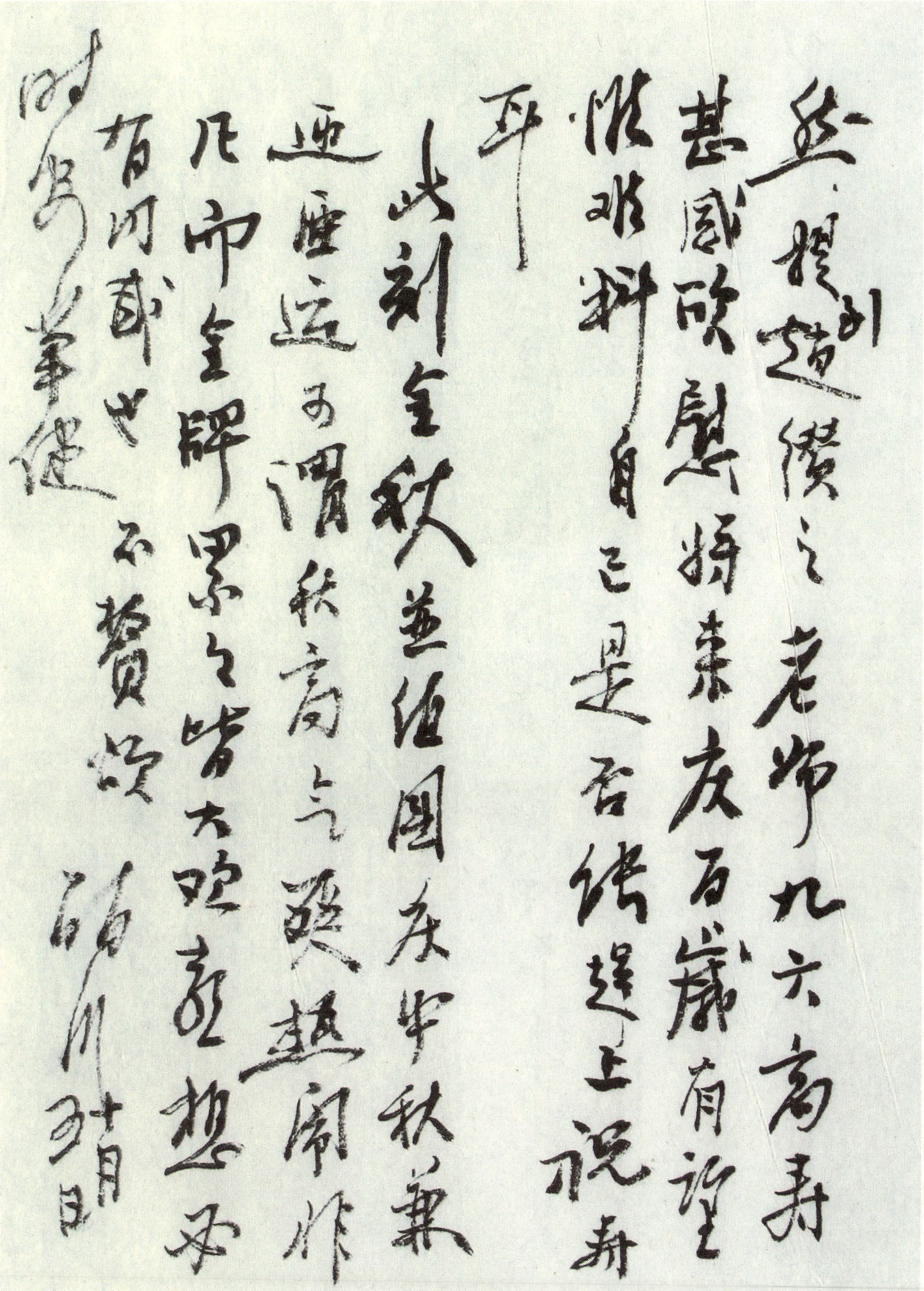

然，提到僕之老師九六高壽，甚感欣慰，將來友百歲有望，惟非料自己是否能達上說壽耶！

此刻金秋，並值國慶中秋兼逢，正所謂秋高氣爽，熱鬧非凡，市容輝煌景象，皆大歡喜，想來省城亦然也，不贅。順頌

時安 筆健

麗川 十月 日

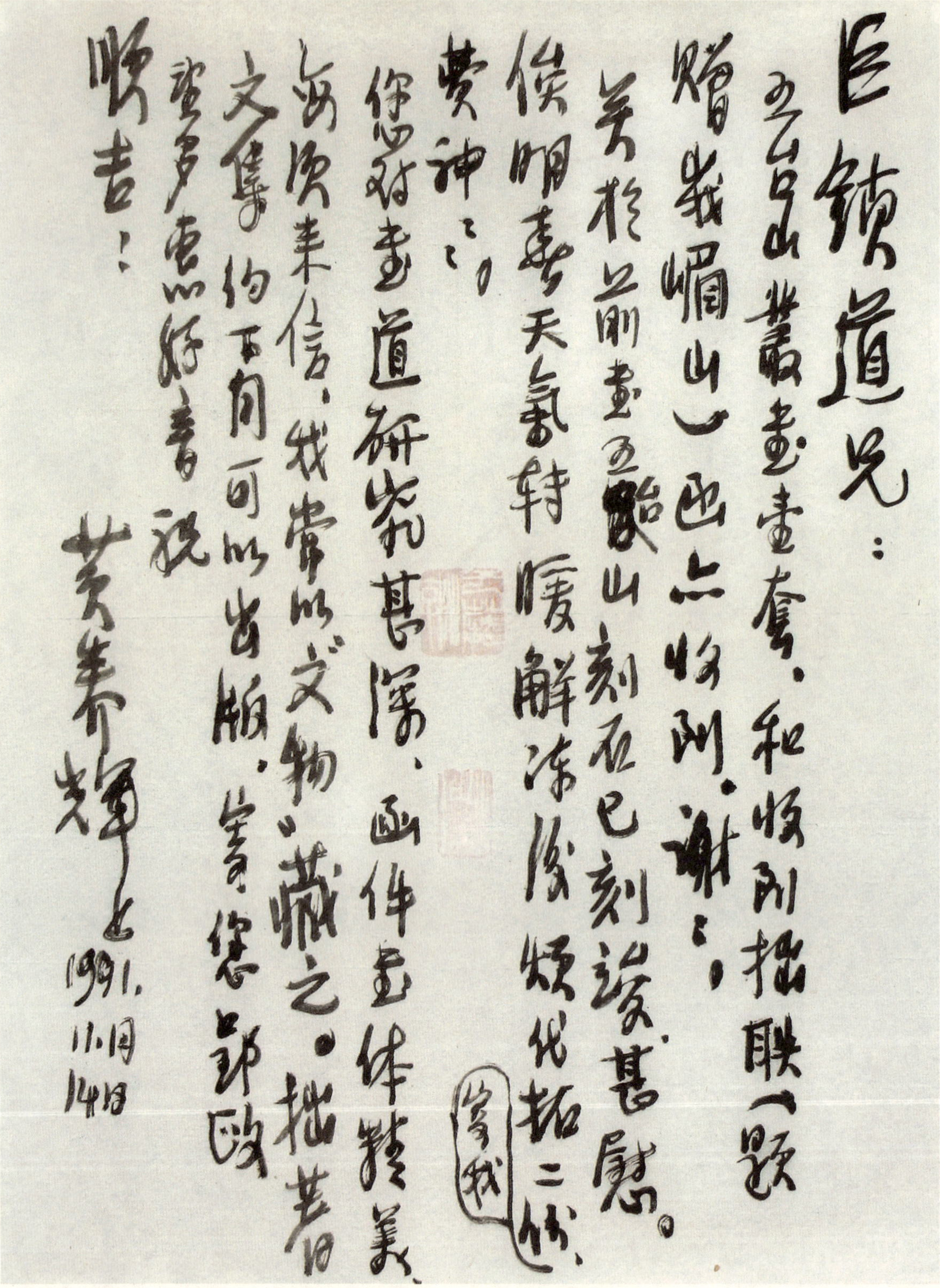

巨鏡道兄：

來函並叢書畫套，和收到拙聯一題贈我峨嵋山函亦收到。謝謝！關於前畫五台山刻石已刻竣，甚慰。候明春天氣轉暖，解凍後煩代拓二份寄我、費神費神。您對書道研究甚深、函件書体精美、每次來信，我常以文物藏之。拙著文集約下月可以出版，當寄您郢政。望多惠以好書　祝暇吉！

黃養輝上
1991.11月14日

黃養輝，一九一一年生，二零零一年卒。江蘇無錫人。書畫家。

長鎮道兄：

久疏通問，時在念中。接奉大函，并拙書刻碑全幅，刻拓兩美，甚善，謝謝。五台佛地勝境，夙所向往，以後如有機會，當來暢遊，謝邀，深感盛情。

兄九月中有訪美之行，中華文化豐厚，端賴兄多作宣傳，定獲豐收，賀賀。

順祝

東去旅途平順

大吉大利！

黃養輝上 八十又五

一九九五年九月十九日

南京

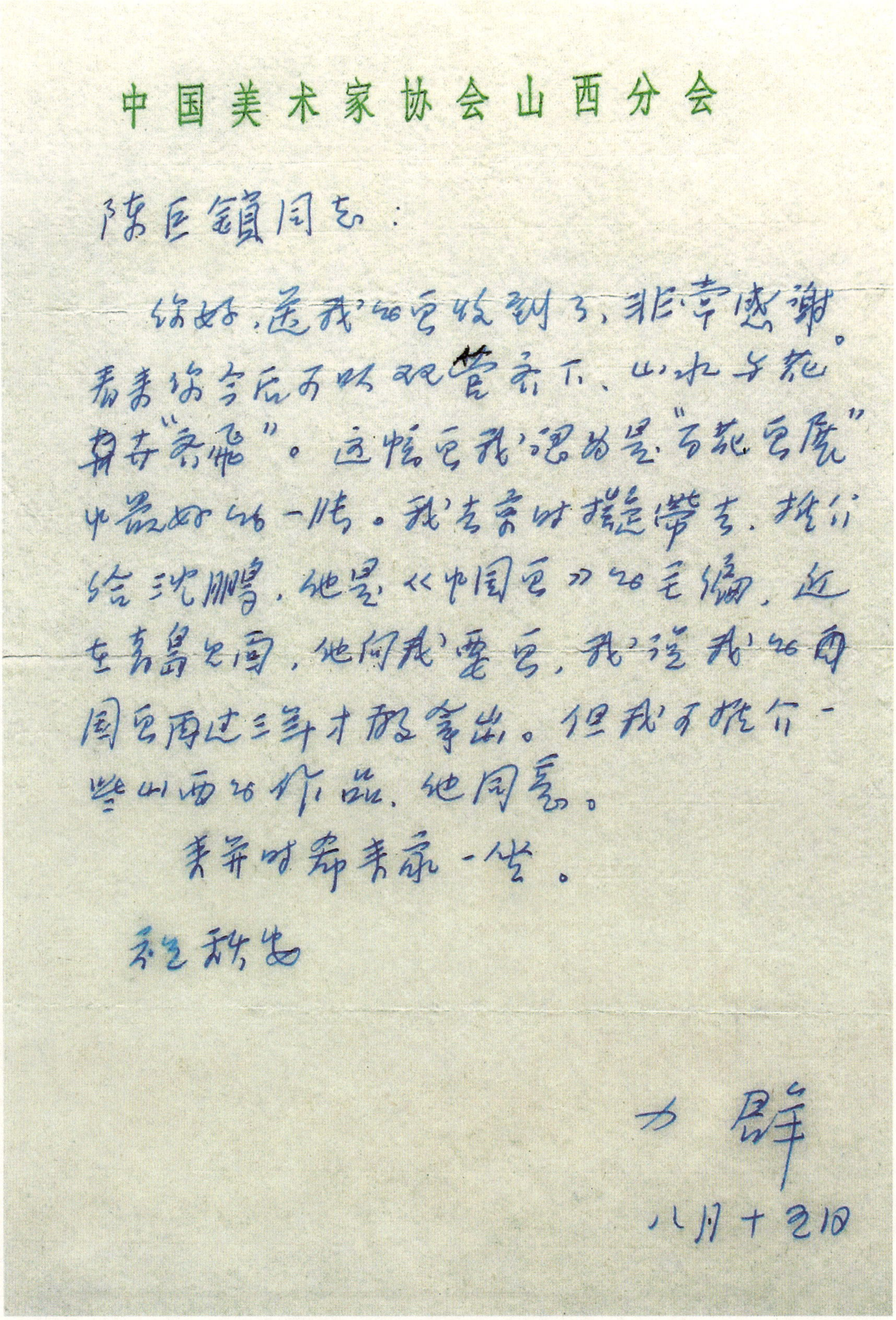
中国美术家协会山西分会

陈巨锁同志：

你好，送我的画收到了，非常感谢。看来你今后可以双管齐下、山水与花鸟并存"齐飞"。这幅画我认为是"百花画展"中最好的一幅。我去京时携带去，推介给沈鹏，他是《中国画》的主编，近在青岛出面，他向我要画，我说我的国画再过三年才能拿出。但我可推介一些山西的作品，他同意。

美展时希来家一坐。

致秋安

力群

八月十五日

力 群，一九一二年生。山西靈石人。版畫家。

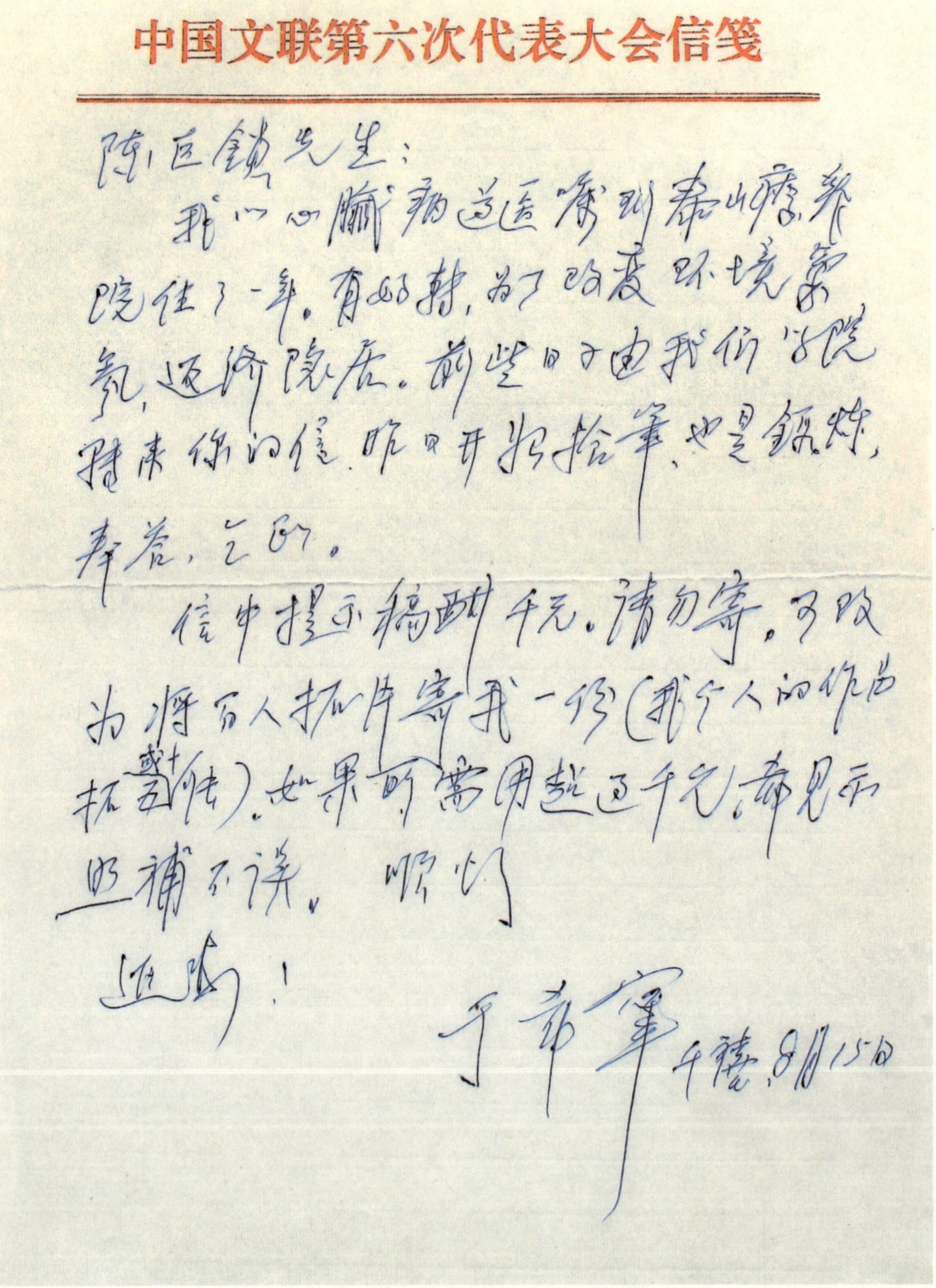
中国文联第六次代表大会信笺

陈巨锁先生：

我以心脏病送医院到泰山疗养院住了一年，有好转，为了改变环境气氛，迁济疗院居。前些日子由我们学院转来你的信，昨日开始拾笔，也是锻炼，奉答，乞谅。

信中提示稿酬千元，请勿寄。可改为将百人拓件寄我一份（我个人的作品拓五（或十）件），如果所需用超过千元，希见示照补不误。顺叩

近好！

于希宁 千禧 8月15日

于希寧，一九一二年生，二零零七年卒。山東濰坊人。書畫家。

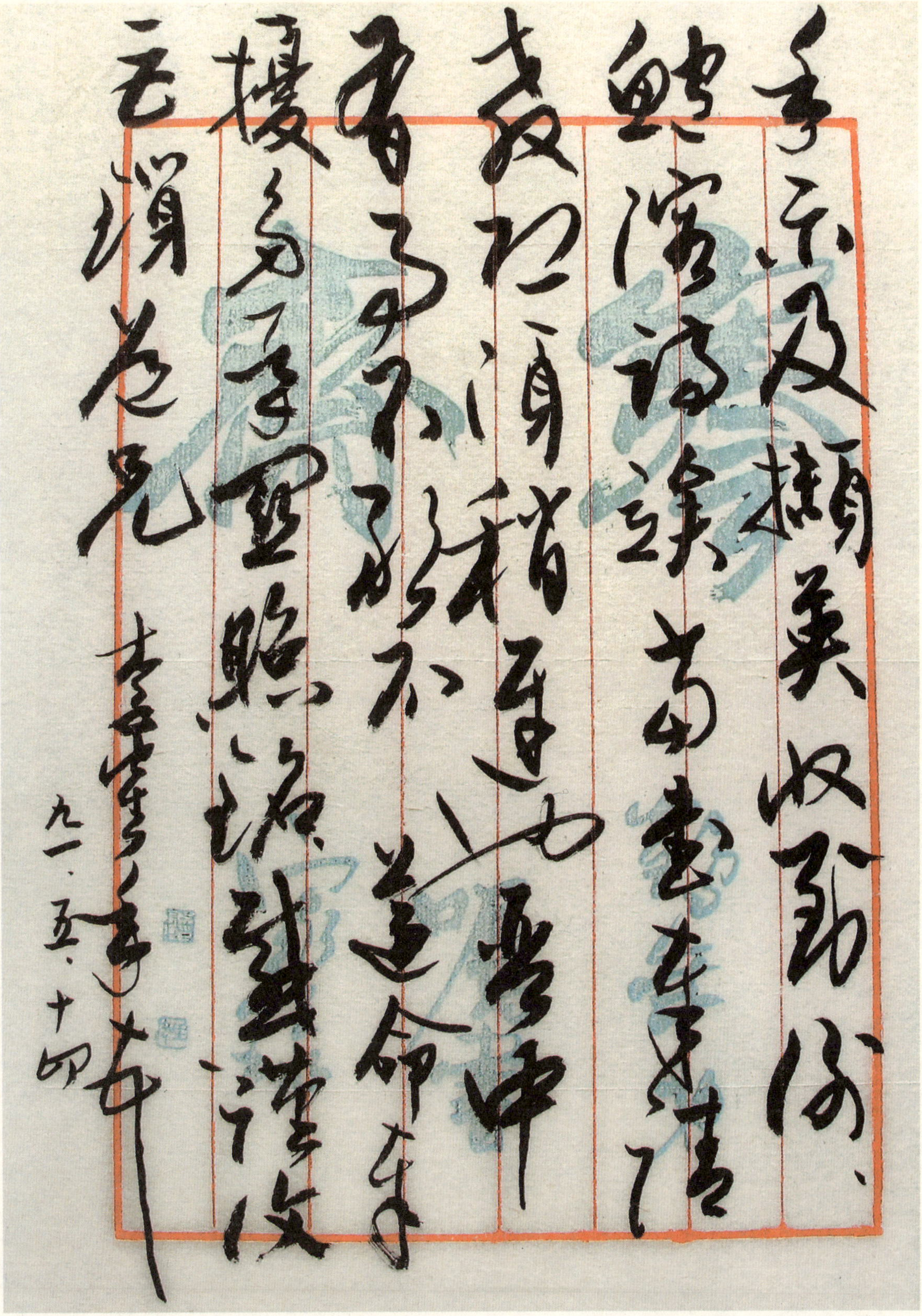

李鶴年，一九一二年生，二零零零年卒。祖籍浙江紹興，世居津門。字鳴皋，別署蹇齋。書法家。

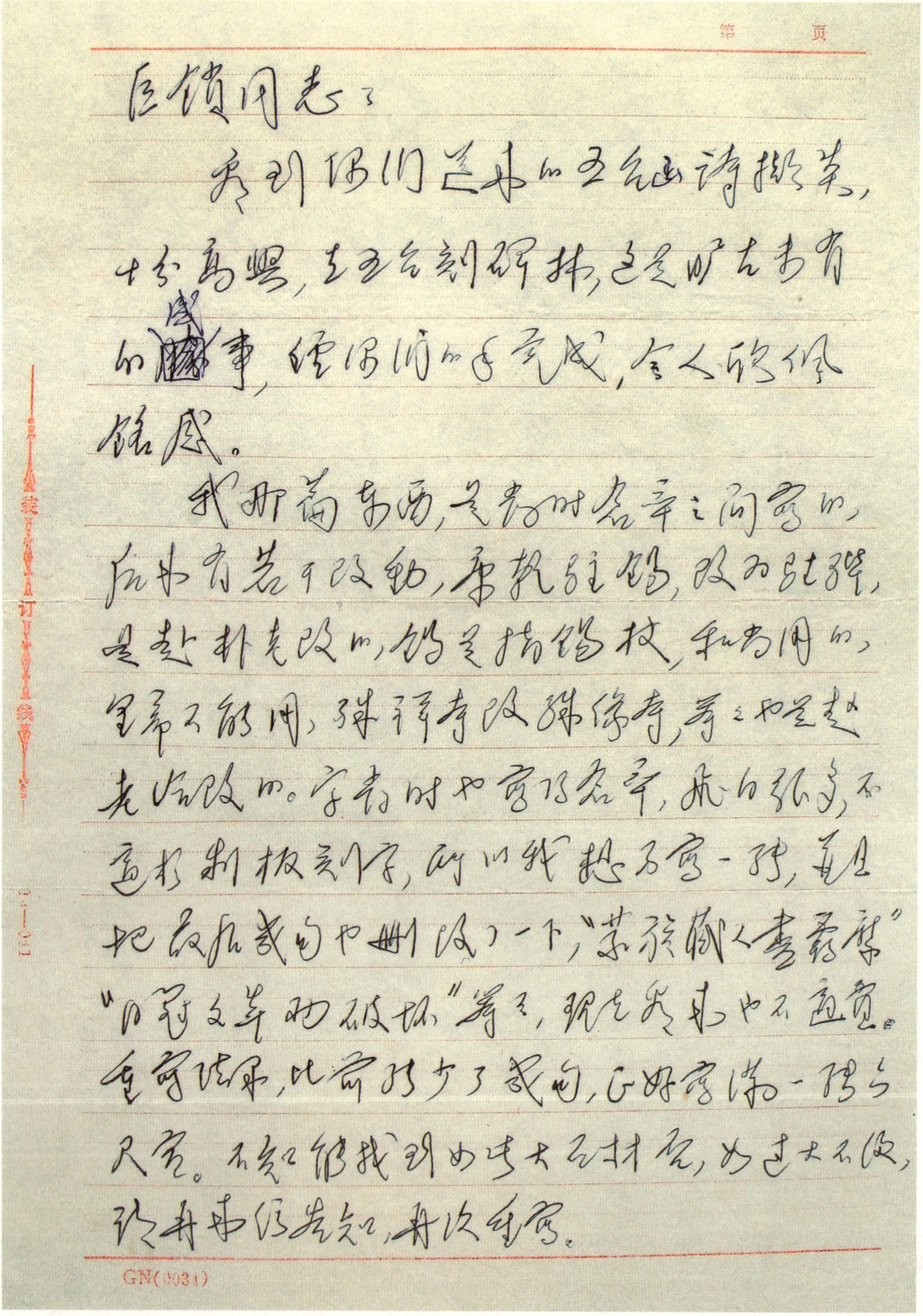

第　　页

巨赞同志：

看到你们送来的五台山诗抄，十分高兴。在五台刻碑林，也是旷古未有的盛事，经你们的手完成，令人钦佩铭感。

我那首东西，是当时急率之间写的，后来有若干改动，原"执经"错，改为"驻锡"，是起初改的，"锡"是指锡杖，和尚用的，皇帝不能用，"弹禅寺"改"禅练寺"，等等也是起先没改的。字当时也写得急率，飞白张多，不适于制版刻字，所以我想另写一张，并且把有几个字句也删改了一下，"苏轼等人书艺术""几经文革的破坏"等等，现在看来也不适宜。重写以后，比前稍少了几句，正好写满一张六尺宣。不知能找到如此大的石材否，如过大不便，请再来信告知，再次重写。

GN(0034)

段雲，一九一二年生，一九九六年卒。山西蒲縣人。書法家。

第　　页

1980年见后，再未见面，有时在报刊杂志上看到你的作品。那时地址还有我住那年来我们的同志，不知道姓什么？还有那位陪邵校梅的同志，我有时会记起你们，故中珍藏过。

月前到广东深圳珠海等地走了一趟，还好，我已八十四岁了，但还不服老。什么时候能再到王云、梓潼、龙门等地看看，看看老地方、老朋友，这也是常常在想的。

草草，握手如上，顺祝

近好

段云

3月廿四日

1992、

GN(C034)

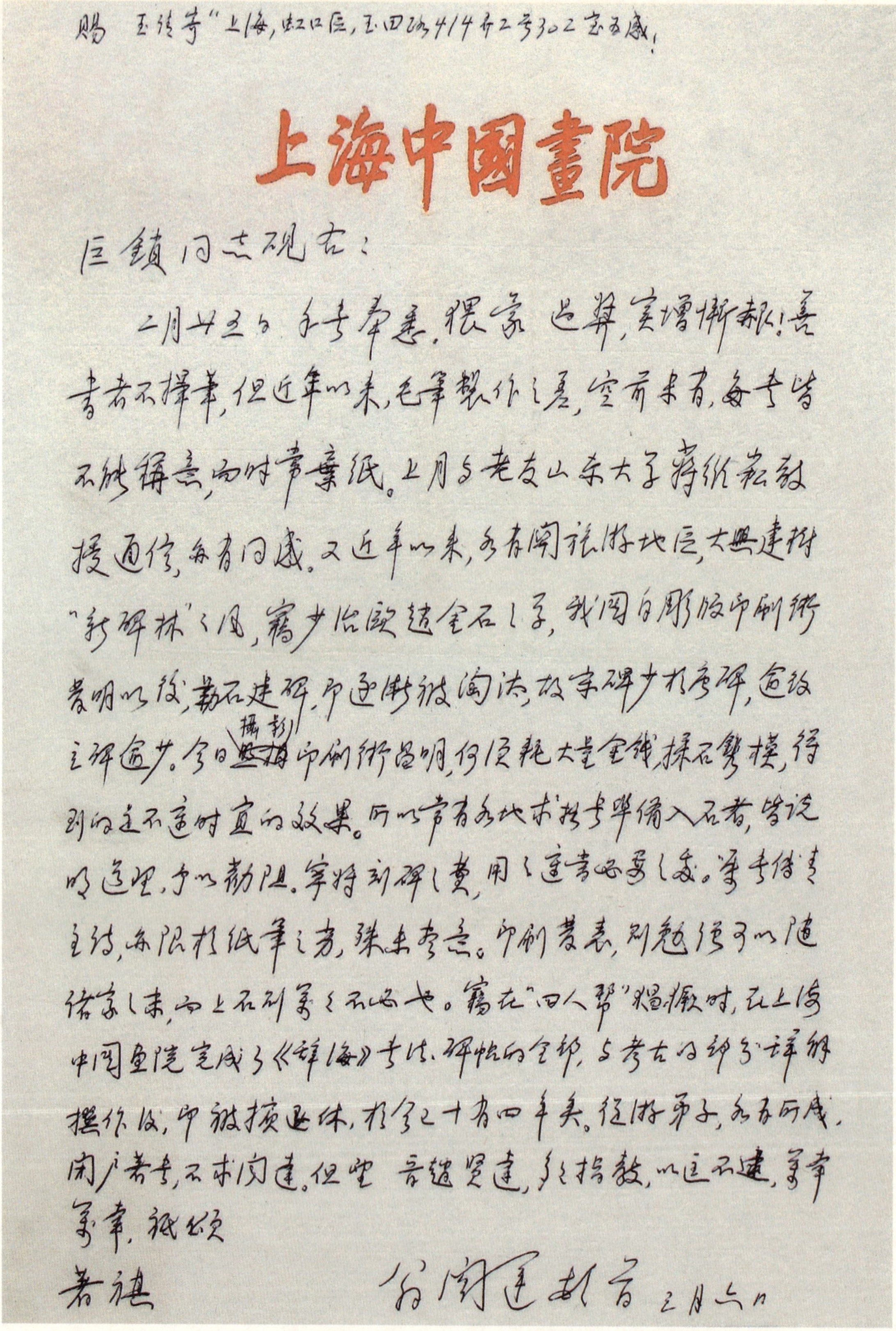

賜 玉請寄"上海，虹口区，玉田路414弄2号302室"為感！

上海中國畫院

巨鎮同志硯右：

二月廿三日手書奉悉，猥蒙過獎，實增慚赧！吾書本不擇筆，但近年以來，毛筆製作之差，空前未有，每書皆不能稱意，而時常棄紙。上月與老友山東大學蔣維崧教授通信，亦有同感。又近年以來，各省開放游地區，大興建樹"新碑林"之風，竊少治歐趙金石之學，我國自影版印刷術發明以後，勒石建碑，即逐漸被淘汰，故宋碑少於唐碑，元後之碑益少。今日攝影印刷術昌明，何須耗大量金錢，採石鐫模，得到的是不適時宜的效果。所以常有各地求我書寫備入石者，皆說明這道理，予以勸阻。寧將刻碑之費，用之于更必要之處。筆者傳書之法，亦限於紙筆之方，殊未考慮。印刷發表，則益傳可以隨諸家之來，而上石則萬萬不必也。竊在"四人幫"猖獗時，在上海中國畫院完成了《辭海》書法、碑帖的全部，與考古的部分詞條撰作後，即被摘退休，於今已十有四年矣。從游弟子，各有所成，閉户著書，不求聞達。但望吾道興達，多多指教，以匡不逮，萬幸萬幸。祗頌

著祺

翁闓運敬上 三月六日

翁闓運，一九一二年生，二零零六年卒。江蘇蘇州人。筆名慧仁。書法家。

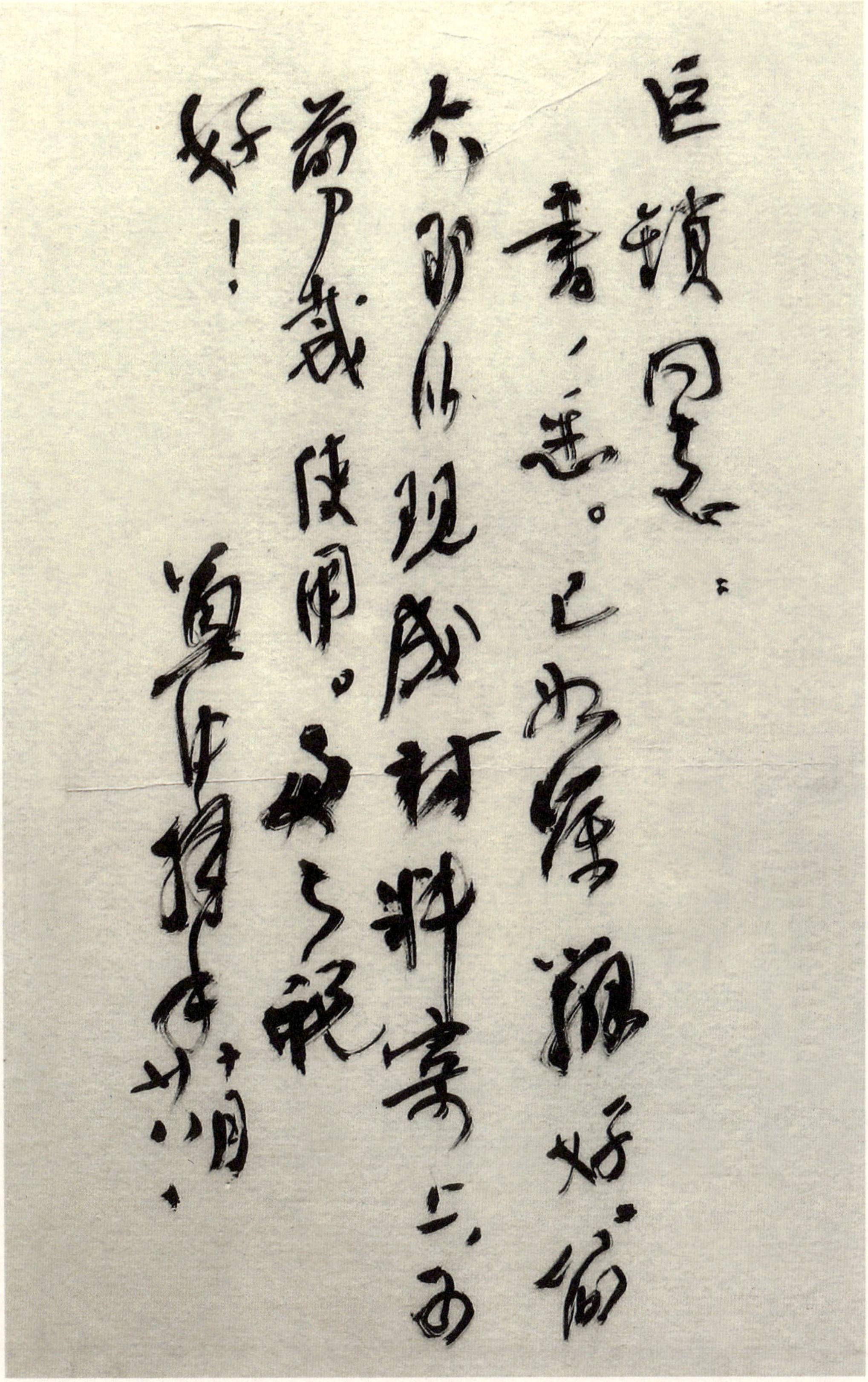

巨鏡同志：

書悉。已如囑題好，留

亦即作現成材料案上，面

前[illegible][illegible]使用。如之說

好！

奠中拜 廿八

姚奠中，一九一三年生。山西稷山人。别名丁中，晚號老樗。學者，書法家。

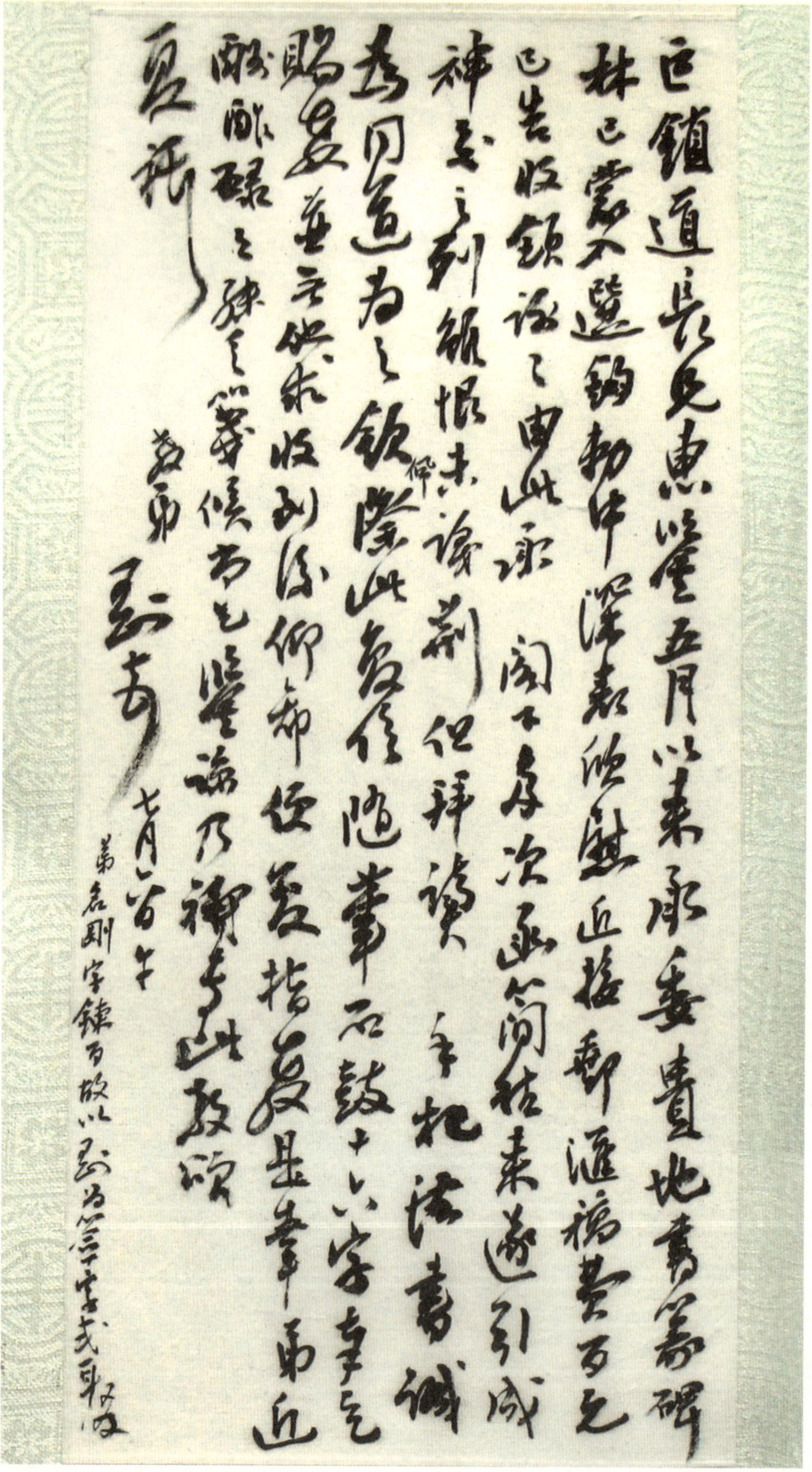

唐煉百，一九一三年生，一九九三年卒。名剛。上海南匯人。書法家。

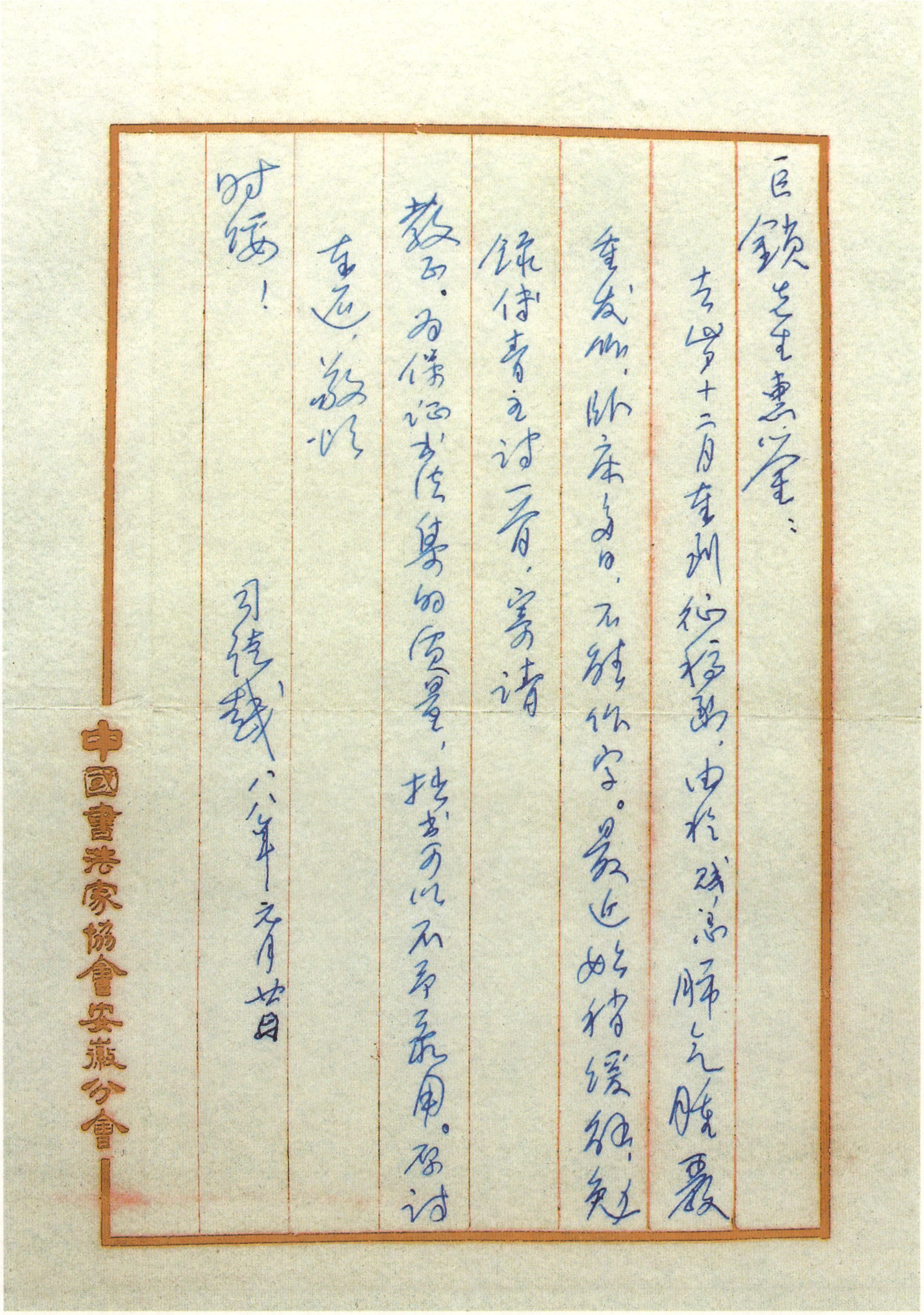
中國書法家協會安徽分會

巨鎔先生惠鑒：

去岁十二月杭州初晤，由于我急归，无暇长叙。重发病，卧床多日，不能作字。最近始稍缓解，兹録俚句一首，寄请教正。为保证书法集的质量，拙书可以不予采用。原诗奉还，敬颂时绥！

司徒越 八八年六月廿日

司徒越，一九一四年生，一九九零年卒。安徽壽縣人。號劍鳴。書法家。

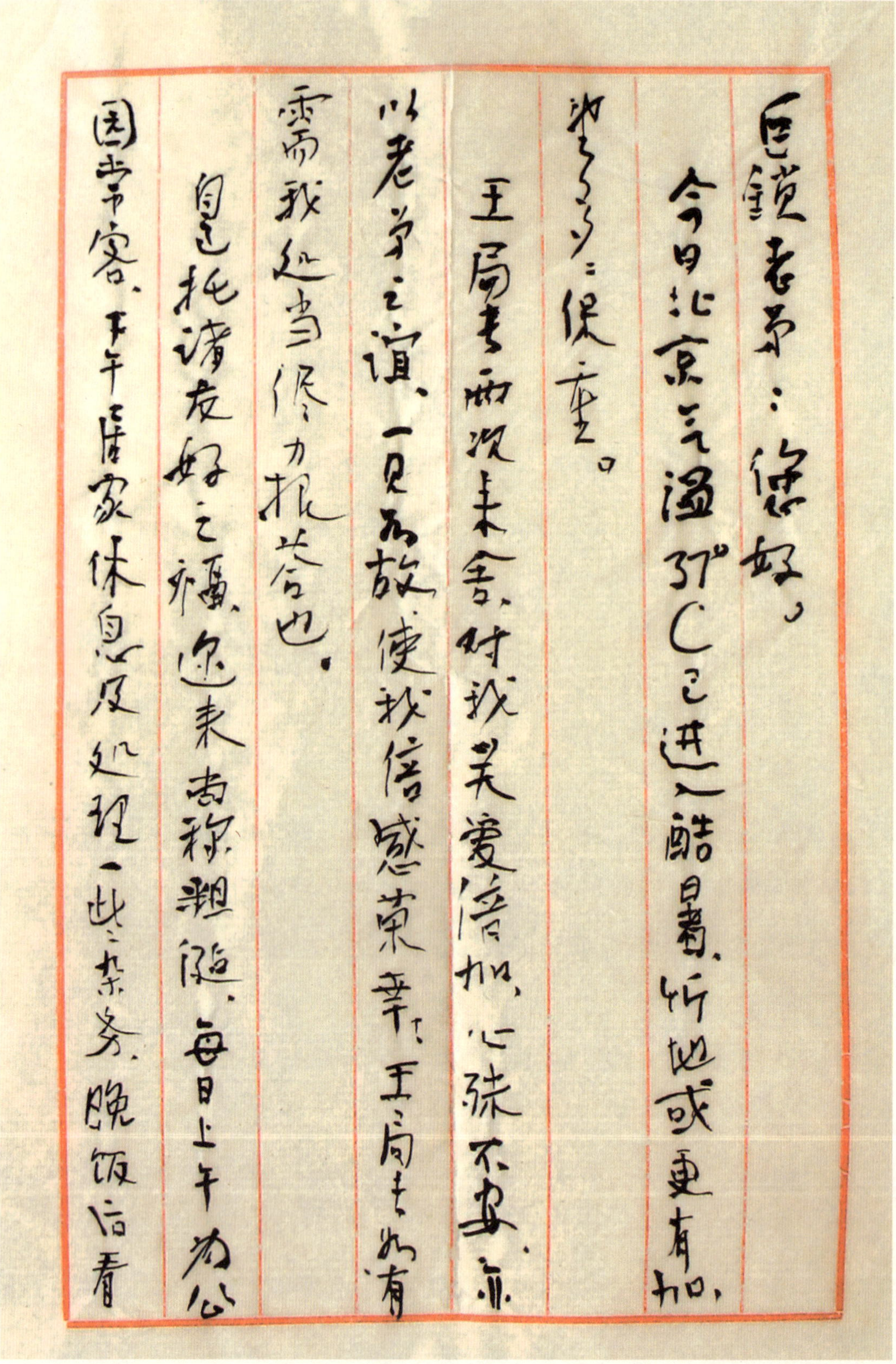

匡鍇老弟：您好。

今日北京气温37°C已进入酷暑，你地或更有加，望多多保重。

王局长两次来舍，对我关爱倍加，心殊不安，亦以老弟之谊，一见如故，使我倍感荣幸。王局长如有需我处当尽力报答也。

自退托诸友好之福，您远来书称期颐，每日上午为公园常客，下午居家休息及处理一些杂务，晚饭后看

王紹尊，一九一四年生，二零零九年卒。河北薊縣人。書畫篆刻家。

看新闻，九时多入睡。但内障用「麝珠明目滴眼液」已坚持数年，见效。近又服用「仙灵骨葆胶囊」对老年腰腿酸累，亦见效。总之老年争取一路平安平顺足矣。知关锦注，亦特奉告。

关于石涛画出版争取用宣纸印刷，及具備书号、全国发行为上策，当续图之。特告。

匆匆顺候
暑安
效英弟妹同候，並请代候王局长及
尊夫人安好

紹尊 二〇〇四年六月十日

中國美术家協会陕西分會

巨鑽同志：

北京会晤，匆匆匝月，每忆谈笑，辄为神驰。昨陈钫同志（陈之中治公子）来，出示方胜同志致我一函，云学会年会，将发函告事，私心甚为關怀，但目下全国第五次文代会开会时期尚未见通知，届时必须去京出席，时间或将冲突，必恐不能前来躬逢盛会。如果不能来，即拟推荐我会副主席陈少默前来，不知可否？即希从速通知最好，同时

劉自櫝，一九一四年生，二零零六年卒。陕西三原人。號遲齋。書法家。

2

中國美術家協会陝西分會

通过陕西作协，转给同刊。

寄来的地址呢？我家地址是：西安市许士庙街廿七号。如蒙见示，寄此亦可。或协陕分会在西安建国路七十一号作协内，也可寄。我转会转来眉山方胜信，是六月、七月间所寄，不晓确也。

其次，我附带提一个还不成熟的建议。我觉得需要连络全国出版和研究文学的人，成立一个文学社。西安

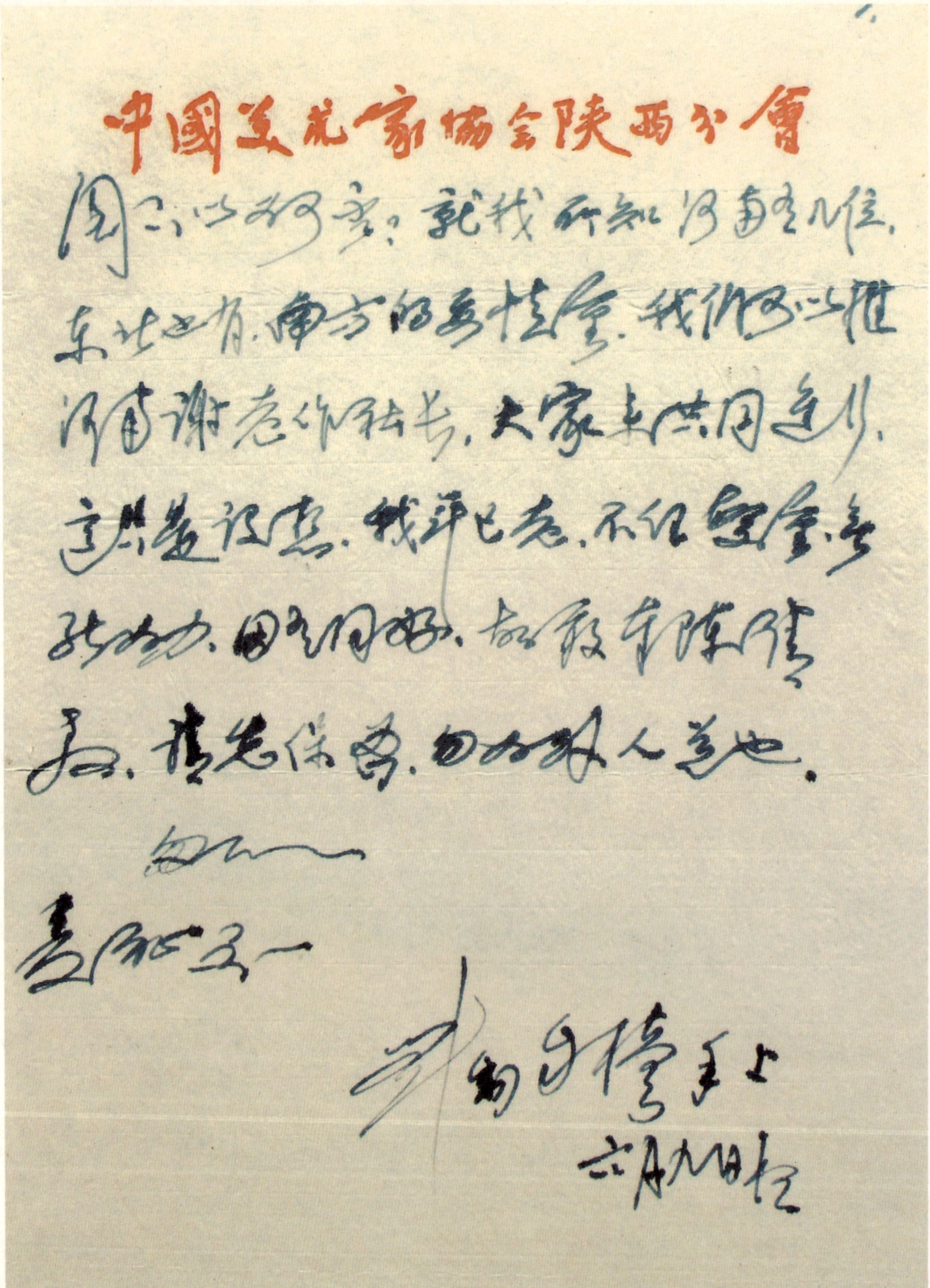

中國美術家協会陝西分會

[illegible]同志：就我所知河南有几位，东北也有，南方的更难多。我们只好推河南谢志作社长，大家来共同进行，这些是设想。我年已老，不能登会参加活动，因之同好，故我在陕情意，请先保密，因为对人道也。

匆匆

[illegible]

刘自櫝手上

六月九日[illegible]

中华人民共和国文化部

巨锁同志：

大札与画册均收到，诗石家庄出版撷英均悉。撷英内幸勿宜，诗书与佳选择无中部已出之列了碑林他之友人将为各情之迟增辉。收到感看手续迟载届如诗石家书法撷英耕耘粗劣批抨孔揭中华民族文化建设社会主义精神文明，功莫大焉。道厚寄来划去第再寄顶些此一份收即空两册。如方便请此请五十文访石家书店撷英五册新寄此拳文化部（邮编一〇〇七二）余收，以店方梁园书馆幸聊收藏。寄款与新贵活费，告此匪言。

匆康月吃
近礼

周而复 一九九一.五

○五一

周而复 ·隐堂师友百札·

周而复，一九一四年生，二零零四年卒。安徽旌德人。原名祖武。作家，书法家。

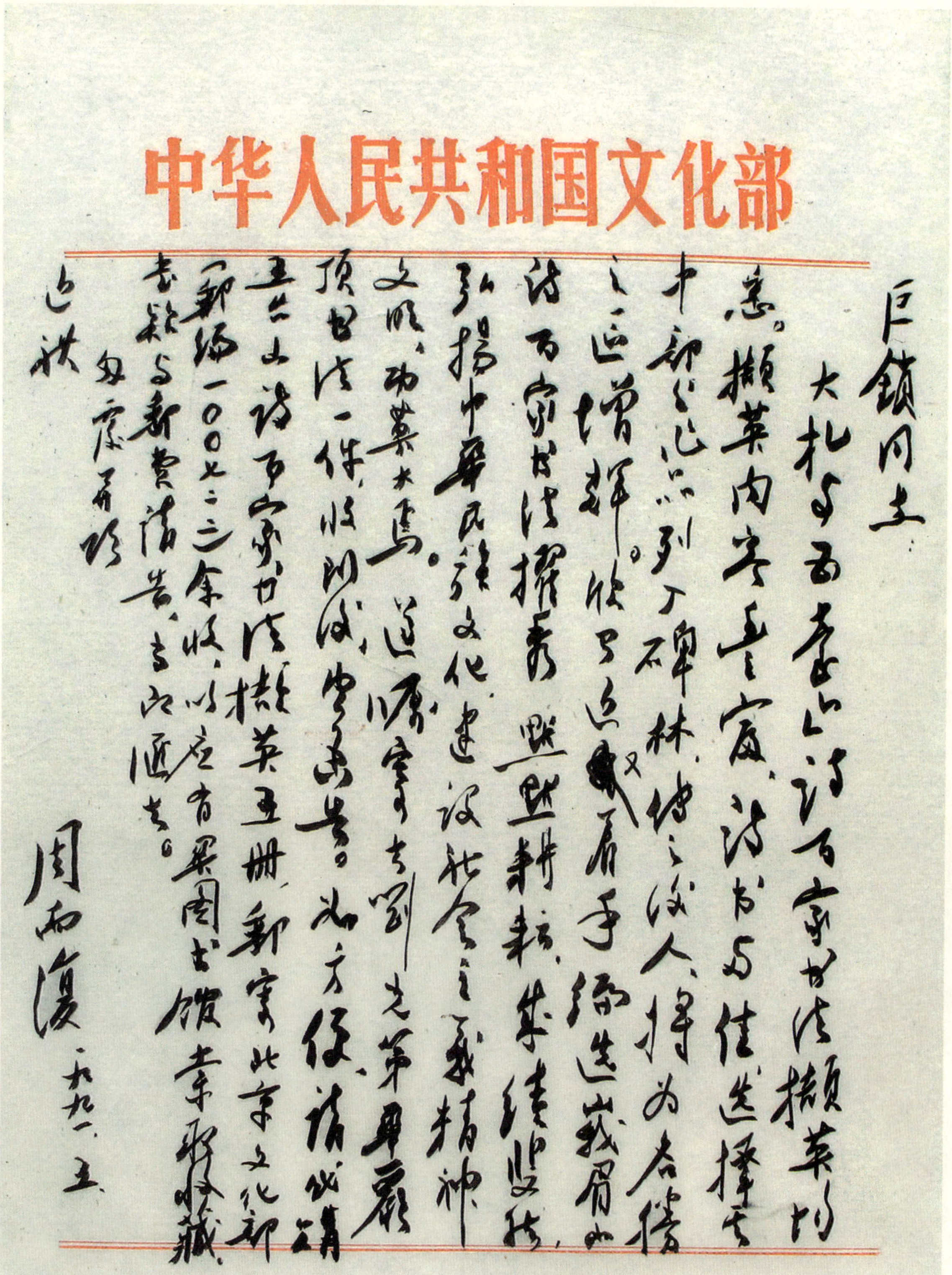

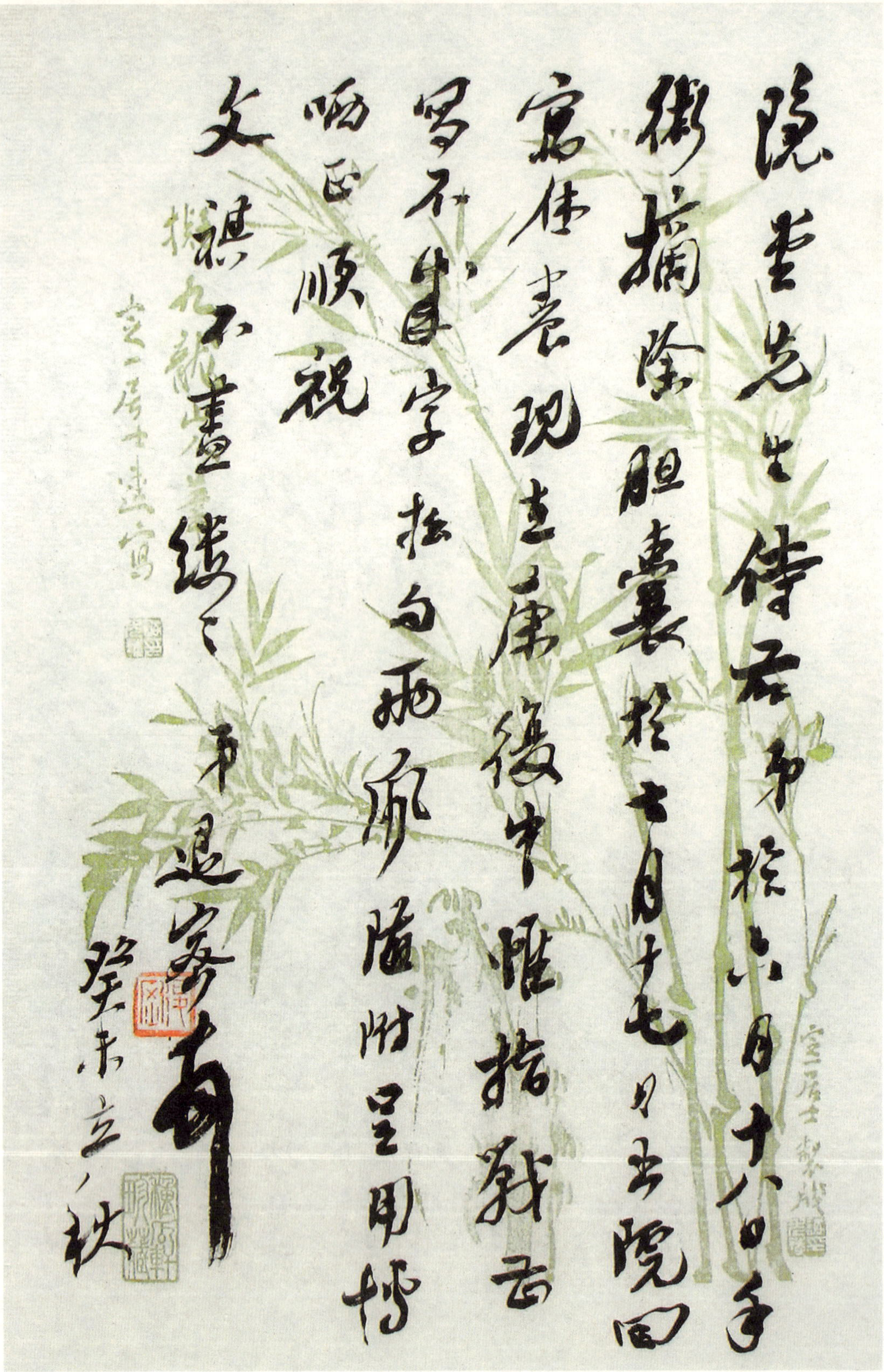
隱堂先生侍右：弟於六月十八日手術摘除胆囊，於七月廿七日出院回家休養，現在康復中，惟指戰云寫不成字，拙句兩承隨附呈，用博哂正。順祝
文祺，不盡縷縷。
弟退密頓首
癸未立秋

周退密，一九一四年生。浙江鄞縣人。學者、詩人、書法家。

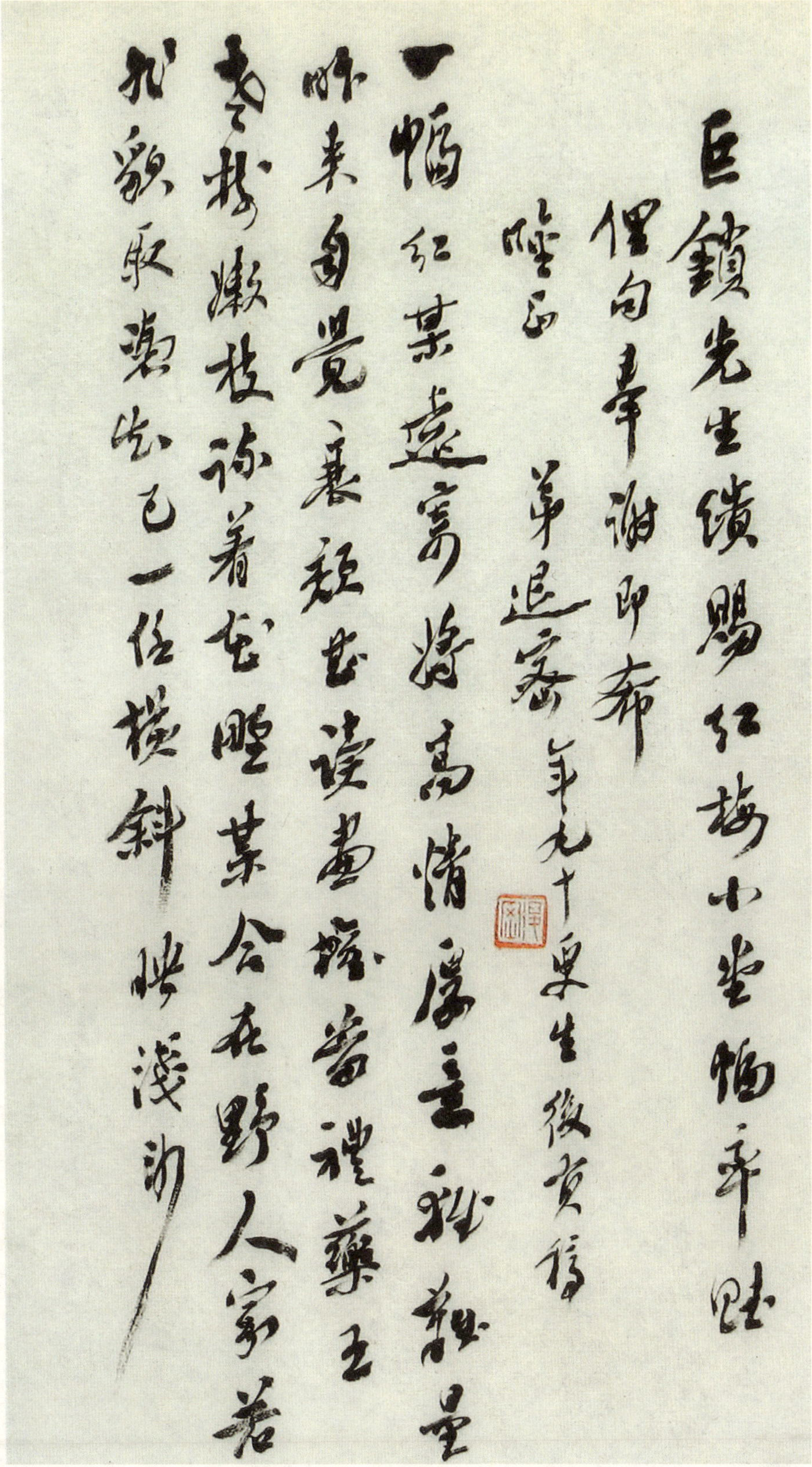
巨鎮先生饋賜紅梅小幅，拜貺佳句，奉謝即希哂正。弟退密 年九十 吳生後貢稿

一幅紅梅遠寄將，高情厚意感難量。昨來自覺衰頹甚，讀畫猶當禮藥王。老幹嫩枝綴着花，臘梅合在野人家。若教移取瀛洲去，一任橫斜映淺沙。

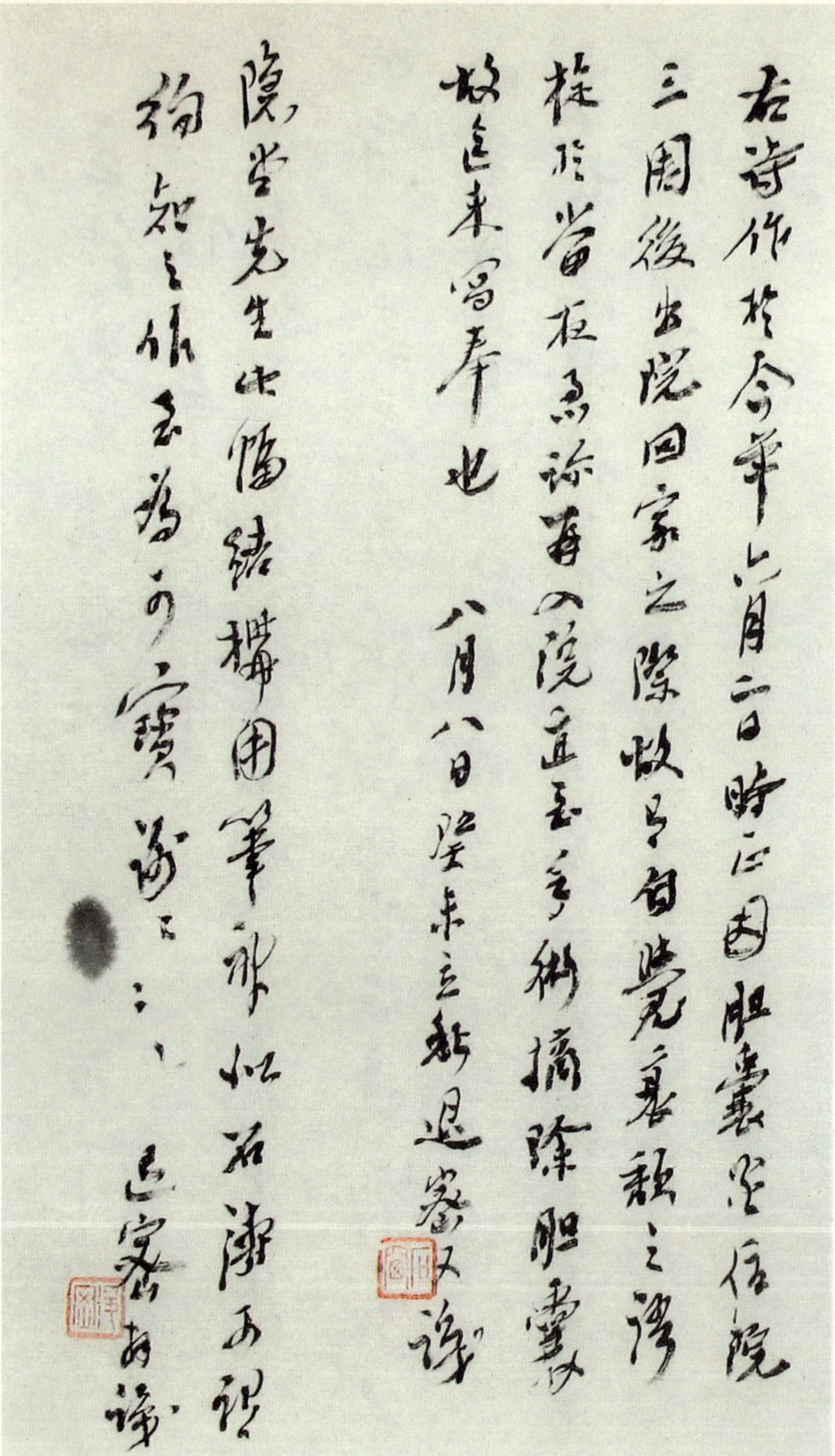

右詩作於今年六月二日時正因胆囊炎住院
三周後出院回家之際收到自覺來數之詩
桂於當在急診等入院直至手術摘除胆囊後
故追來寫奉也　八月八日燈下之新退密又識

隱堂先生此幅結構用筆飛動如若潑雨點
猶知之能去為可寶貴之　退密再識

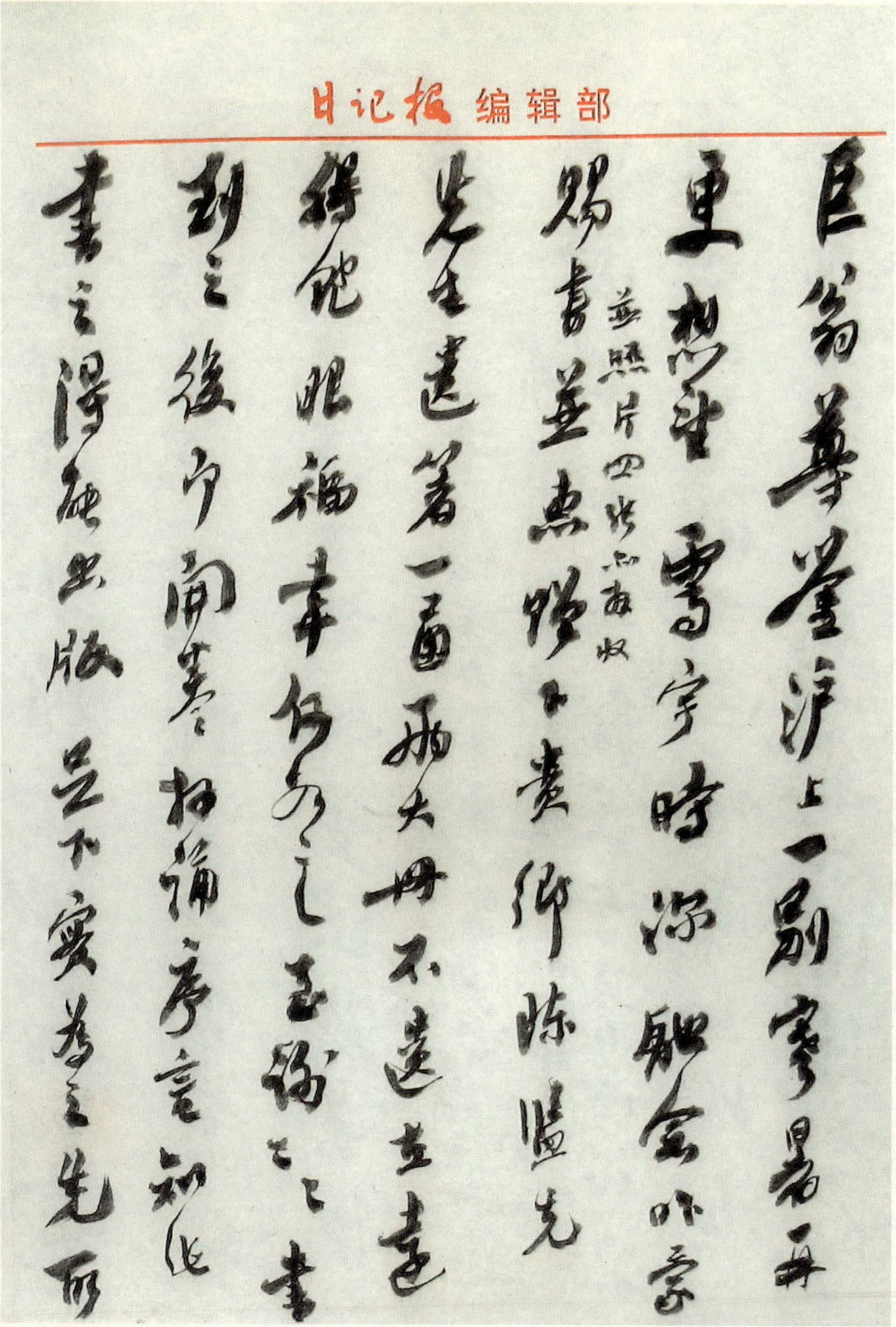

日记报编辑部

巨翁尊丈滬上一別，寒暑再更，想望雲宇，時深馳念。昨蒙賜書並惠贈大著（並照片四張，均敬收），循陳覽先生遺箸一函兩大冊，不遠並寄，得飽眼福，幸何如之。並謝謝。書刊之後，即開卷拍誦，序言初化，書之得以出版，足下實為之先所

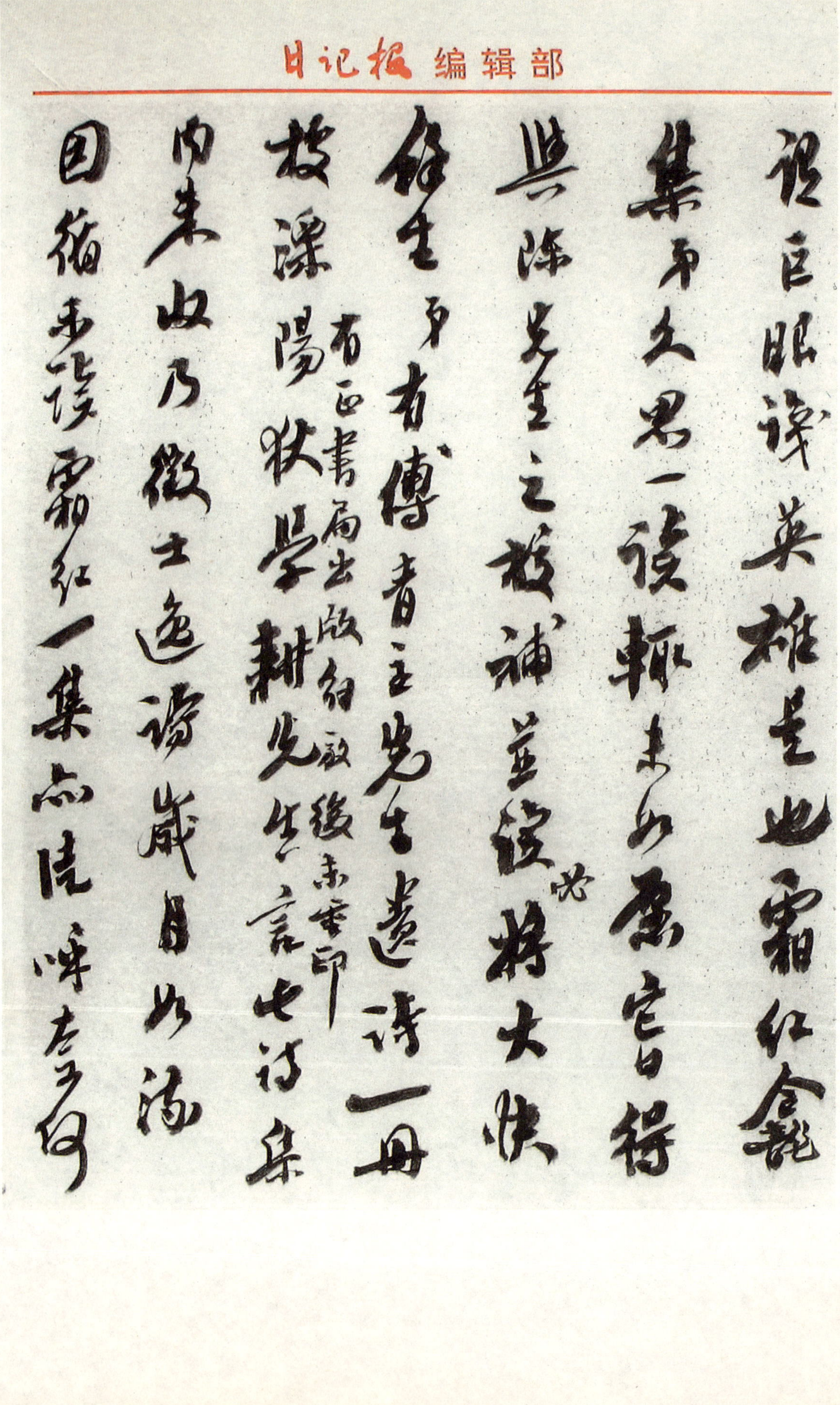

日记报编辑部

詞臣眼識英雄是也霜紅龕集中文君一讀輒未為審得與陳先生之校補並讀此將大快餘生平有傳青主先生遺詩一冊有正書局出版紹敘後來寄印枝溪陽狀學耕先生言七詩集內集山乃徵士逸詩歲月如流回循未讀霜紅一集忘悵嗟老何

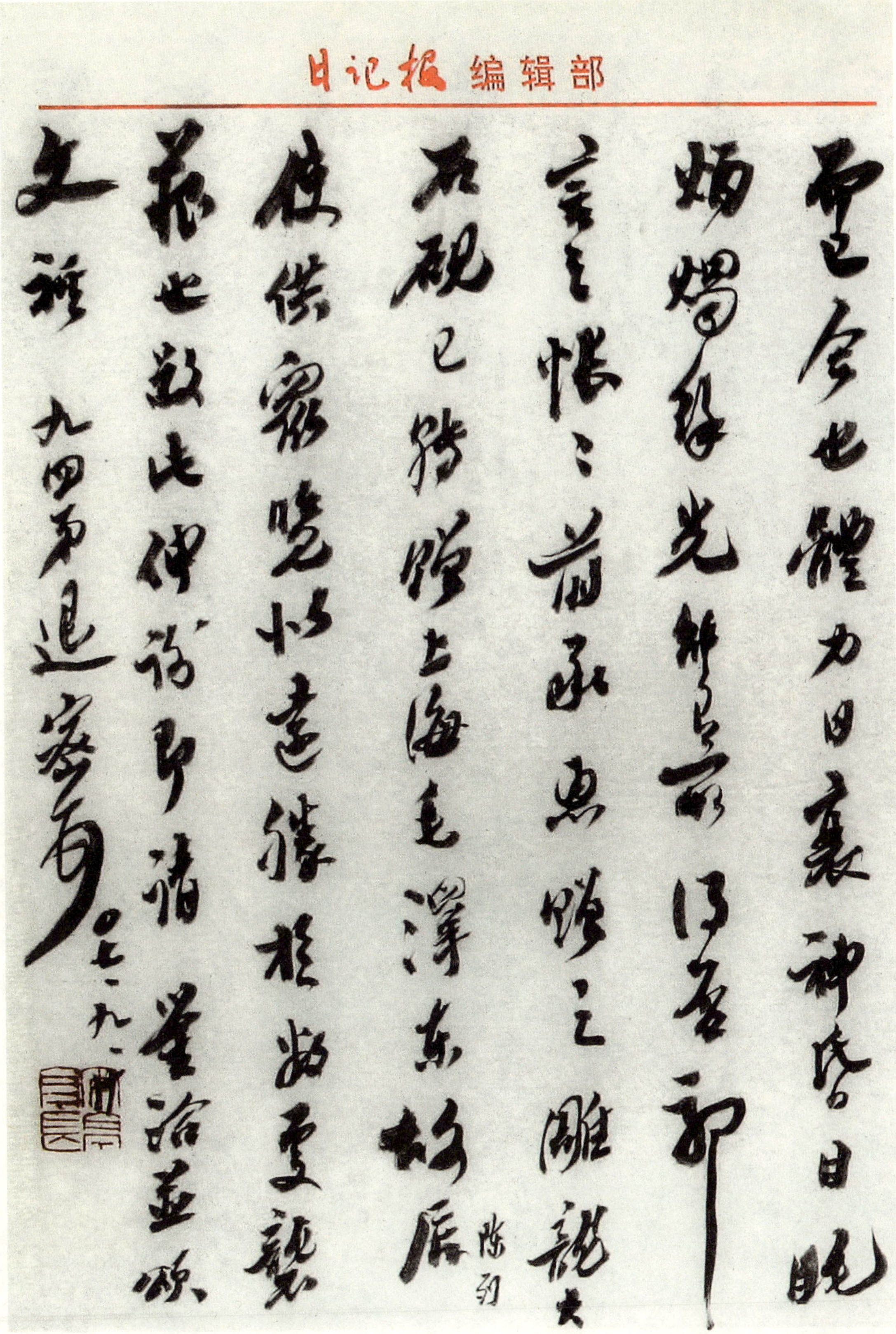

日记报编辑部

要之今也體力日衰神思日晚炳燭餘光雖亦所得幾耶言之悵悵前承惠賜之雕龍大石硯已轉贈上海重澤東故居陳列使供衆覽以遠勝於散變壞藏也敬此伸謝即請著綏並頌文祺

九四年退密頓首

七、九

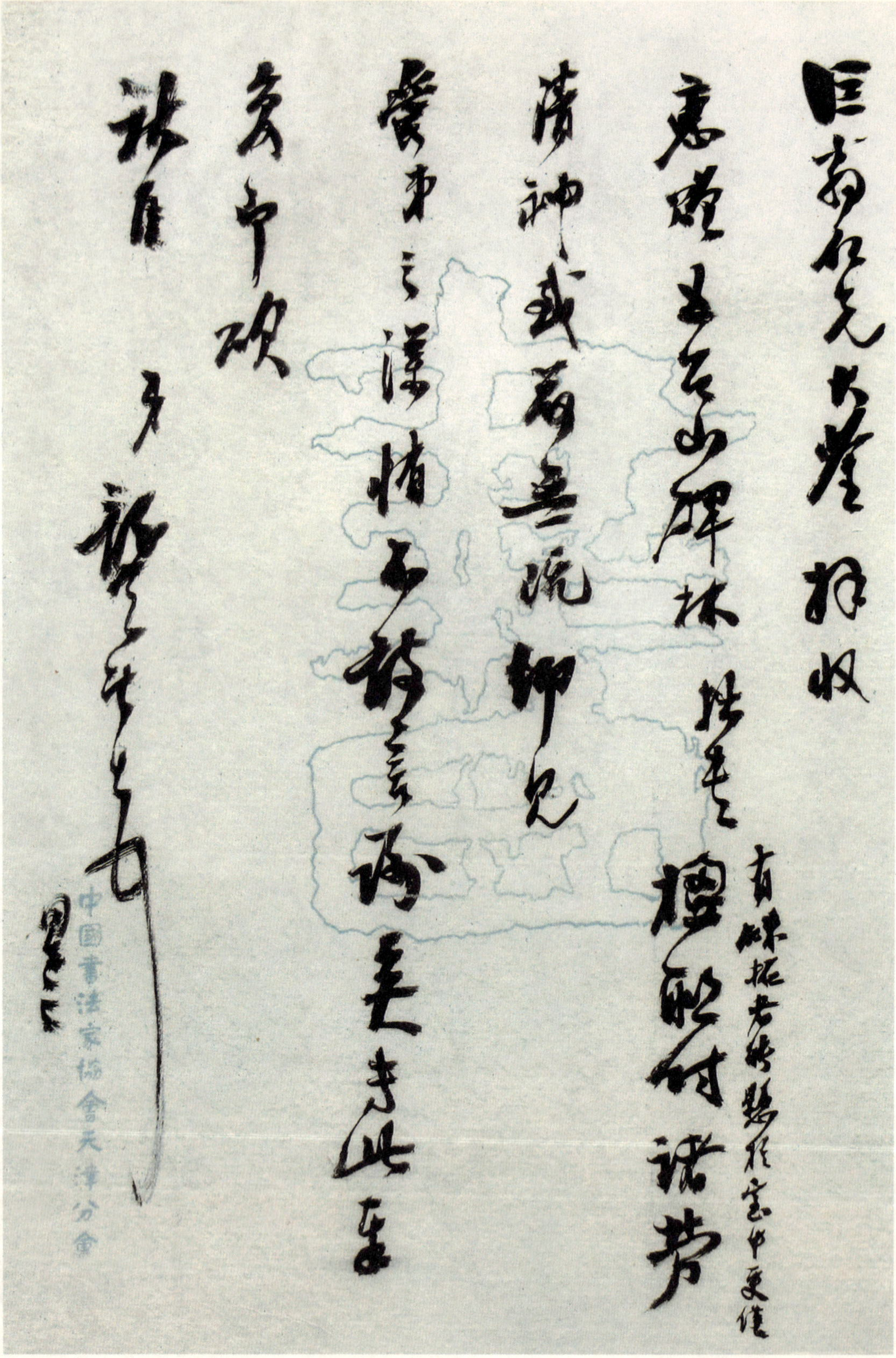

龔望，一九一四年生，二零零一年卒。天津人。原名賓望，字作家、迂公，號沙曲教人。書法家。

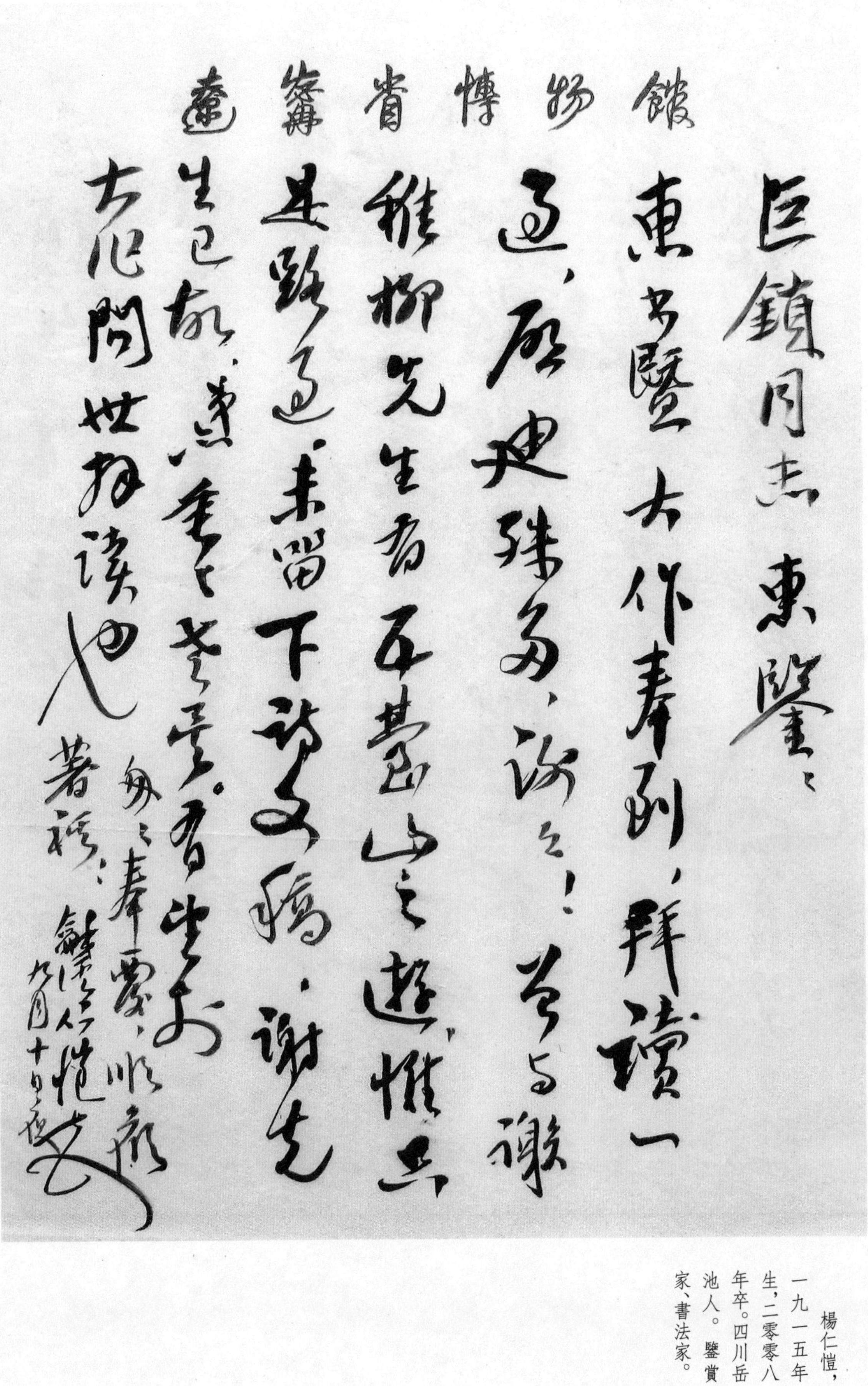

楊仁愷，一九一五年生，二零零八年卒。四川岳池人。鑒賞家、書法家。

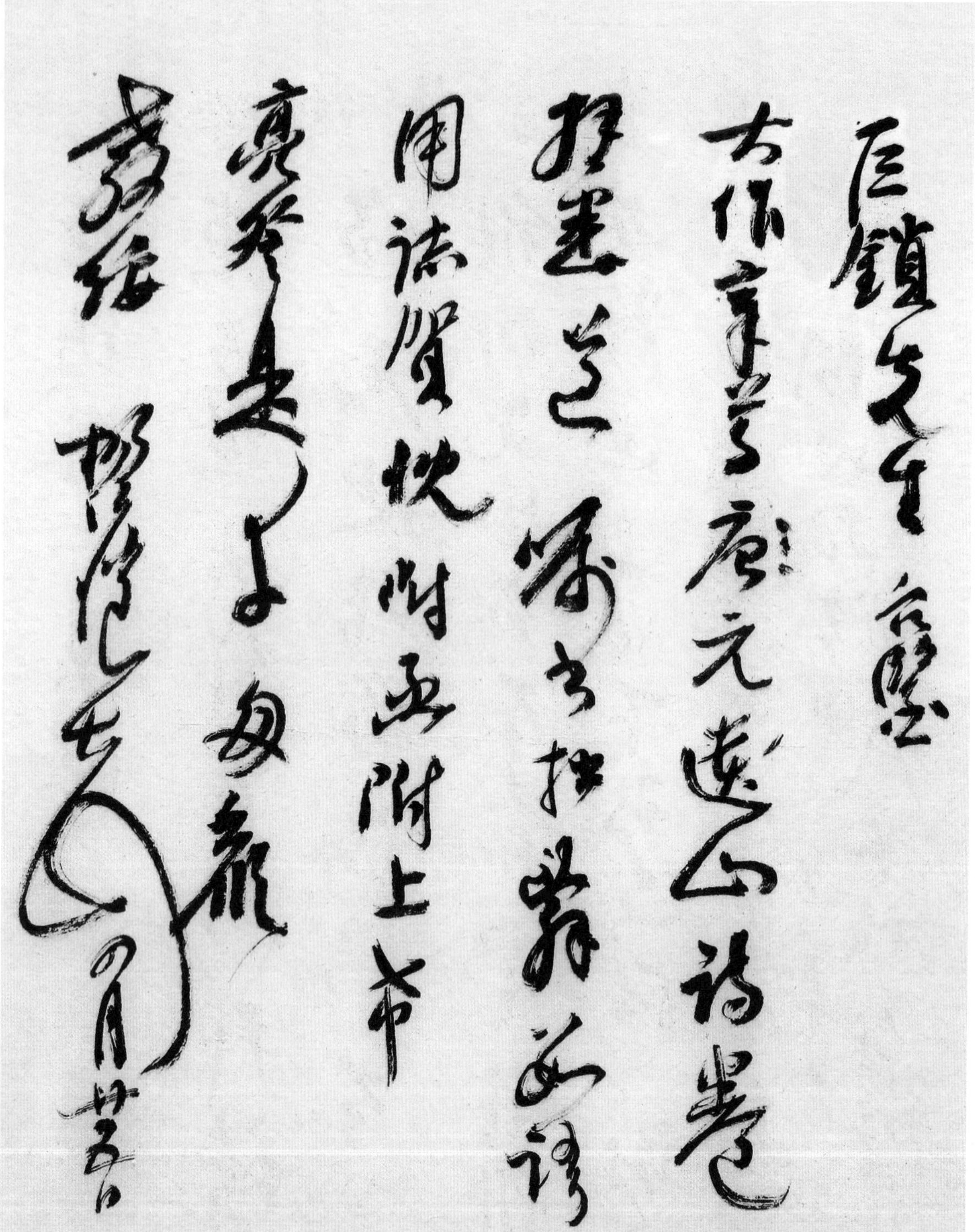

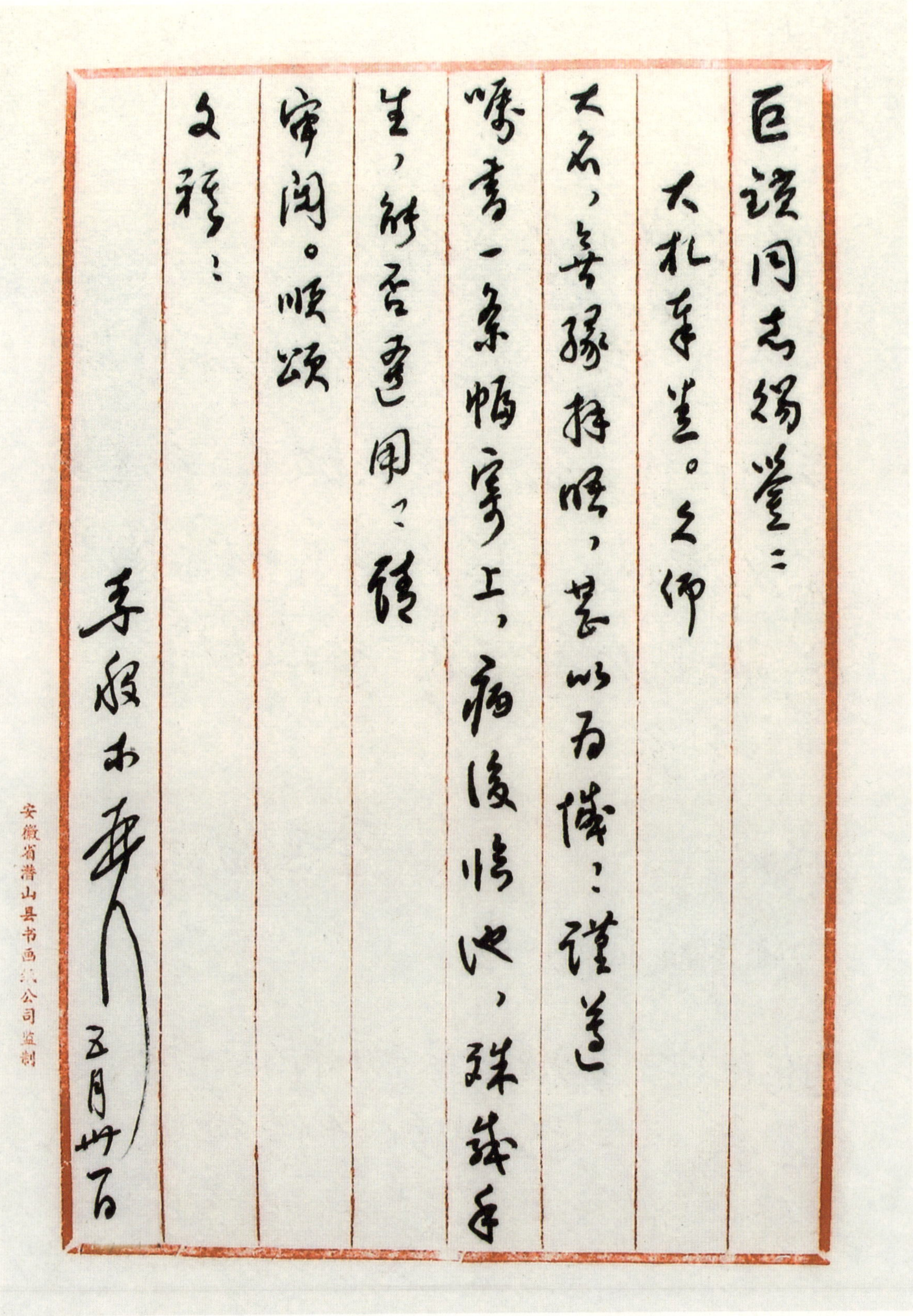
巨謨同志錫鑒：
大札奉悉。久仰
大名，無緣拜晤，甚以爲憾。謹遵
囑書一條幅寄上，病後作此，殊覺手
生，能否選用，請
審閱。順頌
文祺
李般木
五月卅日

安徽省潜山县书画[illegible]公司监制

李般木，一九一五年生，二零零六年卒。甘肅武山人。書法家。

吉林市书法家协会

山西忻州地区文联陳

匡鎮同志：

大函、偏《五台山诗词家书法撷英》征集书法一事已敬悉。兹遵嘱寫就傅山於法源石詩書條幅一件，随函附寄，幸希查收为荷！

复致

敬礼！

金意庵啓

88.1.2

附書條幅一张

通信地址：吉林省吉林市庆丰区廿三楼一号之四号1-4信箱

金意庵，一九一五年生，二零零零年卒。滿族，北京人。姓愛新覺羅。書法家。

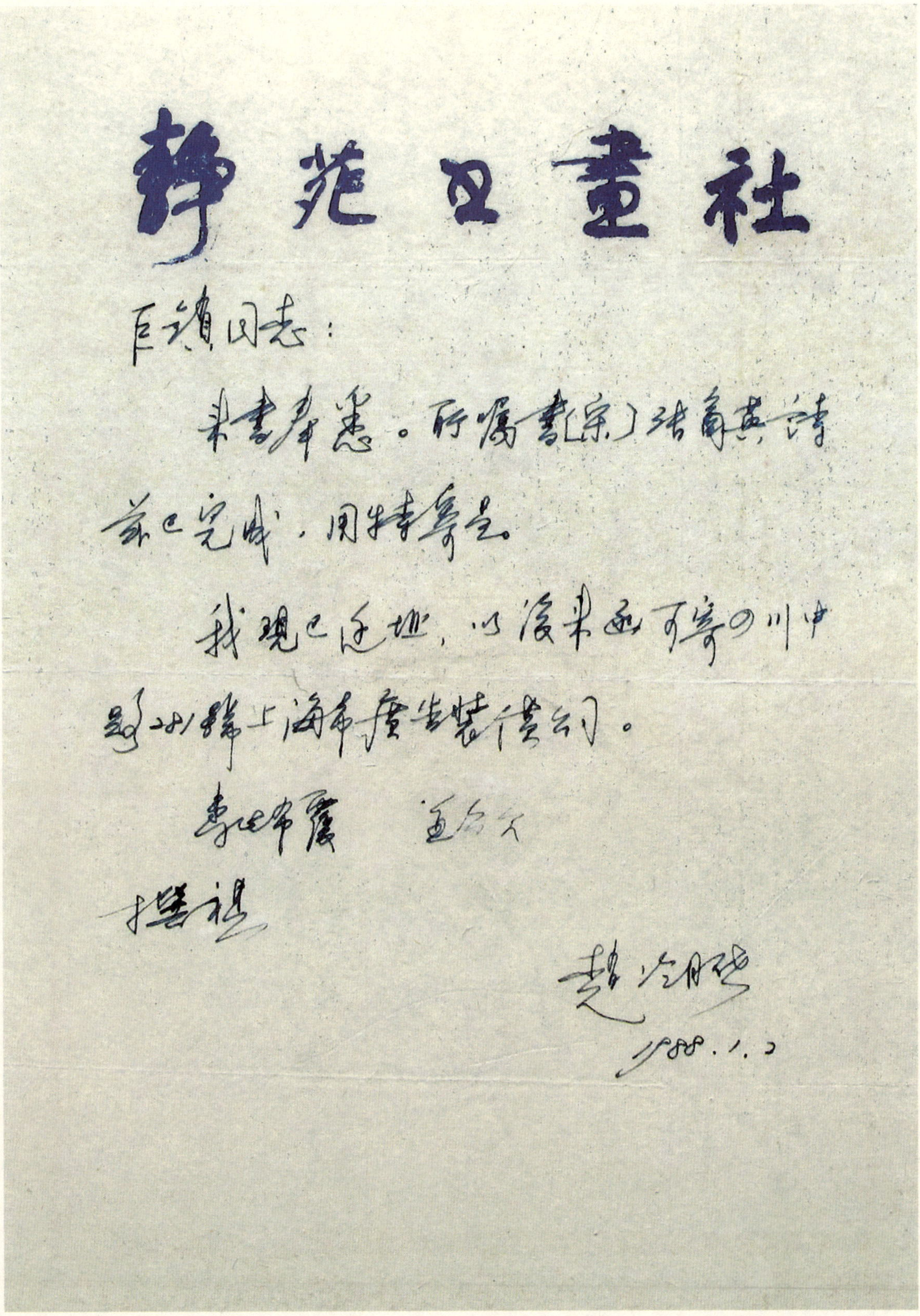
静苑书画社

巨镇同志：

来书奉悉。所嘱书［宋］张俞蚕诗条已完成，用特寄上。

我现已迁址，以后来函可寄四川中路281号上海市广告装潢公司。

专此布复　並頌

撰祺

赵冷月

1988.1.2

趙冷月，一九一五年生，二零零二年卒。浙江嘉興人。名亮，晚號晦翁。書法家。

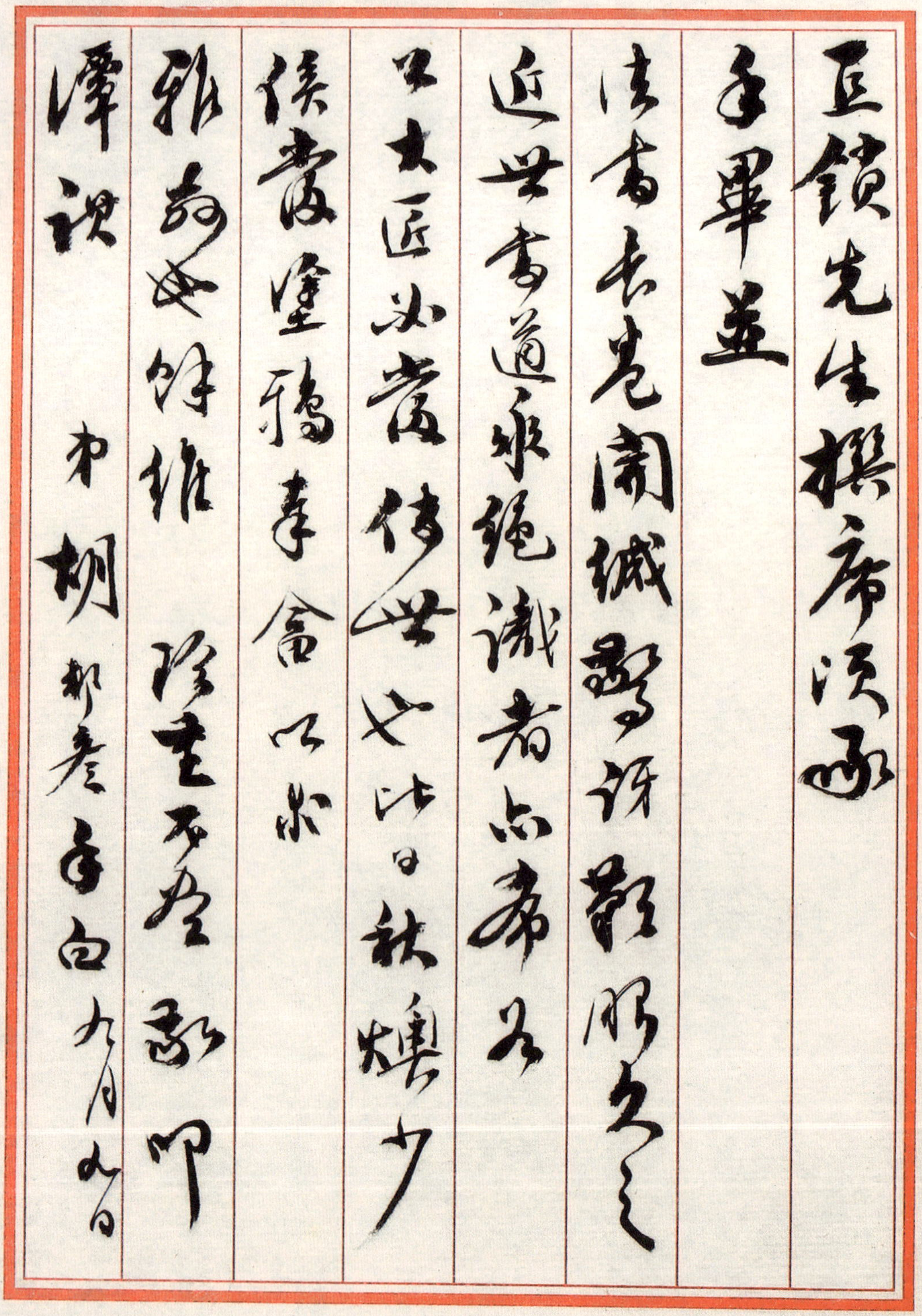
匡鎮先生撰席頃承
手畢並
法書長卷開緘歡誦敬服之至
近世書道衰絕識者亦希矣
以大匠必當傳世之作比日就燒少
俟當塗鴻章命以求
雅教為好維　珍重不盡欲即
撰祺　弟胡邦彥手白　九月九日

胡邦彥，一九一五年生，二零零四年卒。江蘇鎮江人。詩人，書法家。

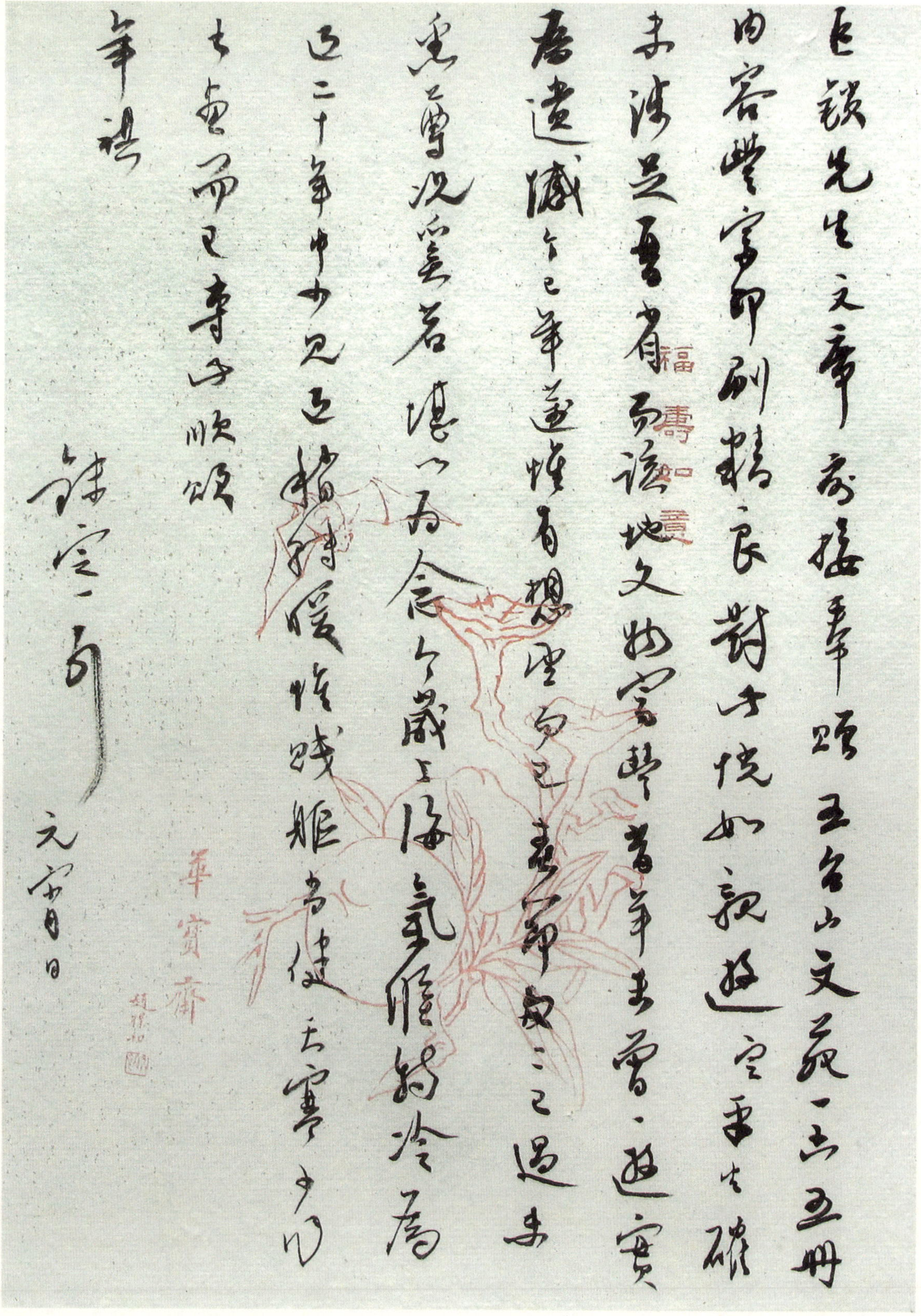

匡錢先生文席 奉接華頃 五台山文苑一六五冊

內容豐富 印刷精良 對之悅如親接 定平生碑

未讀之書者 可謂地文物寶藏 當年未曾一遊 實

爲遺憾 今已年邁 惟有想望而已 未能再見 又過半

患之尊況如若 堪以爲念 今歲上海氣候特冷 爲

近二十年中少見 近稍稍暖 惟賤體尚健 未審中州

何如 而已 專此 順頌

年禧

錢定一 頓首

元宵日

錢定一，一九一五年生。江蘇常熟人。字夷齋。詩人、書畫家。

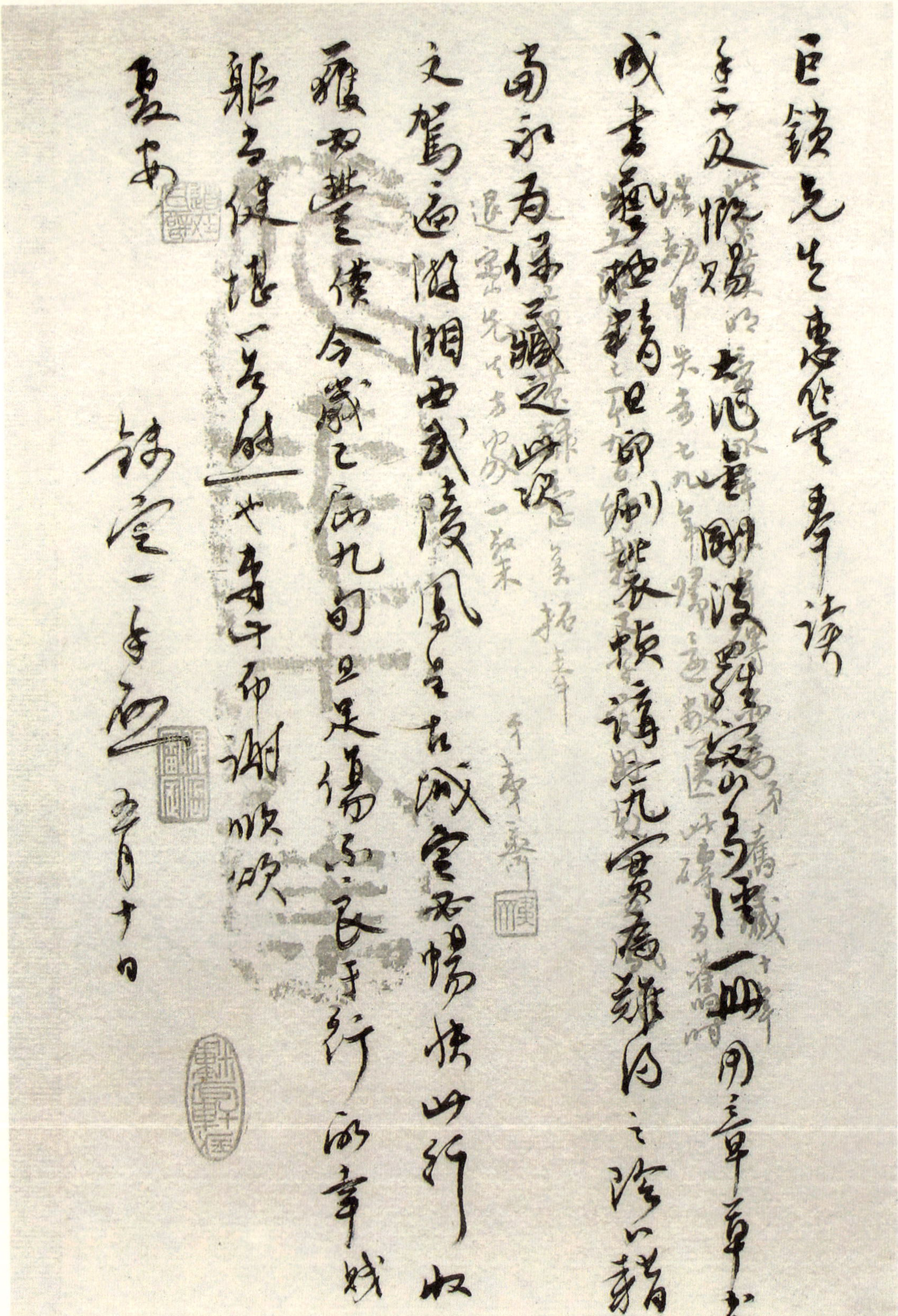
巨鍾先生惠覽 奉讀
手示及惠賜 大作 書剛讀罷 欣感有懷 一冊用章草書
成書藝極精 且印刷裝幀講究 實屬難得之珍籍
當永為保藏之也 此次
文駕過湖湘 由武陵風景去 成 定當暢快 此行 收
穫必豐 僕今歲已屆九旬 且足傷不良于行 致希
能吾奉陪 為歉也 專此布謝 順頌
暑安
錢定一手啟
六月十日

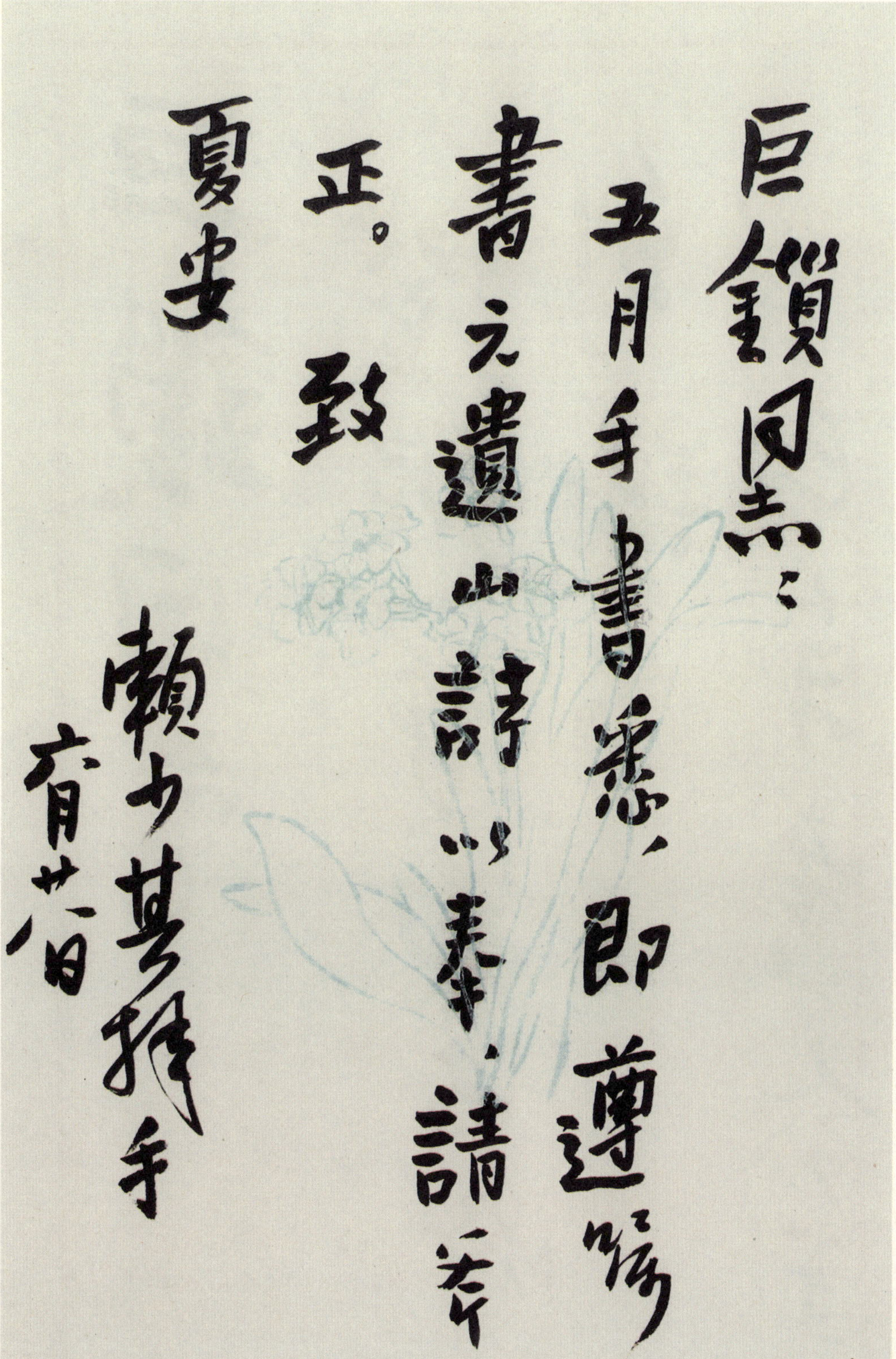
巨鎖同志：
五月手書悉，即遵囑
書之遺山詩以奉，請斧
正。致
夏安
賴少其拜手
六月廿日

賴少其，一九一五年生，二零零零年卒。廣東普寧人。書畫家。

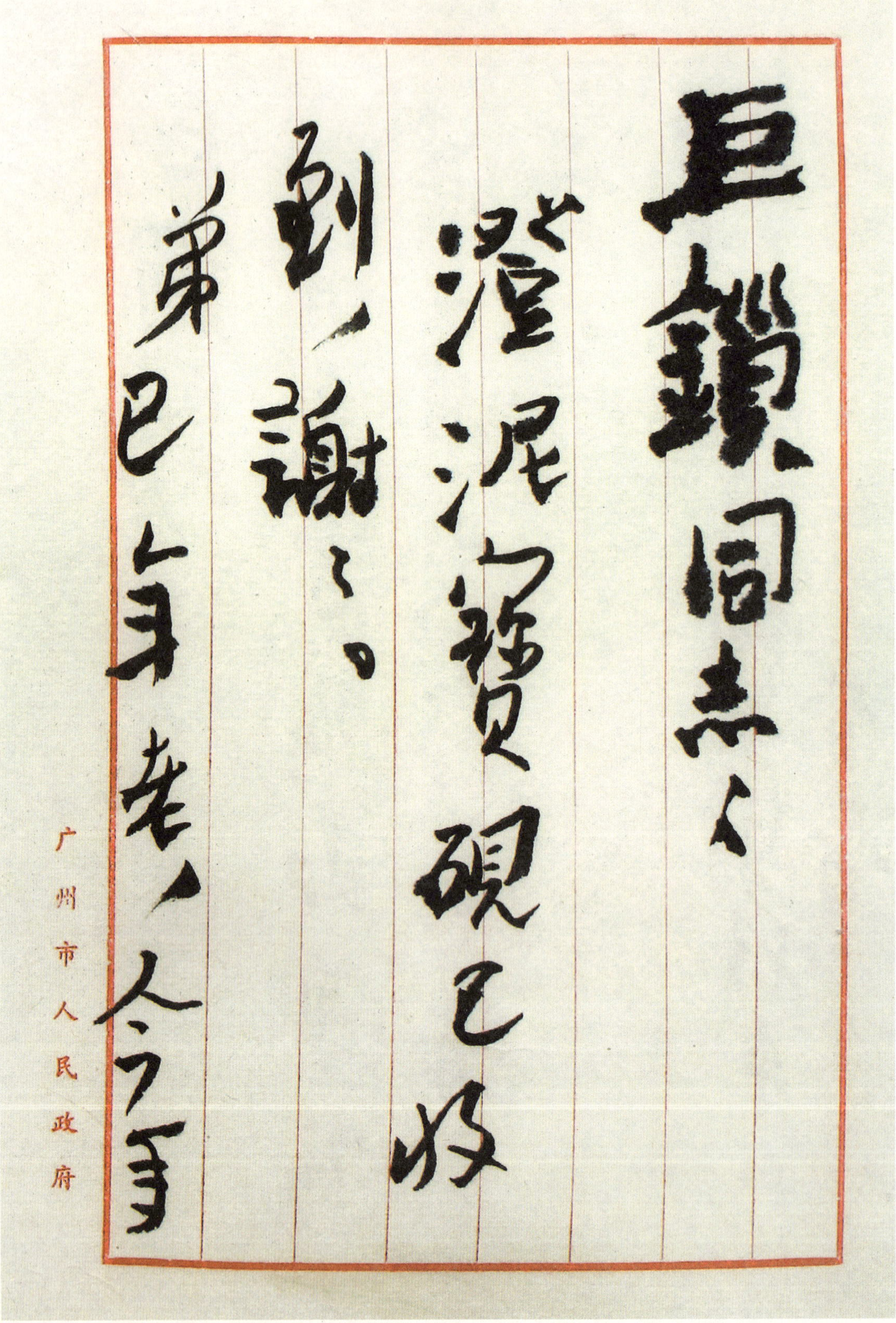
巨鑌同志：
澄泥寶硯已收
到，謝謝。
弟已年老人今手
广州市人民政府

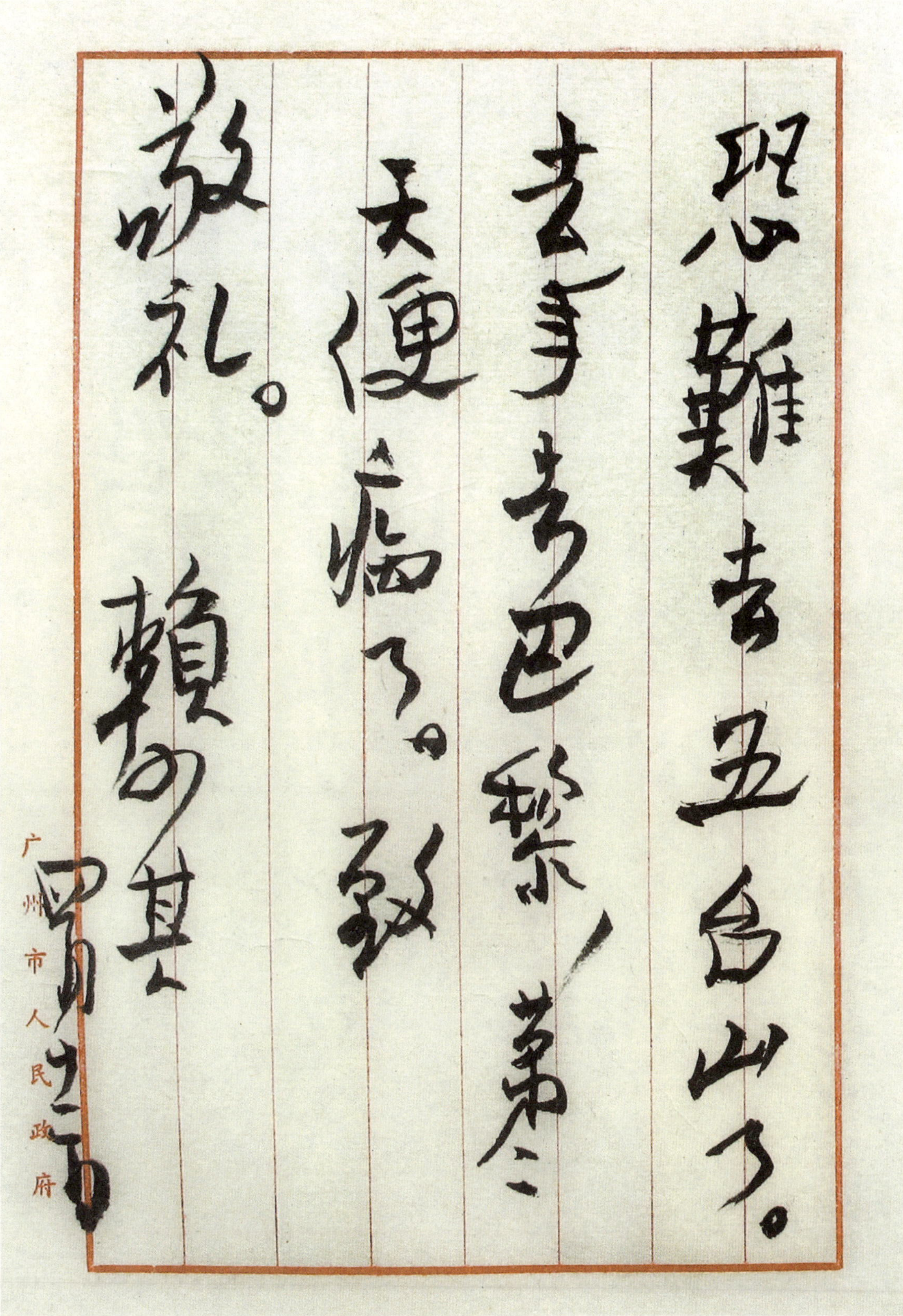
恐難去五台山了。
去年去巴黎，第二
天便病了。致
敬禮。
賴少其
四月廿四
廣州市人民政府

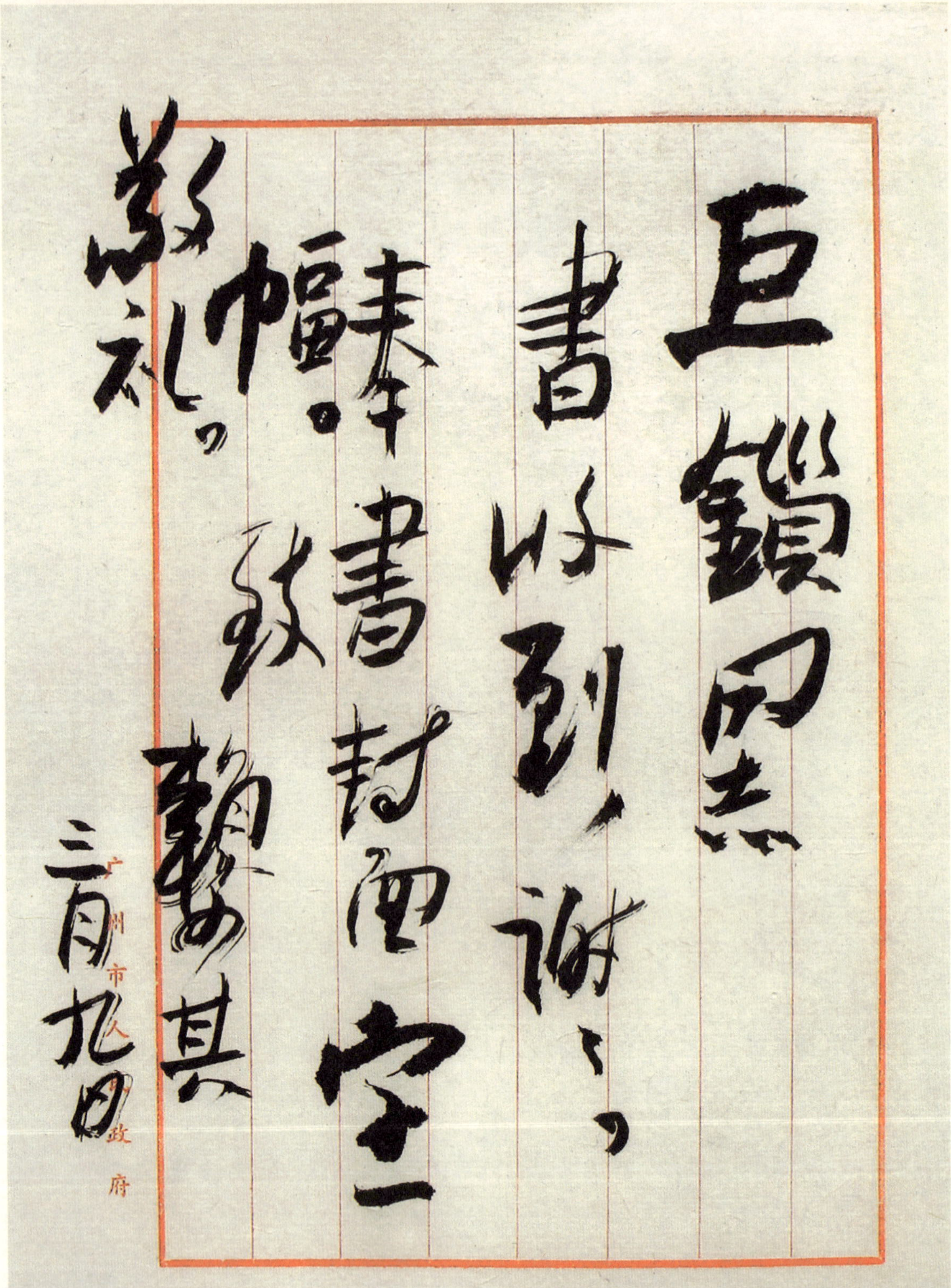
巨贊因杰書收到，謝謝。囑書封面字一幀。致
敬禮
賴少其
三月九日
广州市人民政府

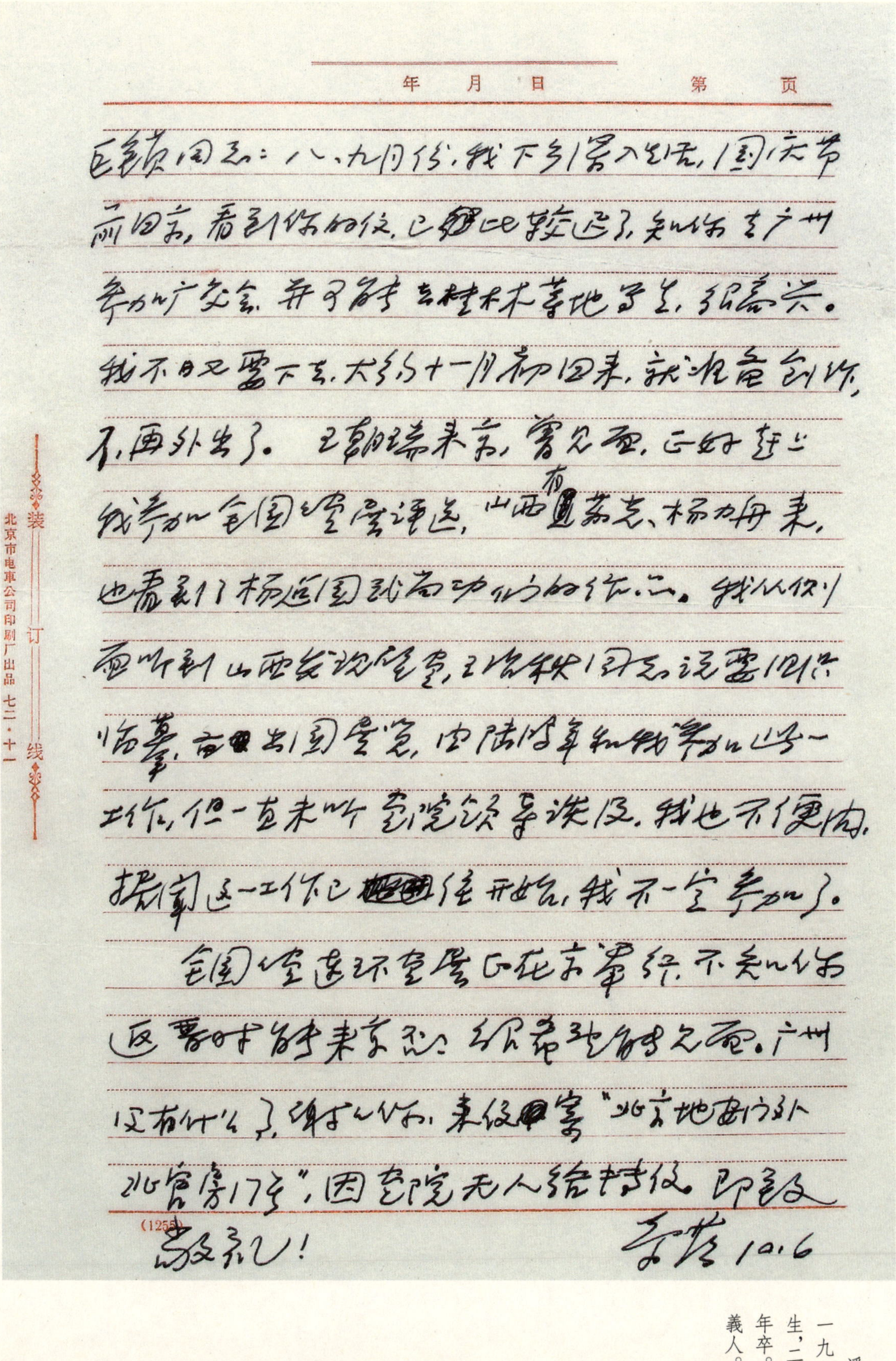

年　月　日　　第　页

正镜同志：八、九月份，我下乡写生，国庆节前回京，看到你的信，已经比较迟了。知你去广州参加广交会，并可能去桂林等地写生，很高兴。我不日又要下去，大约十一月初回来，就准备创作，不再外出了。王朝瑞来京，曾见面，正好赶上我参加全国美展评选，山西苏光、杨力舟来，也看到了杨适国战高功力的作品。我们以前曾听到山西发现壁画，王冶秋同志说要组织临摹，出国展览，由陆鸿年和我参加此一工作，但一直未听画院领导谈及，我也不便问。据闻这一工作已经开始，我不一定参加了。

全国美展将在京举行，不知你还要时能来京否？很希望能见面。广州没有什么了，请告诉你。来信寄"北京地安门外北官房17号"，因画院无人给转信。即致

(1255)

敬礼！

絜兹　10.6

北京市电車公司印刷厂出品　七二·十一

装　订　线

潘絜兹，一九一五年生，二零零二年卒。浙江武義人。畫家。

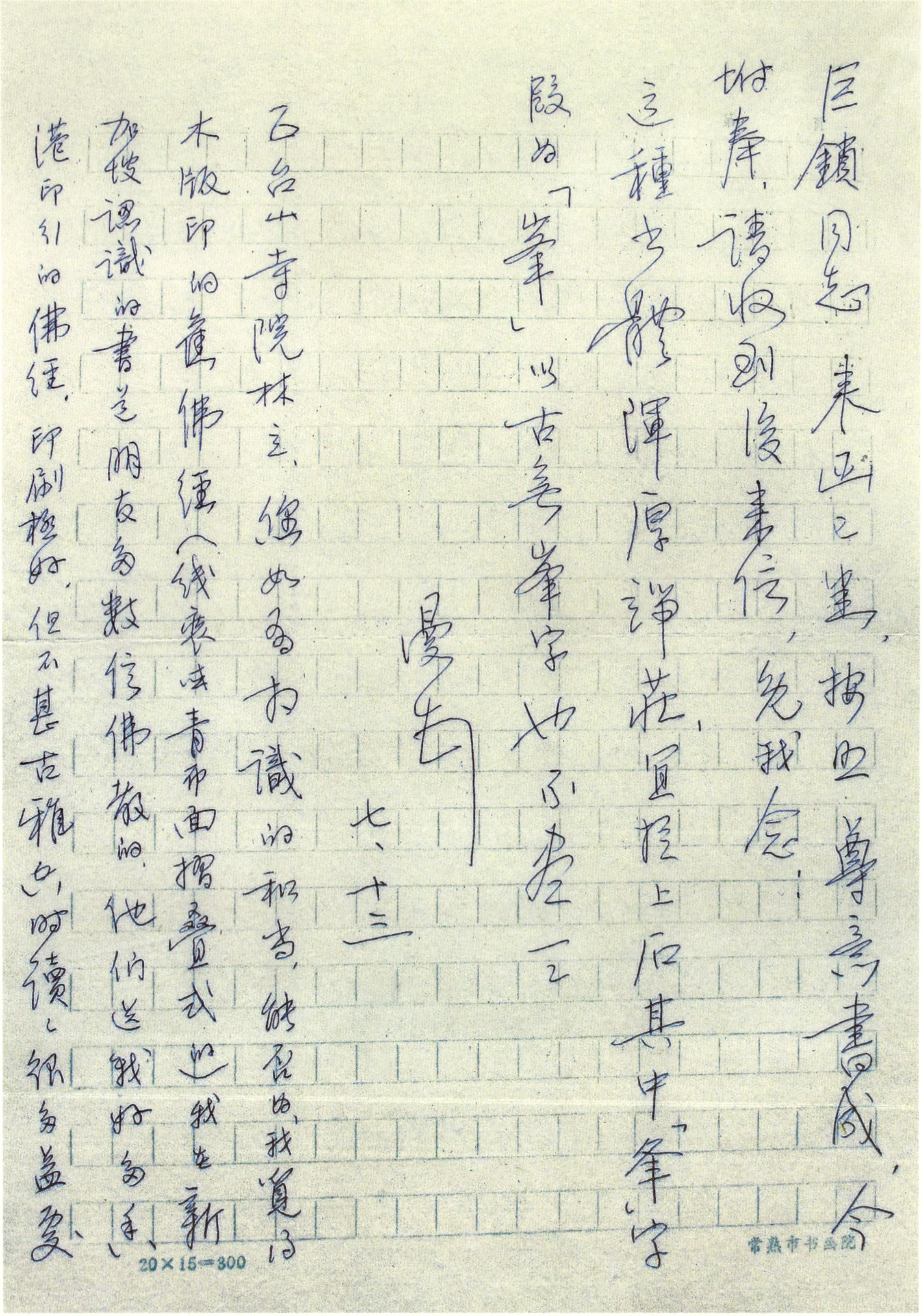
巨鎔同志：來函已悉，按照尊意書成，今附奉，請收到後來信，免我念。這種字體渾厚端莊，宜於上石，其中「峯」字改為「峯」，以古無峯字，如不妥一之。

曼翁

七、十三

五台山寺院林立，僧如多有識的和尚，能否由，我覺得木版印的舊佛經（線裝或青布面摺疊式的）我在新加坡認識的書道朋友多數信佛教的，他們送我好多香港印行的佛經，印刷極好，但不甚古雅些，時讀之很多益處。

沙曼翁，一九一六年生。滿族，北京人。姓愛新覺羅。書法篆刻家。

鲁迅美術學院

立鑌同志：春节好。

上月来信收悉，谢谢你的鼓励。

给您拜个晚年，贺片（木刻贺片）请批评。并试写诗三首，可否利用，由你处理。

俟日后有新的木刻时再寄奉求教。

向您问好

敬

張望

附转日贺片，按语画请自己签上之。

贺片太少了，新诗，日后另寄版画吧。

沈阳市和平区三好街一段一号　　50014.86.12月印

張望，一九一六年生，一九九二年卒。浙江天臺人。版畫家。

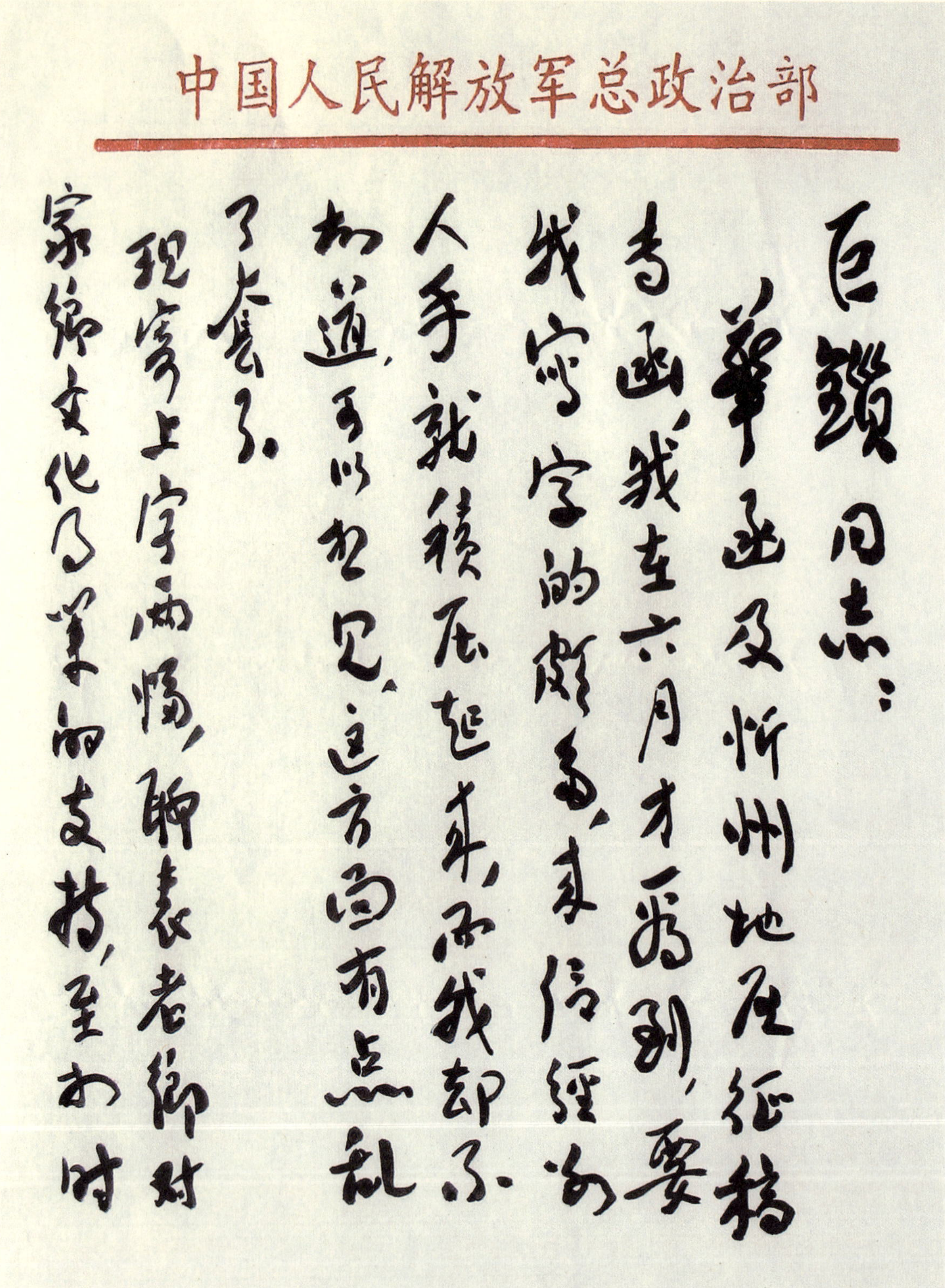

中国人民解放军总政治部

巨鑽同志：

華函及忻州地区征稿函，我在六月才看到，要我寫字的函多，来信經他人手就積压起来，而我都不知道，可以想见，这方面有点乱了，太晚了。

現寫上字兩幅，聊表老鄉對家鄉文化事業的支持，至于时

史進前，一九一七年生，二零零八年卒。山西定襄人。將軍書法家。

中国人民解放军总政治部

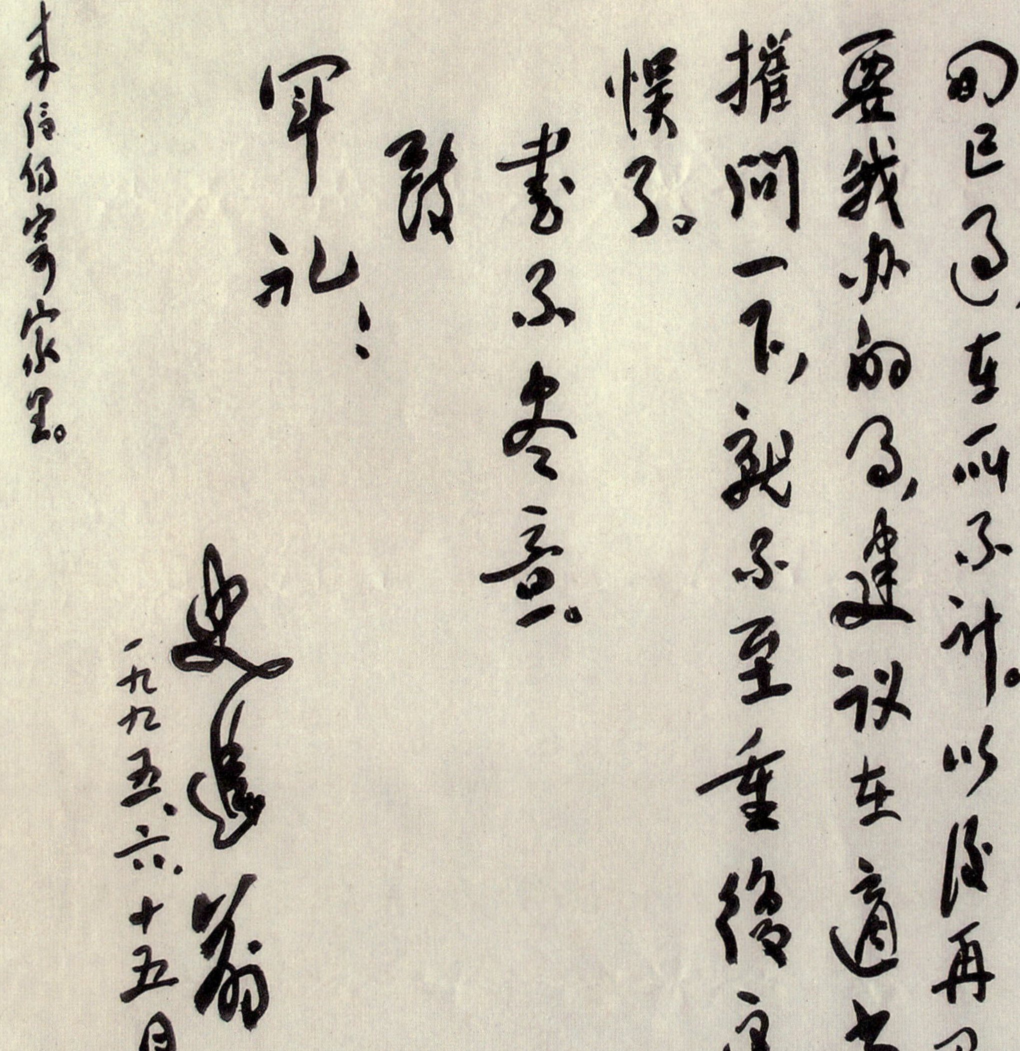

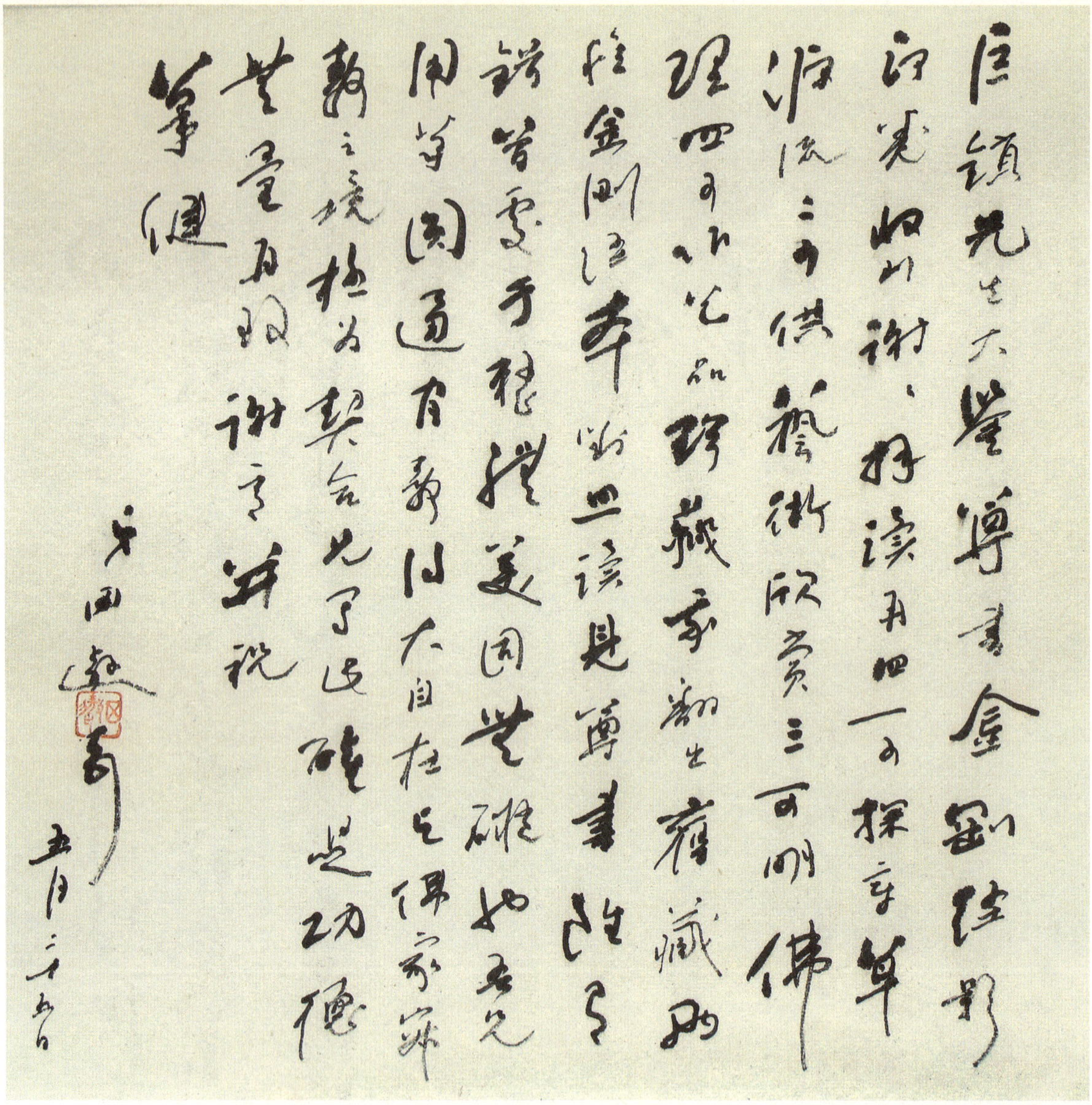

田遨，一九一八年生。山東濟南人。作家、書法家。

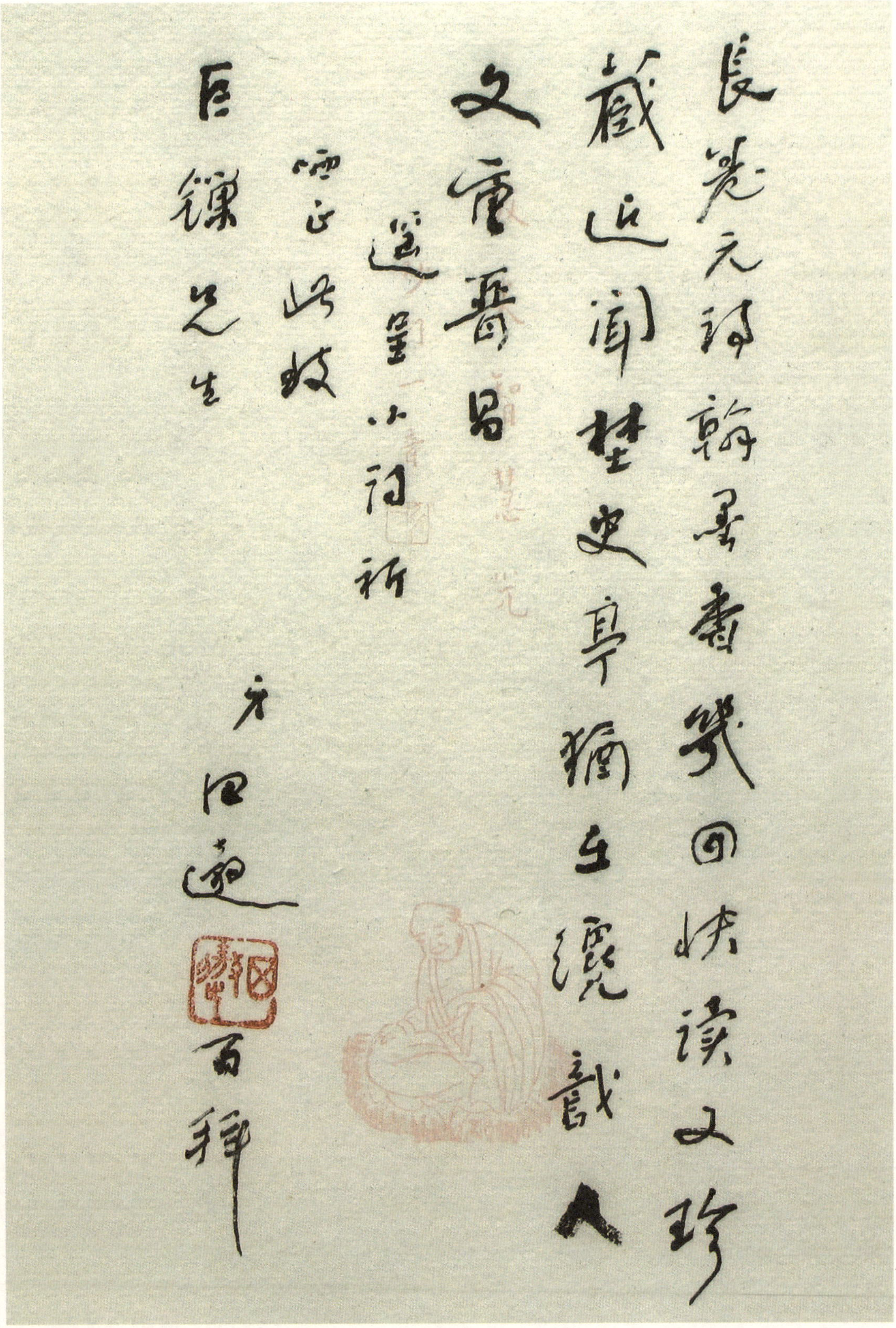

長憶元詩翰墨書幾回快讀又珍藏近聞楚史亭獨立覽戲人文章壽昌

遥呈小詩祈哂正此致

巨鍊先生

弟田遨百拜

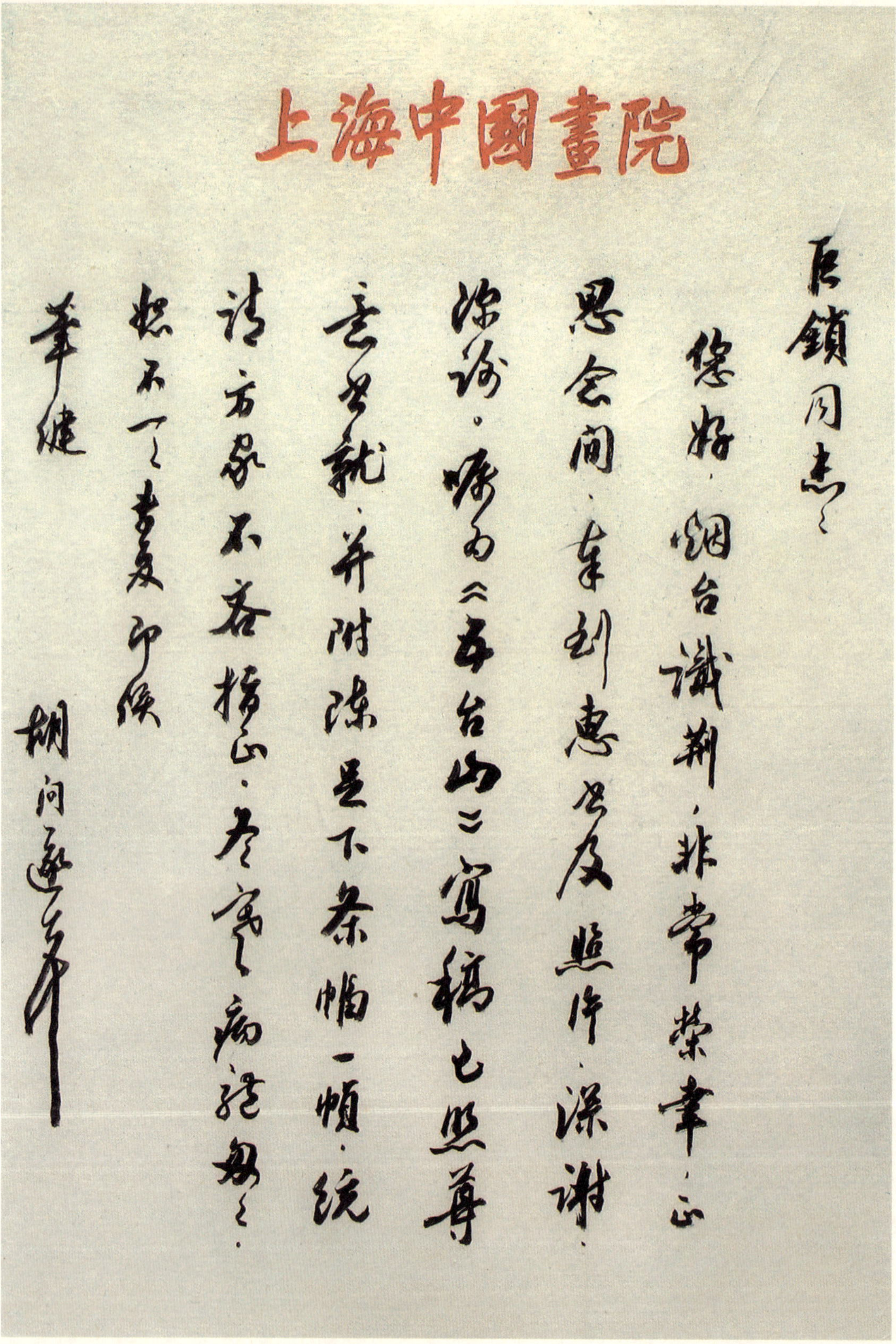
上海中國畫院

巨鎖同志：

您好，烟台識荆，非常榮幸，正思念間，奉到惠書及照片，深謝深謝。囑為《五台山》寫稿已照尊意書就，並附深县下茶帕一幀，統請方家不吝指正。老寓病體多多。恕不一一，专复，即候

筆健

胡問遂

胡問遂，一九一八年生，一九九九年卒。浙江紹興人。書法家。

巨镕同志：

我在汉所发一函计达。

我等一行到西安后，因都想去延安参观；于是改变原订从西安来太原计划，改为走西线由西向东，即西安—延安—银川—呼和浩特—大同—恒山—五台山—太原，然后乘火車回武汉。

从恒山去五台山，以及从五台山去太原，如都有直达汽车，那么我就不经过忻州了。当然，如必须经过忻州，我定来看你。其时估计在9月7号前后。特以奉告。

我们昨天从延安乘汽车来银川，留两天，9月3日乘火車去呼和浩特。

即颂

艺安！

吴文蜀

1993年9月1日于银川

17011167　20×10=200

吴文蜀，一九一九年生，二零零六年卒。四川瀘州人。字恂子，一作荀芷。詩人，書法家。

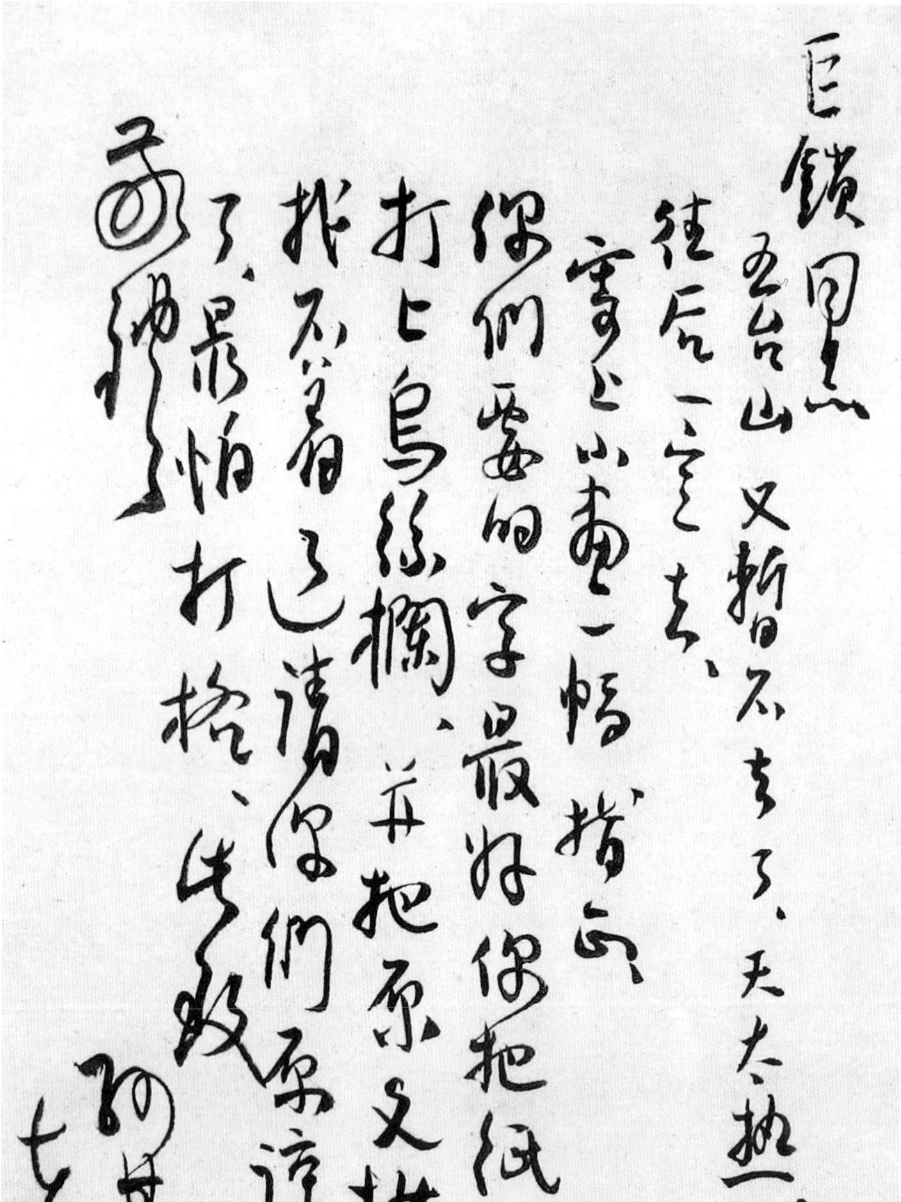
巨鎖同志：
五台山又暫不去了，天太熱，並我尚不便，往后一定去。
寄上小畫一幅指正。
你們要的字最好你把紙找人裁好，打上烏絲欄，並把原文抄來（本子我不會看了，請你們原諒，因我老了，最怕打格）。先致
敬禮
孫其峰
七月十四日

孫其峰，一九二零年生。山東招遠人。原名奇峰，曾用名琪峰。書畫家。

天津日報

王琰同志：

字已寫出，惜甚拙，較為規矩字惜是很不擅長，你們看看，能用就用，不能用則罷。

寫字人人都在求變，我認為“不同於人”（古今）當需不微要，但世人紛紛地“高人一等”則大不需要。可是現在很多人只求與衆一樣“自成一面”，但不求“高人一等”，這實在很令人不敢苟同。打個比方，好像

18×15=270　　第　頁

天津日报

每个人长得绝不同於别人，但他（她）不美是个丑八怪，我看也不敢请往鄉。

你的字写古朴厚拙，我认为是很不错的，我建议你写写篆隶或大字等，你写会排调不可的，我的字也在求变，但变出来谈何容易，但那也得变，不变就会僵死。

敬禮

孫其峰

1990.8.17

18×15=270　第　页

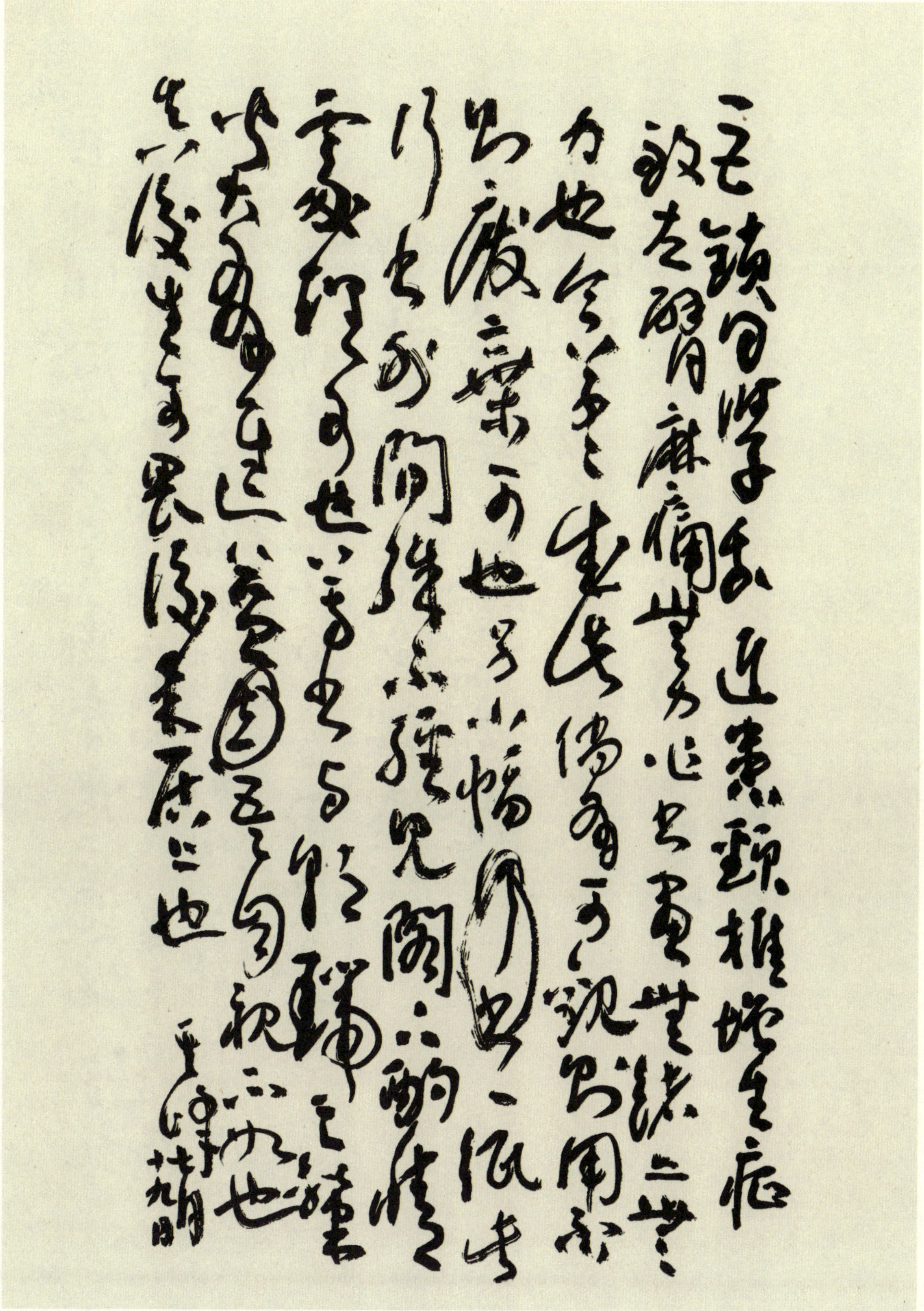

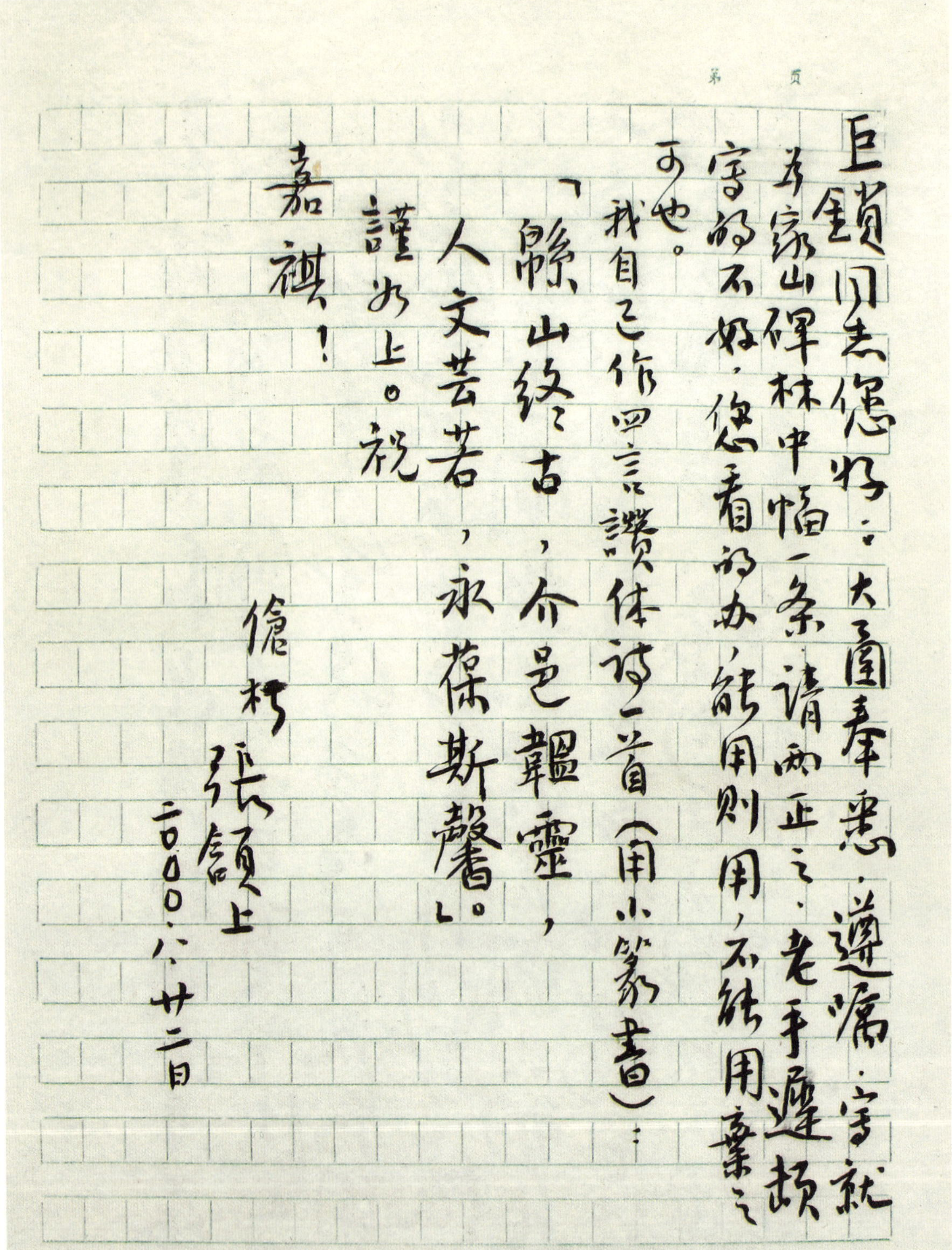
第　页

巨鎮同志您好：大函奉悉，遵囑寫就篆字條幅一條，請兩正之。老手遲頓寫的不好，您看的辦，能用則用，不能用棄之可也。

我自己作四言讚体詩一首（用小篆書）：

「緜山終古，介邑韞靈，

人文芸若，永葆斯馨。」

謹此上。祝

嘉祺！

候村

張頷上

二〇〇〇.八.廿二日

15×20＝300　　1·5·86,11　　山西省考古研究所

張頷，一九二零年生。山西介休人。考古學家、古文字學家、書法家。

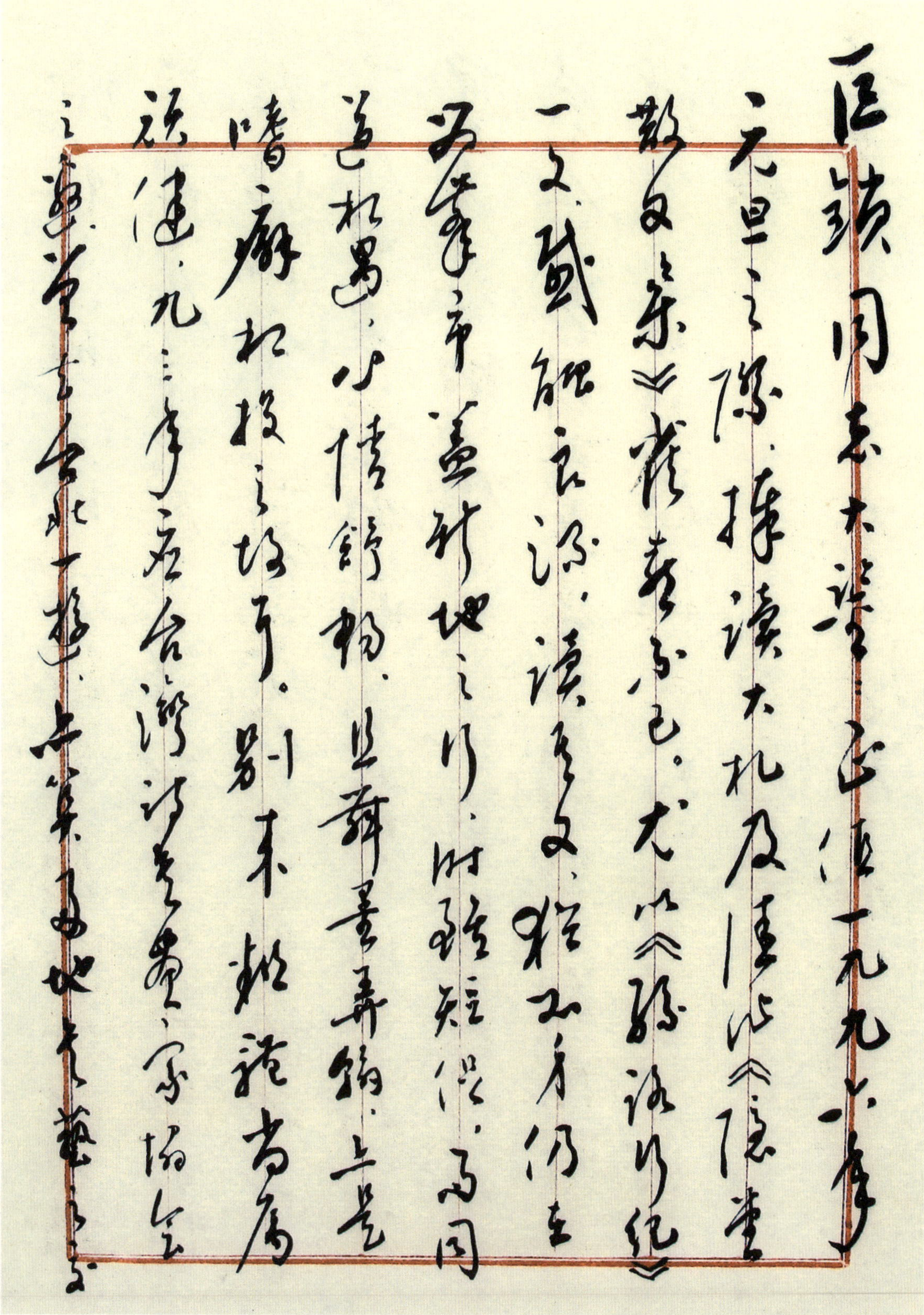
匡續同志大鑒：正值一九九六年元旦之際，拜讀大札及陳兄《隱堂散文集》稿本已，尤以《踏海行紀》一文，感觸良深，讀之又，猶如身仍在西寧市蓋新地之行，時雖短促，而同遊松島，心情舒暢，且舞墨弄翰，亦是嗜癖相投之緣耳。別來數稔，常為話談。九三年應台灣詩書畫家協會之邀，赴台北一遊，[illegible]

李海觀，一九二零年生，二零零八年卒。青海西寧人。書法家。

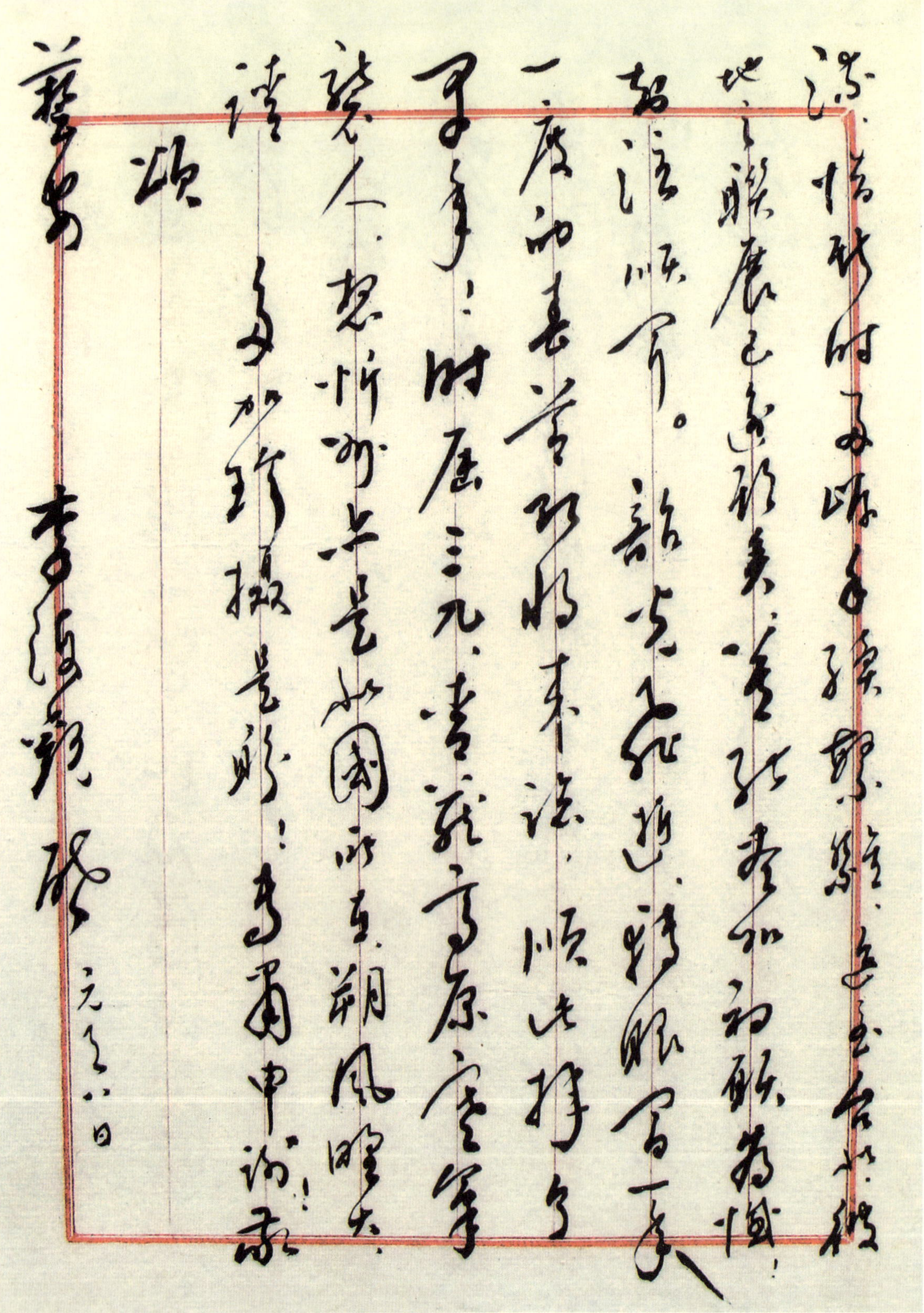

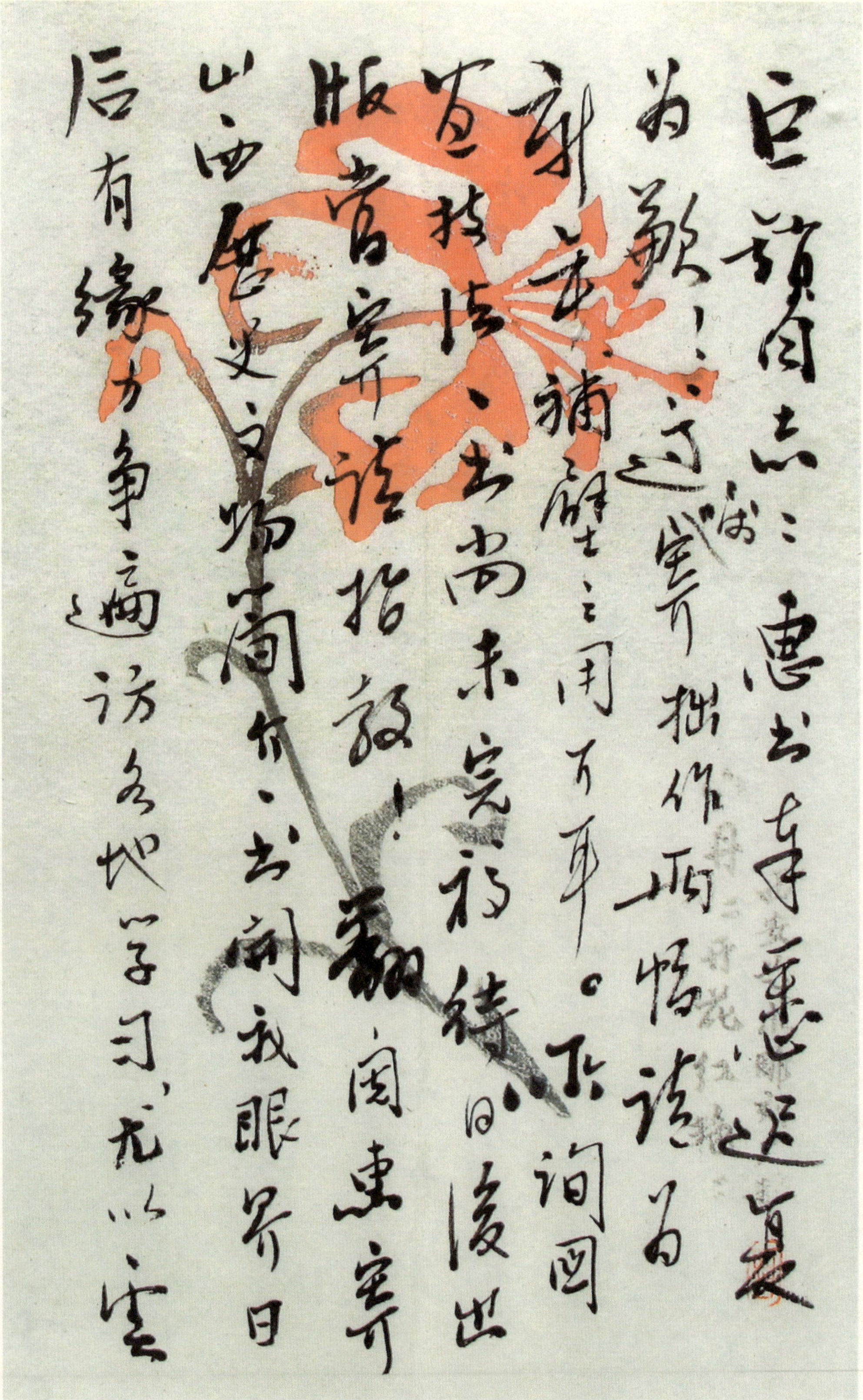

巨頭同志：惠書奉悉，遲复
為歉！！遵囑寄拙作山水悟語為
謝，並補壁之用可也。所詢國
畫技法，書尚未完稿，待日後出
版當寄請指敎！翻閱惠寄
山西歷史文物圖冊，大開我眼界，日
后有緣，力爭遍遊訪名地學習，尤以雲

康師堯，一九一二年生，一九八五年卒。河南博愛人。又名巽。畫家。

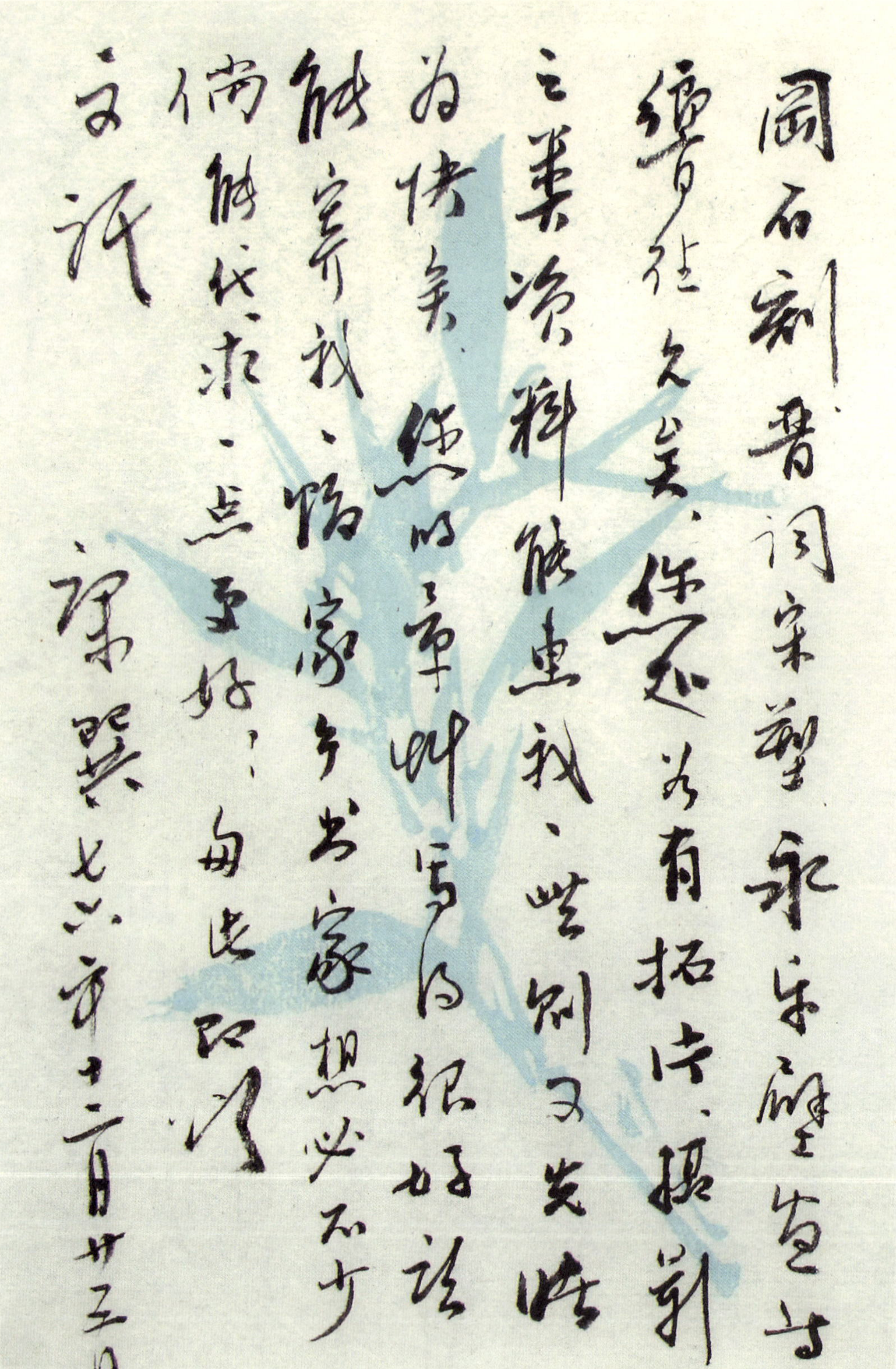
周石刻晋祠宋塑永乐壁画可
续往之矣。你还为有拓片、摄影
之类资料能画成、些则又尤妙
为佳矣。您的章草此写得很好，该
能完成、临家乡书家想必不少
倘能代求一点更好。每念问
安讯
深巽 七六年十二月廿五日

巨贤同志：三月前到济南出差，六月中回，才得返陕，接奉惠书及所寄年历、云冈、晋祠资料和您的法书、永乐宫壁画摹稿等，甚为感慰。壁画摹稿用笔挺秀，足见书法功力，若书法部分再系以画意就更好了！前寄郭册，同时到苏轼醉翁亭印本一册，另邮寄请查收。石鲁自去冬仍在病中，搁笔久矣。济众自去冬在汉中地区文化馆工作，闻亦有美志，年事稍长，深望健康安，有精神有来此读，多作锻练，树出仙、情诸作纪念此颂

文祺

康师尧 七七年六月廿五日

巨贊同志：二日大函遠來，甚慰。

十月份曾在臨汾主持民間工藝首屆年會時見到肖君，則悉兹得知你的消息、兩次五台開會良機相左為憾。予擬明年訪問古原和忻州，並有展出書案，特當帶法近作求教[illegible]

[illegible]安

[illegible]

八〇、十二、十八

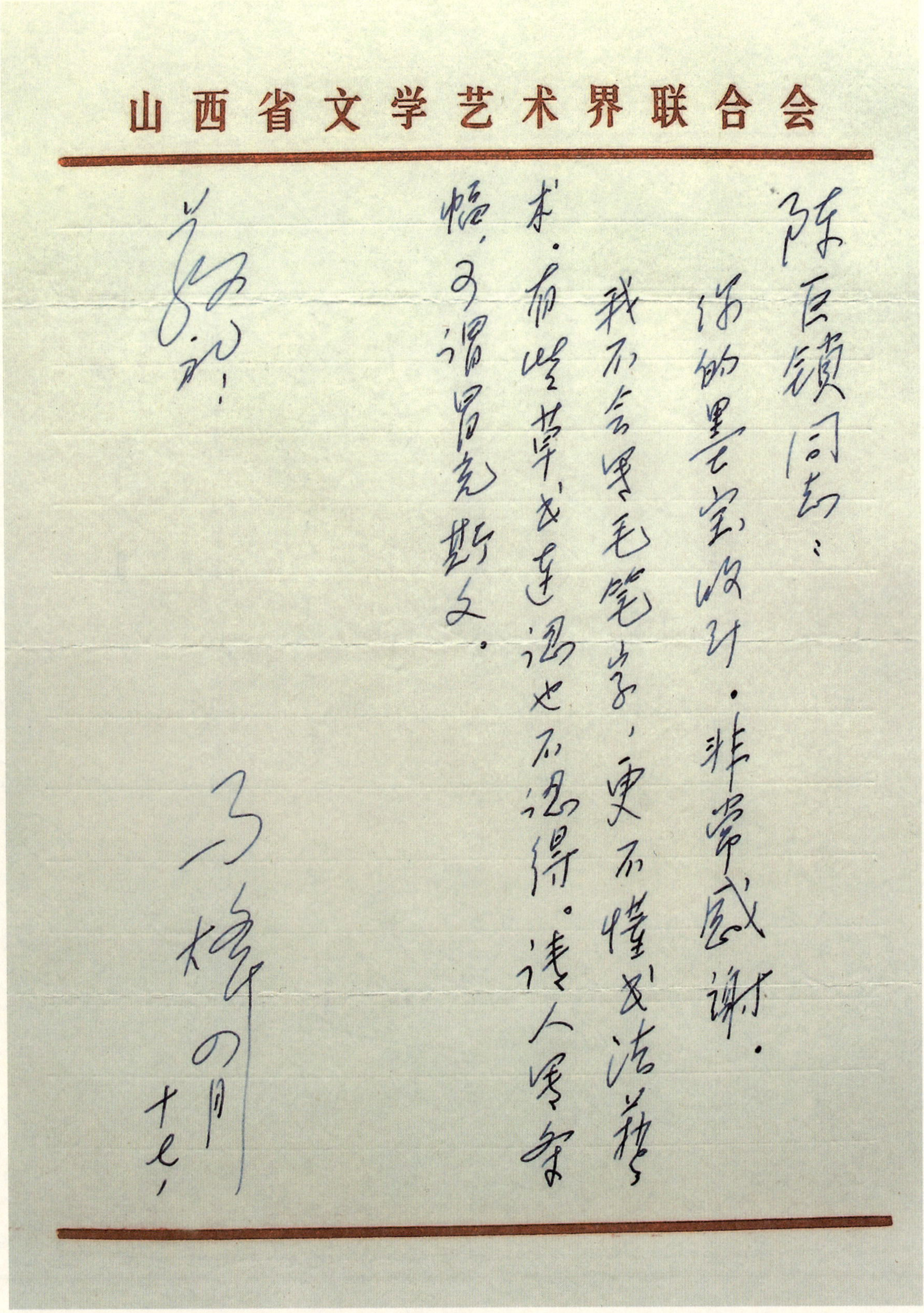
山西省文学艺术界联合会

陈巨锁同志：

你的墨宝收到，非常感谢。

我不会写毛笔字，更不懂书法艺术。有些草书连认也不认得。请人写条幅，不谓冒充斯文。

敬礼！

马烽

四月十七

馬烽，一九二二年生，二零零四年卒。山西汾陽人。作家。

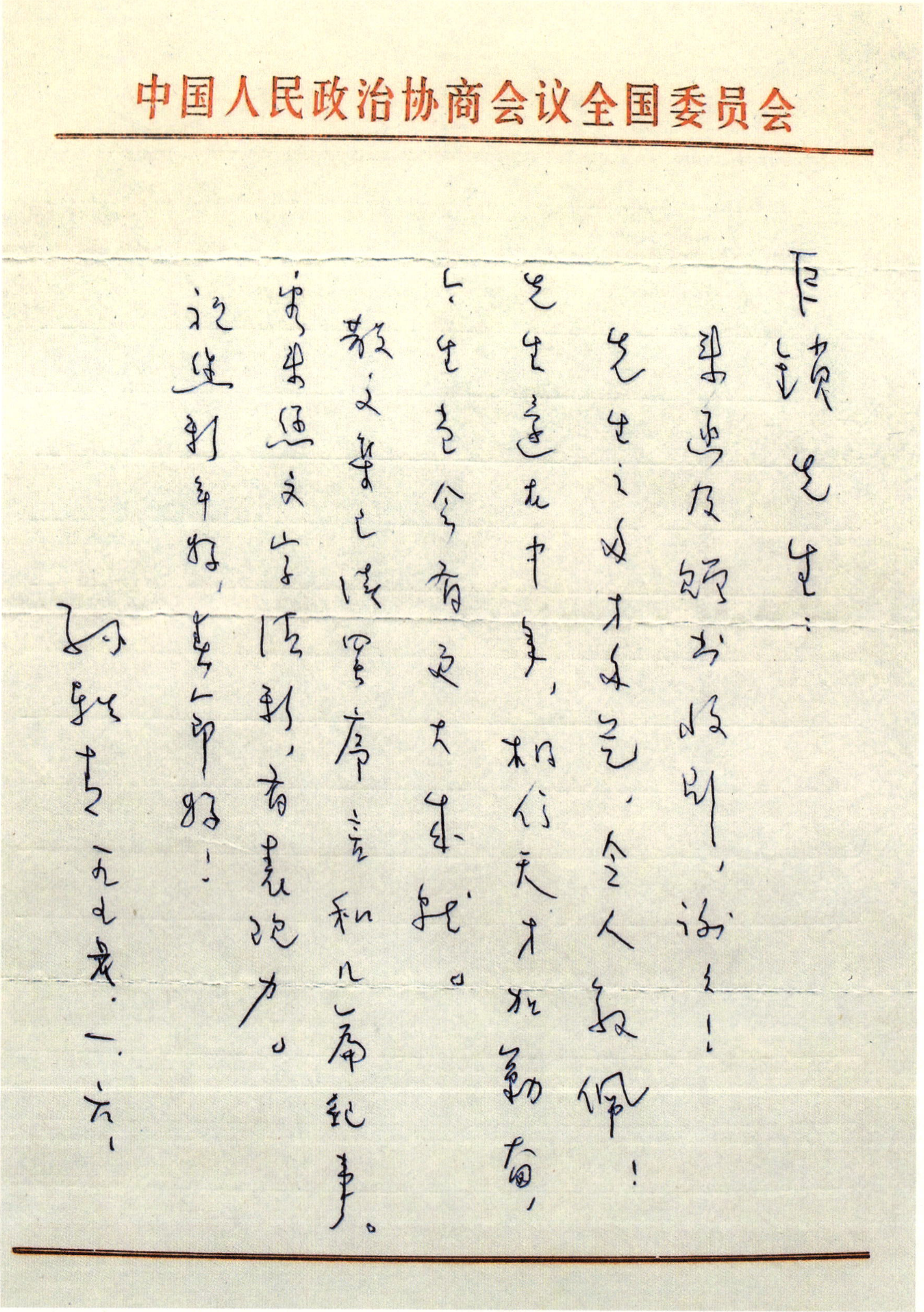

中国人民政治协商会议全国委员会

巨镕先生：

来函及赐书收到，谢谢！

先生之好才好笔，令人敬佩！

先生逾花甲年，相信天才在勤奋，

今后当会有更大成就。

散文集已读罢序言和几篇纪事，

实录通文字清新，有表现力。

祝您新年好，春节好！

孙轶青 一九九七·一·六

孫軼青，一九二二年生，二零零九年卒。山東樂陵人。詩人、書法家。

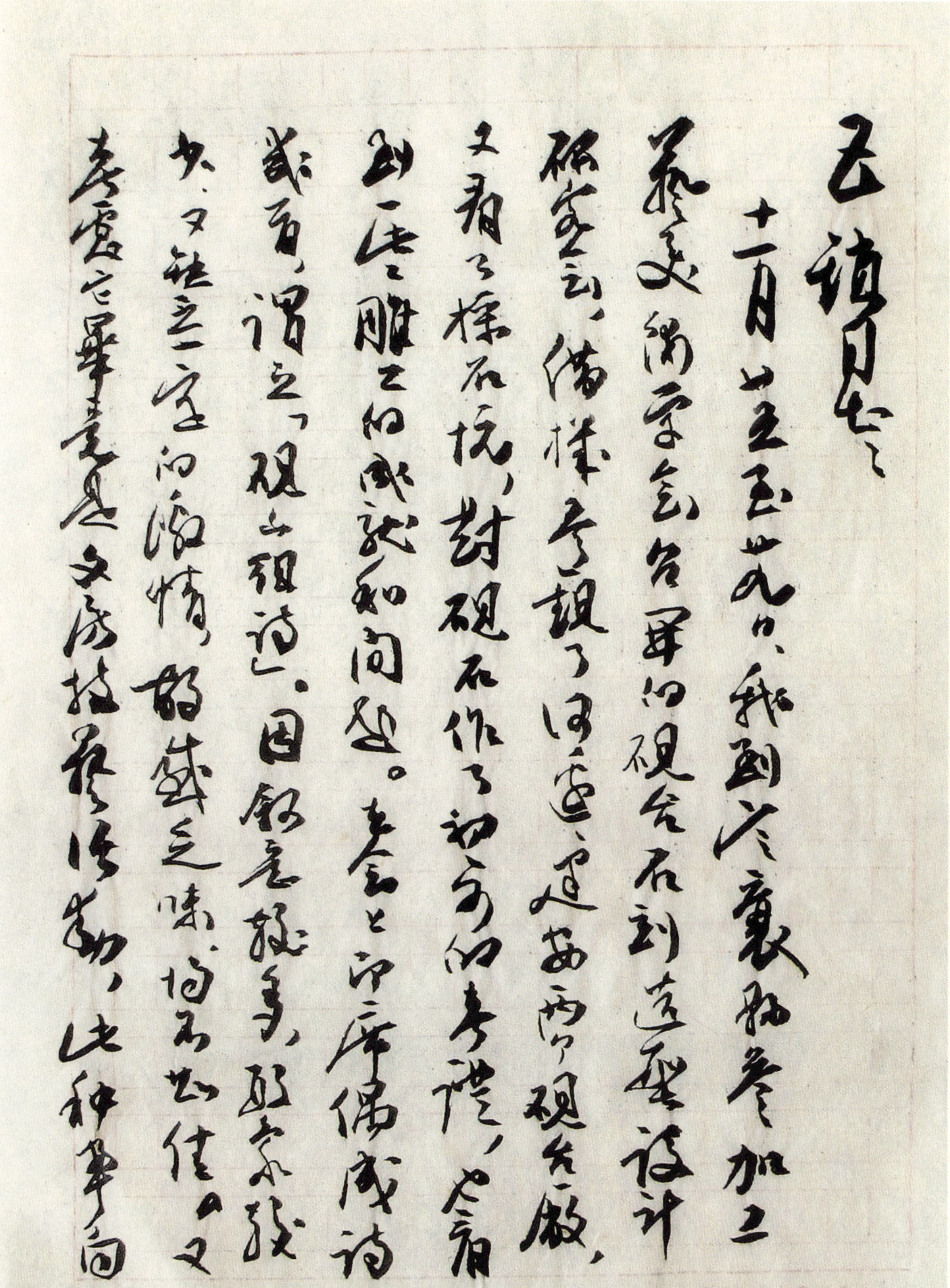
玉璋兄：
十一月廿五至廿九日，我到[illegible]參加工藝美術學會召開的硯石刻造型設計研究會，借機參觀了[illegible]硯台廠，又看了[illegible]石坑，對硯石作了初步的考證，只看到一些雕工的成就和問題。奉會上[illegible]偶成詩幾首，謂之「硯山組詩」。因[illegible]意猶未了[illegible]。外，又注之一字的深情，[illegible]之味，恐不如佳句之[illegible]。[illegible]

徐文達，一九二二年生，二零零零年卒。河北完縣人。書法家。

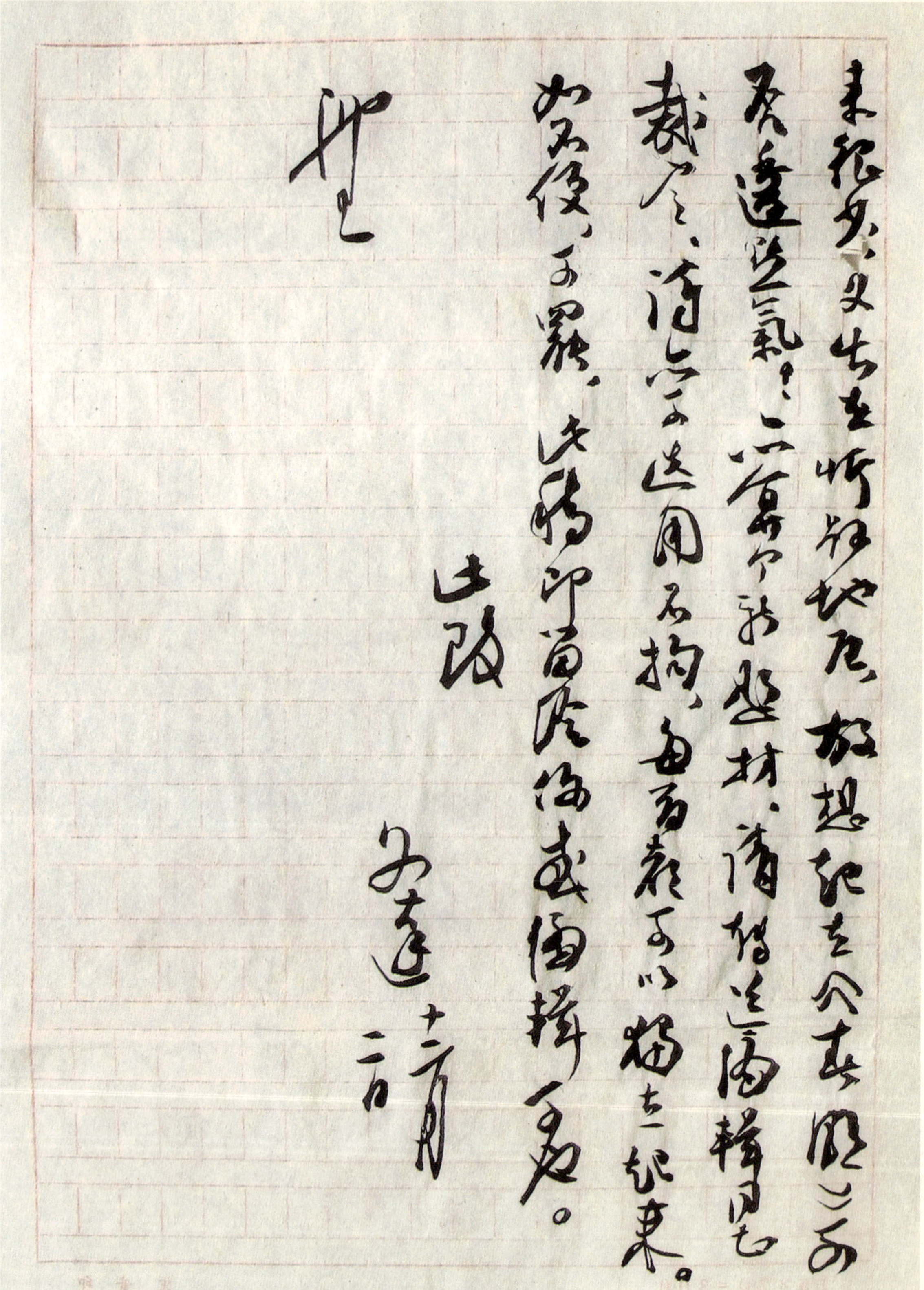

[illegible]

此頌

[illegible]

文達 十二月二日

徐文達

⊙隱堂師友百札⊙

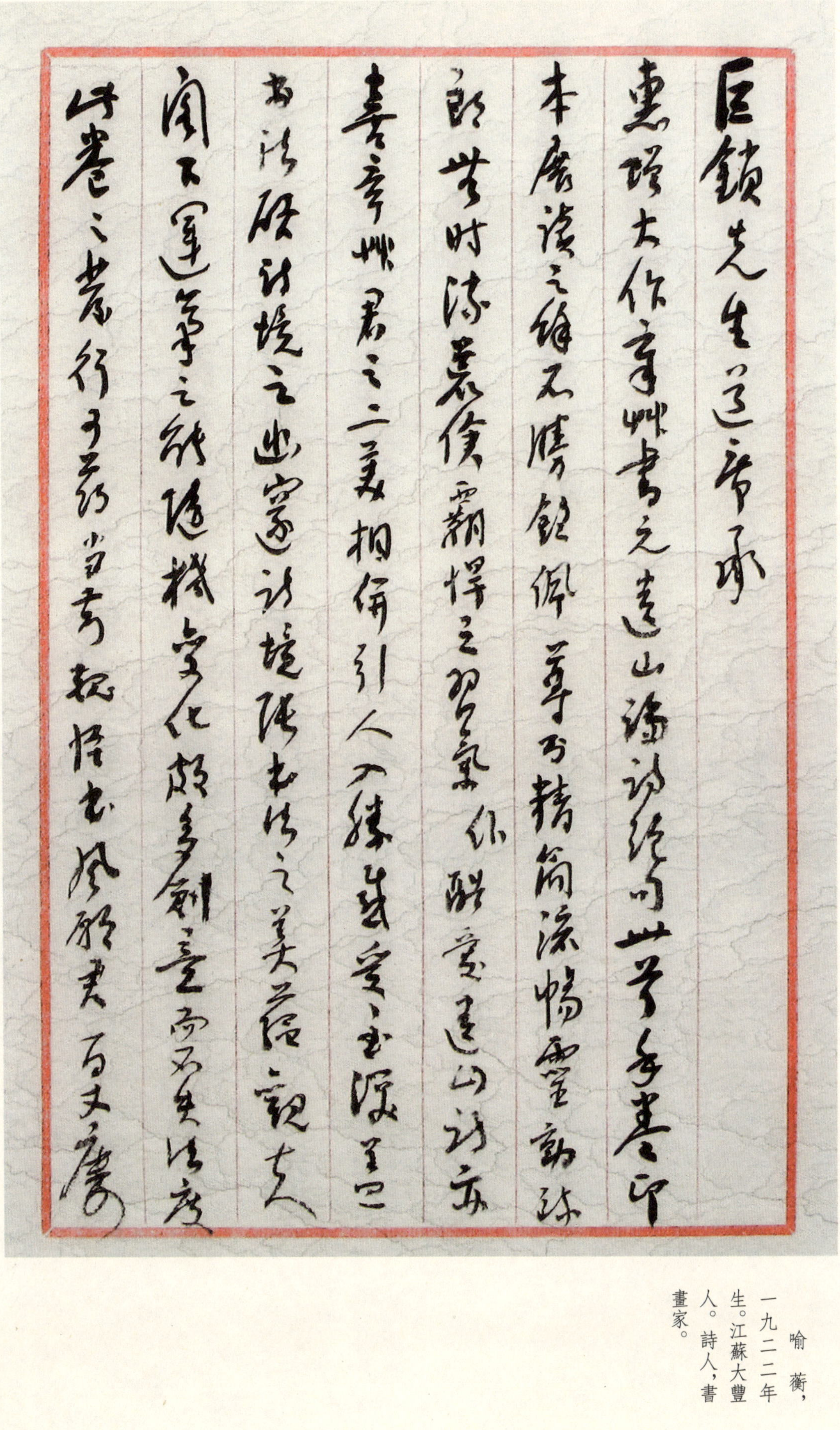
巨鎮先生道席：承
惠賜大作齊州書之遠山論詩絕句並手書印
本，展讀之餘，不勝欽佩。尊書精簡流暢，靈動跌
宕，並時時流露俊逸霸悍之習氣。作雖愛遠山詩亦
嘉齊州君之二美相得，引人入勝，其愛之之深溢至
多讀，破詩境之幽寥，詩境隨之美之，語觀者
闡下筆運筆之純，隨機變化，頗多創意而不失法度。
此卷之書，行乎藝術，尚奇拙古樸，風骨兼而有之。

喻蘅，一九二二年生。江蘇大豐人。詩人，書畫家。

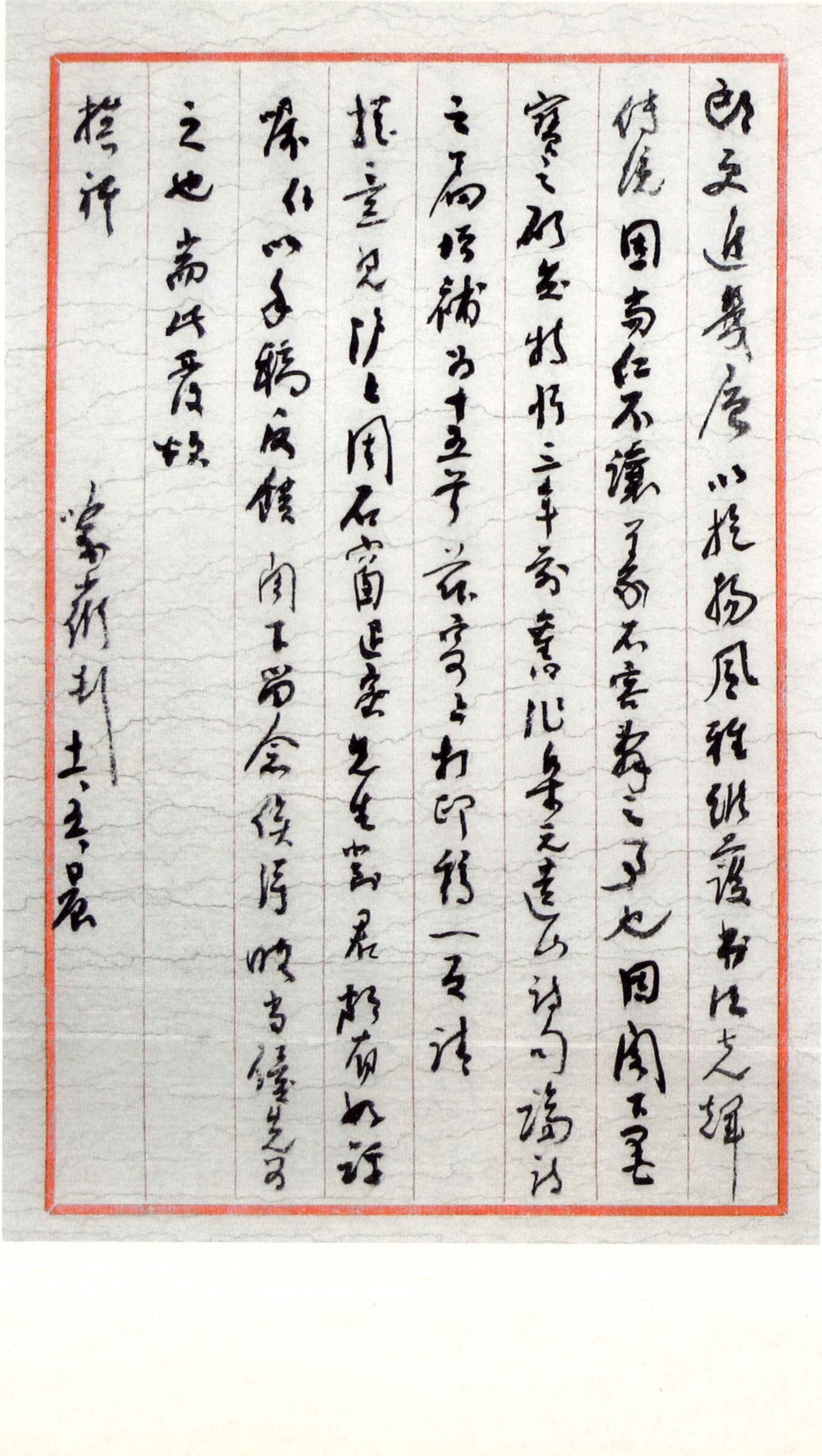

郎文道集序，以托物風雅繼護詩法之軍
侍老固南仁不讓，可為不容辭之事也。因聞大蓋
寶之耐無精於三十年前書化集之書遠於詩論詩
之局接補為十五年前書上形即將一支請
托意兄諍之，用石窗匠室先生當君將旗如許
深作以手稿成績，聞大罵念傑將眼書鐘先生
之也。當此覆安
撰祺
喻蘅拜 十八日晨

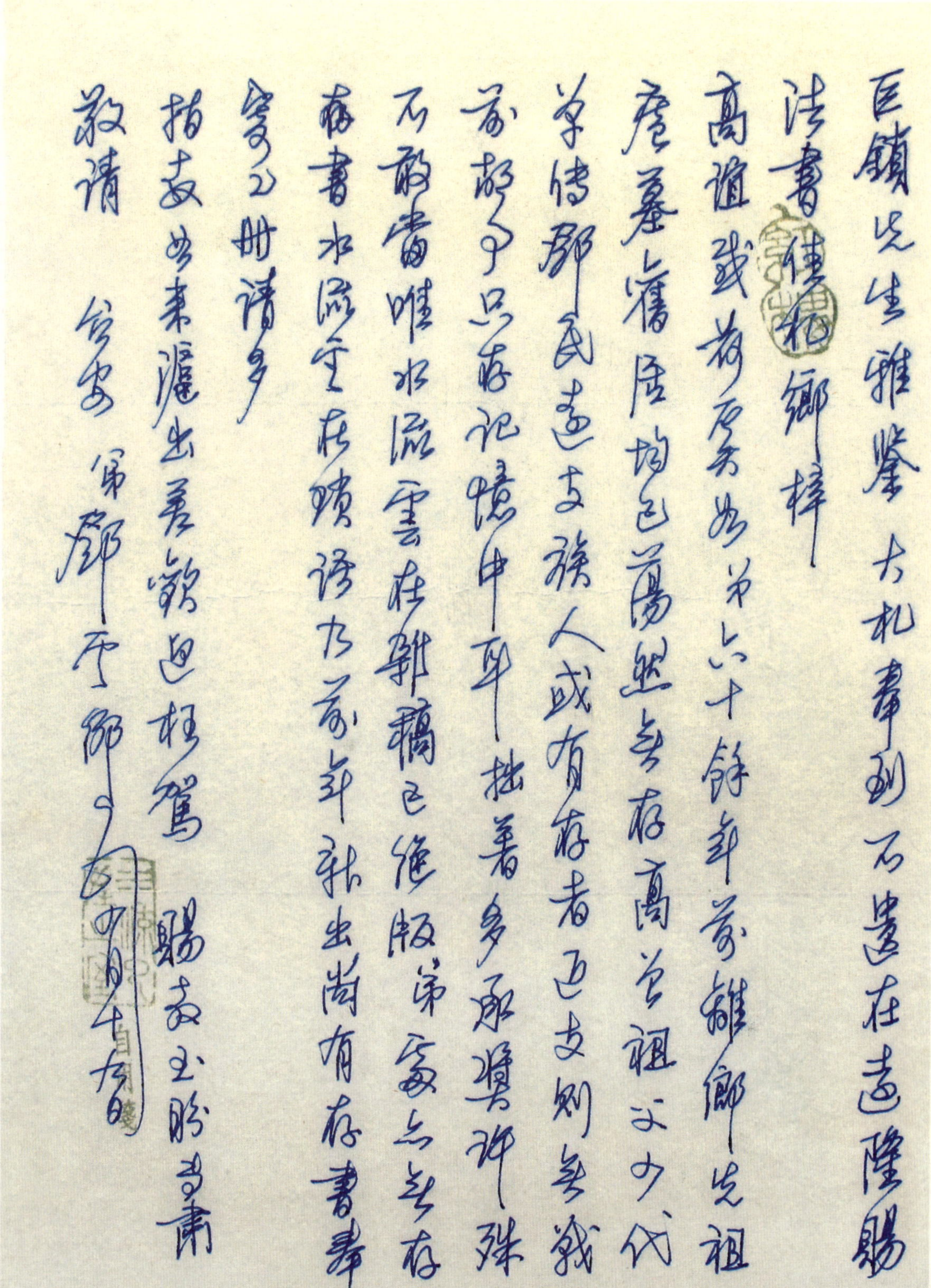
巨鎮先生雅鑒：大札奉到，不遠在遠隆賜
法書佳拓，鄉梓
高誼，感荷無已。弟六十餘年前離鄉，先祖
唐墓舊居均已蕩然無存，高曾祖父以代
單傳，鄧氏遠支族人或有存者，近支則無幾，
前塵事只存記憶中耳。拙著多承獎許，殊
不敢當。唯水流雲在雜稿已絕版，弟處亦無存
存書。水流雲在瑣語乃前年新出，尚有存書，奉
寄一冊，請乞
指教。如來滬出差，歡迎枉駕。賜教為盼。專肅
敬請
台安
弟鄧雲鄉上 十月十六日

鄧雲鄉，一九二四年生，一九九九年卒。山西靈丘人。學者、作家。

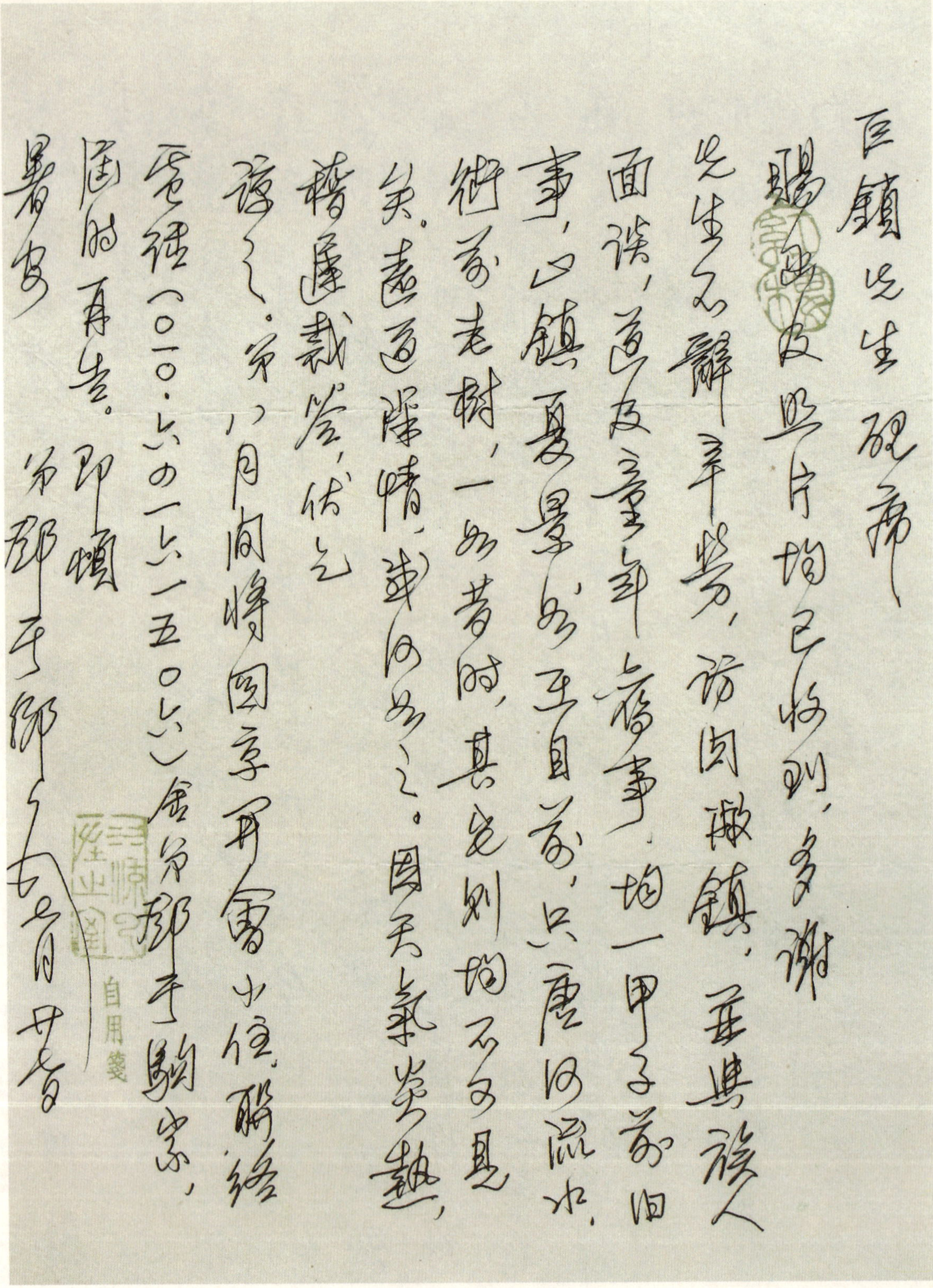

巨鎮先生硯席：

賜函及照片均已收到，多謝
先生不辭辛勞，訪問撫鎮，並與詩人
面談，並及童年舊事，均一甲子前的
事，以鎮風景如在目前，只唐河流水、
街前老樹，一如昔時，其它則均不復是
矣。盛意深情，感何如之。因天氣炎熱，
稽遲裁答，估乞
諒之。弟八月間將回京開會小住，聯絡
電話（〇一〇·六四一六一五〇六六）舍弟鄧平駒家，
屆時再告。即頌
暑安

弟鄧雲鄉上 七月廿四

自用箋

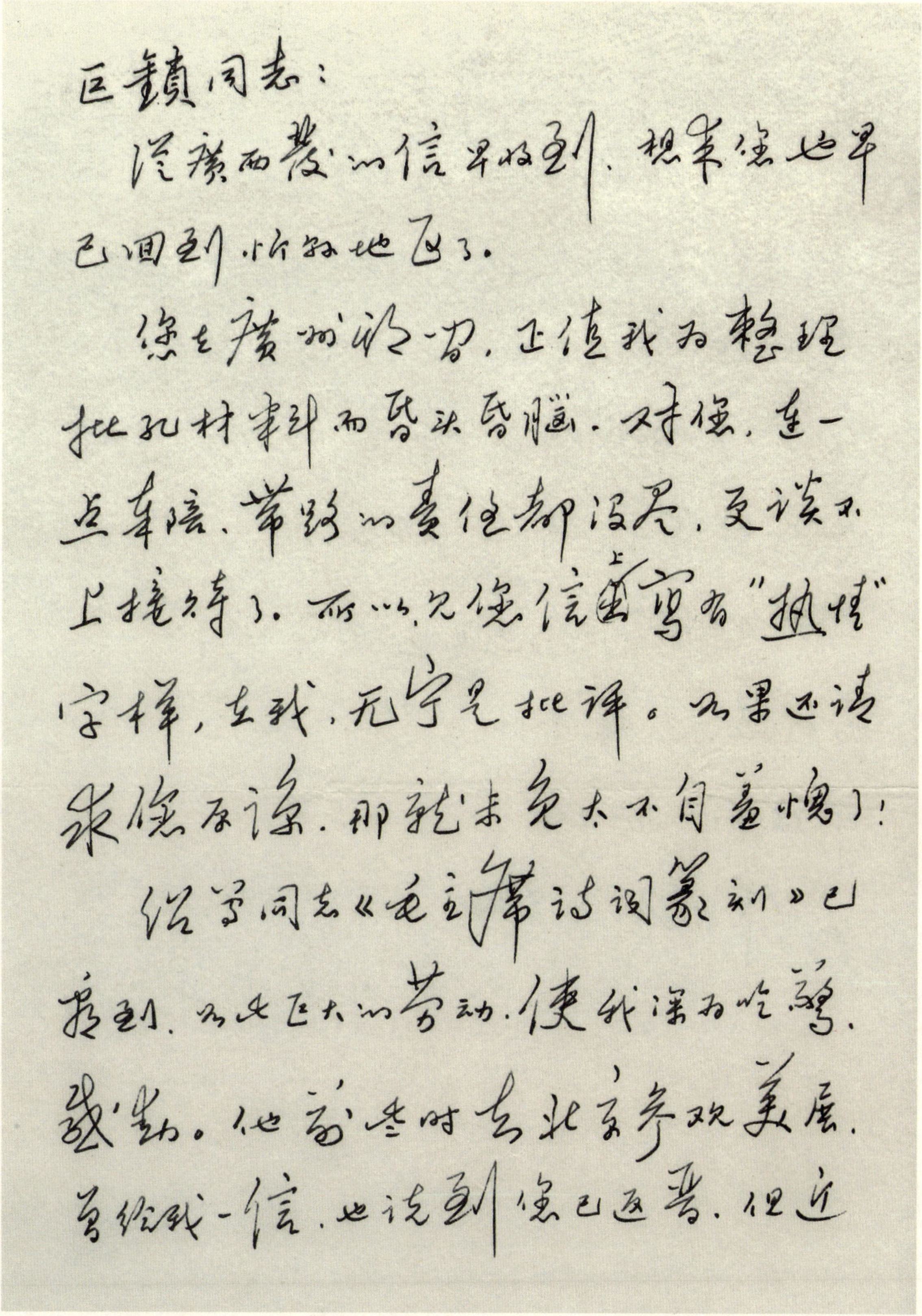
巨镇同志：

从广西发的信早收到，想来您也早已回到北方地区了。

您去广州时，正值我为整理一批孔林材料而昏头昏脑，对您，连一点车陪、带路的责任都没尽，更谈不上接待了。所以见您信上写有"热情"字样，在我，无宁是批评。如果还请求您原谅，那就未免太不自羞愧了！

给商同志《毛主席诗词篆刻》已奉到，如此巨大的劳动，使我深为吃惊、感动。他前些时去北京参观美展，曾给我一信，也谈到您已返晋，但近

陳少豐，一九二四年生，一九九七年卒。河南南陽人。美術史家。

来您的教材编写，逐之多进展而稍苦，所以一直没有给他写信。

从谈话中，获知您对文化艺术历史知识，是很丰富的，但因时间关系，不及深谈，不及请教！希望有朝一日去山西参观学习，再登门求教吧。

近日寒潮，这里室内最低温度为八度，遥想黄河以北，不是零下若干度了。敬祝

工作、创作丰收。

陈少丰 12.23.

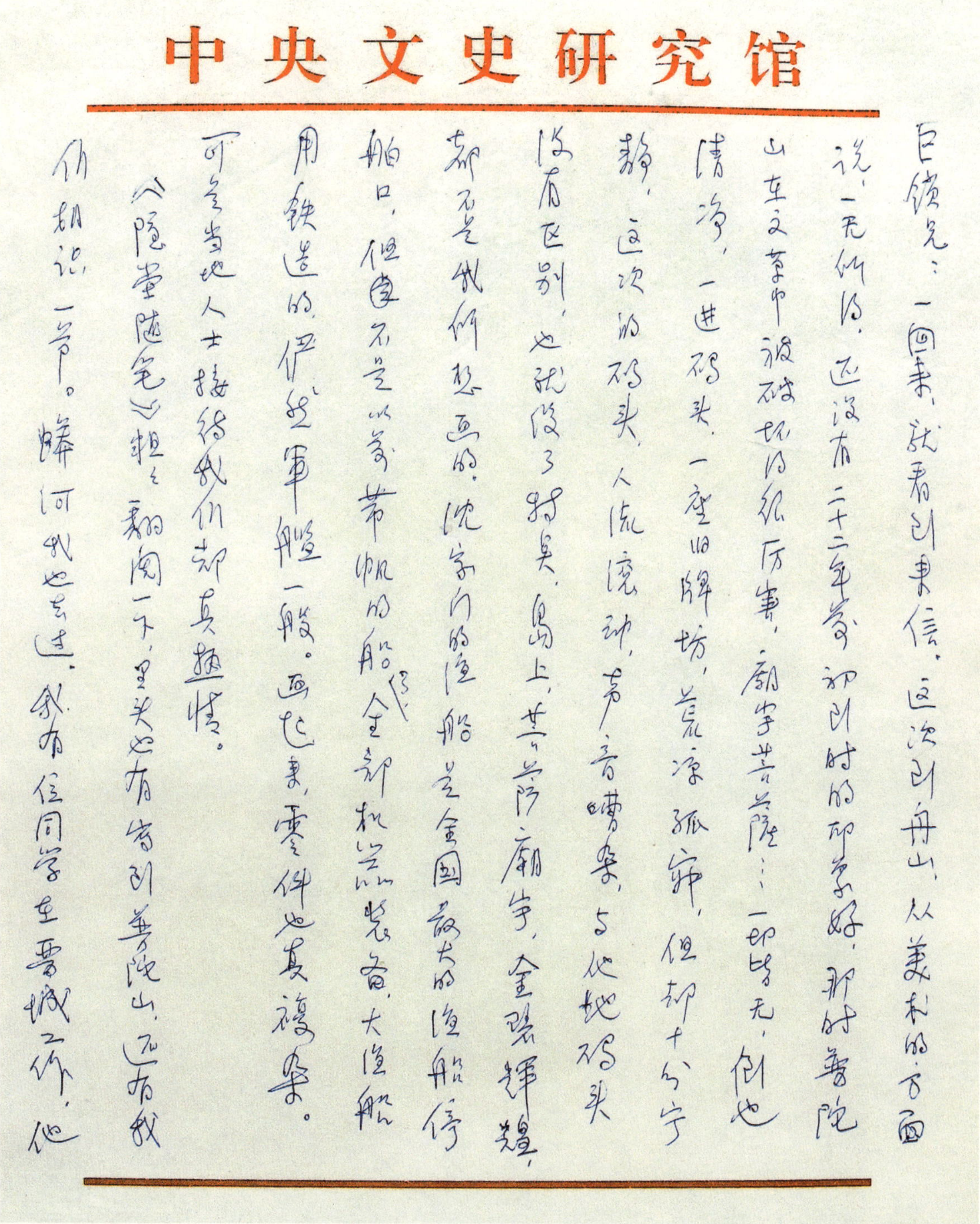

中央文史研究馆

巨鎔兄：一回来，就看到来信，这次到舟山，从美术的方面说，一无所得，还没有二十二年前初到时的印象好，那时普陀山在文革中被破坏得很厉害，庙宇菩萨……一切皆无，但也清净，一进码头，一座旧牌坊，荒凉孤寂，但却十分宁静，这次的码头，人流滚动，声音嘈杂，与他地码头没有区别，也就没了特点，岛上，菩萨庙宇，金碧辉煌，都不是我们想画的，沈家门的渔船是全国最大的渔船停泊口，但已不是以前带帆的船，全部机器装备，大渔船用铁造的，像是军舰一般，画起来，零件也真复杂。可是当地人士接待我们却真热情。

《隐堂随笔》粗粗翻阅一下，里头也有写到普陀山，还有我们胡说一节。嵊泗我也去过，我有位同学在嵊城工作，他

林鍇，一九二四年生，二零零六年卒。福建福州人。畫家。

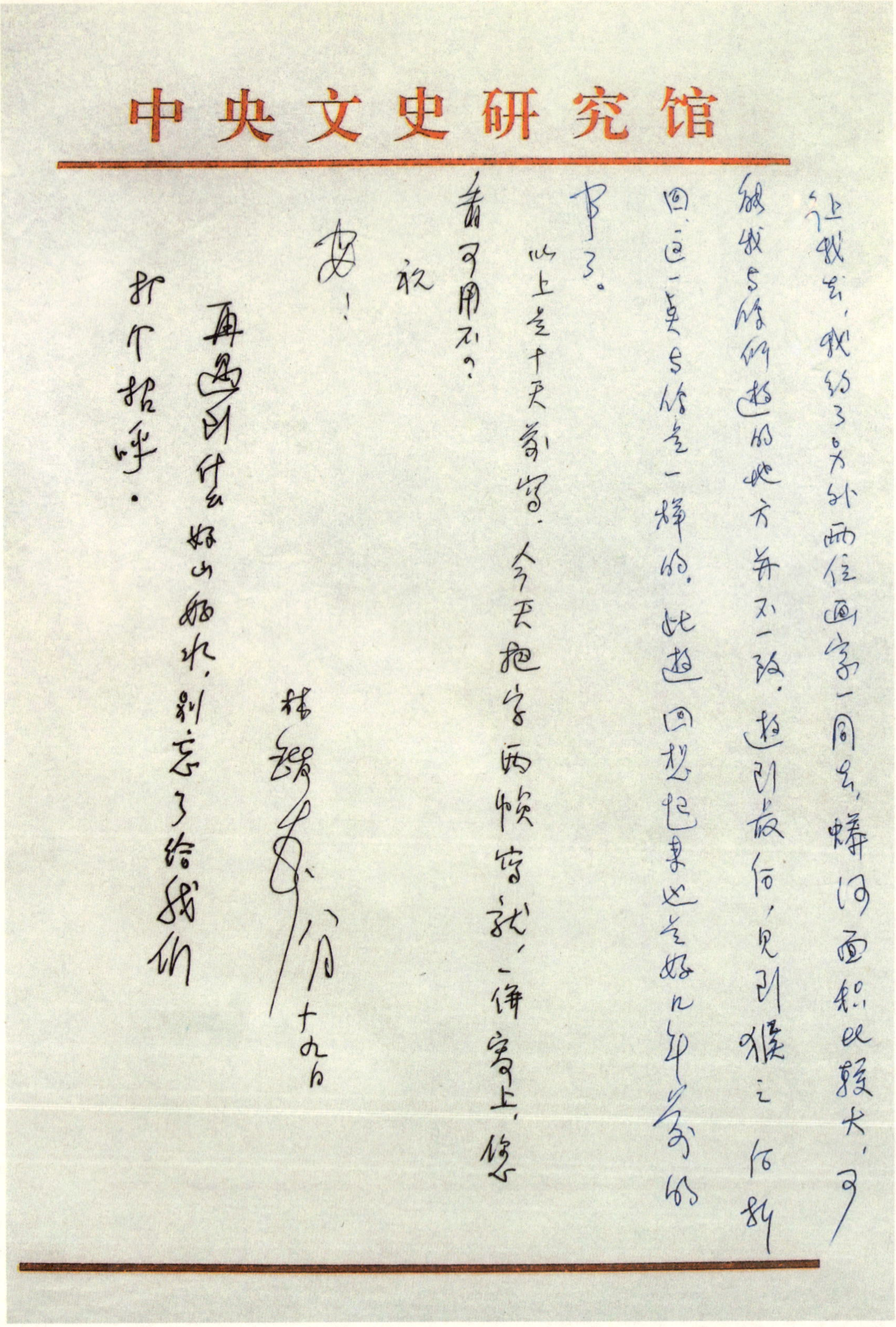

中央文史研究馆

让我去，我约了另外两位画家一同去，蟒河面积比较大，可能我与你们走的地方并不一致，走到最后，见到猴之后，所以，这一点与你是一样的。此趟回想起来也是好几年前的事了。

以上是十天前写，今天抱字两帧写就，一併寄上，您看可用否？

祝

安！

林鍇 八月十九日

再画什么好山好水，别忘了给我们打个招呼。

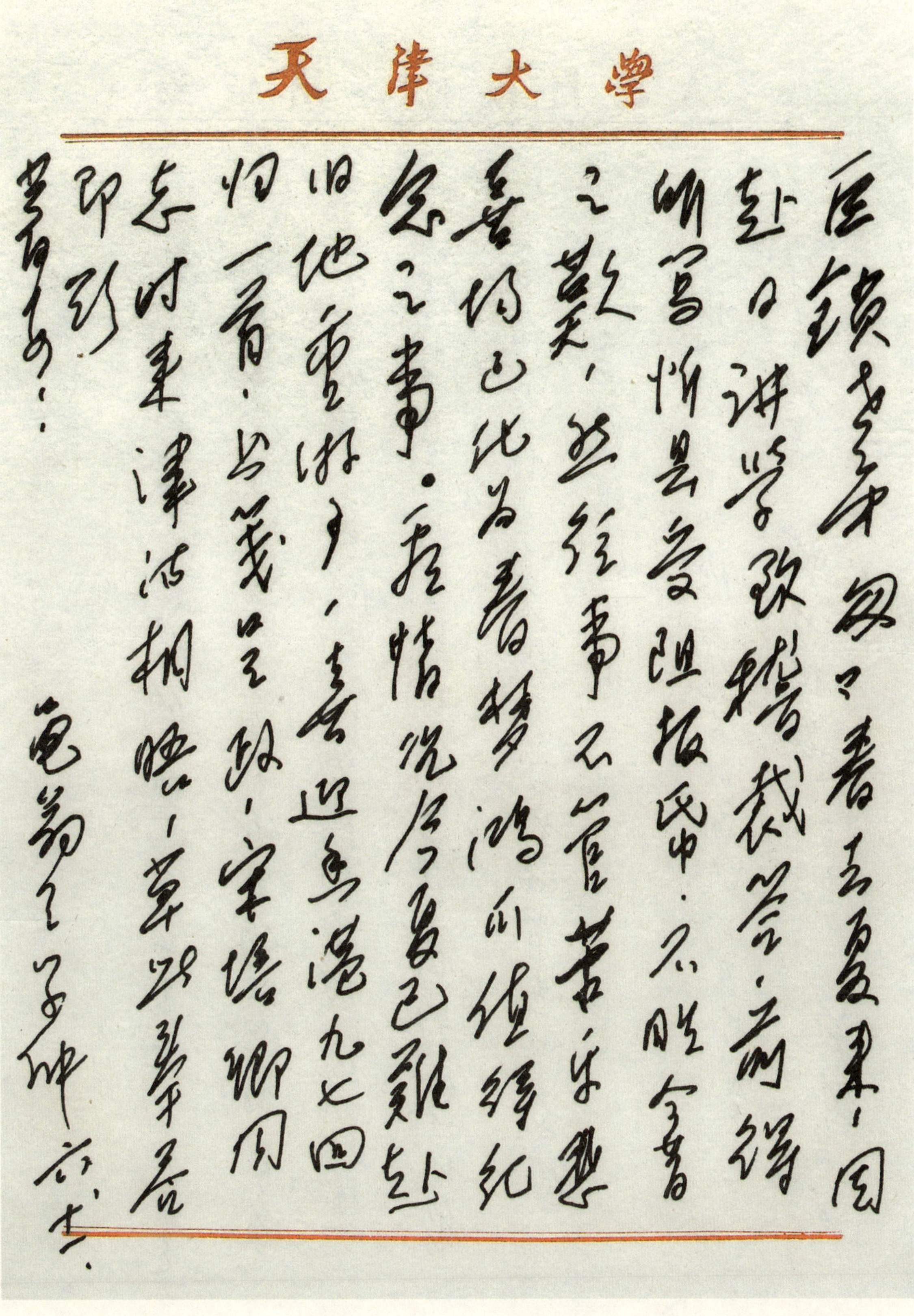
天津大學

王學仲，一九二五年生。山東滕州人。筆名夜泊，號黽翁。書畫家。

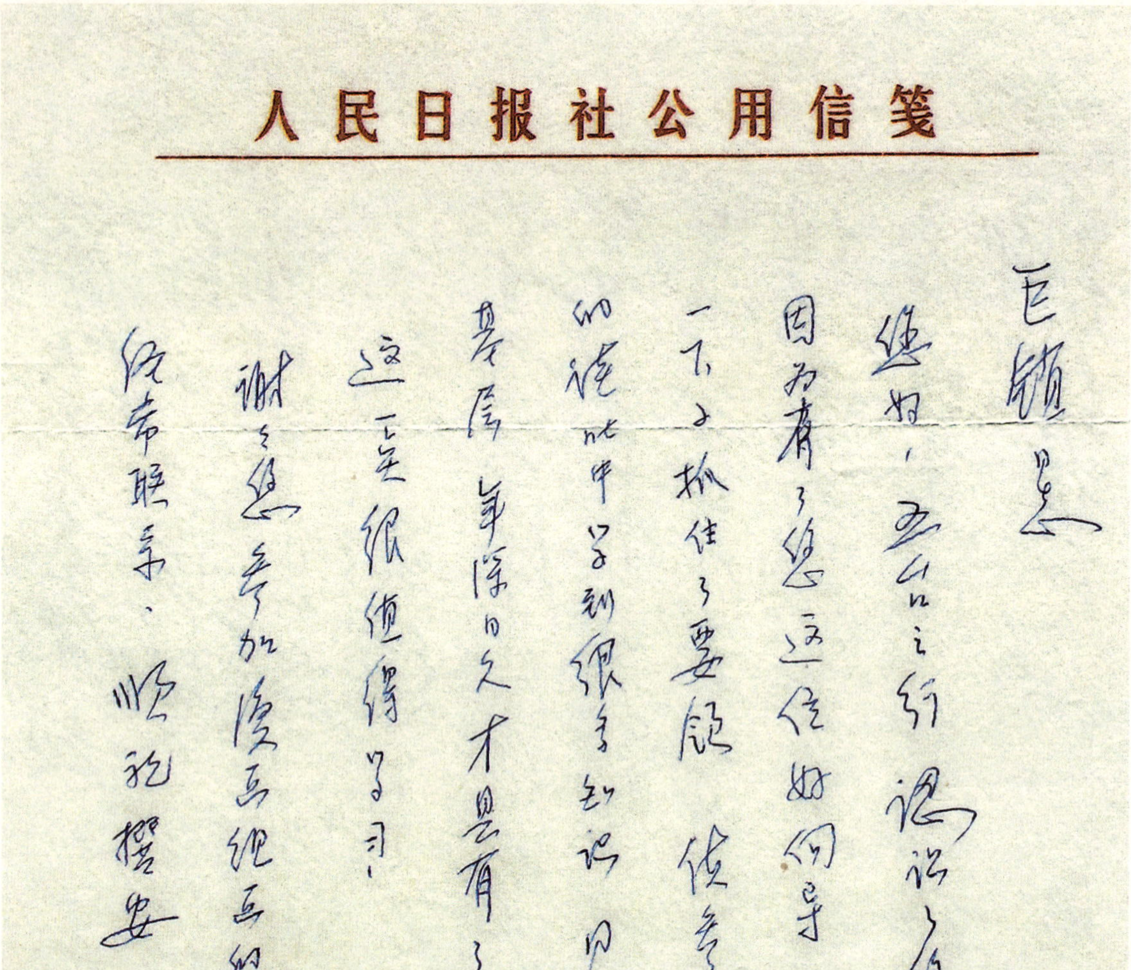

人民日报社公用信笺

巨显兄：

您好！五台之行，认识了您，甚为高兴。正是因为有了您这位好向导，使我们这些初到者一下子抓住了要领，使参观事半功倍。从您的谈吐中学到很多知识，同时深深感到您扎根基层年深日久，才具有了如此坚实的学识。这一点很值得学习！

谢谢您参加漫画组画的创作。并盼今后经常联系。顺祝

撰安

英韬 七月八日

英韬，一九二五年生。四川人。漫画家。

巨贊先生大鑒：

　　尊來帶來先生大作，均先后收到。因上半年住院后回來休養少動筆，故未即奉復，歉意之至，諒之。

　　奉上專冊，餘容后續正

　　即頌

　　近好

　　　　　　　　劉江敬上
　　　　　　　　04.12.17

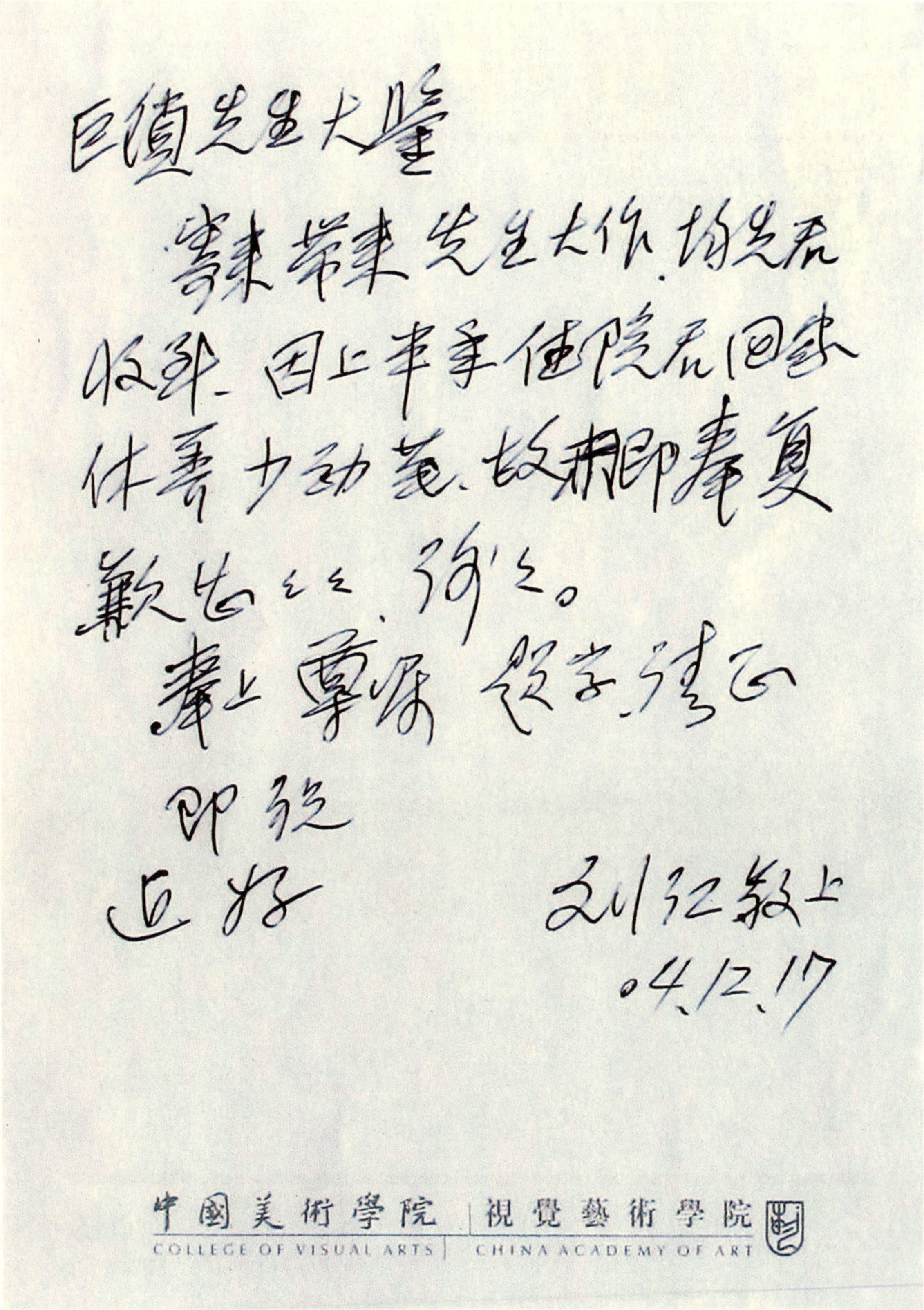

劉江，一九二六年生。重慶萬州人。號知非。書法篆刻家。

河南省文学艺术界联合会

巨籁同志：

董其中同志早把大札转示，十月中旬又收到你的来信，因为最忙的事太多，迟至今日给你复信，务祈见谅。

给谢瑞阶同志的字已转交。从你赠给我墨宝中，学到许多东西，你是下过很多功夫的。目前我仍以版画为主，对书法虽很有兴趣，因属于客串，不易精深，从一些拙作中可看出来。今写王勃滕王阁序句"天高地迥，觉宇宙之无穷"寄上请教，请指正。从出版物中看到，山西省的书法篆刻活动开展的很好，也很有水平，日后有机会去到五台山下去拜访你，学习你们的书画创作的先进经验。

谨此致

敬礼

陈天然

十月六日

陳天然，一九二六年生。河南鞏義人。書畫家。

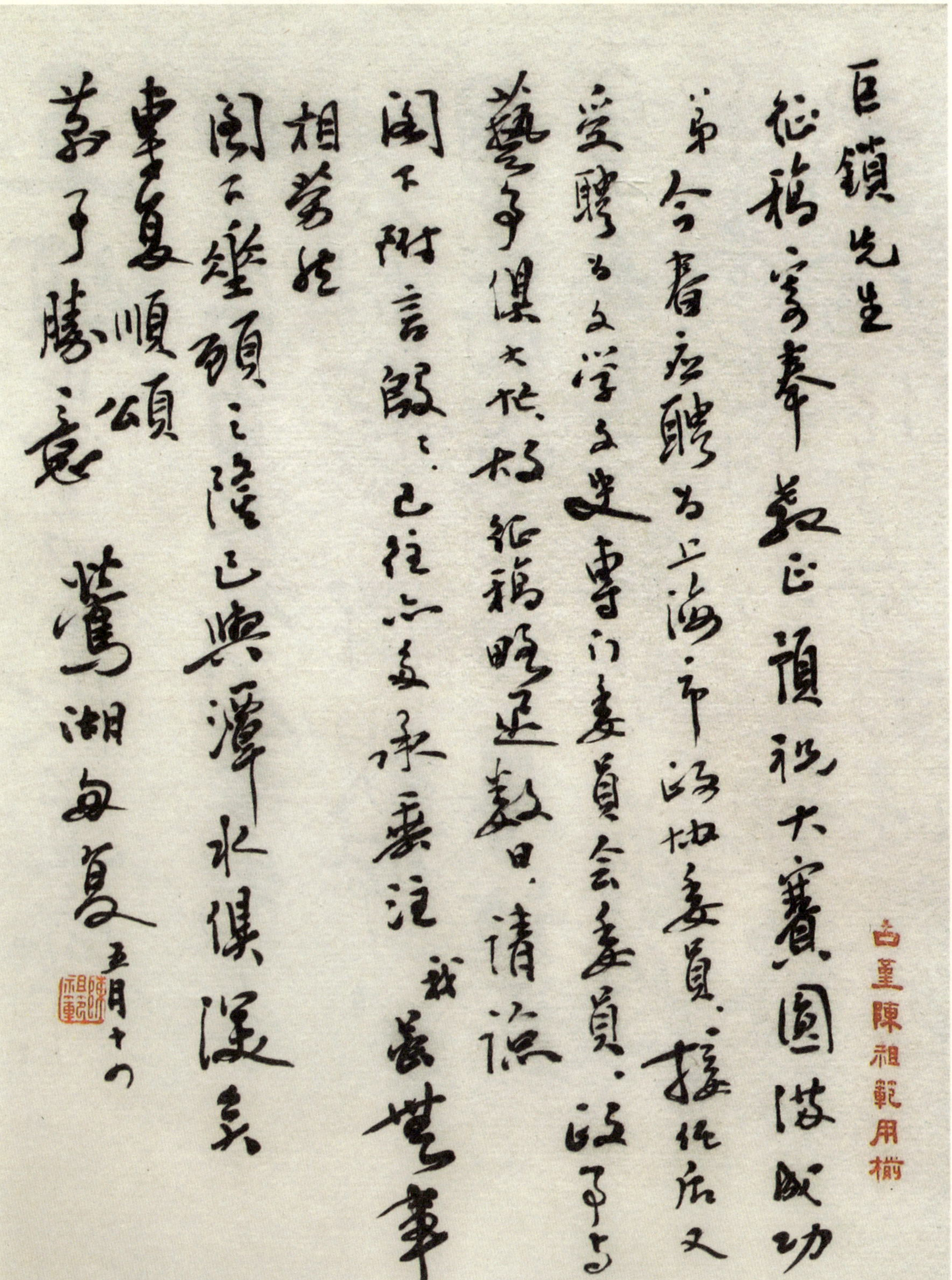
巨鎮先生
征稿寄奉 教正 頃祝大賽圓滿成功
弟今春應聘為上海市政協委員，接任文
史館為文學文史專門委員會委員，故于書
藝事俱大忙，故征稿略延數日，請諒
閣下附言敬悉，已往亦多承惠注我藝事
祖蔭姪
閣下壁頭之隱已與潭水俱深矣
專復順頌 公
慕予勝之意
鶩湖 每 复 五月十四
西堇陳祖範用椾

陳祖範，一九二六年生。浙江鄞縣人。別號鶩湖、忞齋。書法家。

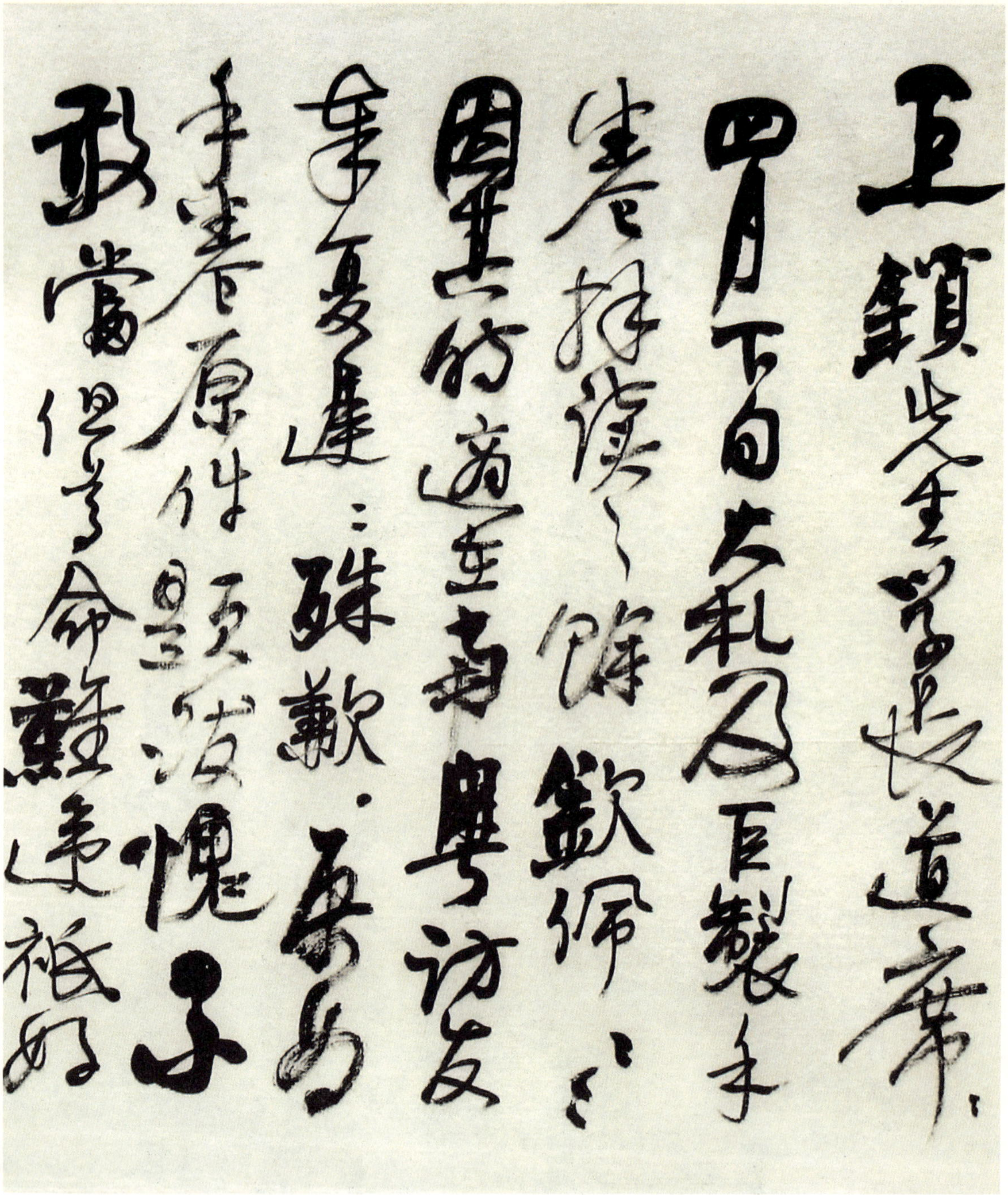
王頌先生學長道席：四月下旬大札及巨製手卷拜讀之餘欽佩之至因其時適在南粵訪友奉復遲遲殊歉殊歉承囑手卷原件題跋愧不敢當但尊命難違祗好

沈定庵，一九二七年生。浙江紹興人。書法家。

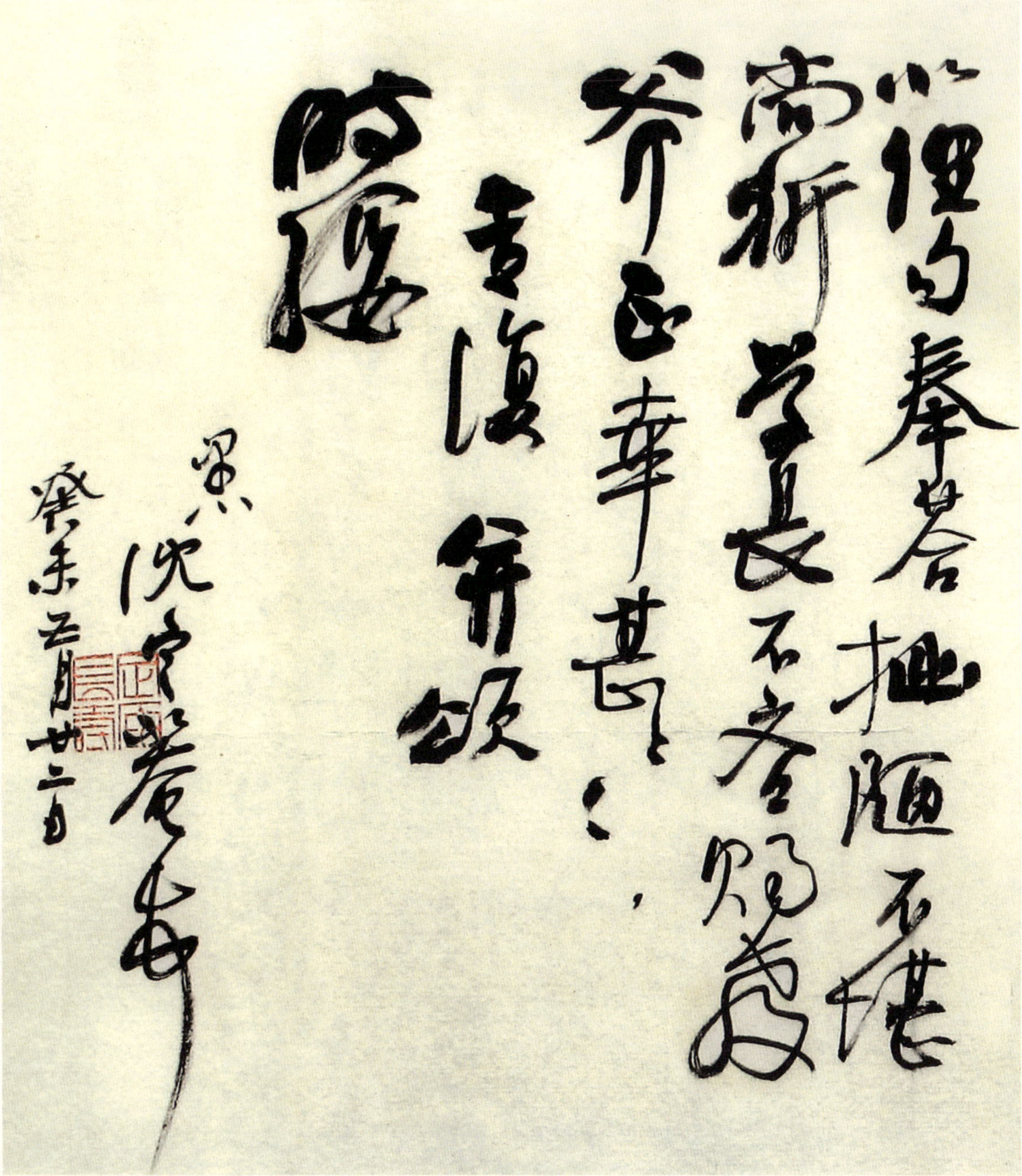
弟 沈定庵 拜
癸未五月廿二日

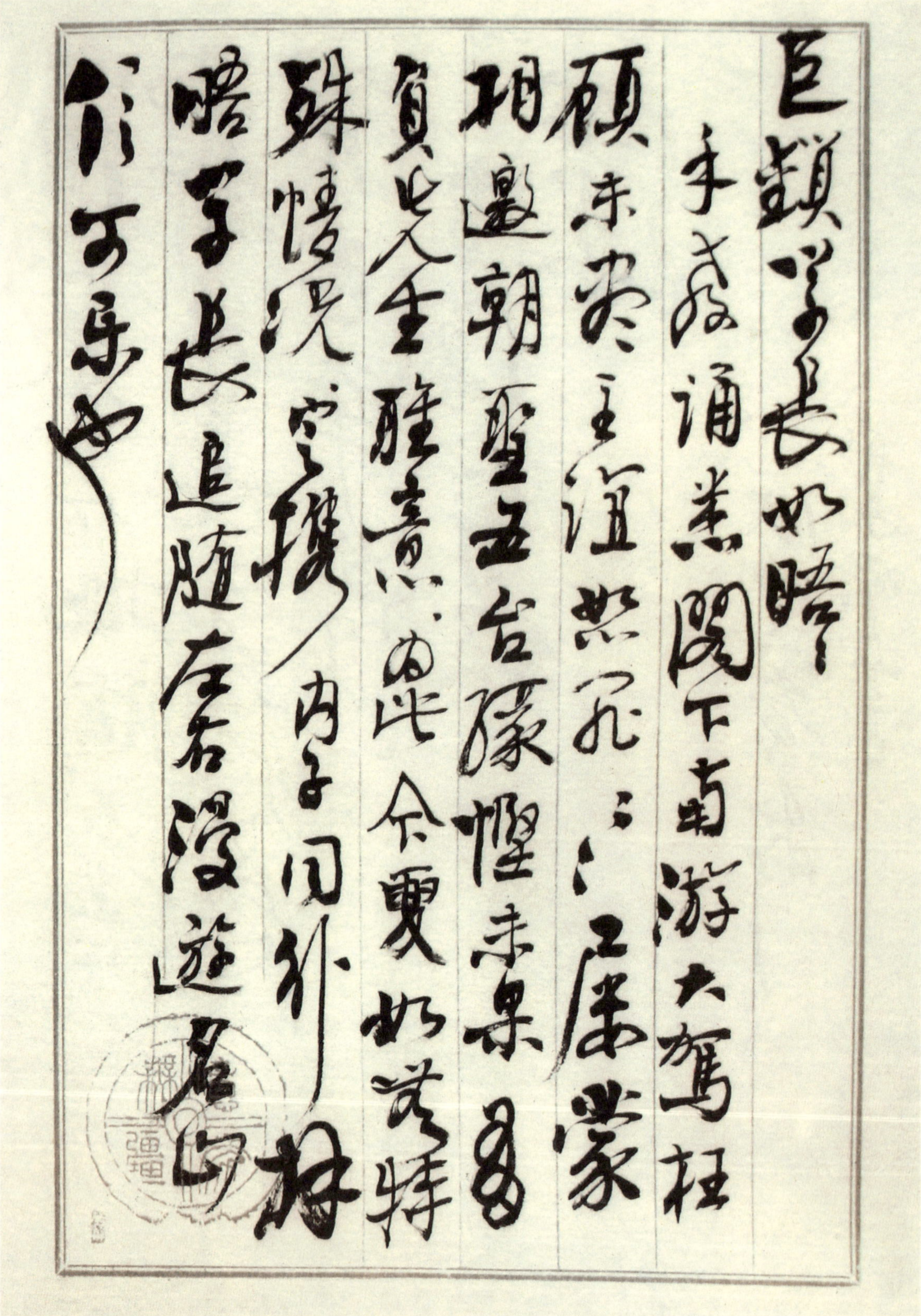

巨顗賢長如晤：

手教誦悉。閣下南游，大駕枉顧，未獲趨迓，歉仄歉仄。屢蒙相邀朝聖五台，緣慳未果，為負負。[illegible]雖[illegible]，因[illegible]介要如[illegible]特殊情況，[illegible]內子同行，特晤等長追隨左右，漫遊名山，何可樂也。

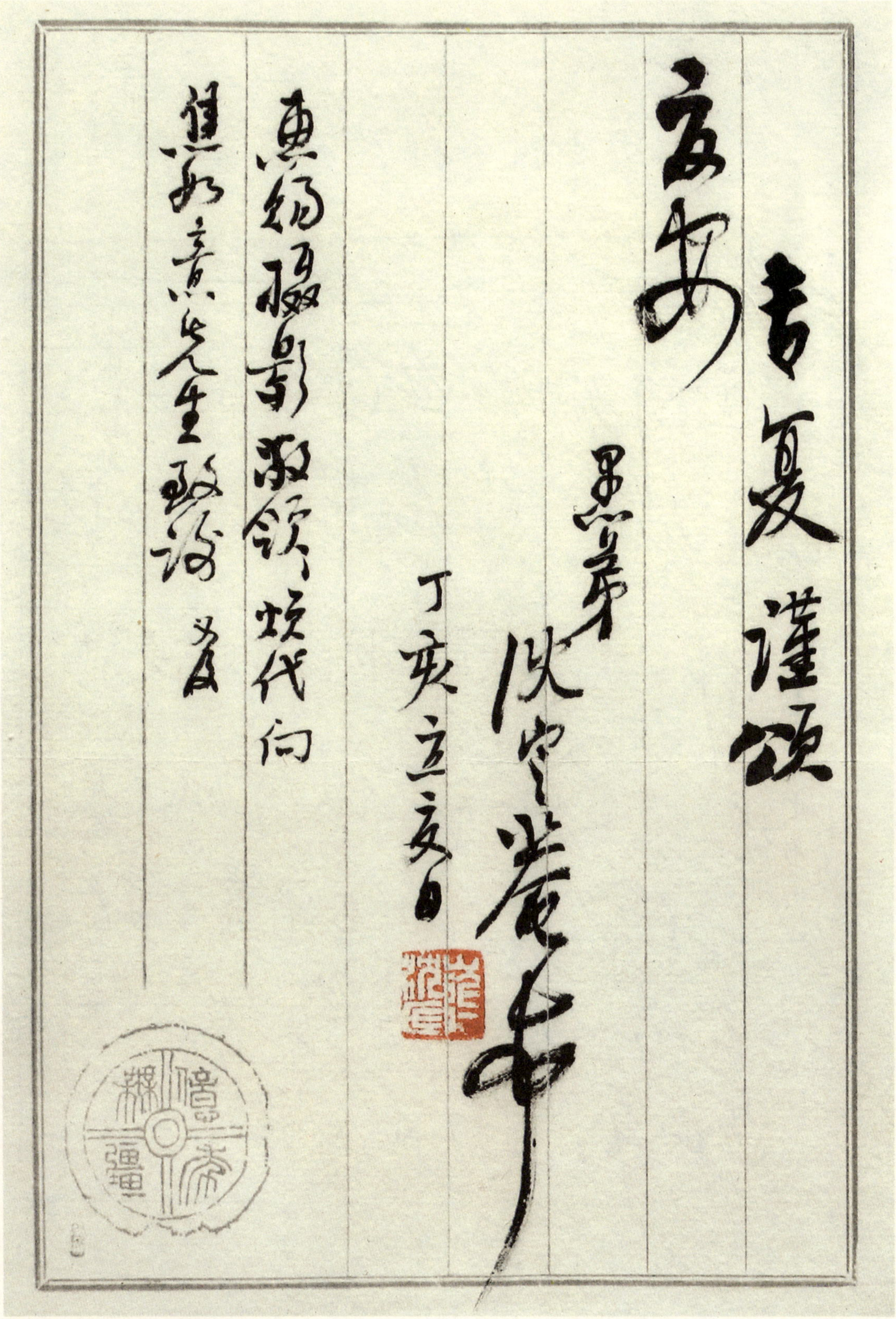
专复 谨颂
文安
愚弟 沈定庵手
丁亥立夏日
惠寄摄影数帧，烦代向
健如意先生致谢 又及

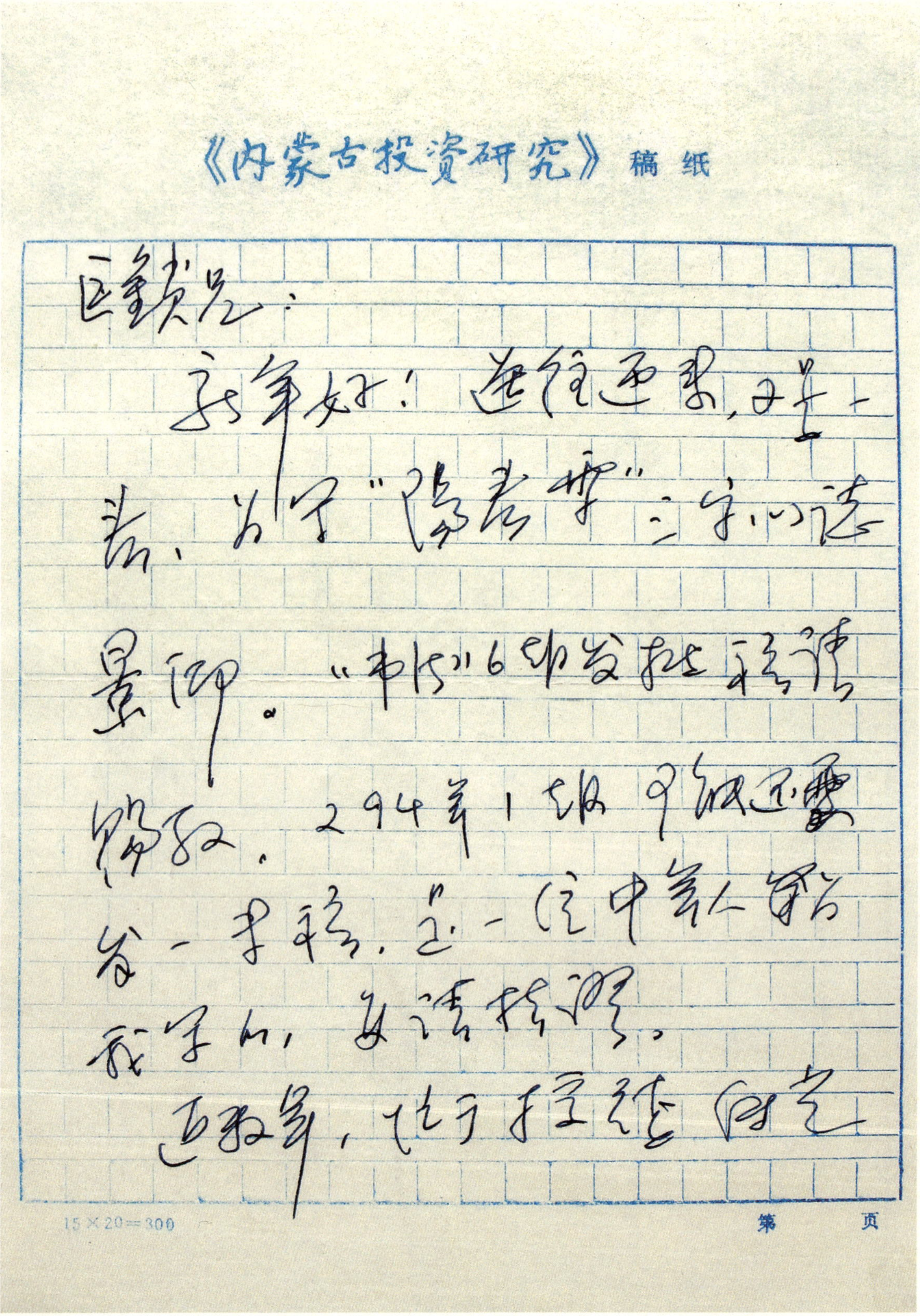
《内蒙古投资研究》稿纸

匡鑑兄：
新年好！近經函來，囑書一幅，如"隱堂集"三字以請
墨印。"本刊"6期發排稿請
備教。294號1期印紙還要
寄一本稿，並一定中學人寄給
我學的，并請指教。
匡鑑兄，祝好 魯安

15×20＝300 第 页

楊魯安，一九二八年生，二零零九年卒。天津人。别號龍公，還秋堂主。收藏家，書法家。

《内蒙古投資研究》稿纸

更為心泉壇，以其[illegible]金石[illegible]之四朝錢幣研究，已有十[illegible]多文章問世。

頃奉[illegible]先生手[illegible]，上[illegible][illegible][illegible]發掘[illegible]《古[illegible][illegible][illegible]》，序于中國錢幣叢書之一。

[illegible]州又出戰國古布，[illegible]于讀者關心。

即頌

文安

魯安[illegible]

1.17

15×20=300　　第　页

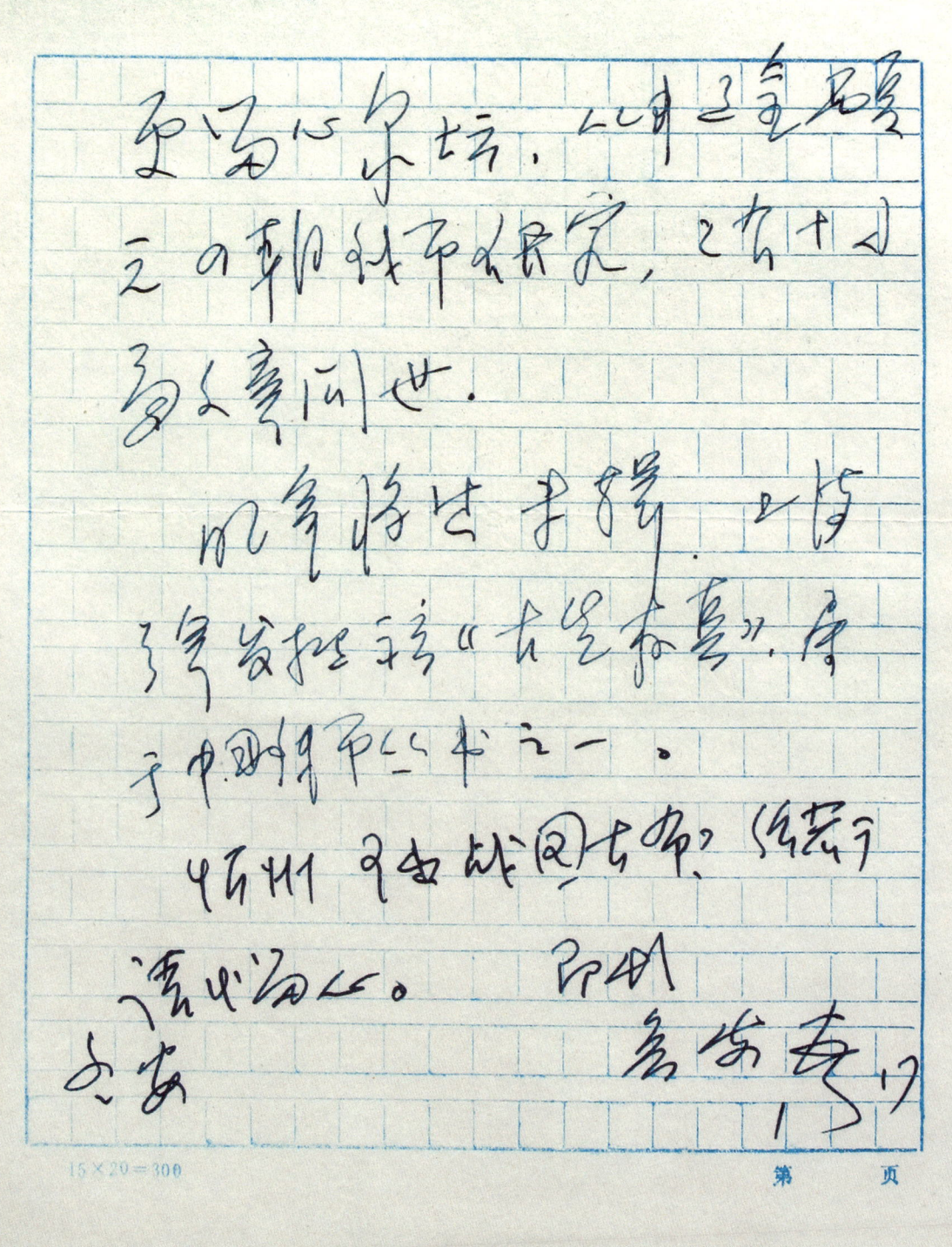

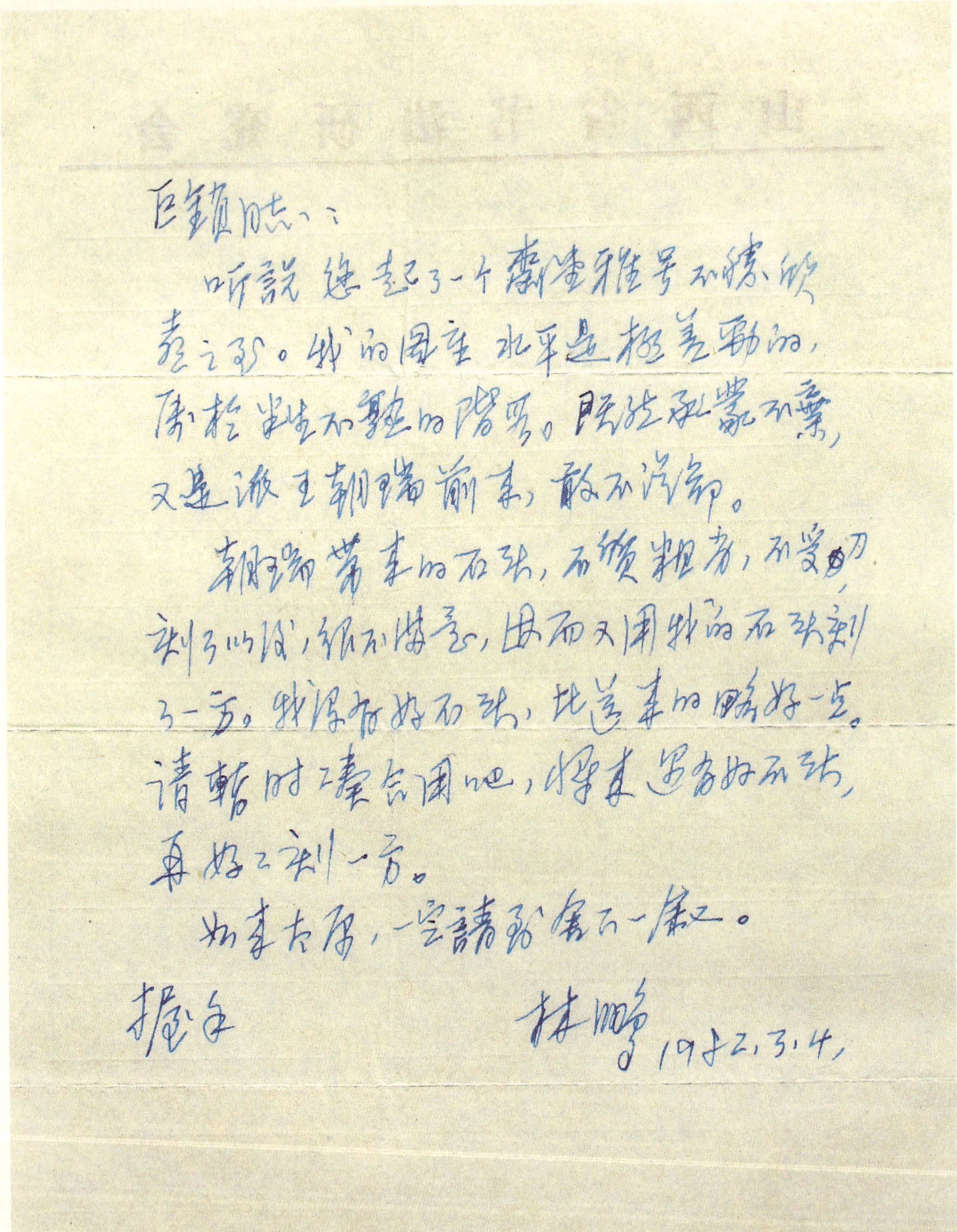

巨鎖同志：

听説您起了一个"隱堂"雅号，不勝欣喜之至。我的图章水平是极差劲的，處於半生不熟的階段。既然承蒙不棄，又是派王朝瑞前来，敢不從命。

朝瑞帶来的石頭，石質粗劣，不受刀，刻了以後，很不满意，因而又用我的石頭刻了一方。我保存好石頭，比送来的略好一些。請暫时凑合用吧，將来遇有好石頭，再好好刻一方。

如来太原，一定請到舍下一叙。

握手

林鵬 1982.3.4.

林鵬，一九二八年生。河北易縣人。原名張德臣。書法家。

湖北省博物馆

巨鑌先生台鉴：

惠寄大书"金刚经"精品一部收到，展阅之下，琳瑯满目，美不胜收。阁下笔草，可谓当世瑰玖，难能可贵也。嘱为题签赋诗，现遵命寄上，以志感佩！同时检寄拙作"书法集"一册、"明强传"一套、"书画一行通讯"，奉赠留念，并请指正。

我曾以自己名号"鸣天"、"鹤声"冠首嵌脚，撰成对联五、六十付，遍请海内外名家书成楹联，拟集百联以上，编印成集面世，或横赠亲友，以传佳话。联语从四字、五字、六字、七字直至十二、三字不等。今抄录十二字联一副："鸣留在江城，且上层楼招逸鹤；天风起云汉，仍闻五月落梅声"。请阁下大笔一挥，或书成对联或书作龙门对联式均可。务必挂号寄来，不胜企盼。谨此敬颂

台安！

钟鸣天上 2005年7月28日于武昌

鍾鳴天，一九二八年生。江西定南人。别名鶴聲。書法家。

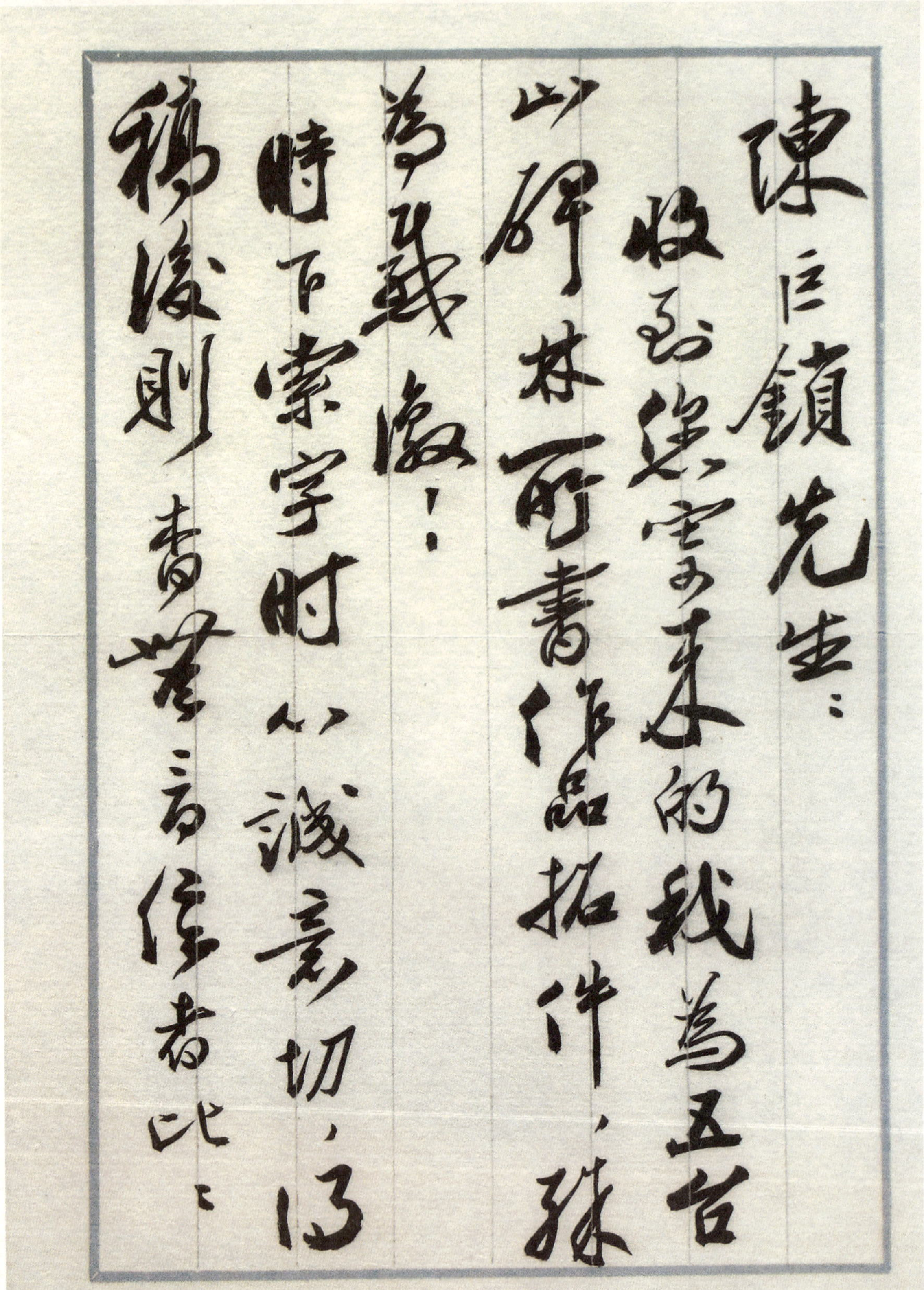
陳巨鎖先生：
收到您寄來的我為五台山所書作品拓件，殊為驚喜！
時下索字時以識彥切，過積後則書[illegible][illegible]言信者此上

顏家龍，一九二八年生。湖南漣源人。書法家。

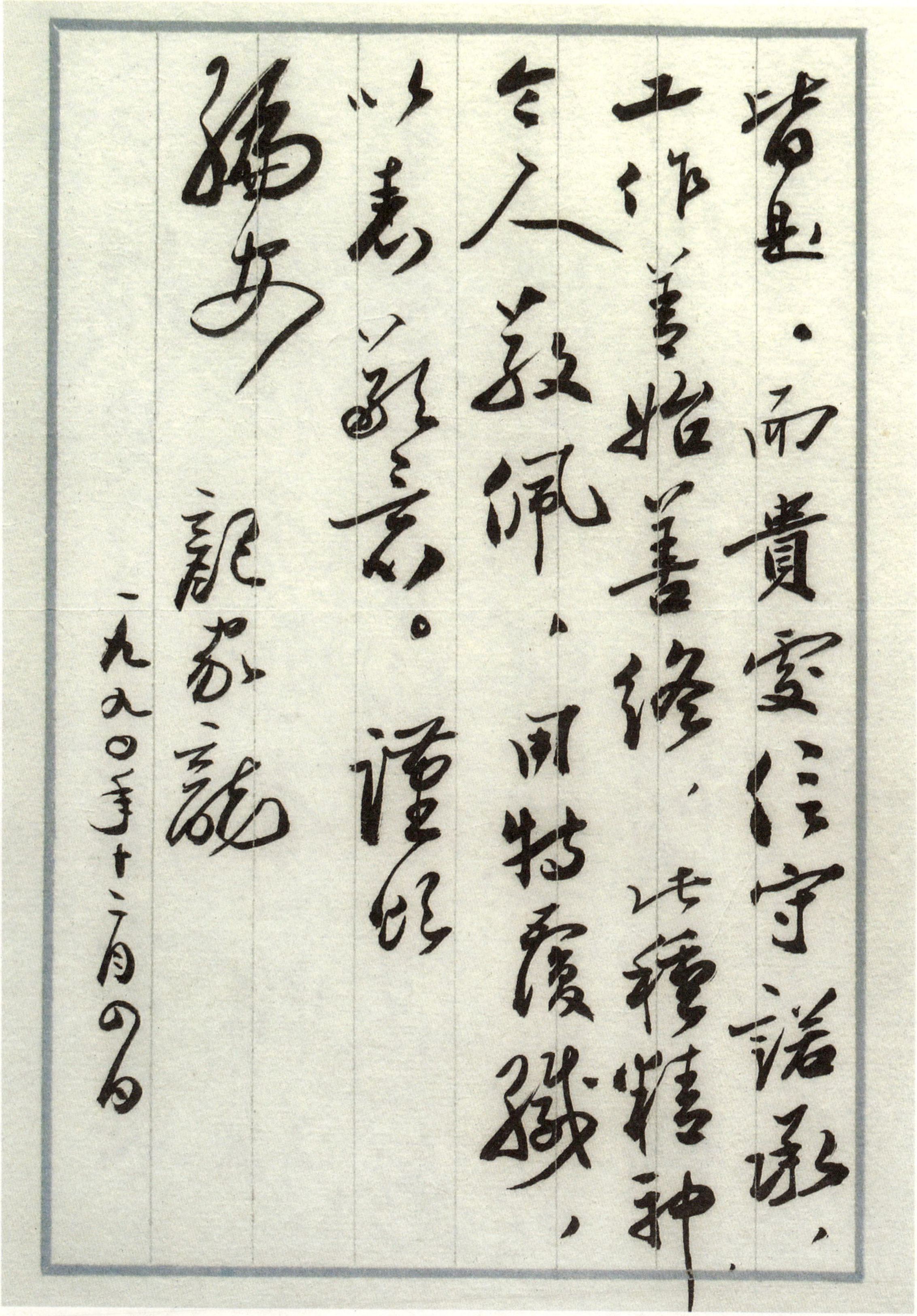

清趣，而貴要信守諾誠，工作善始善終，此種精神令人敬佩，再特覆箋，以表心意。謹頌

編安

顏家龍

一九九〇年十二月四日

玄鎖先生：課務繁重，頗歎不應命，悵然弗從，更覺自愧之甚。勉難遵命，塞責而已矣。不堪敷用，請即擲之。

歐陽中石 ○隱堂師友百札○

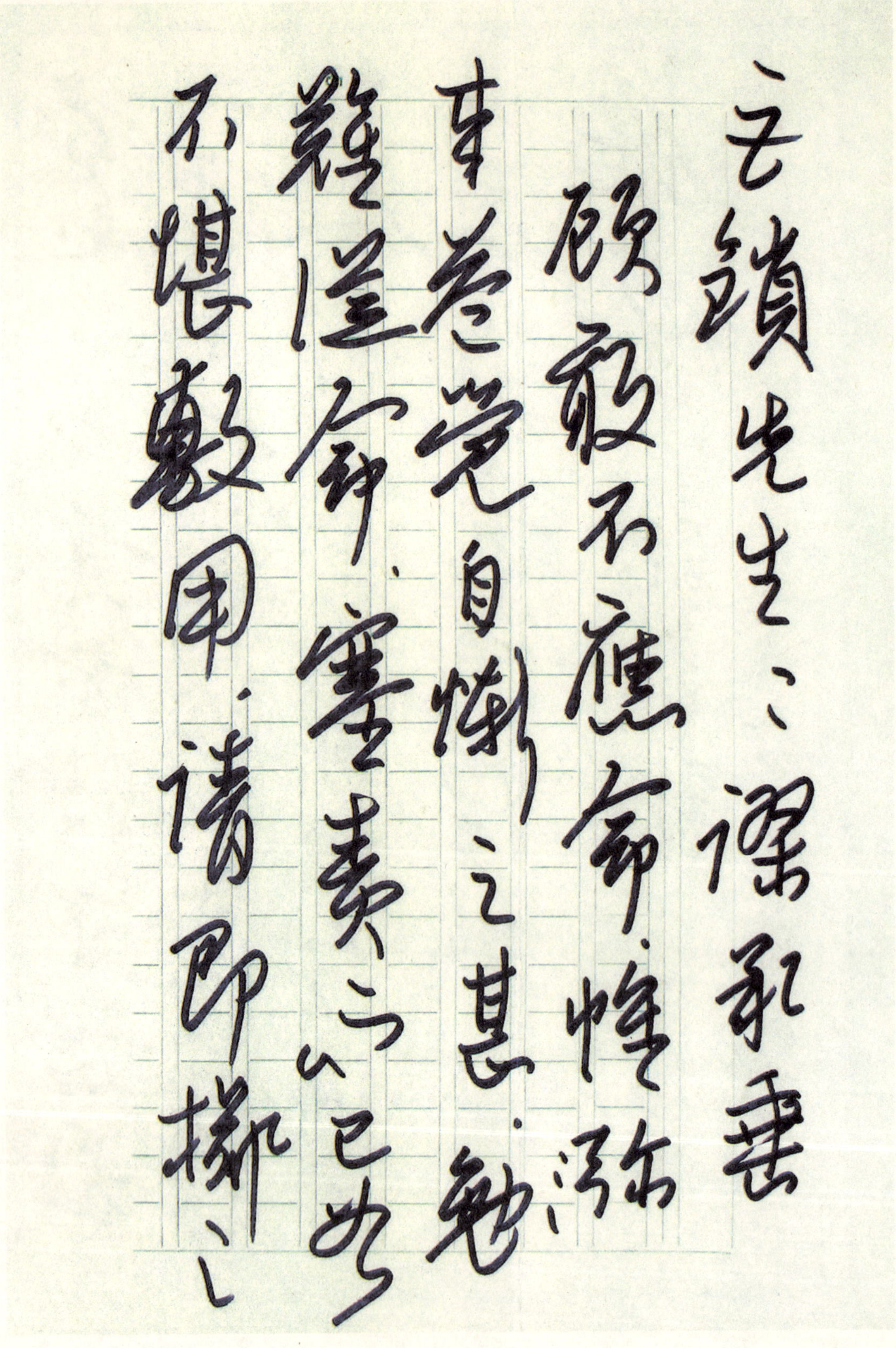

歐陽中石，一九二八年生。山東泰安人。書法家。

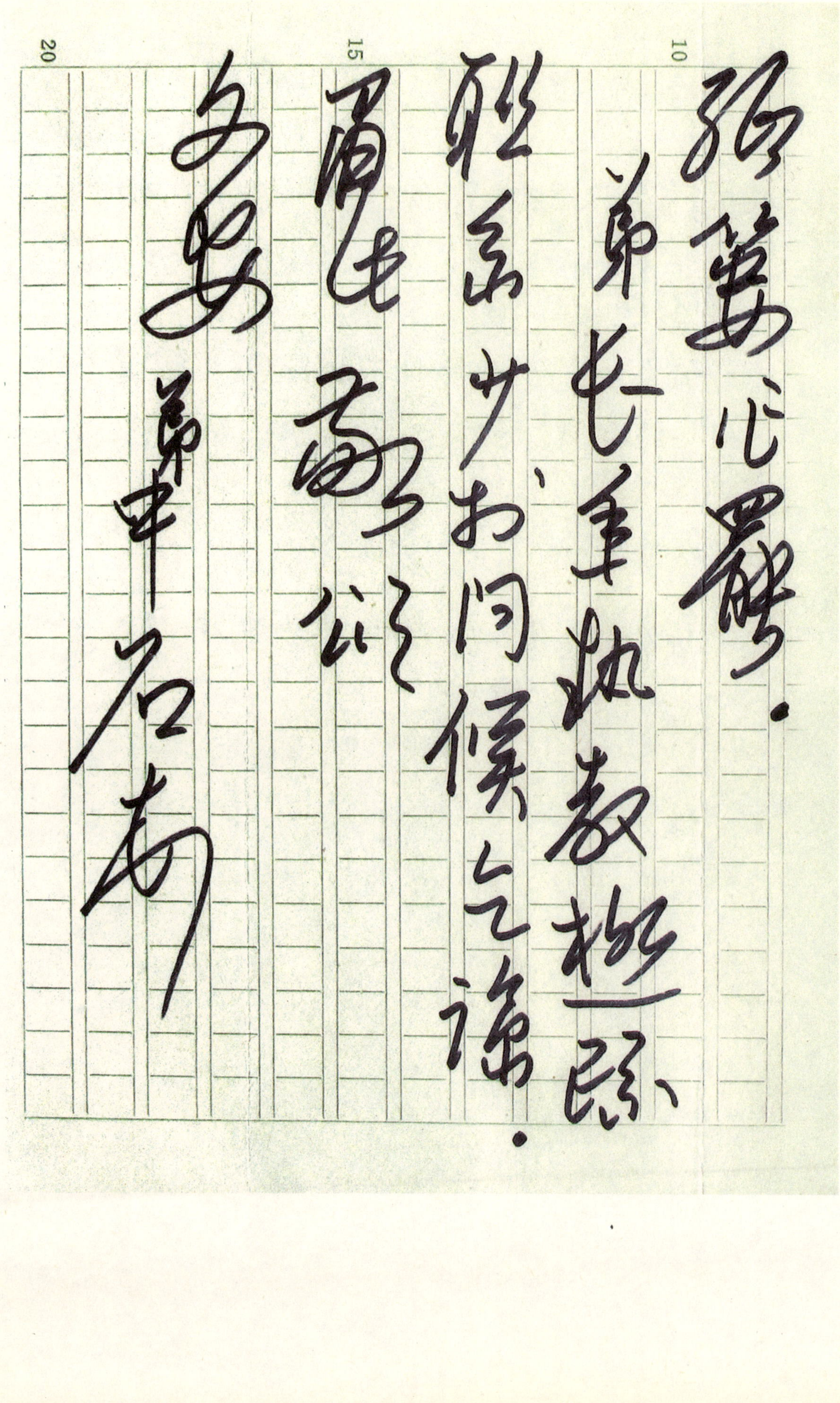
稍安心釋。
弟長年執教燕園，
聯係少、有問候之語。
還乞原諒
冬安
弟中石拜

陈巨锁先生：

今天收到你寄来的包裹。幸而是小保姆替我去取。若是我自己去取，会拿不动的。

你怎么送了我这么大一个砚台？我怎么消受得起！

我父亲在世时，也没有用过这么讲究的砚台。这是不是贵地的特产？有什么特点，须要注意的？

我实在受之有愧，却之不恭，只得道谢了！

如有机会来上海，欢迎来我家叙谈。

再一次致谢！祝

好！

丰一吟

98.12.31

豐一吟，一九二九年生。浙江桐鄉人。作家。

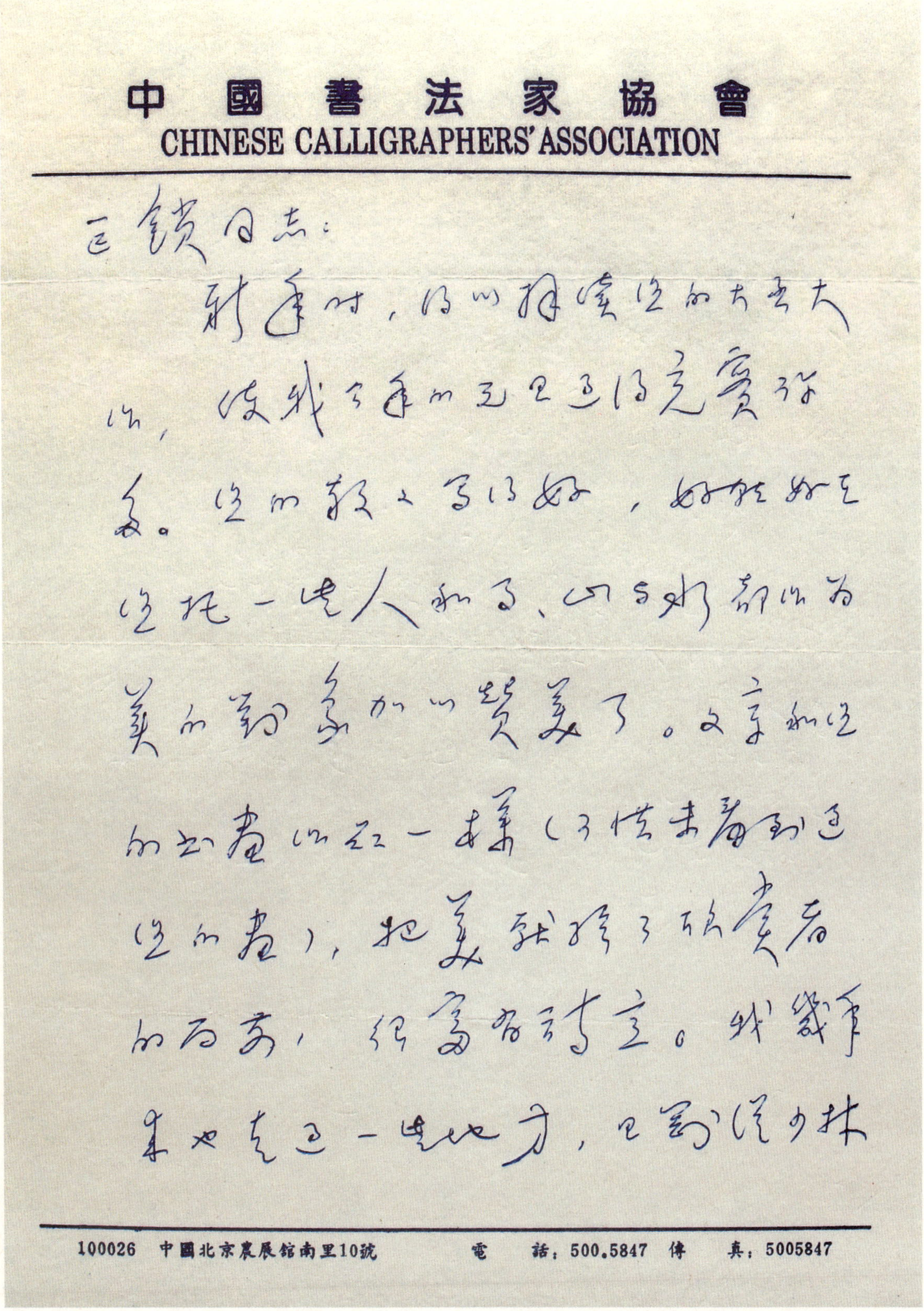

中國書法家協會
CHINESE CALLIGRAPHERS' ASSOCIATION

巨镜同志：
新年时，得以拜读您的大书大
作，使我今年的元旦过得充实许
多。您的颜字写得好，好就好在
您把一些人和写、以为那部位为
美的部分加以发展了。文章和您
的书法一样（写法未看到过
您的书），把美就推到了极高度
的高处，很富有诗意。我几年
来也走过一些地方，已到过少林

100026 中國北京農展館南里10號 電 話：500.5847 傳 真：5005847

佟韋，一九二九年生。滿族，遼寧昌圖人。書法家。

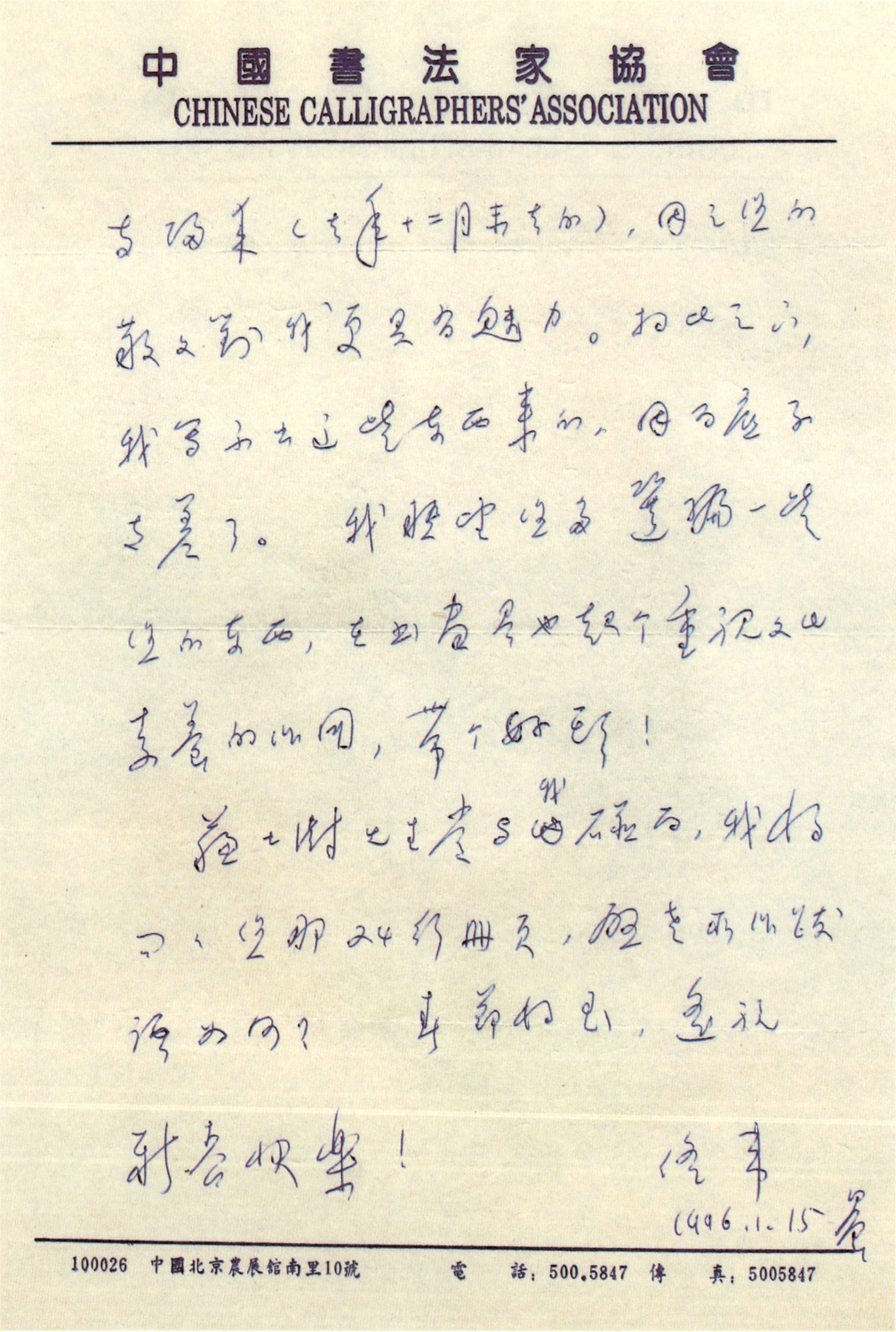

中國書法家協會
CHINESE CALLIGRAPHERS' ASSOCIATION

去昭某（去年十二月末去的），因之您的散文著作更具有魅力。相比之下，我写不出这些东西来的，因为底子太差了。我想您多选编一些您的东西，在出书界也很重视文化素养的此刻，带个好头！

蒋士钊先生考证的（我）石砚，我想写一、二页那24行册页，但是我不知道效果如何？春节将到，并祝

新春快乐！

佟韦
1996.1.15晨

100026 中國北京農展館南里10號 電 話：500.5847 傳 真：5005847

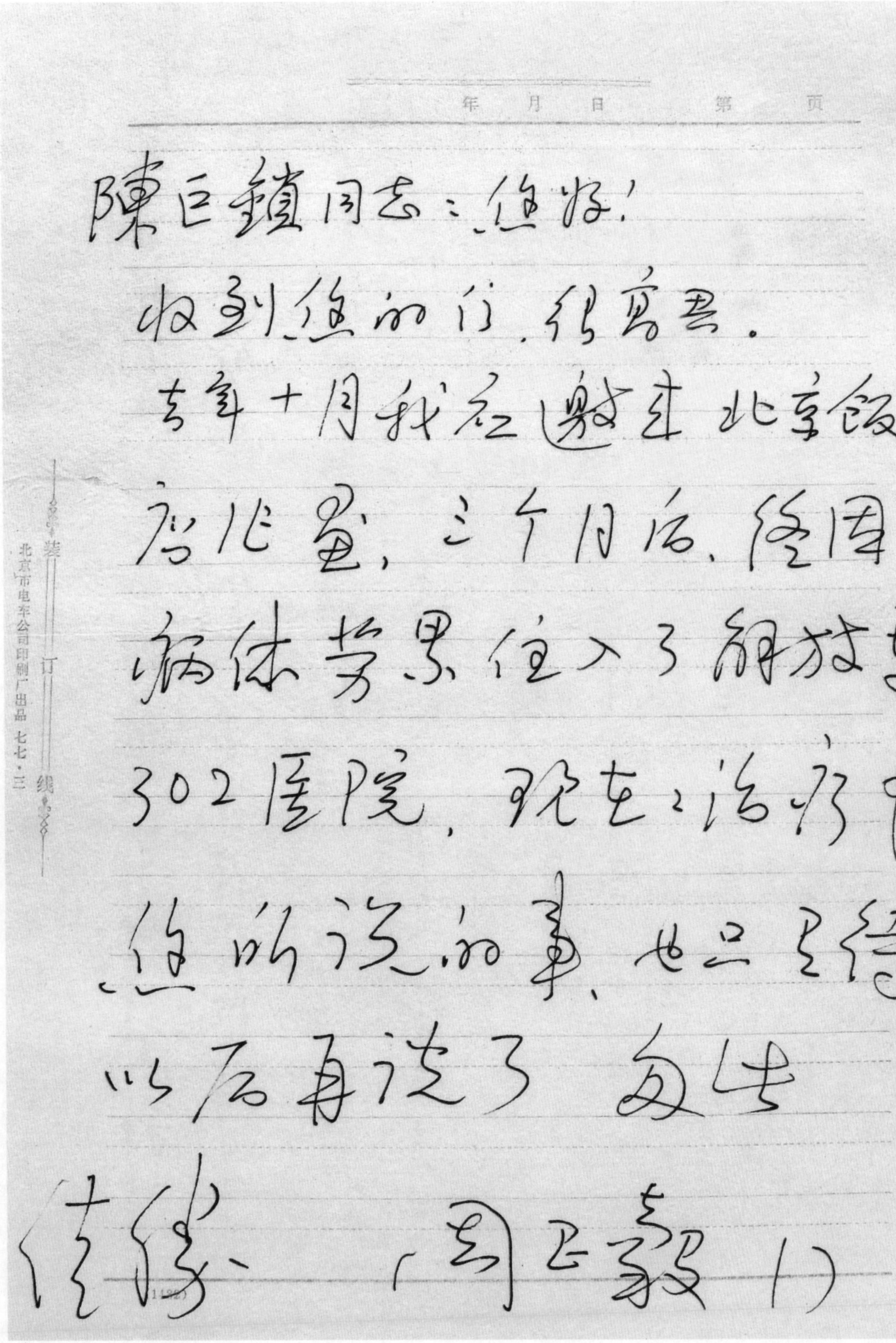
陳巨鎖同志：您好！

收到您的信、稿費。

去年十月我在邀來北京飯店作畫，三個月後，終因病體勞累住入了解放軍302醫院，現在在治療中。您所說的事，也只有等以後再談了。匆此

佳緣

周昌穀（）

周昌谷，一九二九年生，一九八六年卒。浙江樂清人。畫家。

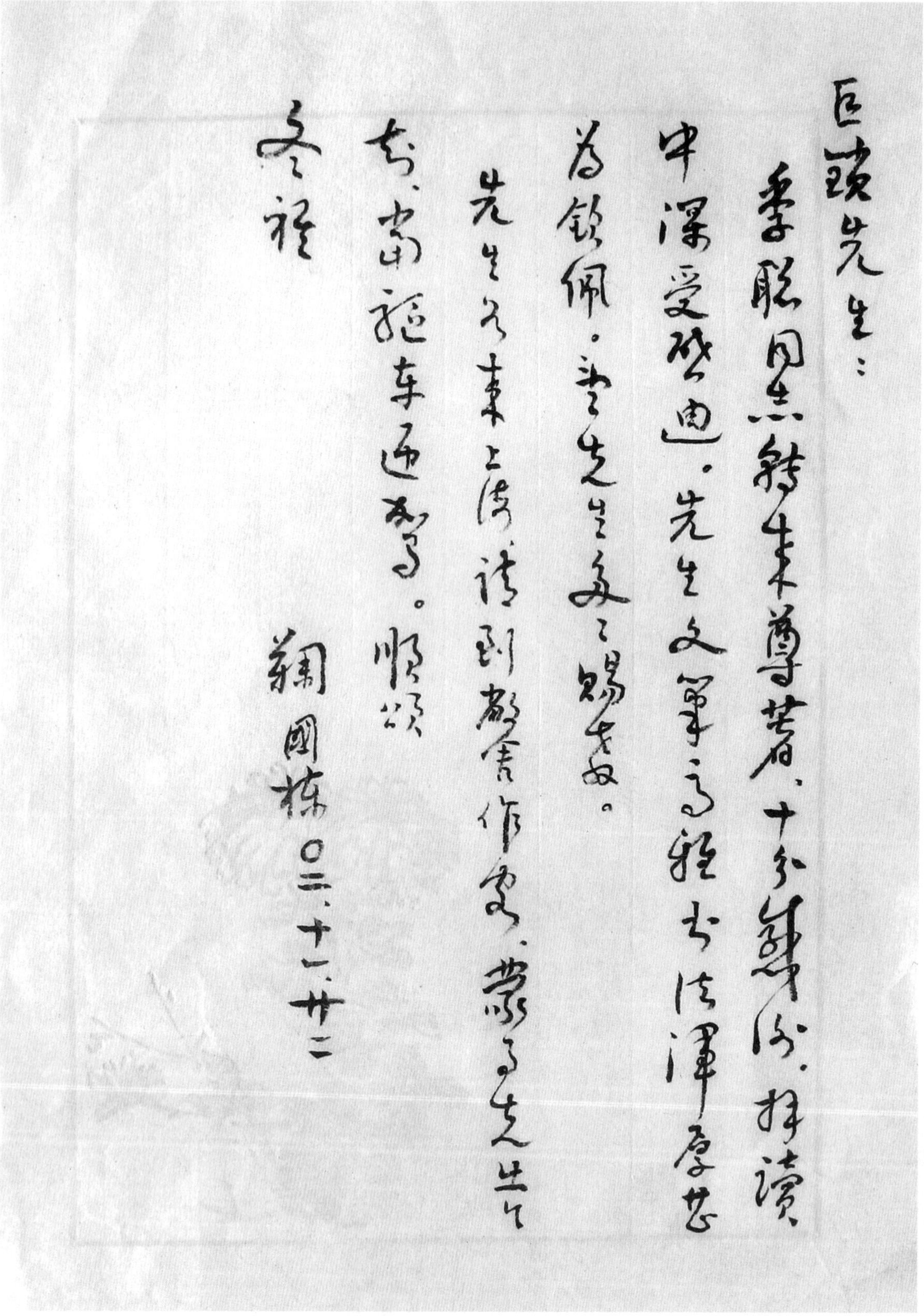

巨鼓先生：

季聰兄轉來尊著，十分感謝。拜讀中深受感動。先生文筆高雅，書法渾厚，甚為欽佩。望先生多多賜教。先生何來上海，請到敝舍作客，蒙高先生光臨指示，常祝年逾[illegible]。順頌

冬祺

鞠國棟 〇二、十一、廿二

鞠國棟，一九二九年生。山東濰坊人。書畫家、詩人。

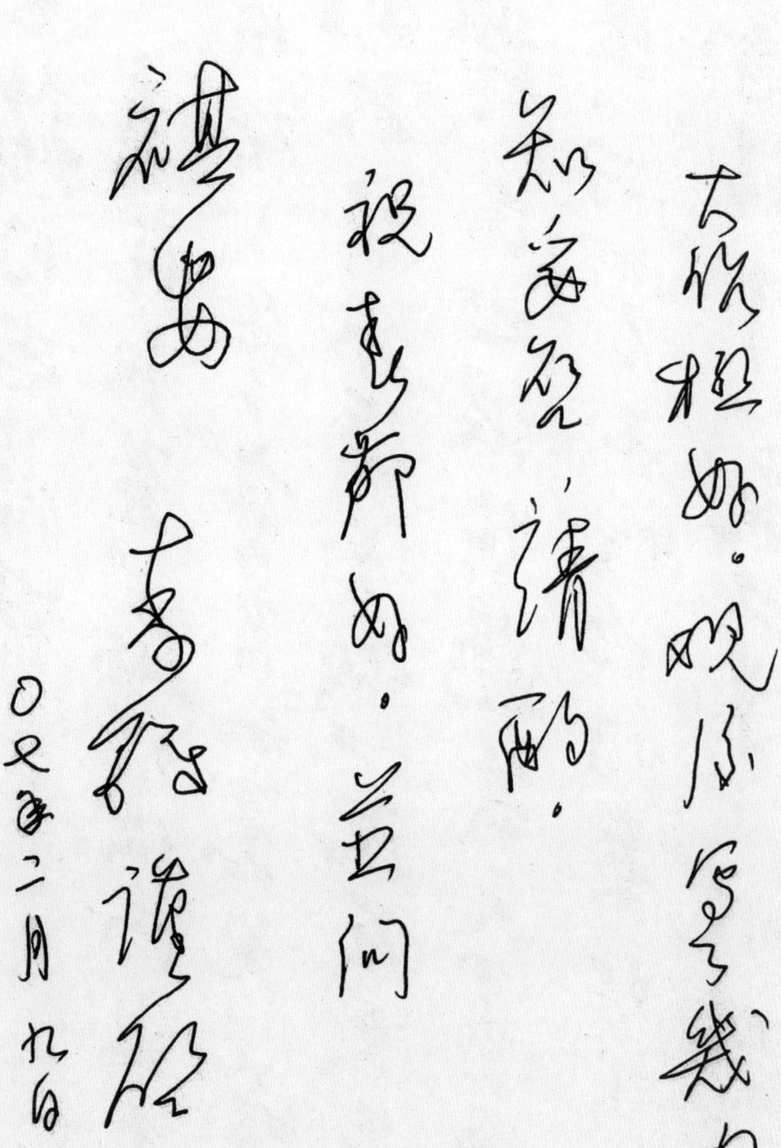
巨頌同志：
大作拜收。囑寫幾句，不
知妥否，請酌。
祝春節好。并問
祺安
李鐸謹啟
○七年二月九日

李鐸，一九三零年生。湖南醴陵人。號青槐。書法家。

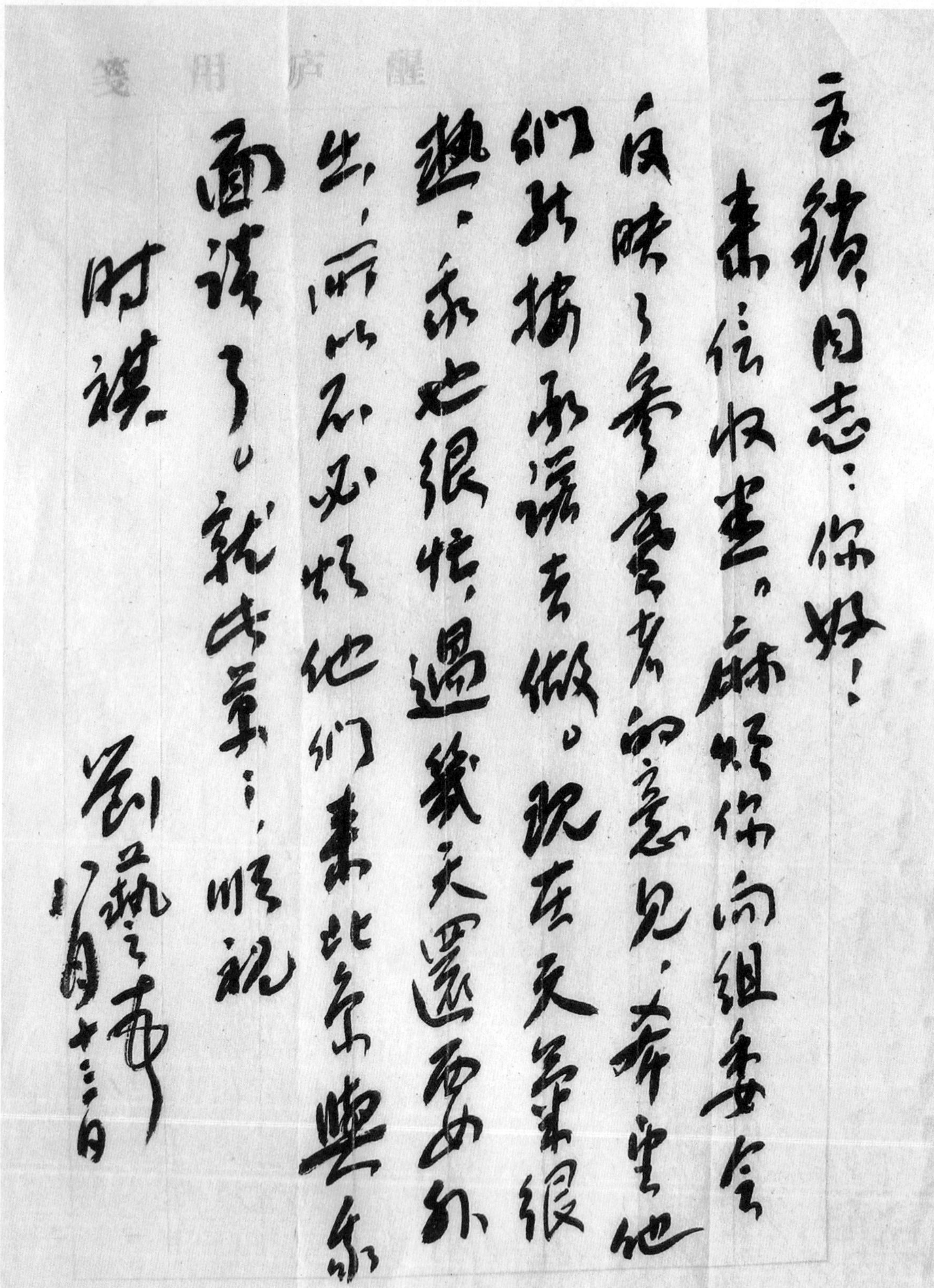

醒廬用箋

玉鎖同志：你好！

來信收悉。麻煩你向組委會反映了參賽者的意見，希望他們能接受建議去做。現在天氣很熱，我也很忙，還幾天還要外出，所以不必煩他們來北京與我面談了，就此草草。順祝

時祺

劉藝拜

11月十三日

劉藝，一九三一年生。臺灣臺中人。原名王平，字實子。書法家。

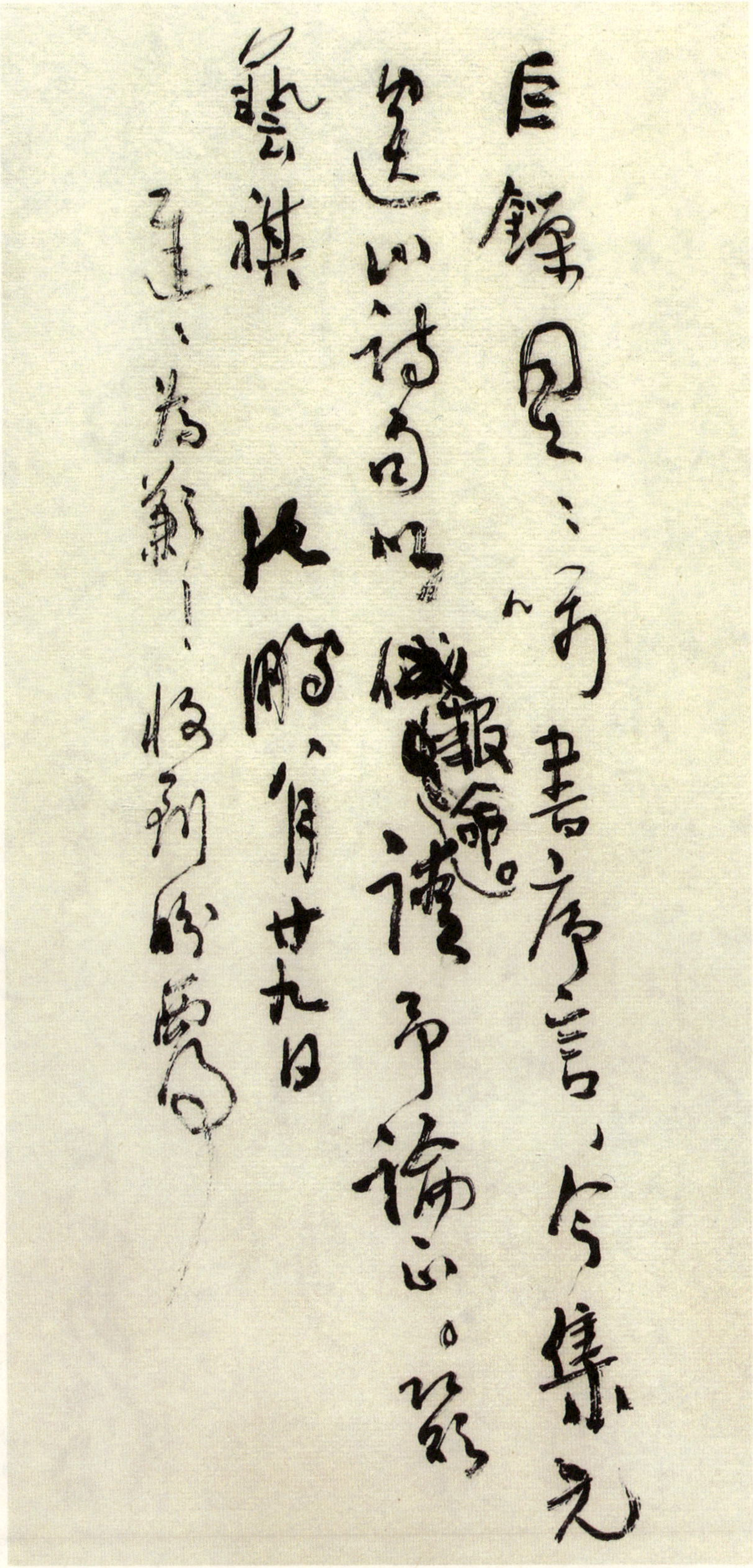

沈鵬，一九三一年生。江蘇江陰人。齋名介居。書法家。

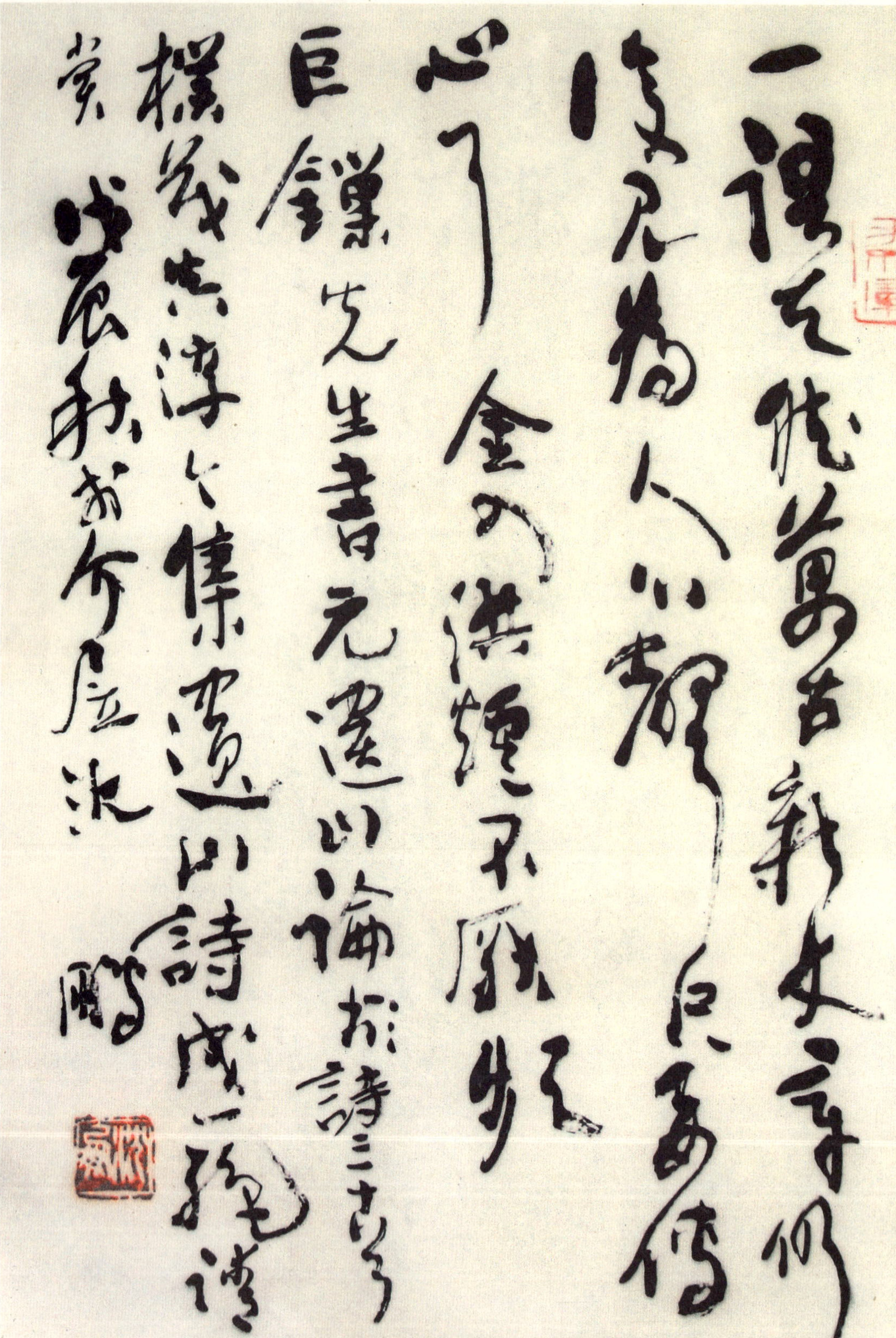

一讀元[illegible][illegible][illegible]我[illegible][illegible][illegible]
[illegible][illegible]為人以[illegible][illegible][illegible]傳
心了 金入洪爐不厭頻
巨鏐先生書元遺以論詩之[illegible]
[illegible][illegible][illegible][illegible][illegible]賞還以詩成一絕請
賞 戊辰秋於介居 沈鵬

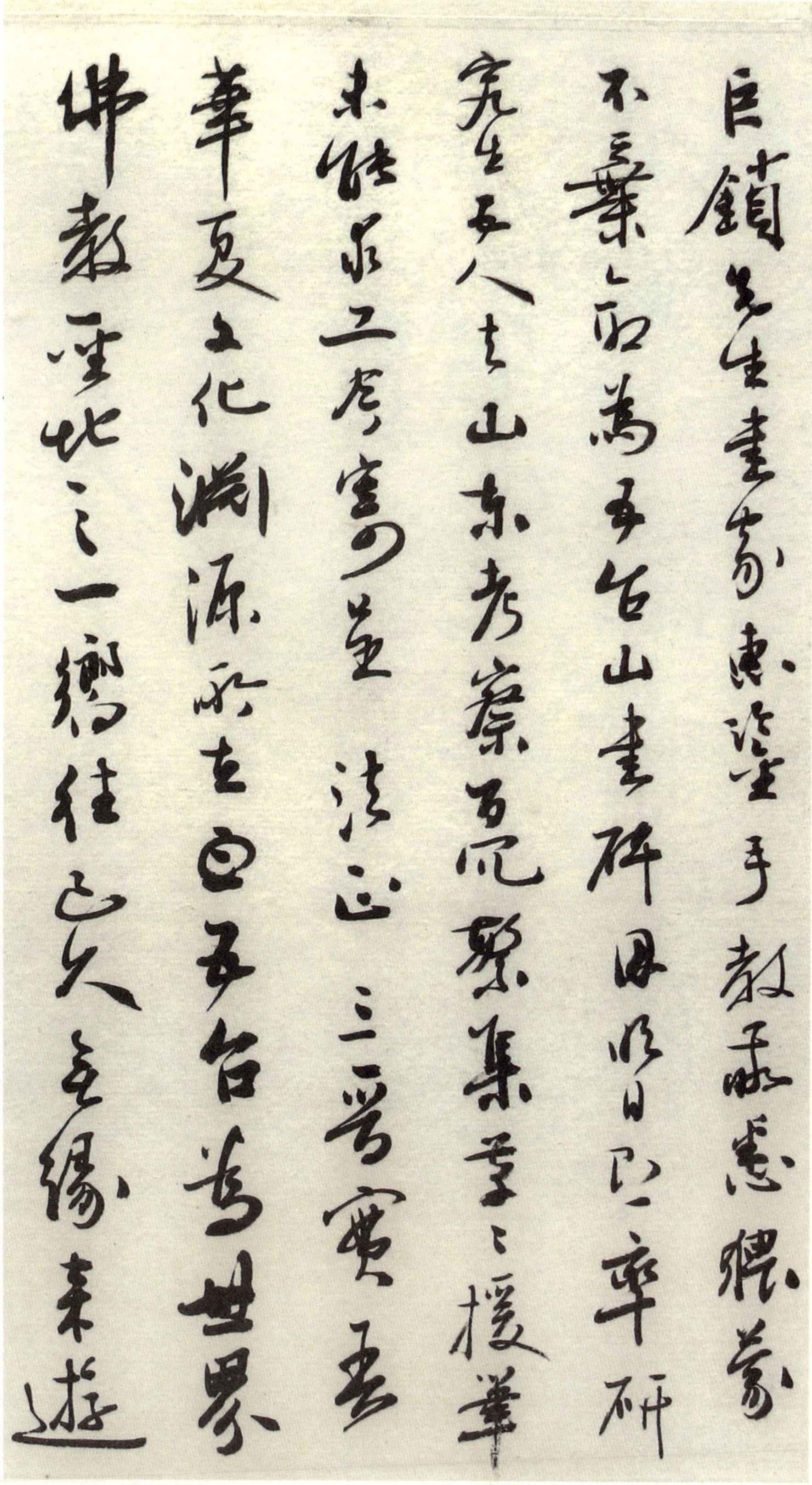

巨鎔先生畫家惠鑒：手教承悉，禮蒙
不棄，囑為五台山畫研[illegible]
寒士文人書山東老家百氏聚集筆[illegible]
未能求二老寫畫，請正之。[illegible]
華夏文化淵源所在，五台為世界
佛教聖地之一，嚮往已久，無緣來遊

徐無聞，一九三一年生，一九九三年卒。四川成都人。名永年，字嘉齡。書法家。

甚為遺憾。尊庭自撰詩詞儻肯
以年壽者率共代文學或書法方面
集會屆時初
盡力必挪東南示會當奉命
不備祇此
龥安　徐元聞再拜
一九九〇年六月二日

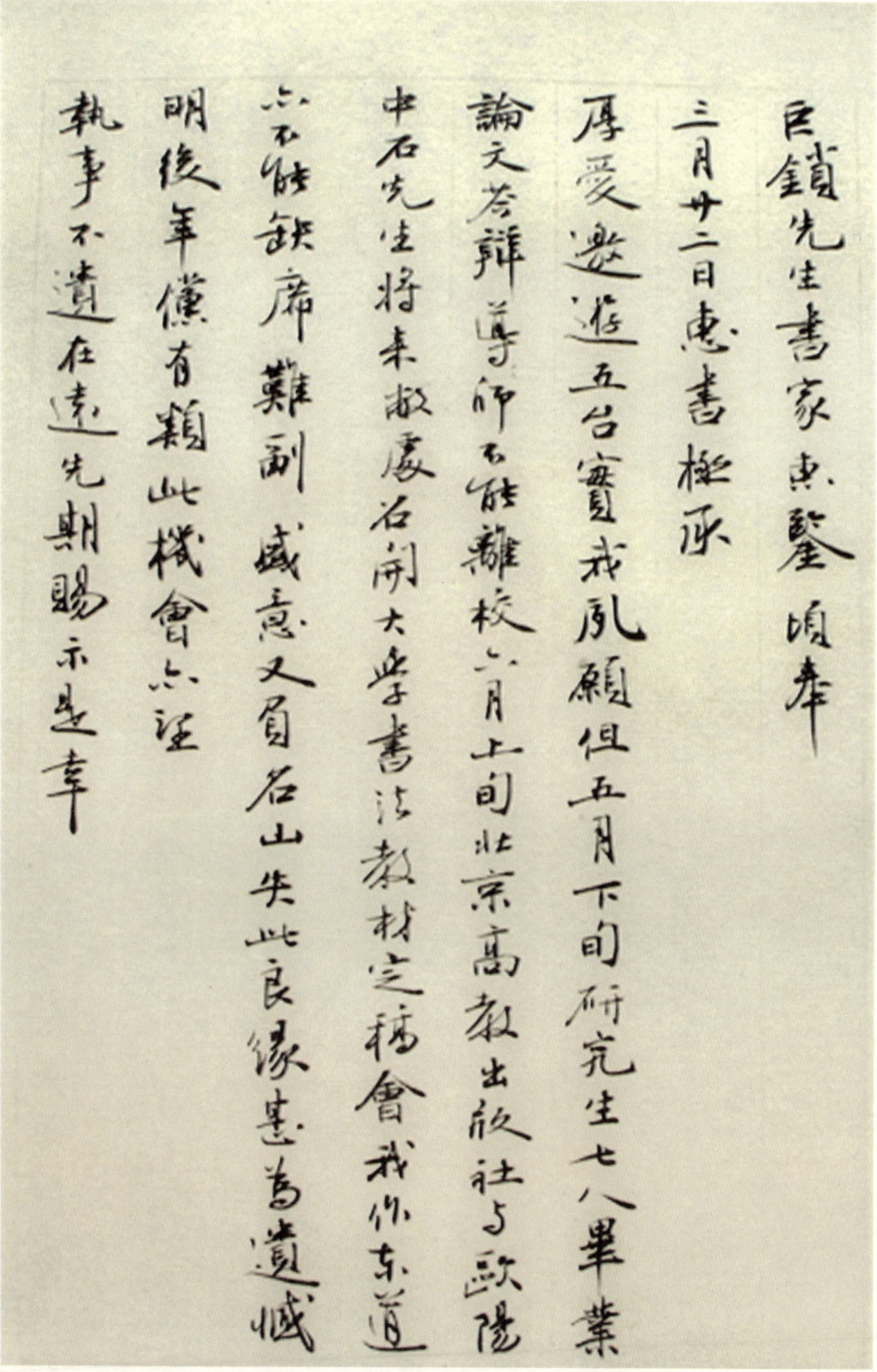
巨鑌先生書家惠鑒　頃奉
三月廿二日惠書極承
厚愛邀游五台寶刹夙願但五月下旬研究生七八畢業
論文答辯導師不能離校六月上旬北京高教出版社与歐陽
中石先生將來敝處召開大學書法教材定稿會我作東道
亦不能缺席離副　盛意又負名山失此良緣甚為遺憾
明後年儻有類此機會亦望
執事不遺在遠先期賜示是幸

徐無聞　⊙隱堂師友百札⊙

別有類者北魏程哲碑舊在貴省長子縣我因撰寰宇
貞石圖敘録需知其現狀若尚存其具體地點在何處若已
毀則毀于何時特請教于
先生敬祈
費神賜复至盼至感專此奉陳敬候
文安
徐无聞敬上
四月七日

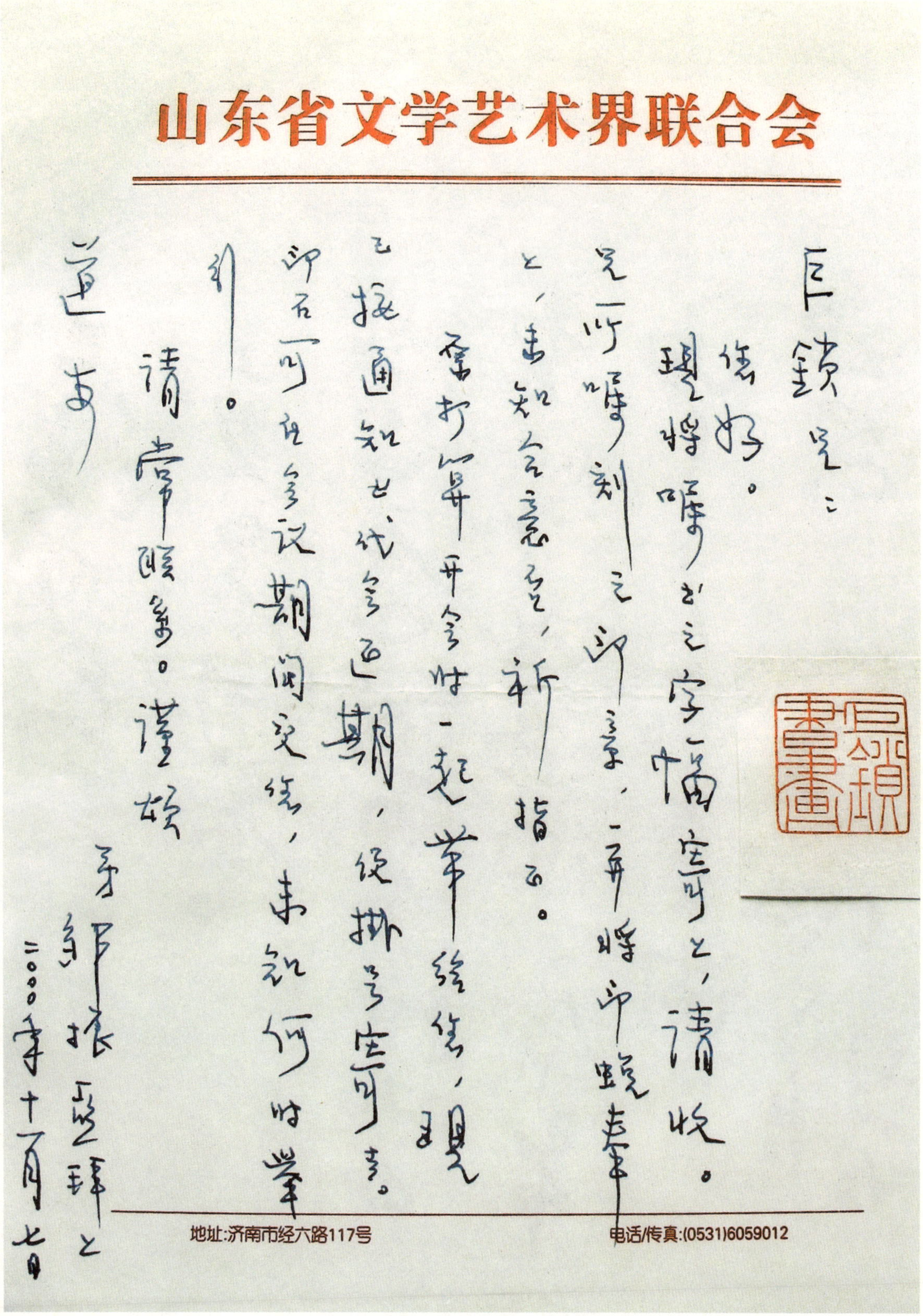

山东省文学艺术界联合会

巨鎮兄：

您好。

現將囑書之字幅寄上，請收。兄所囑刻之印章，一并將印蛻奉上，未知合意否，祈指正。原打算開會時一起帶給您，現已接通知七代會延期，故郵寄去。印石可在會議期間交您，未知何時舉行。

請常聯系。謹頌

道安

弟 鄒振亞拜上

二〇〇〇年十月七日

巨鎮書畫

地址:济南市经六路117号　电话/传真:(0531)6059012

鄒振亞，一九三一年生，二零零三年卒。山東烟臺人。書法篆刻家。

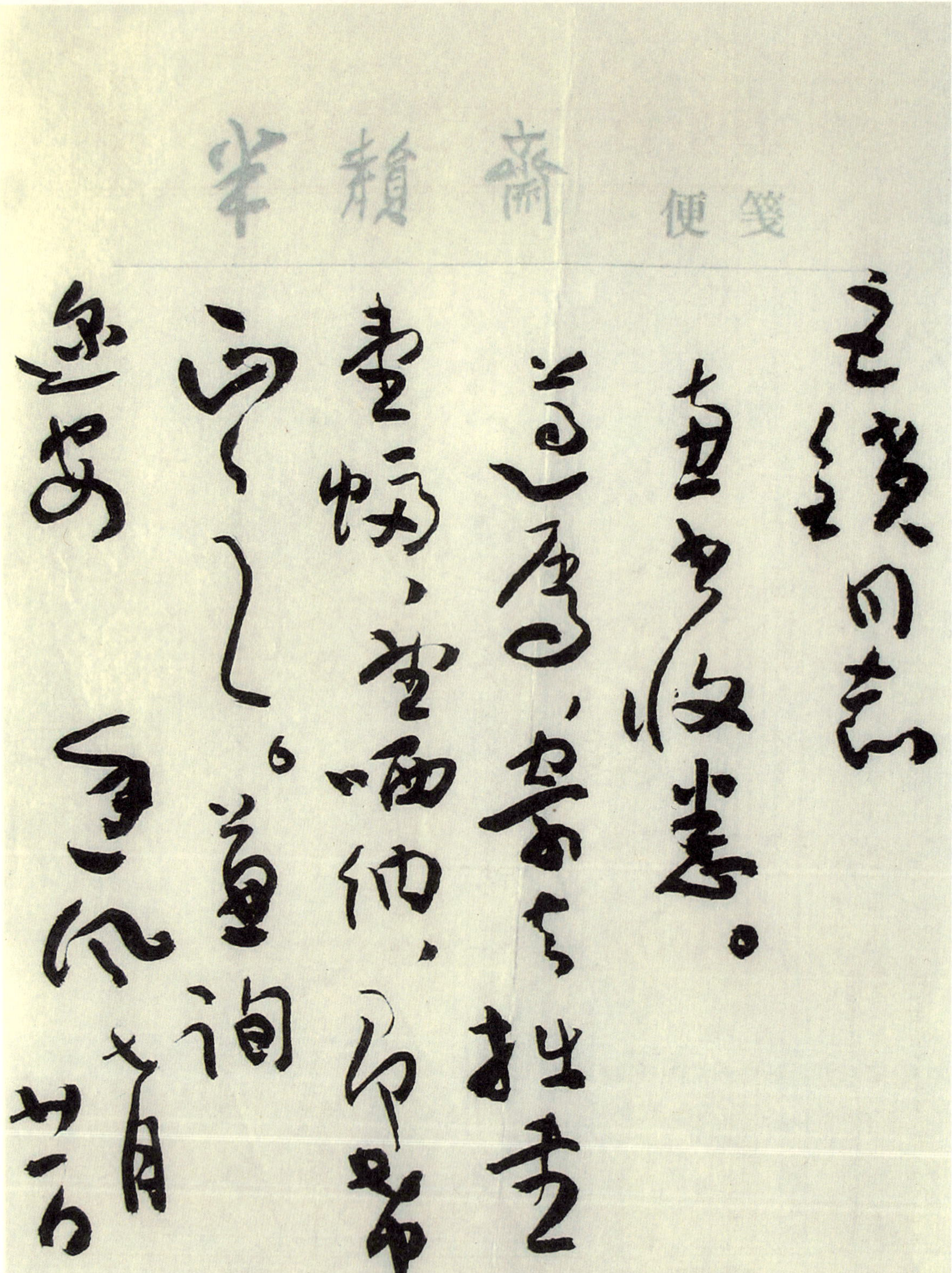

王廷風，一九三三年生。遼寧海城人。字子風，號虎翁，別署三樂居。書法家。

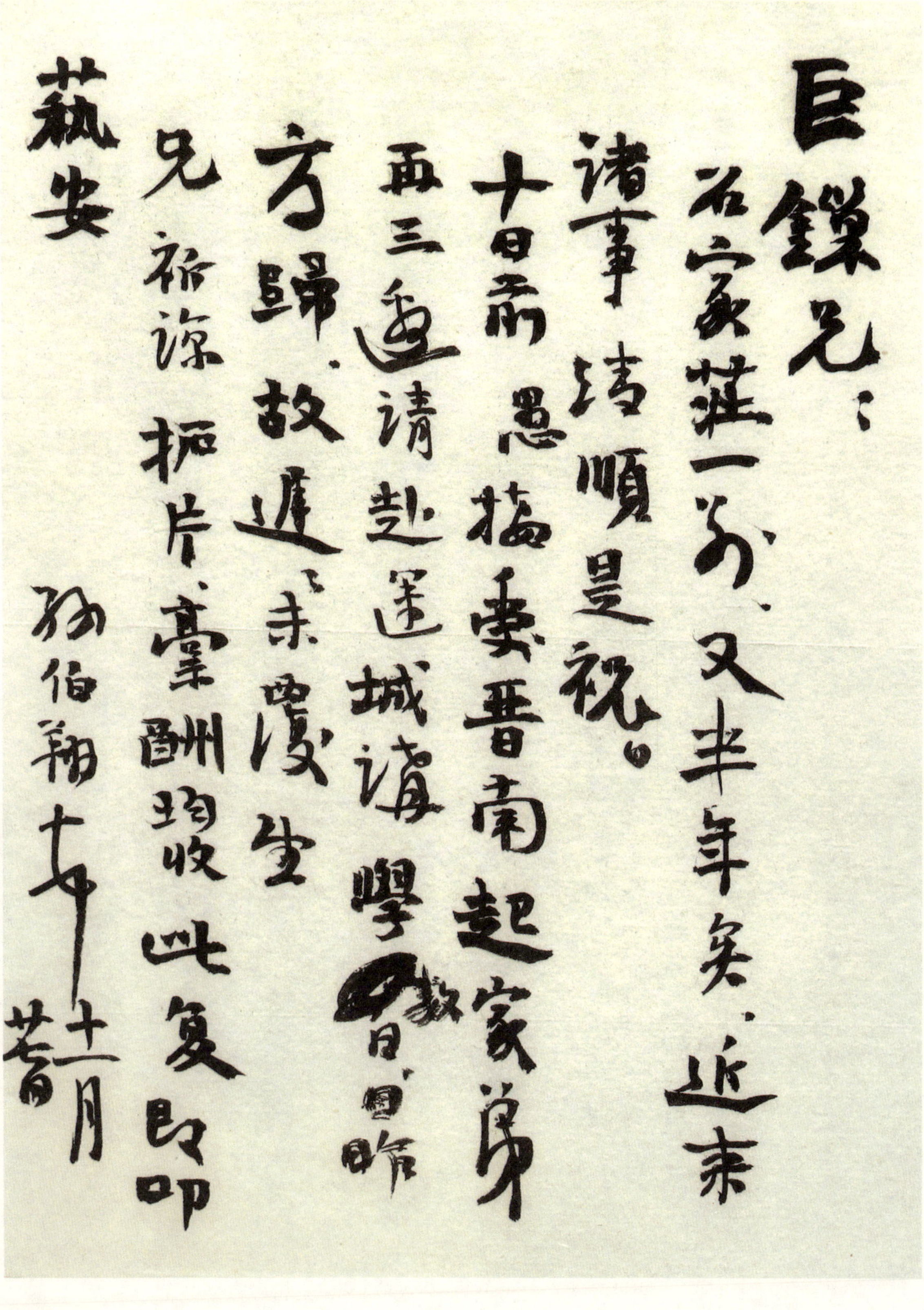
巨鏌兄：
石家莊一別，又半年矣。近來
諸事清順是祝。
十日前愚携妻晉南起家弟
再三邀請赴運城講學數日，昨
方歸，故遲遲未覆，望
兄祈諒。拓片、稾酬均收，此復，即叩
秋安
孫伯翔 十一月廿日

孫伯翔，一九三四年生。天津武清人。書法家。

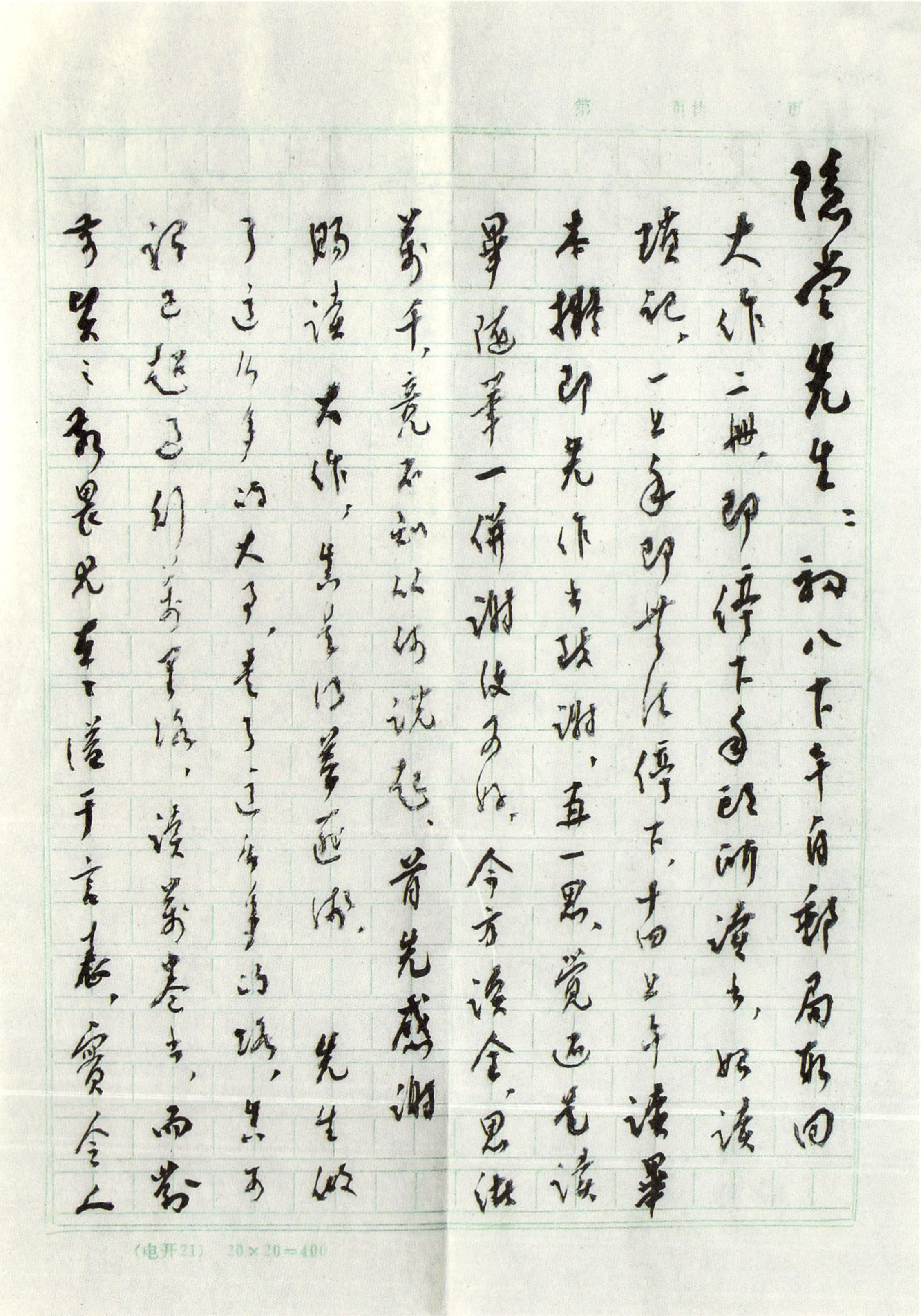
第　頁　共　頁

隱堂先生：初八下午自郵局取回
大作二冊，即停下手頭所讀書，好讀
墳記，一生手即此作停下，十四日午讀畢
本擬即先作書致謝，直一思，覺還是讀
畢隨筆一併謝後再說。今方讀全，思潮
萬千，竟不知從何說起。首先感謝
賜讀大作，其次是得益匪淺。先生收
了這許多的大事、先人一些事的瑣，其中有
許多趣事、軼事、舊聞，讀罷卷書，而當
年與之親炙先生專言千言萬語，實令人

（电开21）　20×20＝400

王湜華，一九三五年生。江蘇蘇州人。字正甫，號音谷。學者，書法篆刻家。

南行起來，先生之艱苦出行，手不離

手藝師道，寫生不輟，此精神尤得大

令人欽仰。文革時為修葺文物遭浩劫

而首出感嘆，一片愛國之心躍然紙上，更

令人共鳴而激憤。當時激之計不敢說出

與又含蓄，實小弟學習之楷模。小弟已得

大札三通，已將第三通追付裱作，一併裱

入長卷，此亦含之寶而傳諸後者。湮之

先生之身教言教，均志于不忘。蕭遠當速

一併多讀先生之書與畫，方能多見

二

之善也、不如散文集尚之存去歲叢書

請賜下諦讀，弟深感先生行文之

樸茂而文采，洋洋乎節制，應之道教

科書，今當令學子多多之教，一個文

風、歸正。先生傳奇香山碑林一段之

功之將永垂千秋萬代而于吾壽福長眠

貴來之拜觀，今夏承先生惠邀，定當

補謀，先此鳴謝！紙不盡言，即頌

大安文祺！

學弟 王湜華 拜

己丑正月十九

(電开21)　20×20＝400

山西省美术家协会

巨锁：

久未见，甚念。

你2003年12月18日的信早收到，并反复地读了。谢谢你对我的鼓励。这不是一般的信，而是一封热情洋溢、文字优美的信，也是一篇很好的评论文章，不过拙文不会是那么好的，过誉了。

一年多后的今天才给你回信，很过意不去。要说原因主要是太忙——我现在从事着五六个门类的创作，虽然成效不大。此外，各地来信和各种应酬又多，深感时间不够用了。

我曾将你的信的复印件寄

地址：山西省太原市迎泽大街378号　　电话：4043995

董其中，一九三五年生。江西泰和人。版画家。

山西省美术家协会

给了《人民日报》责编，供他们参考，同时介绍了你。

我之所以写点散文之类，是出于这样的想法：生活中有些题材是不宜于用来作画的，而用来写文章则可（如拙文《故乡石板桥》）。这些年来，我力求做到能画则画，能文则文，尽可能地多掌握一种反映生活的手段；再，写文章牵涉的物质较少，比画画方便得多，写文章还迫使你去读书。总之，争取在有限的时间里更快地做更多的事，这无异于延长了生命。

去年，我在省城一个美术界的座谈会上谈过，现在美术界不读书，不

地址：山西省太原市迎泽大街378号　　电话：4043995

山西省美术家协会

看报纸善画，不会写文章更善画。我们要向黄永玉、吴冠中等前辈学习，他们不仅美术成就卓著，而且文学创作瞩目。在山西美术界，你在写作上是佼佼者，大著《隐堂随笔》中不少篇章十分精彩。

将来太原，盼一见。即颂

文祺

董其中
2005年
3月7日
匆匆复信。

地址：山西省太原市迎泽大街378号　　电话：4043995

貴陽書畫院

巨鎮同志：

您好！

大函奉到已久，承不弃，嘱我为五台山碑林作字，谢谢！得函后不久即开始试写，然因幅大字多，极难完满，书写屡废，弃纸无数。无奈只好一边临帖，一边继续试写，直至昨日方得一幅，差强人意而已。现呈上，博法家一哂！以迟迟未能报命，请鉴谅！如不堪采用，还可再写。

第三次全国书代会本月召开，本可就会上晤谈请教，但因我手上编着月刊，会期恰与其编稿发稿之最紧张阶段相冲突，如延误发稿，印刷厂要按合同罚款。因此已向大会请假，贵州即只有时有瑞同志赴会，他是现任省书协秘书长，周东芬先生只担任理会副主席了。

收件后请赐复一函，地址见信封。谢谢

此致

时绥

戴明贤 上

91.12.12.

戴明賢，一九三五年生。貴州安順人。作家，書法家。

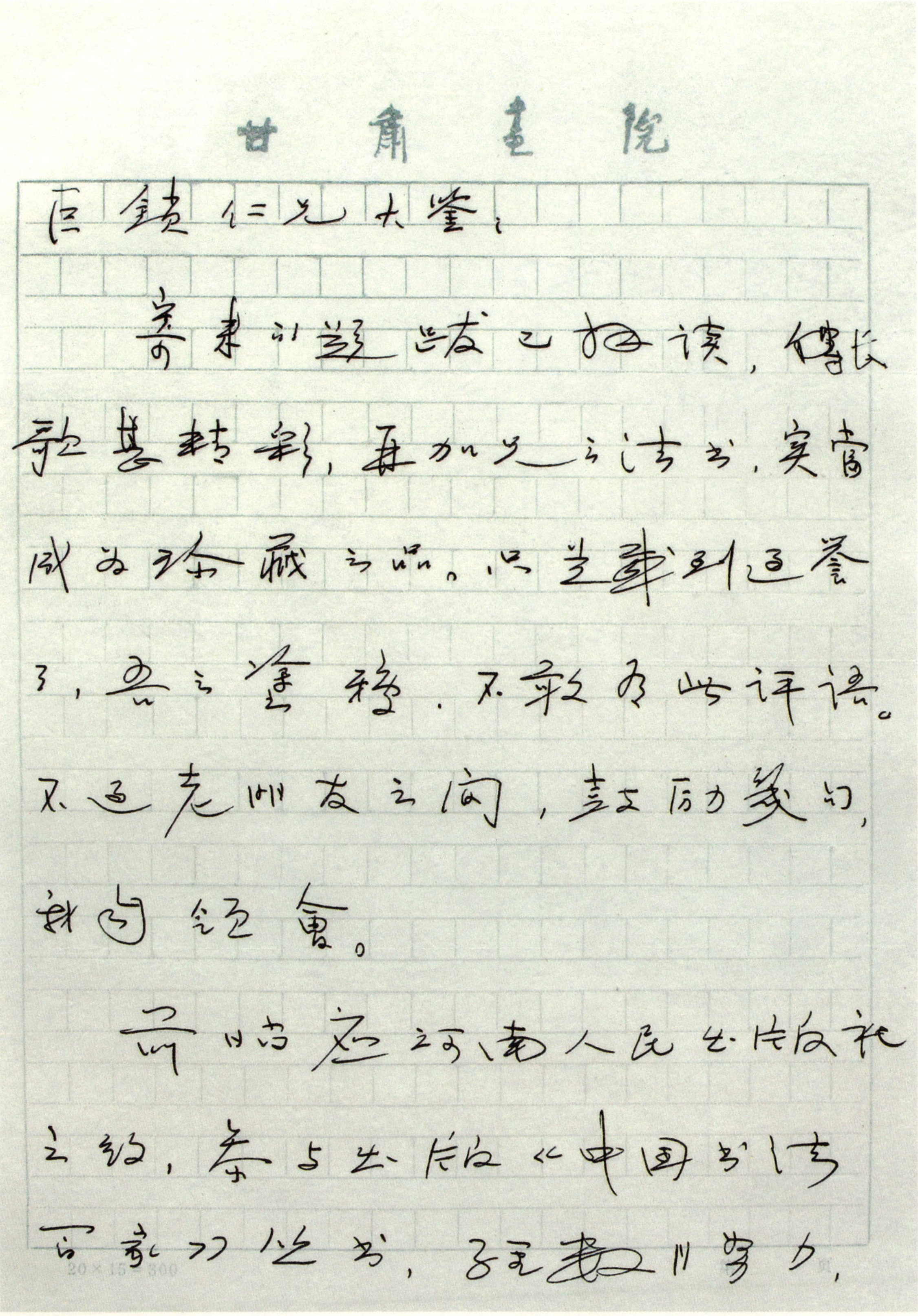
甘肅畫院

巨鏞仁兄大鑒：

寄來的題跋已拜讀，傅長歌甚精彩，再加兄之法書，實當成為珍藏之品。只是拿到這卷子，吾之拙稿，不敢當此評語。不過老朋友之間，鼓勵我們，我自領會。

前些時應河南人民出版社之約，參與出版《中國書法百家叢書》，積極努力，

20×15=300

趙正，一九三七年生，二零零六年卒。甘肅山丹人。別名黎泉。書法家。

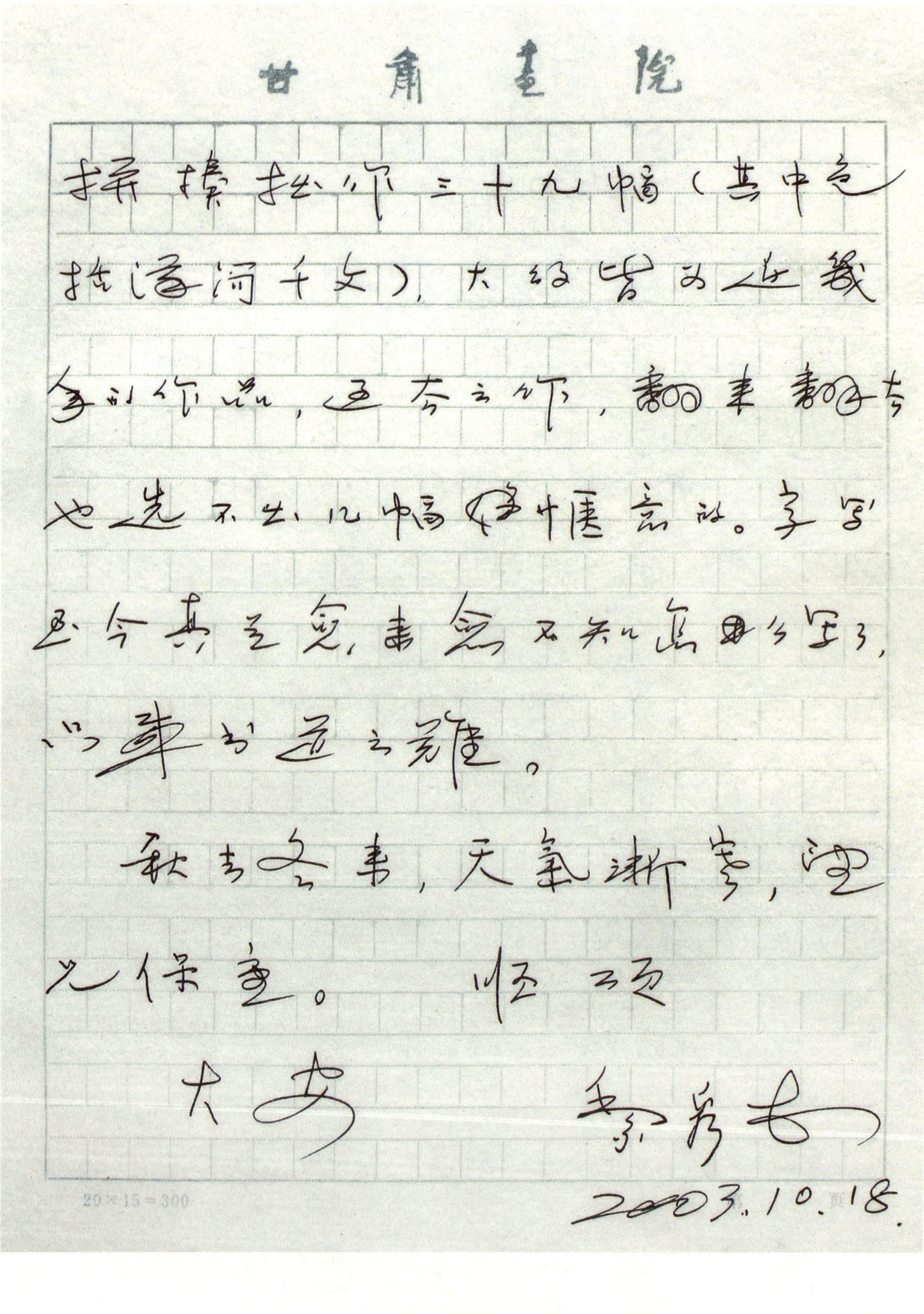
甘肅畫院

拜读拙作三十九幅（其中包括清河千文），大约皆为近几年的作品，近年之作，翻来翻去也选不出几幅得惬意的。字写至今真是愈来愈不知怎么写了，以见书道之難。

秋去冬来，天氣渐寒，望多保重。顺颂

大安

黎泉上

2003.10.18.

20×15=300

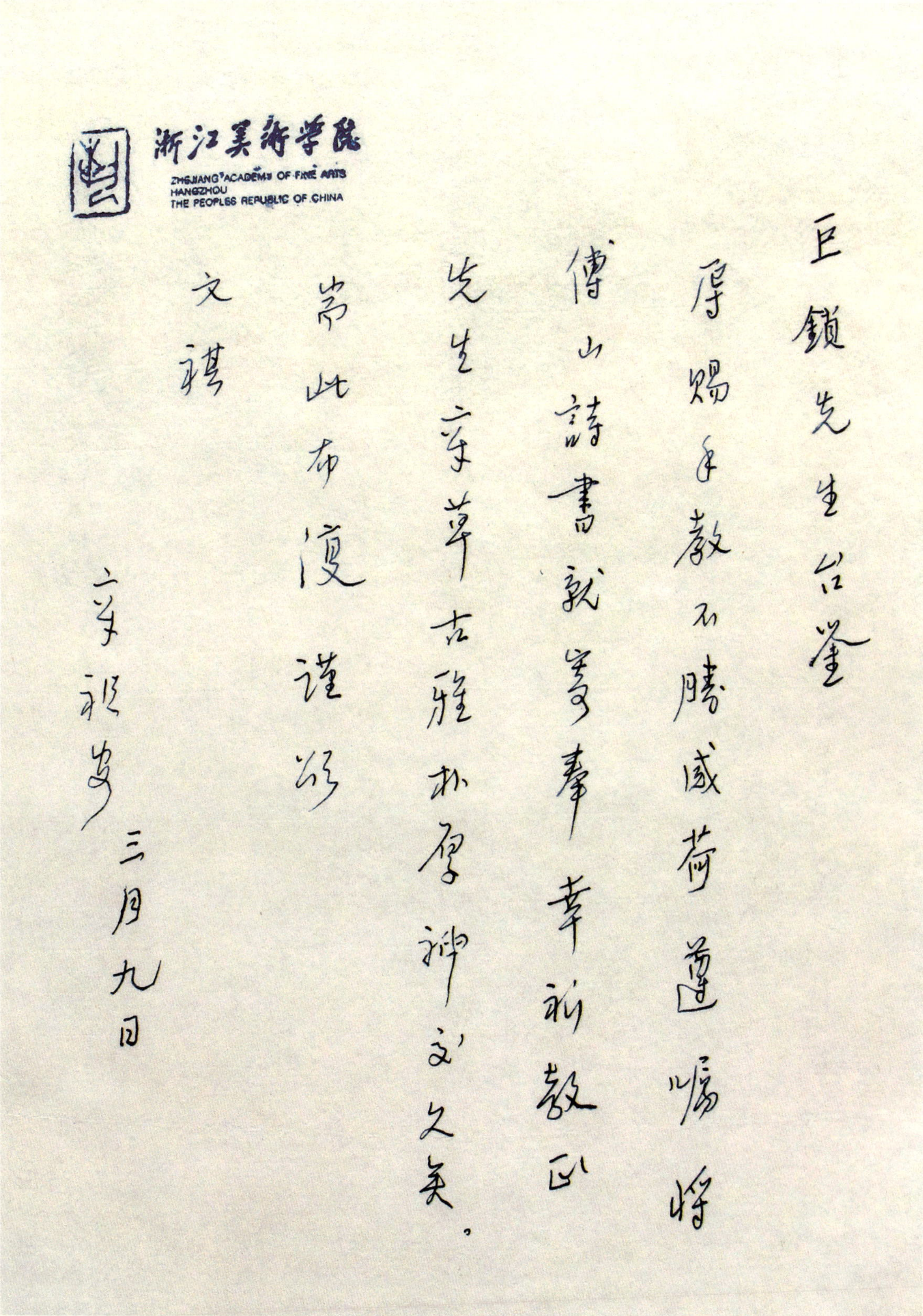

巨鎖先生台鑒

厚賜手教不勝感荷蓮囑將

傅山詩書就寫奉幸祈教正

先生章草古雅朴厚神交久矣。

肅此布復謹頌

文祺

章祖安 三月九日

章祖安，一九三七年生。浙江紹興人。一名秋農。書法家。

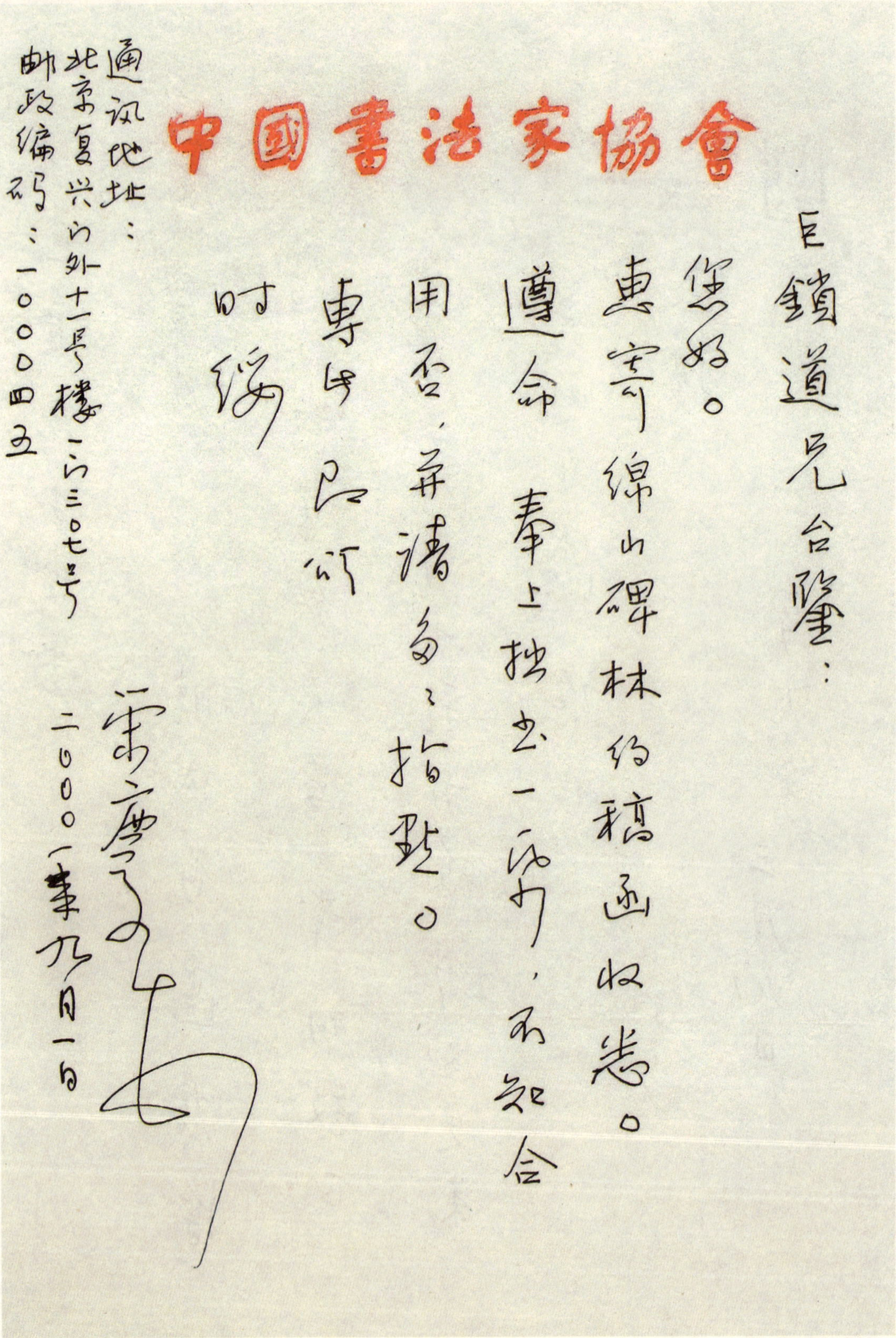

中國書法家協會

巨鏞道兄台鑒：

您好。

惠寄綿山碑林約稿函收悉。

遵命奉上拙书一幅，不知合用否，并请多多指教。

专此即颂

时绥

荣庆

二〇〇一年九月一日

通讯地址：北京复兴门外十一号楼一门三〇七号

邮政编码：一〇〇〇四五

張榮慶，一九三八年生。河北安國人。書法家。

巨镇先生：

您好！

来信收悉，迟复为歉。

去年余编99澳门回归中国名家书画集及迎回归展时，先生寄来的大作为之增添了光彩。虽未见面，但我们的心是相通的。

尊嘱，我写了一幅4尺清淡仿徐渭的五言诗，不知可否？先生对我板桥体之过奖，实不敢当。我是因为研究郑板桥而写的。谢谢先生的鼓励。

十分欢迎您来南京指导，我们可以畅谈书画艺术。

祝

冬安

积寅

2000.12.8

15×20=300　　江苏教育出版社

周積寅，一九三八年生。江蘇泰興人。美術理論家，書畫家。

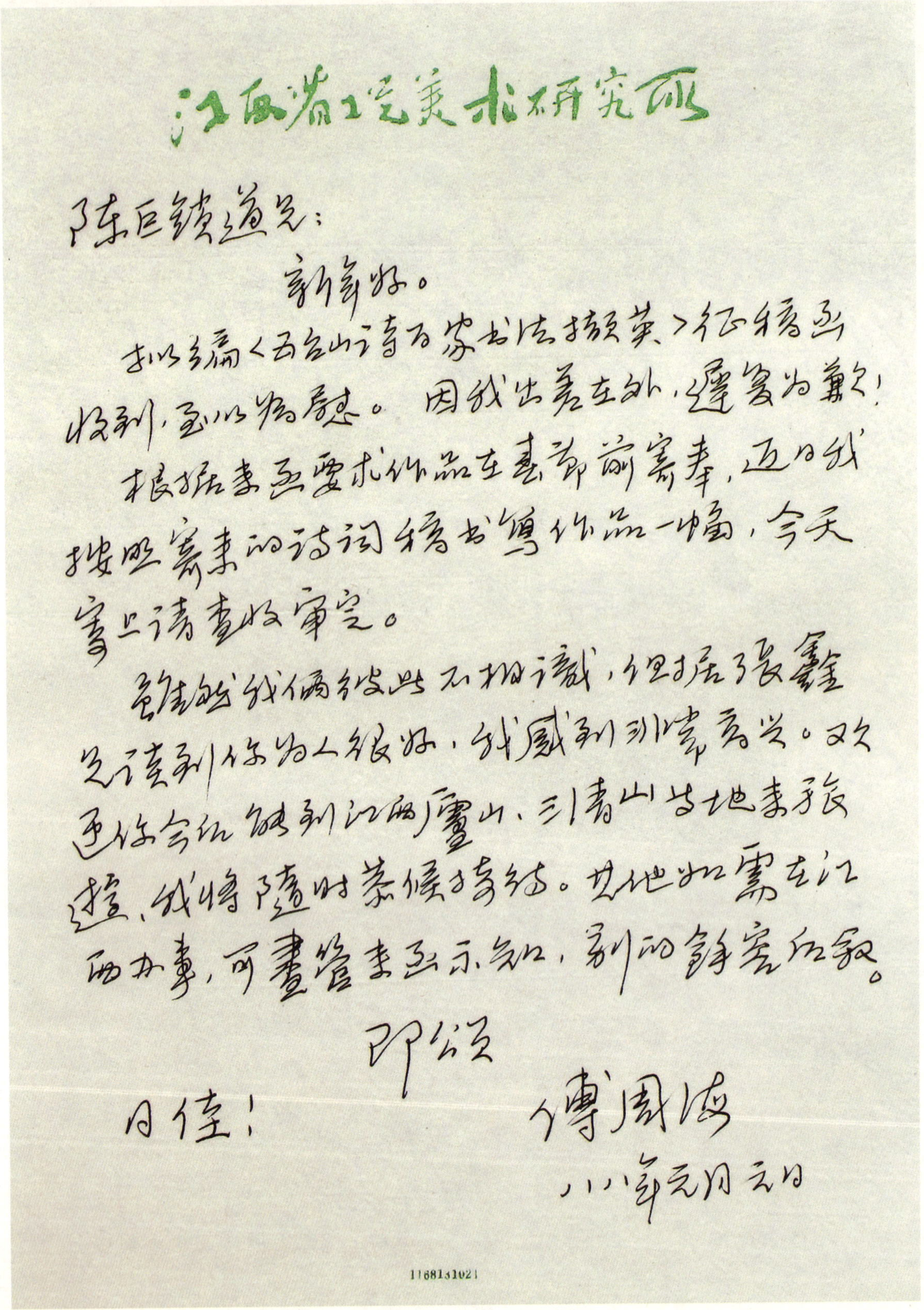
江西省工艺美术研究所

陈巨锁道兄：

新年好。

拟编《五台山诗书家书法撷英》征稿函收到，至以为慰。因我出差在外，迟复为歉！

根据来函要求作品在春节前寄奉，近日我按照寄来的诗词稿书写作品一幅，今天寄上请查收审定。

虽然我俩彼此不相识，但据张鑫兄谈到你为人很好，我感到非常高兴。欢迎你今后能到江西庐山、三清山等地来旅游，我将随时恭候接待。其他如需在江西办事，可书信来函示知，别的余容后叙。

即颂

日佳！

傅周海

八八年元月六日

1168131021

傅周海，一九三八年生，一九九八年卒。浙江蕭山人。書法家。

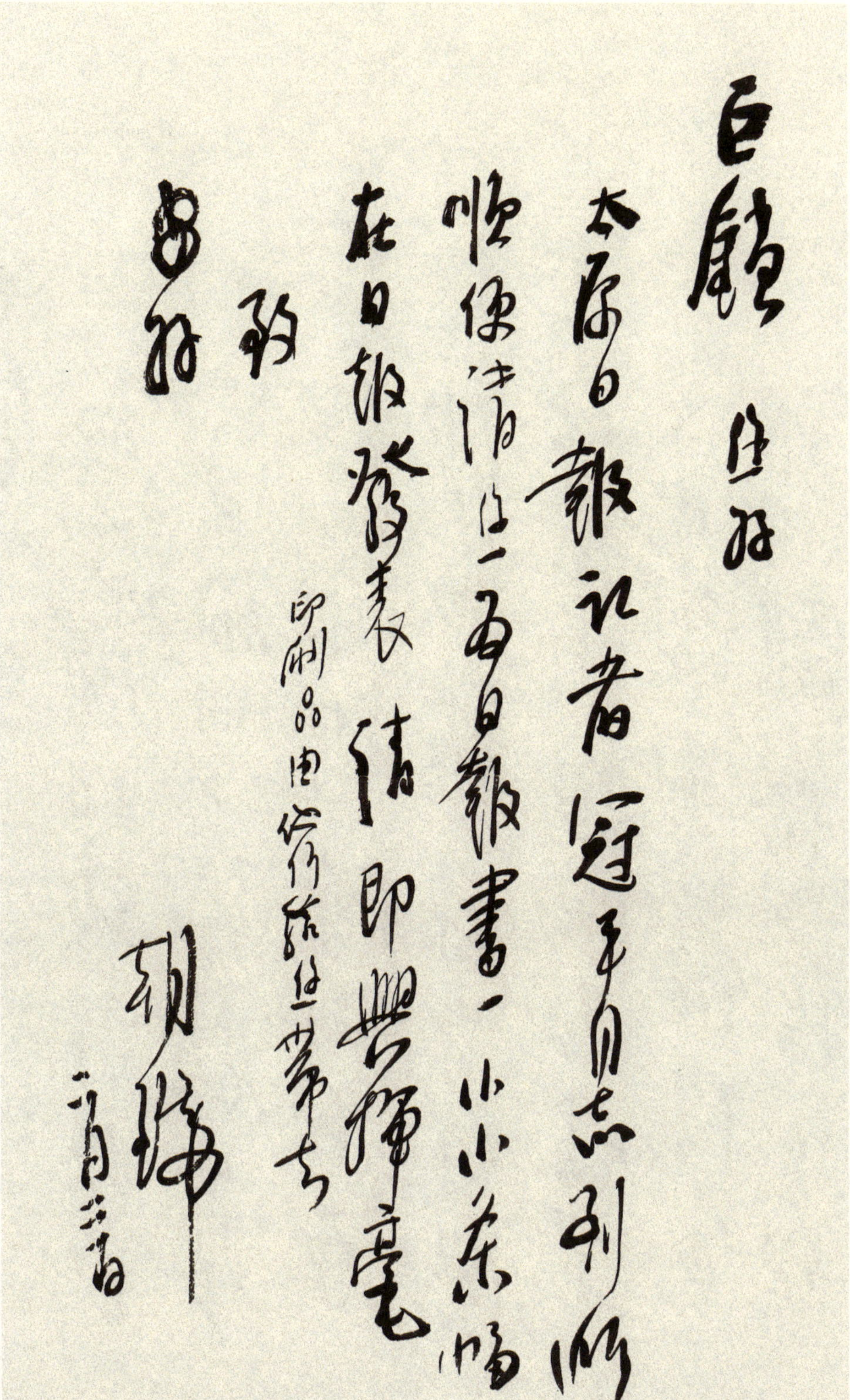

王朝瑞，一九三九年生，二零零八年卒。山西文水人。别名王屋山。書畫家。

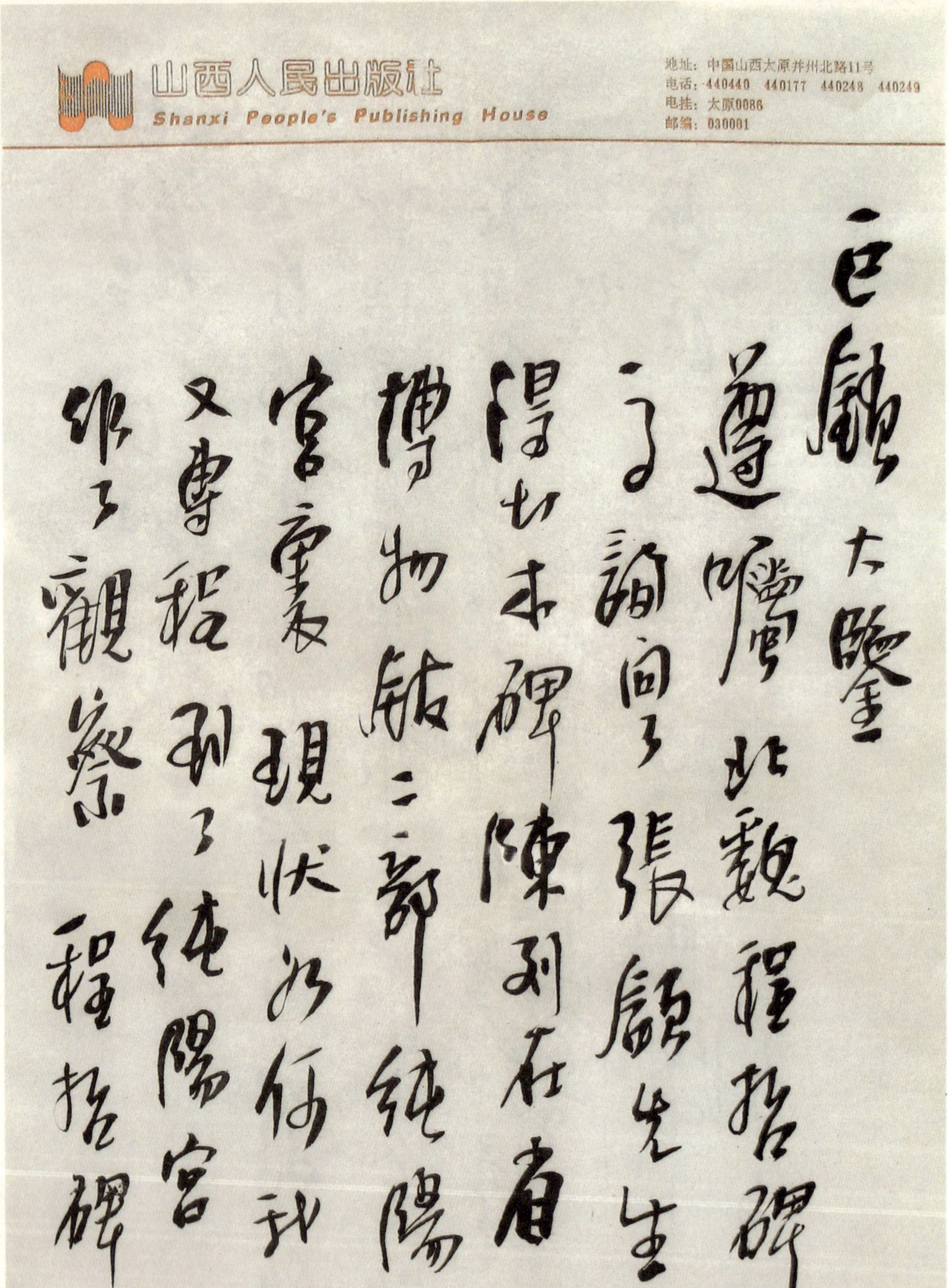

山西人民出版社
Shanxi People's Publishing House

地址：中国山西太原并州北路11号
电话：440440　440177　440248　440249
电挂：太原0086
邮编：030001

巨鎔大鑒

遵囑赴觀程哲碑
了詢問張頷先生
得知本碑陳列在省
博物館二部純陽
宮裏現狀如何我
又專程到了純陽宮
作了觀察　程哲碑

Add: 11 North Bingzhou Road, Taiyuan, Shanxi, P.R.C　Tel: 440440 440177 440248 440249
Cable: Taiyuan 0086　Zip Code: 030001

山西人民出版社
Shanxi People's Publishing House

地址：中國山西太原并州北路11号
电话：440440　440177　440248　440249
电挂：太原0086
邮编：030001

陳列在碑廊裏，外形無缺，只是碑文在文革期間因長期匍匐在泥土之中，有五分之三斑駁不清，字迹難辨，然尚屬要存碑之列，現狀如此，謹此奉告

致
禮

朝瑞
四月廿六日

Add: 11 North Bingzhou Road, Taiyuan, Shanxi, P.R.C　Tel: 440440 440177 440248 440249
Cable: Taiyuan 0086　Zip Code: 030001

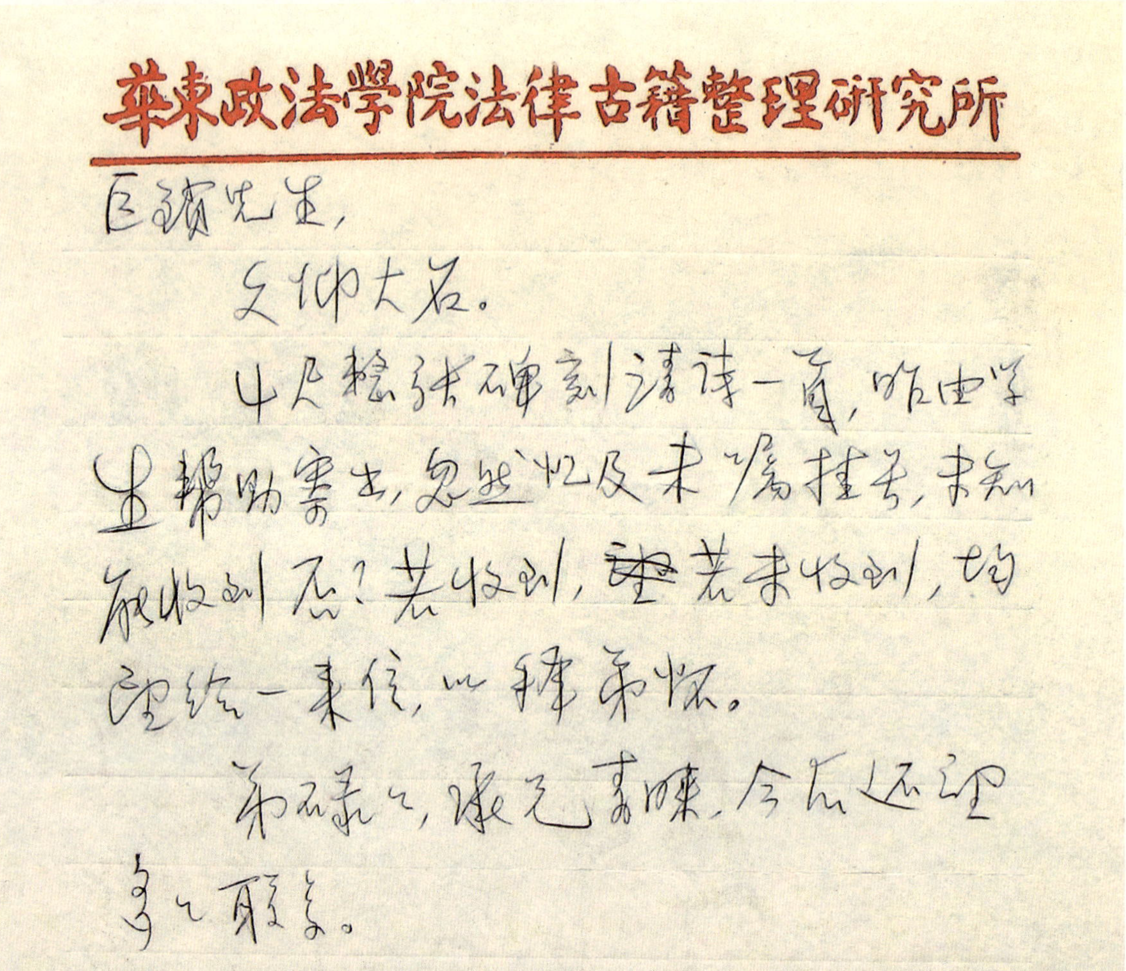
華東政法學院法律古籍整理研究所

巨鐘先生：

久仰大名。

十月檢張碑刻請詩一首，昨由學生幫助寄出，忽然忆及未寫掛号，未知能收到否？若收到，望若未收到，均望給一來信，以釋前懷。

弟不才，深乏書味，今后還望多多聯系。

专此敬頌

先安！

洪丕謨 2000.11.14

86—12.94505

洪丕謨，一九四零年生，二零零五年卒。祖籍浙江，生于上海。書法家。

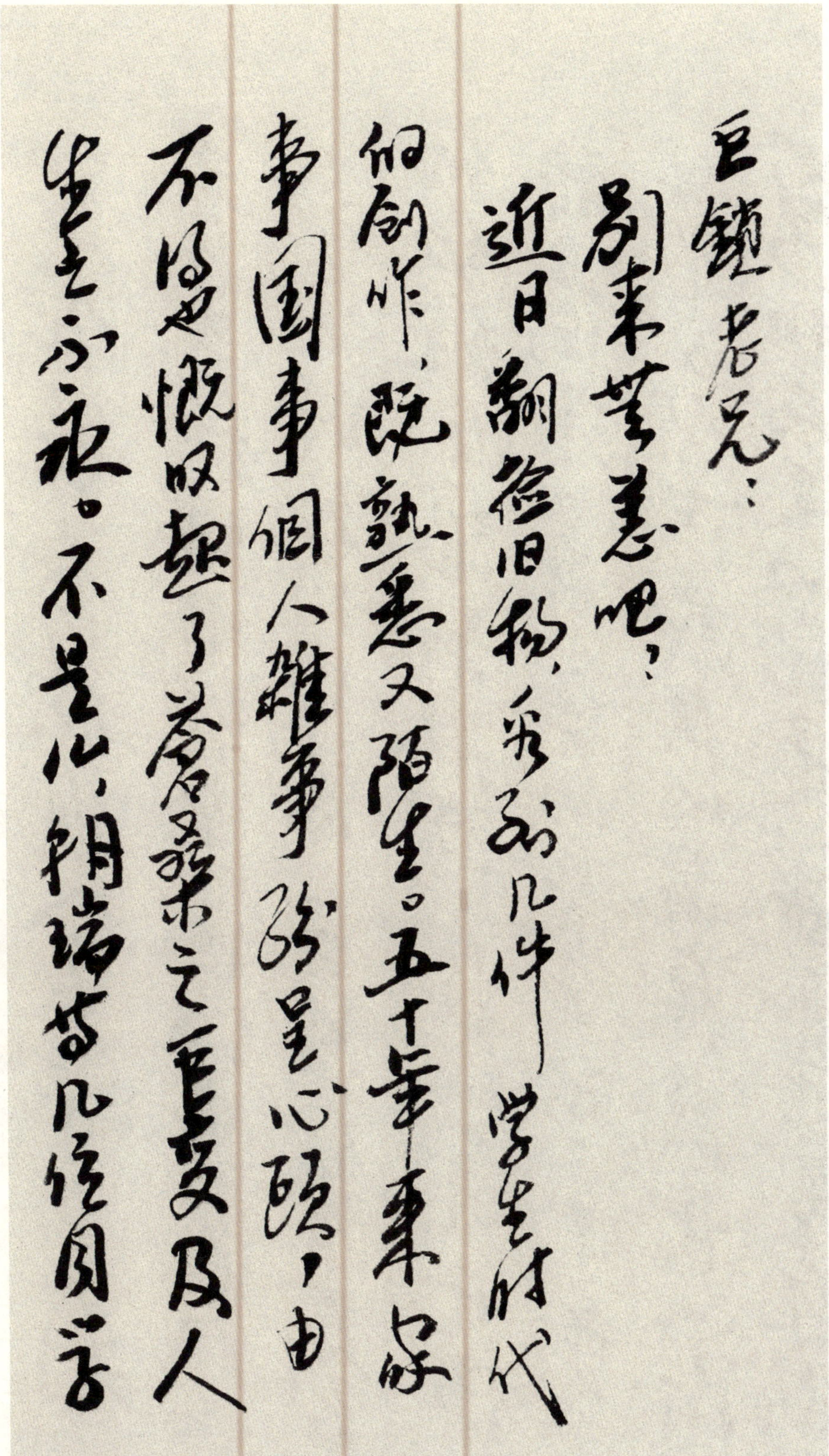
巨鏜老兄：
别来无恙吧？
近日翻检旧稿，发现几件学生时代
的创作，既熟悉又陌生。五十年来家
事国事个人杂事，路是心头，由
不得也慨叹起了沧桑之变。及人
生之痕。不是吗，锡瑞等几位同学

亢佐田，一九四一年生。山西原平人。畫家。

都已上天，以难相见了，你虽健在，然发鬓苍颜，俱入古稀之列，青春和健壮，虽在追忆中了。但学生时候的作品，自然存有太多的幼稚、生涩和肤浅，恰似穿了开裆裤且流着鼻涕的儿童，然童年毕竟是岁月的留痕、成长的阶段和历史的记录，毕竟是自己

們一種獎勵。於是決定請王金石
師傅裝裱一下，留個紀念。你是
這幾件作品創作過程的知情人，文
是幾十年經常來家的同鄉同學同
好，以及同是老相知，有興趣和工
夫在上題寫幾句。說什么都是你的
事，甚至有你妙筆生輝，
丑孩子或許會變得水靈一點

又是春光媚人的时候了，今年骋春郊玉骢心，有无计划？但愿家的小恙早日痊愈，再和谓问别。

即候著姣，并祝

健康快乐

佐田作于庚寅

三月十六

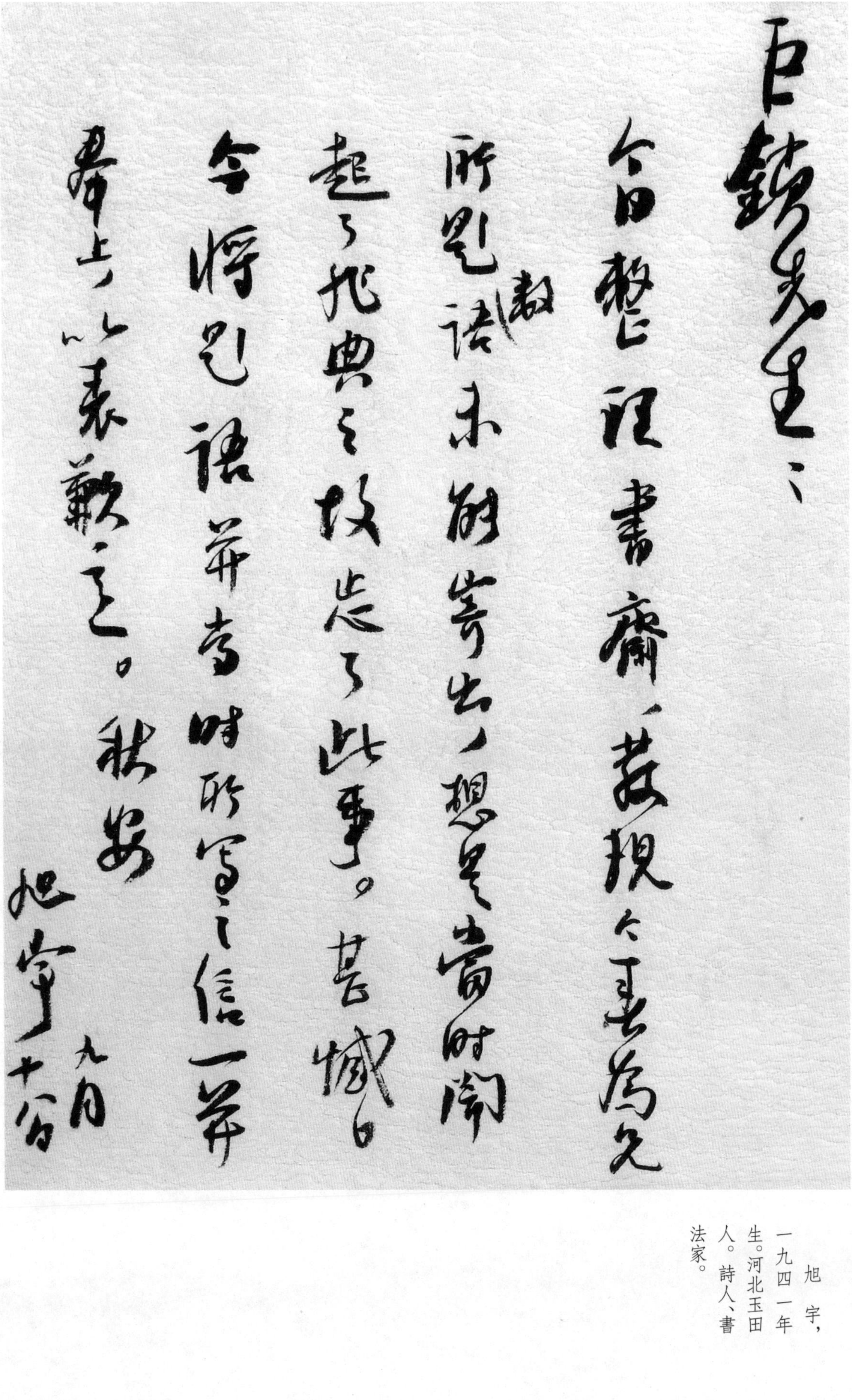
巨鎔先生：
今日整理書齋，發現久丟為兄所邀詩，未能寄出，想是當時閣起了，批典之故，忘了此事。甚憾！今將兄詩並當時所寫之信一並奉上，以表歉意。
秋安
旭宇
九月十六日

旭宇，一九四一年生。河北玉田人。詩人、書法家。

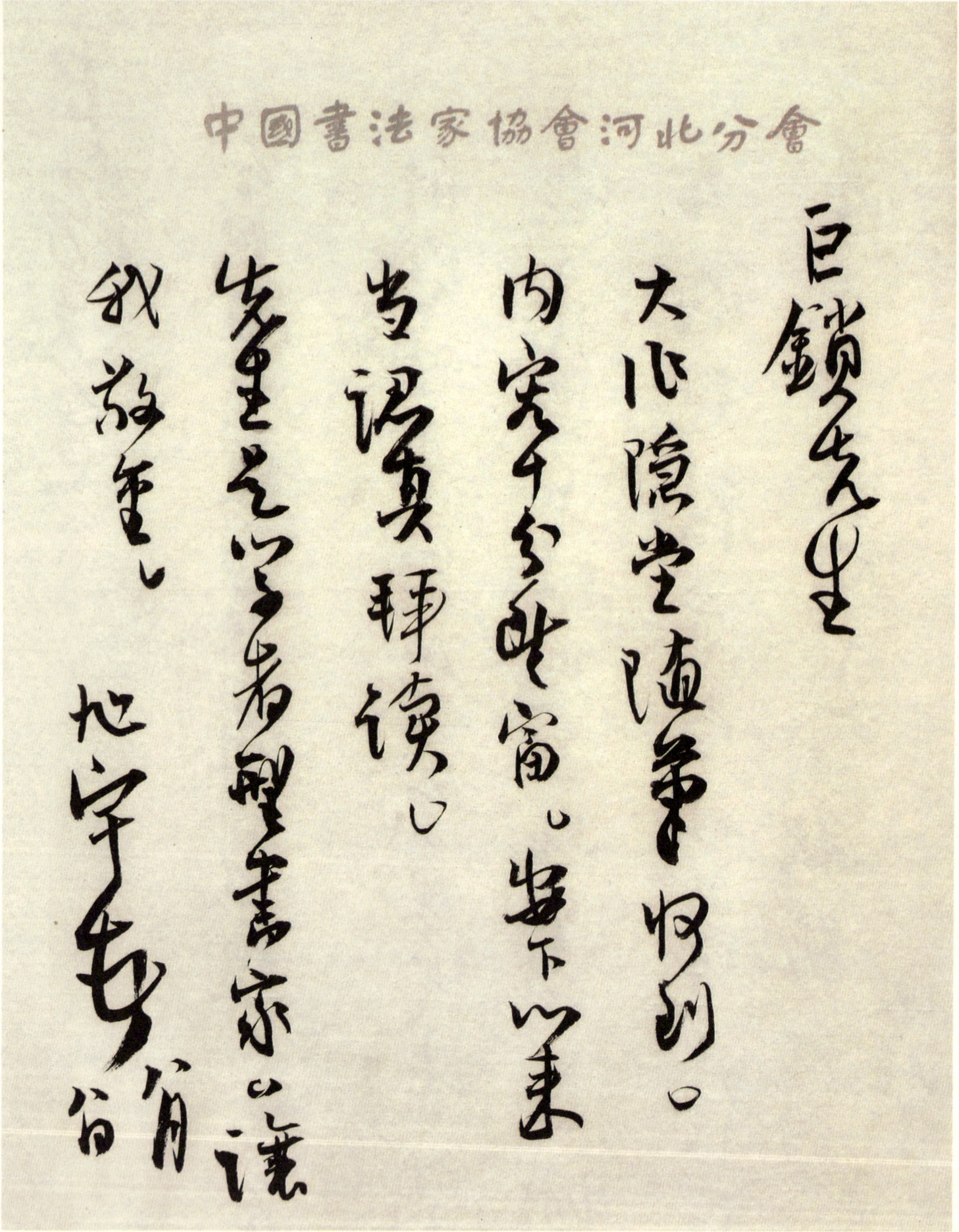
中國書法家協會河北分會

巨鎖先生：

大作隱堂隨筆收到。內容十分豐富。安下心來，當認真拜讀。先生是以學者兼書家之謙，我敬重之。

旭宇 頓首

河南省文学艺术界联合会

陈巨锁同志：

您好。

寄来的《书简》及《诗钞》均已查收，请勿念。

你们的书法报办得挺不错。比得上一些正刊物的水平。你们最近书协有什么大的活动？今年全国书协理事会在河南召开。五月份我们又安排了一个展览，故近期是较忙的。

将来有机会，请到河南玩玩，多转转。到河南有什么事情，要办，请来信告知。

望经常通信联系。

此致

敬礼

张海 4.17

張海，一九四一年生。河南偃師人。書法家。

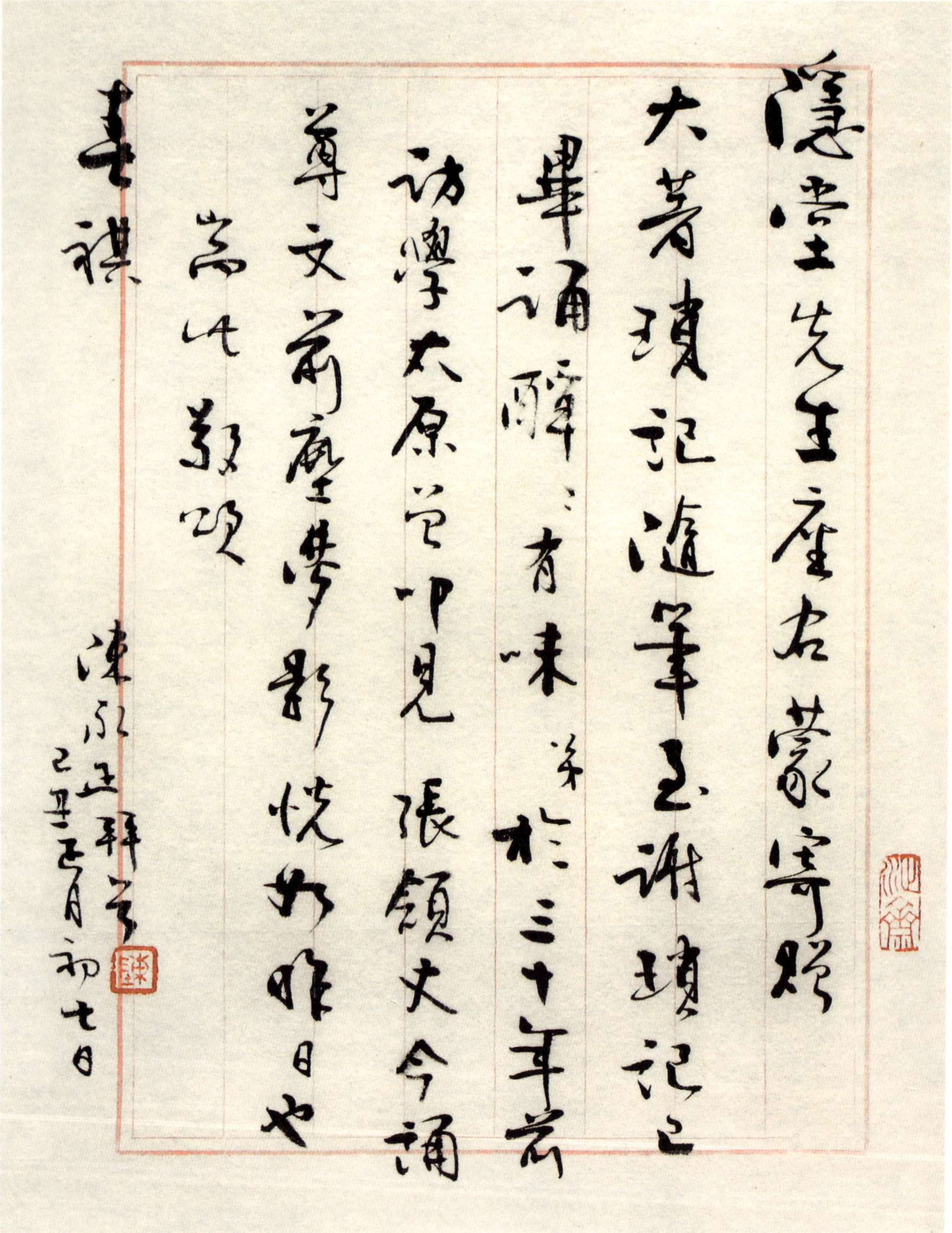

隱堂先生座右：蒙寄賜大著《瑣記》《隨筆》《三謝瑣記》之，畢誦，醇醇有味。弟於三十年前訪學太原，曾叩見張頷丈，今誦尊文，前塵夢影，恍如昨日也。為此敬頌春祺。

陳永正拜上
乙丑正月初七日

陳永正，一九四一年生。廣東茂名人。詩人、書法家。

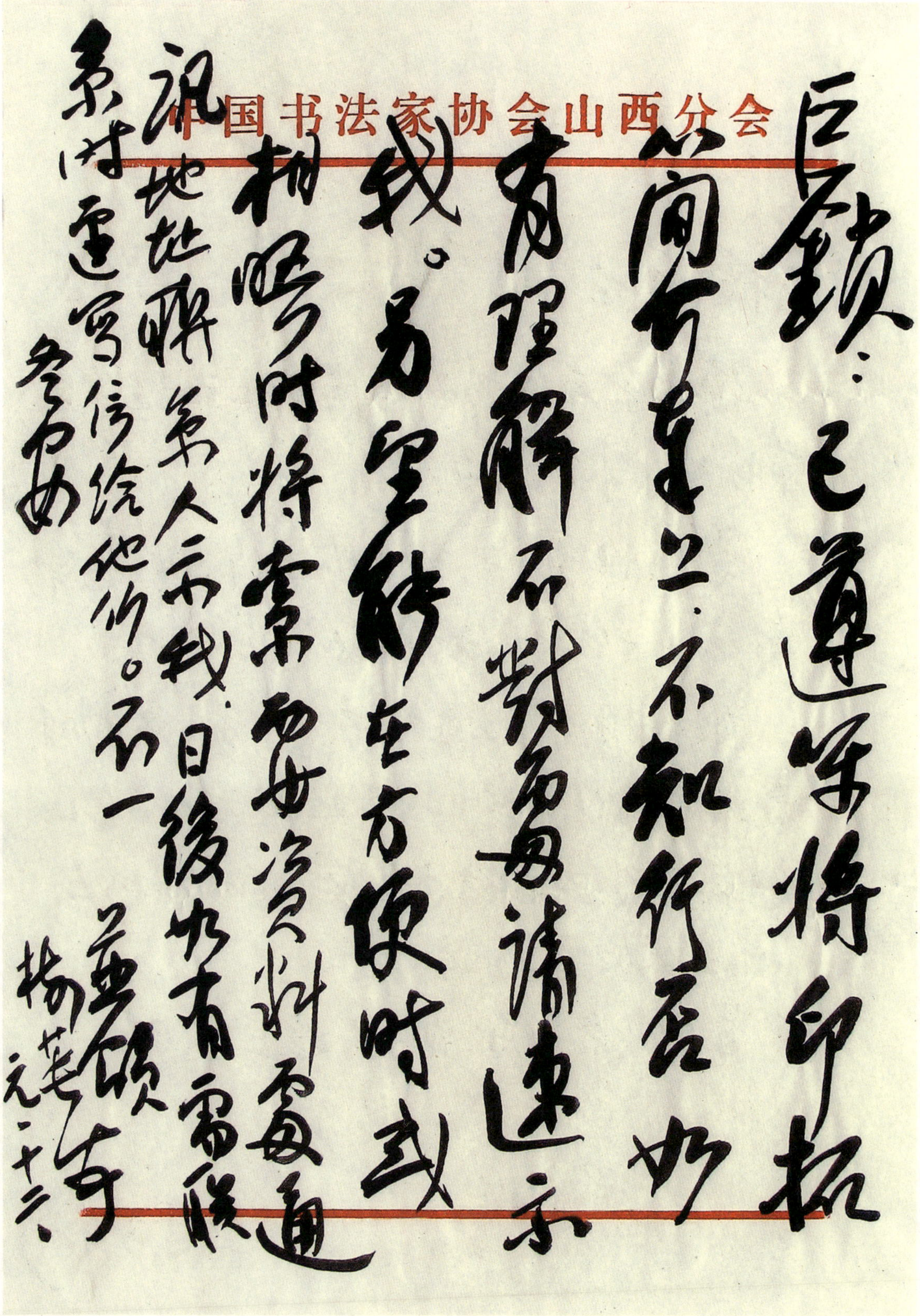
中国书法家协会山西分会

巨鎖：已尊選將印拓簡介寄上，不知行否，如有理解不對與否，請速示我。另望能在方便時或相聯時將案與否資料寄通訊地址聯系人示我，日後如有需聯系時還寫信給他們。不一

冬安

樹萇頓首

元·十六

田樹萇，一九四四年生。山西祁縣人。書法家。

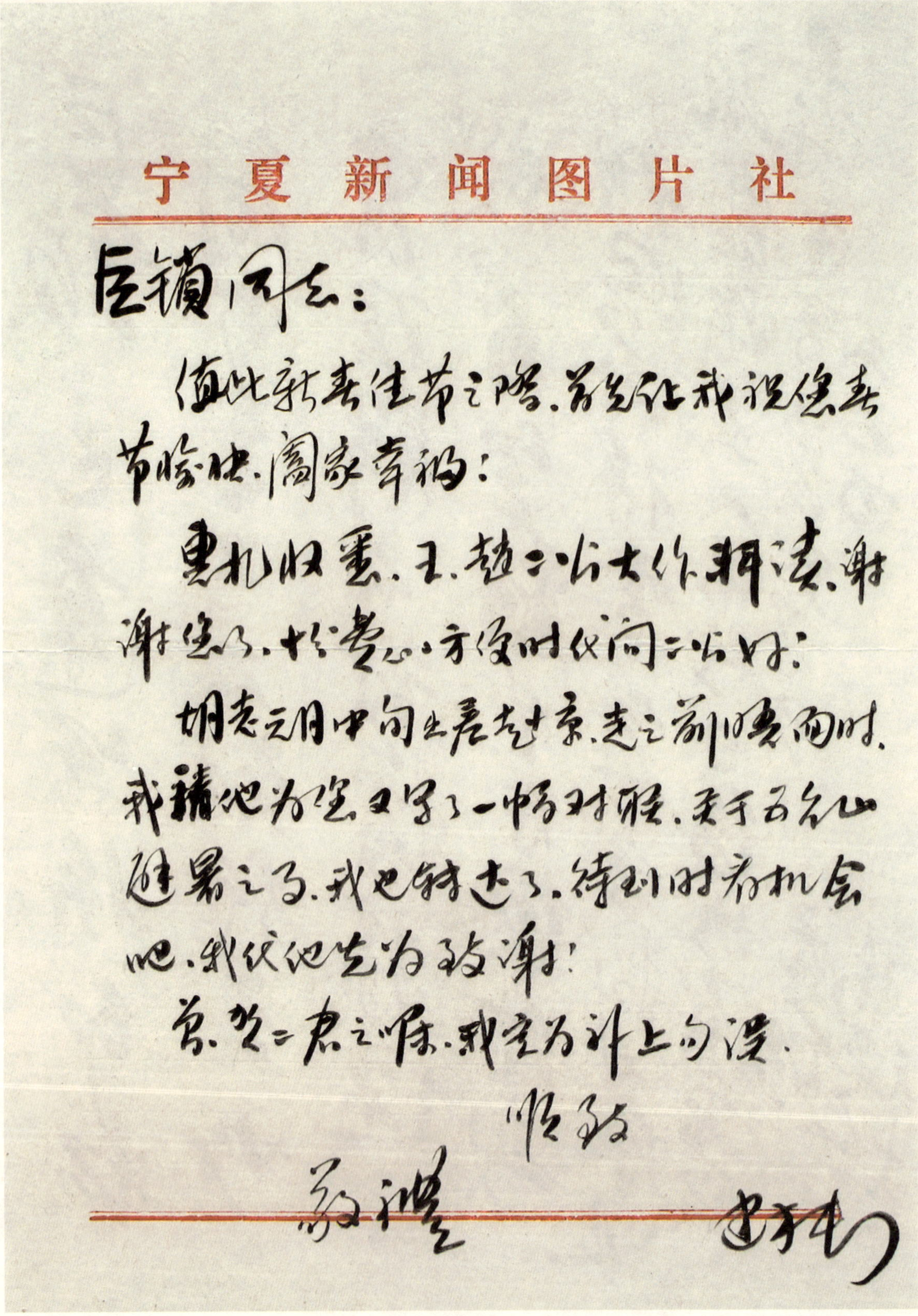

宁夏新闻图片社

巨镛同志：

值此新春佳节之际，首先让我祝您春节愉快，阖家幸福！

惠札收悉，王、赵二公大作拜读，谢谢您了，好费心，方便时代问二公好！

胡老六月中旬去承德，走之前临离开时，我请他为您又写了一幅对联，关于去名山避暑之事，我也转达了，待到时有机会吧，我代他先为致谢！

前次二君之件，我空为补上句误。

顺致

敬礼

建方

柴建方，一九四四年生。河南鄄城人。書法家。

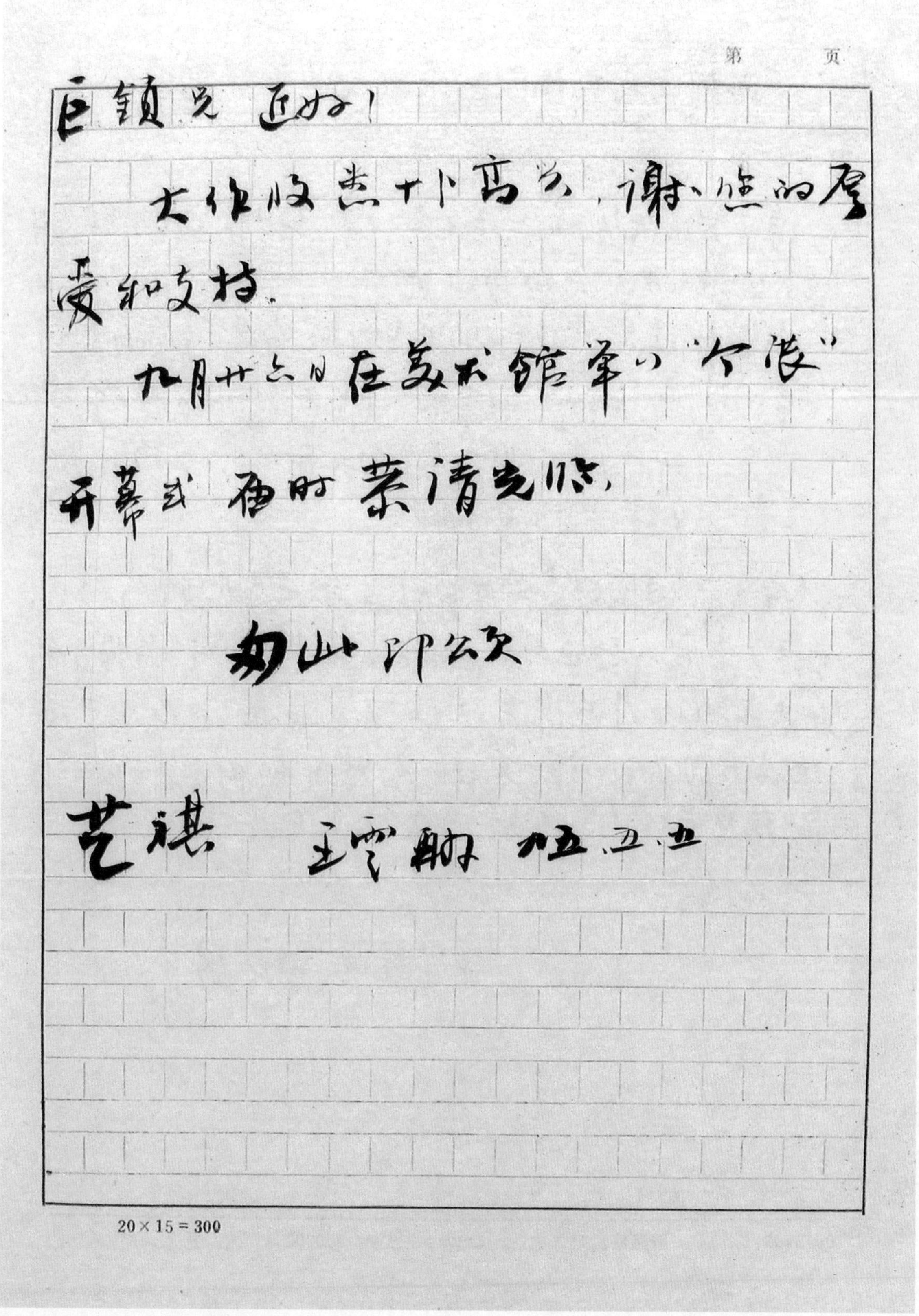

第　页

巨镇兄 近好！

大作收悉，十分高兴，谢谢您的厚爱和支持。

九月廿六日在美术館举办"个展"开幕式 届时 恭请光临。

匆此 即颂

艺祺　王云顿　九五.五.五

20×15＝300

王雲，一九四五年生。青海西寧人。書法家。

河南省省会作家艺术家企业家联谊会

巨锁兄：

寄下大作12幅妥收，多谢兄对我们支持。书展预期元旦在广东韶关展出，届时再作通报。

展览约请的诸位都已陆续复联络，予以确定如下名单：孙伯翔、刘云泉、陈巨锁、何应辉、刘一闻、张荣庆、徐本一、王镛、王宝贵、李刚田

展出后，这百件高水平的作品韶关方面将珍藏之。近年广东书坛起色不大，韶关之地处粤北，经济发展于本省内比较为滞后地位，举办此展，目的在于使地方书法创作有所震动，非干于赢利。弟出面以此依据贵烦名家作品，多蒙诸兄帮助。弟再四次致谢意。

弟刚田 敬拜

2/9

0015•93.3　伊河路12号　电话：448042　邮编：450006　第　页

李剛田，一九四六年生。河南洛陽人。書法篆刻家。

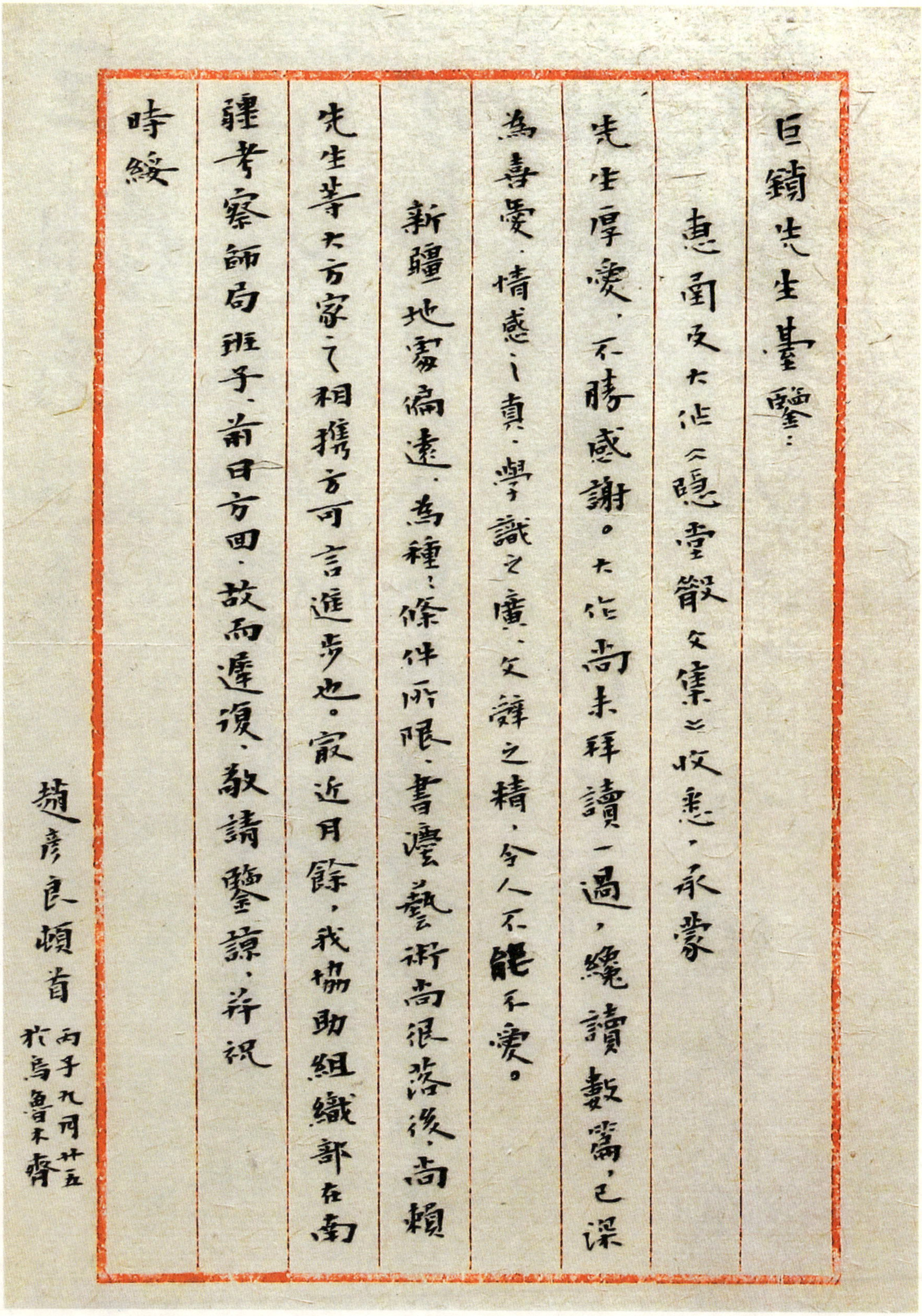
巨鏞先生臺鑒：

惠函及大作《隱堂散文集》收悉，承蒙

先生厚愛，不勝感謝。大作尚未拜讀一過，纔讀數篇，已深為喜愛，情感之真，學識之廣，文辭之精，令人不能不愛。

新疆地處偏遠，為種種條件所限，書壇藝術尚很落後，尚賴

先生等大方家家相攜方可言進步也。家近月餘，我協助組織部在南疆考察師局班子，前日方回，故而遲復，敬請鑒諒，并祝

時綏

趙彥良頓首

丙子九月廿五於烏魯木齊

趙彥良，一九四六年生。上海川沙人。書法家。

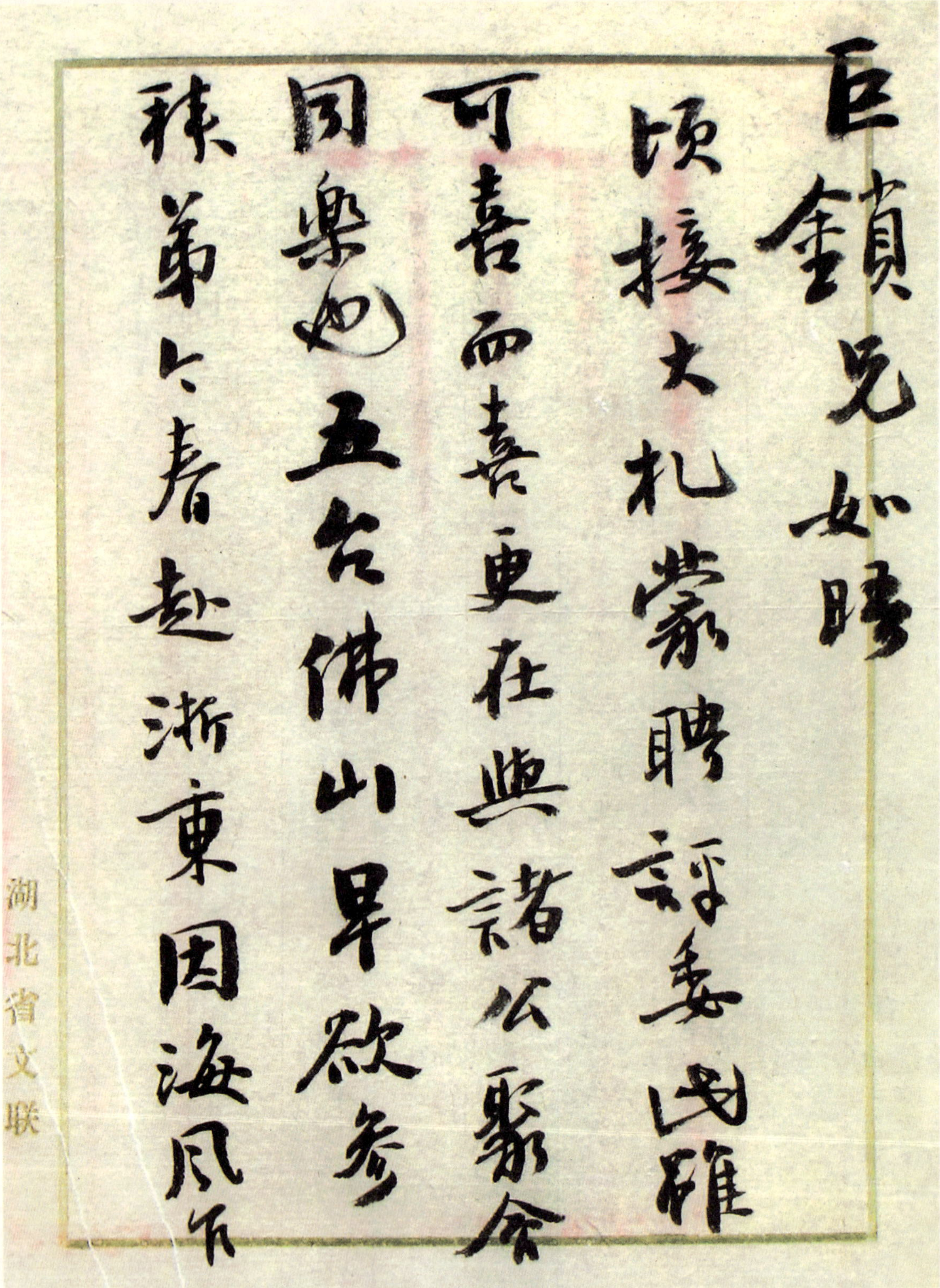
巨鎮兄如晤
頃接大札蒙聘評委雖
可喜而喜更在與諸公聚會
同樂也五台佛山早欲參
拜弟今春赴浙東因海風作

徐本一，一九四六年生。祖籍浙江鄞縣，生于上海。字性初。書法家。

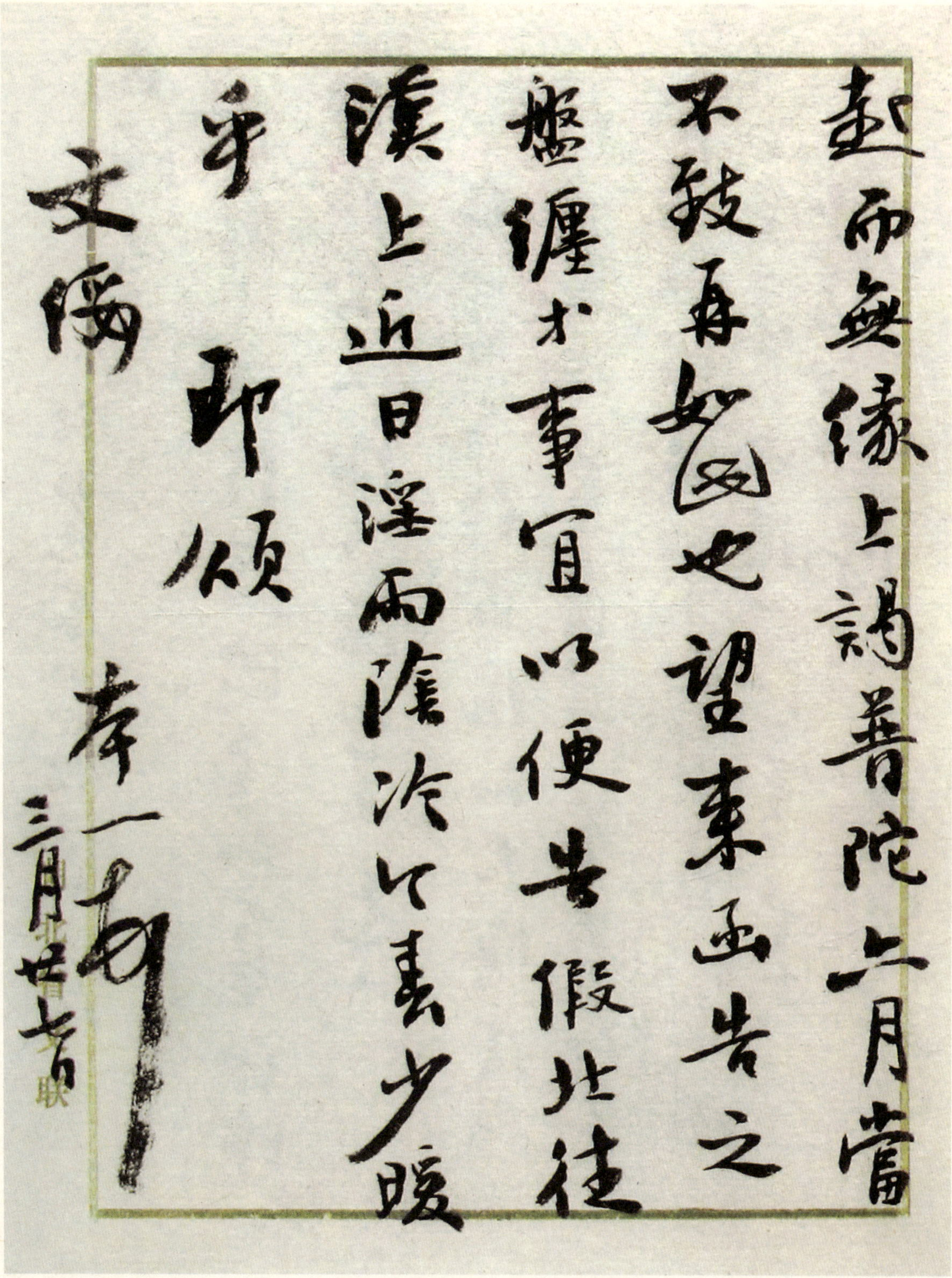
赴而無緣上謁普陀，六月當不致再如[illegible]也。望來函告之盤纏才事宜，以便告假北往濱上。近日淫雨滂沱，江表少暖乎。即頌
文祺
本一
三月廿七日

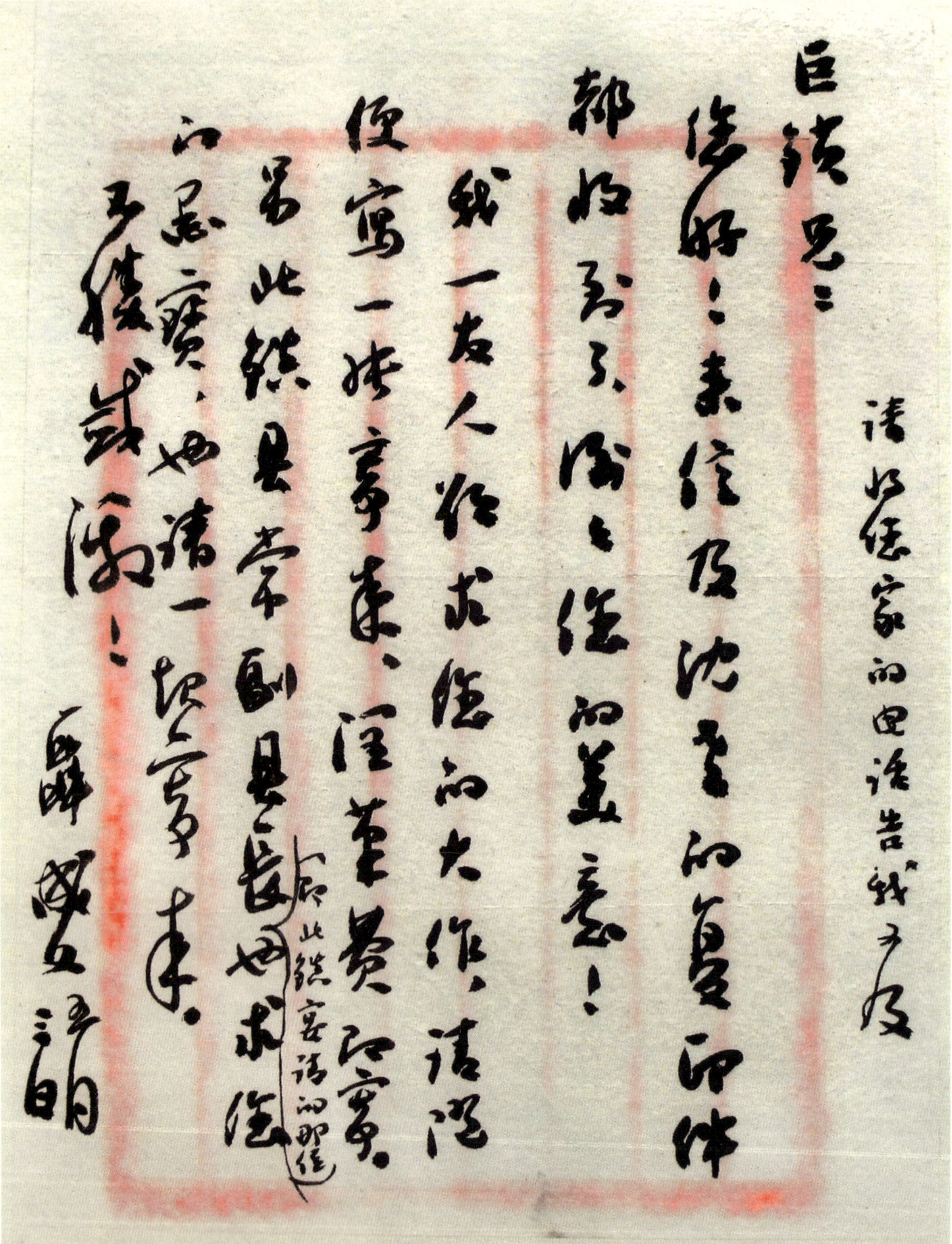
巨鎮兄：
您好！來信及沈書的復印件都收到了。謝謝您的美意！
我一友人想求您的大作，請隨便寫一條寄來，注意最好寫實。另此紙是常副縣長（另此紙宴請的那位）也求您的墨寶，也請一併寄來。
多謝啦！
聶成文 三月 日
請將您家的電話告我為盼

聶成文，一九四六年生。遼寧遼陽人。書法家。

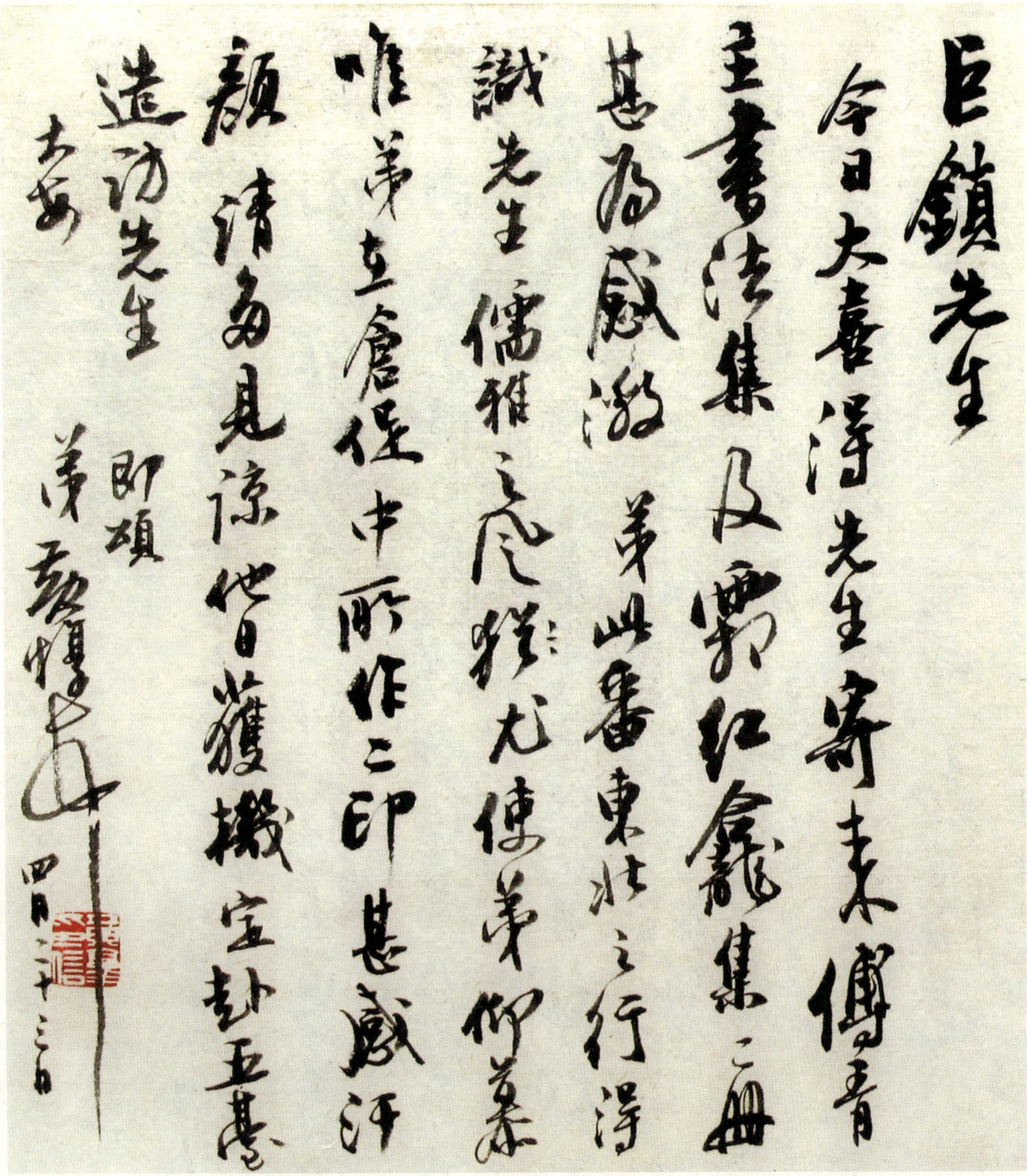
巨鎮先生：

今日大喜得先生寄來傅青主書法集及霜紅龕集二冊，甚爲感激。弟此番東渡之行，得識先生儒雅之風采，尤使弟仰慕。唯弟在倉促中所作之印，甚感汗顏，請多見諒。他日獲機定赴玉臺造訪先生。即頌

大安

弟黃惇

四月二十三日

黃惇，一九四七年生。祖籍江蘇揚州，生于太倉。書法篆刻家。

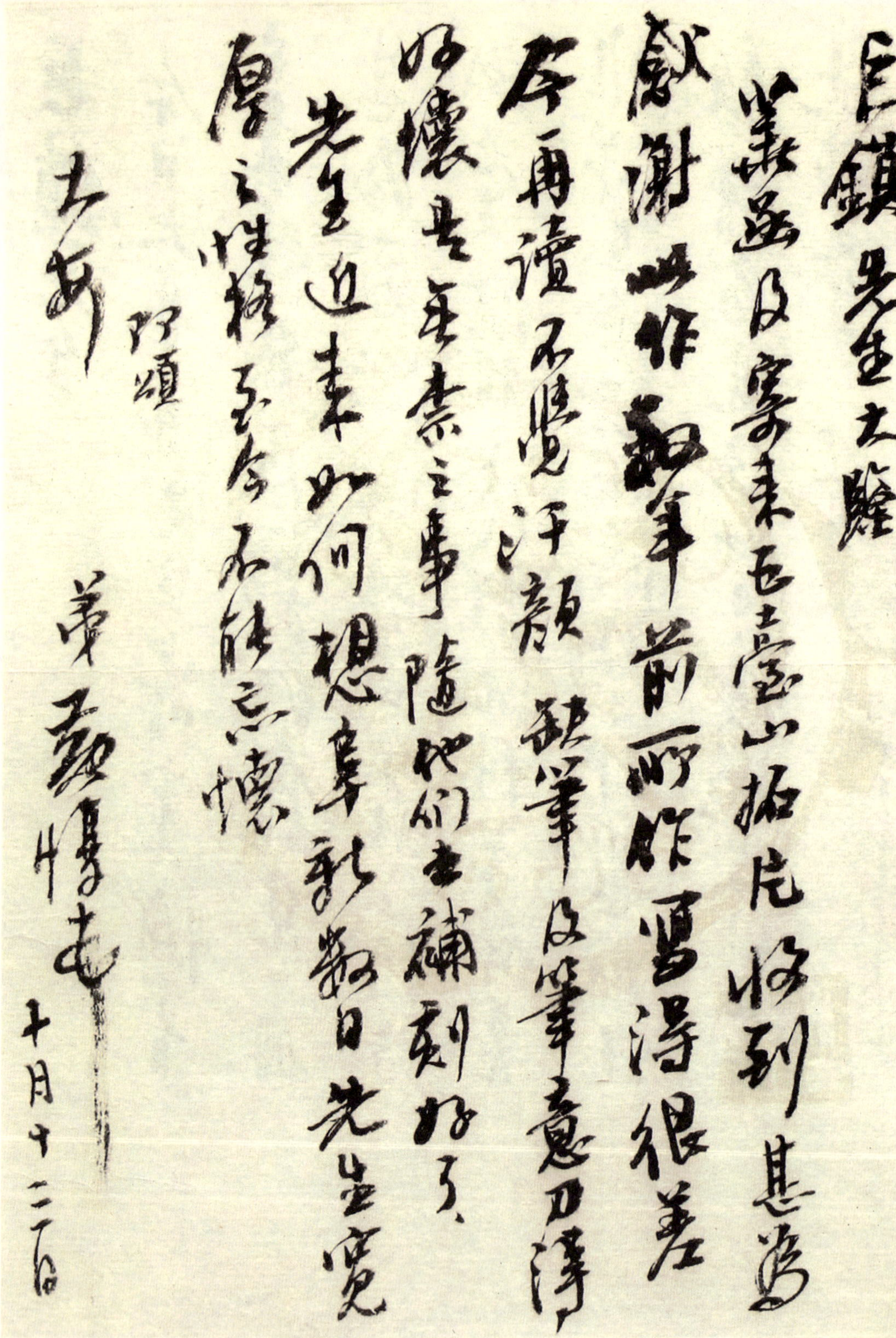

巨鎮先生大鑒

叢函及寄來臣盦山拓片收到甚為

欽謝此作較年前所作畫得很差

否再讀不覺汗顏 鐵筆及筆意刀法

好壞是余索之事隨他們去補刻好了

先生近來如何想是新歡日先生寬

厚之性格至今不能忘懷

叩頌

大安

黃[illegible]惇上

十月十二日

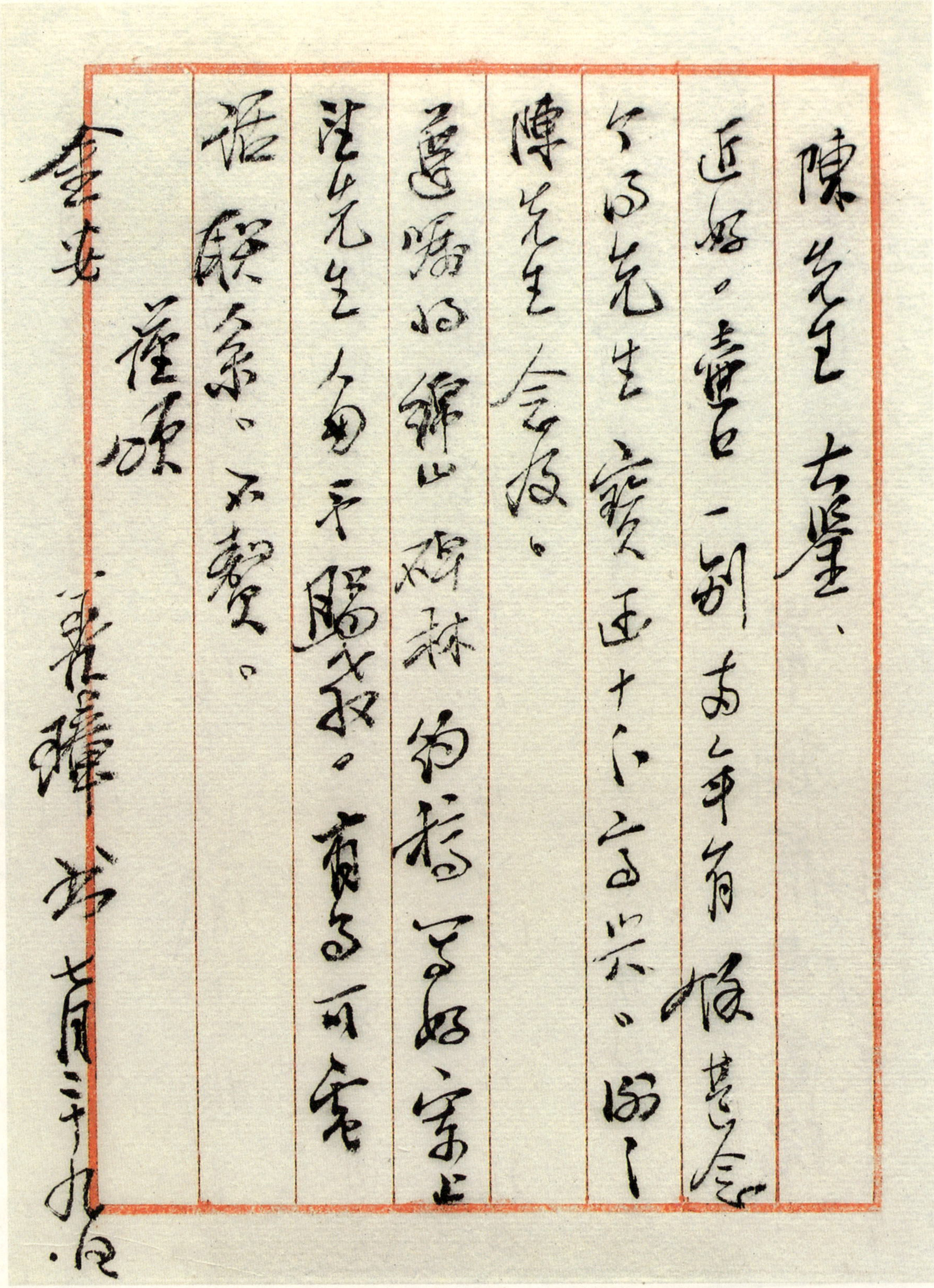
陳先生大鑒、
近好。書一別，南年有懷甚念。
今得先生寶函十八日寄出。附上
陳先生令姪。
遵囑將鍾山碑林卷稿寫好寄上
注先生，簡要略錄。貴局可否
請聯系。不贅。
謹頌
全安
善璋 拜上 二十九日

吳善璋，一九四八年生。江蘇蘇州人。書法家。

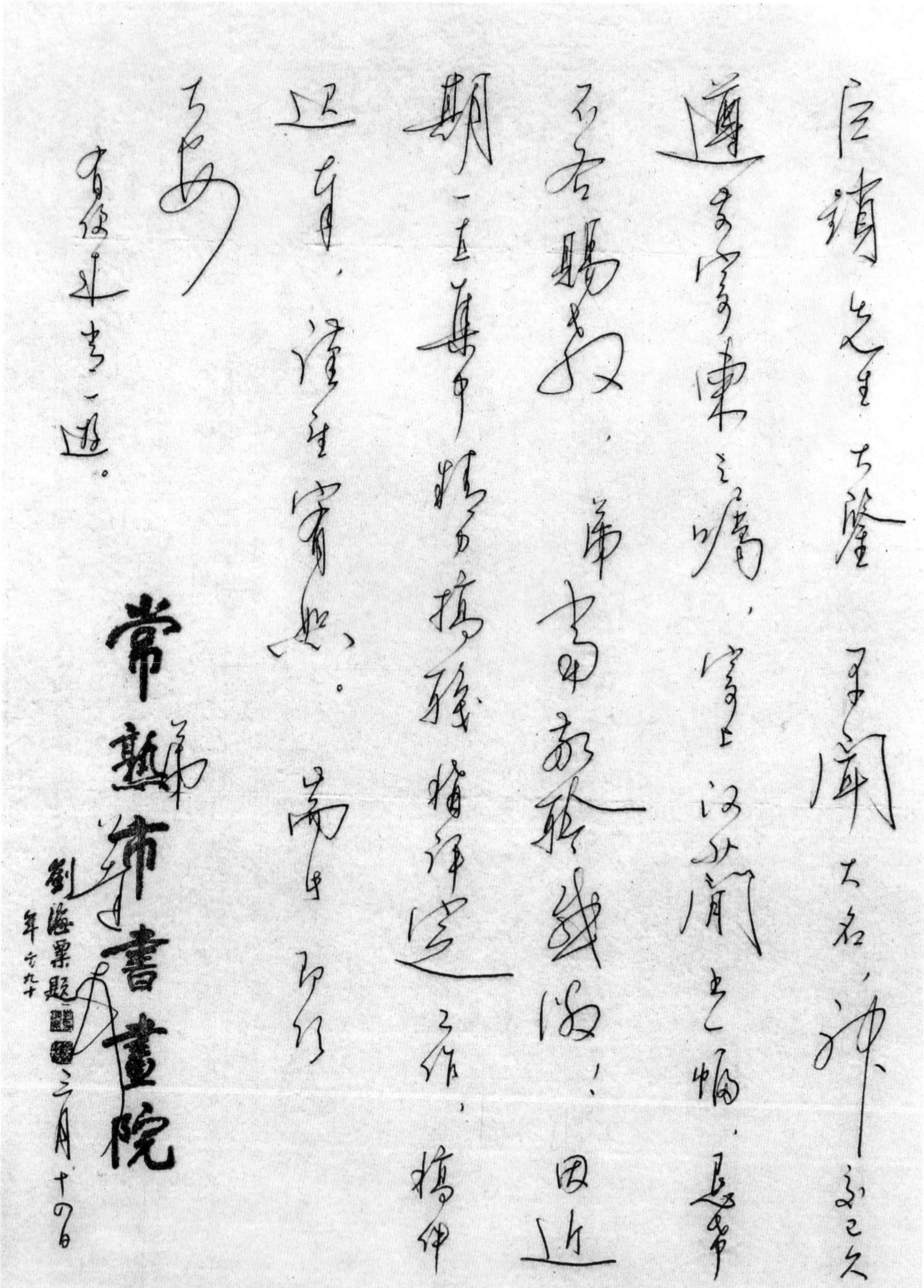
巨清先生大鑒：早聞大名，神交已久。
遵囑寫來之囑，寫上沙[illegible]之幅，還希
不吝賜教。弟當努力[illegible]！因近
期一直在[illegible]精[illegible][illegible]，精神
遲寄，請先生寬恕。弟[illegible]
大安
有便來常一遊。

二月十四日

言公達，一九四八年生。江蘇常熟人。書法家。

第　页

巨鑌仁兄：

您好！曹文安日前来札，将兄之册页奉还，实在抱歉，此事没办成，真有对不起老兄之感。另册页后面木板不知是原来少一块，还是丢失，若丢失我再找，一定补上。弟最近实在太忙，每天过着"东跑西颠"的生活，最后去了两、三次，每次屋里都是宾客满堂，无法办"实"事，

15×20=300　　文物出版社稿纸

蘇士澍，一九四九年生。北京人。書法家。

又不好出口，让老先生这样挥毫，因为康生人都死求字，此事我记在心上，格外待书成，或再求一字，我也不好说了，争取书成吧？

五台山有时间一定去看看，拜拜佛祖，争取明年夏天去吧！何时来京一聚！

祝

新年快乐！

苏士澍

20

15×20＝300　　文物出版社稿纸

隐堂师友杂忆

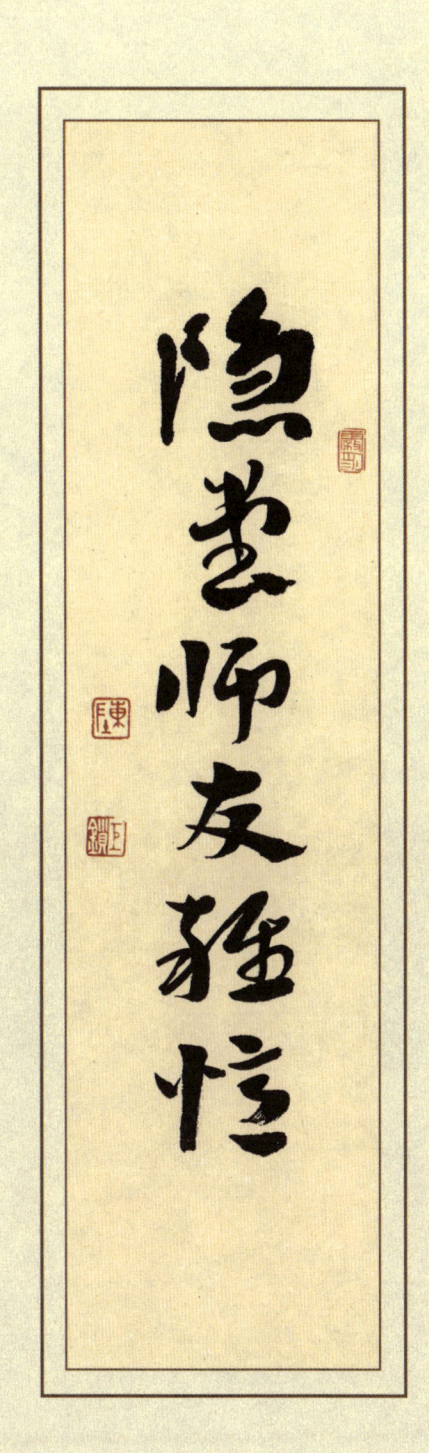

沙孟海

日前收到中國書法家協會發出的訃告，驚悉我國書壇泰斗沙孟海先生于十月十日在杭州仙逝。噩耗傳來，思緒聯翩，夜不成寐，遂爲短文，以寄哀思。

已是十七年前的往事了，一九七五年十月一日，《山西省書法作品展》在杭州西泠印社的『柏堂』和『觀樂樓』展出，我隨展赴杭交流。十月三日下午，山西和浙江兩地書法家十餘位到西泠印社的『吴昌碩紀念堂』舉行筆會，仰慕已久的書壇名宿沙孟海先生來了，諸樂三先生也來了。座談有頃，交流開始，我迫不及待地想看看兩位老書法家揮毫的情景，然而諸樂三先生的右手在前不久因電風扇致傷，還在包扎治療中，故不能握筆作書，深爲遺憾。待沙老作書，大筆揮灑，墨沈淋灕，中側兼用，頓挫隨意，激揚飛動，一揮到底，所作氣勢恢宏，一任自然，然先生之書，愧我當時未能理解，便不以爲然。衹是先生作書激情豪邁、物我兩忘的氣氛使在場者注目凝視的場景給我留下了深刻的印象。

十月四日，我訪問浙江美術學院教授周昌谷先生，在周先生不大寬敞的客廳裏，懸挂着沙老所作的楷書横幅，其作用筆精到，右趣盎然，我觀摩再三，爲之傾倒。由江浙返晋，此作仍時時浮現腦海，便于同年十一月間致函沙老，敬乞寸楷墨寶。到一九七六年初我便收到了沙老所賜楷書長卷，所書内容爲王荆公『半山即事』十首，隨即裝裱，懸諸座右，朝夕相對，引以爲學習楷模，而今沙翁遽歸道山，其遺墨我自奉爲拱璧。目前翻檢書篋，沙老爲郵寄墨寶的信封尚在，這是一個已經使用過的舊信封。上面貼了一張白紙，以『叁分』面值的郵票寄我，並寫明『印刷品』字樣，信封上還有一清晰的郵戳，標明發信時間是在一九七五年十二月三十一日十六時。睹物思人，能不慨然！

到一九八四年底，拙編《中國當代名家書元遺山臺山雜詠》十六首書法册，再乞沙老作書。然函發數月，不見回音，竊謂沙老年事已高，應酬又多，此請怕要落空了。没想到，于一九八五年五月下旬收到了沙老書件，且得手教：『我因病住院將近半年，昨天甫出院，尊囑寫件，耽擱多日，奉請各位指教，並請諒察爲幸！』云云。先生惠我甚多，至是感激無喻，隨將此作收入多種書册出版，廣爲流傳，以饗同好，並將此作刊入五臺山碑林，爲名區增輝，與青山共存。

一九九二年十月二十日

（《追憶沙老二三事》，集存《隱堂散文集》）

費新我

費新我先生的名字，大約在三十年前我上初中的時候，就熟悉了。當時我愛美術，而費先生所著《怎樣畫鉛筆畫》、《怎樣畫毛筆畫》等美術普及讀物，便成了我的良師益友。後來先生以内蒙人民生活爲題材而創作的草原風情畫卷，如《擠奶圖》等作品，都給我留下了深刻的印象。到七十年代切，先生的『左書』名聲大著，其書作，結字奇拙多姿，運筆跌宕瀟灑，用墨干濕相映，布局錯落有致，一種別開生面的書風，不禁使人欽羡。

一九七五年秋，我隨山西書展到杭州展出時，經道蘇州，便在一個細雨空濛的日子裏，去拜訪了費新我先生。當時已年過七旬的老書家，看上去，却十分健康，也很健談，對于一個年輕的求學問道者，隨和恭謙，平易近人，並爲我解難釋疑，深入淺出地介紹學書之道。

費老原名省吾，後改爲新我，字立千，一九零三年生，浙江吴興人。先生是美術教育家、畫家、書法家，正當功力深厚、精力充沛的創作之年，不幸的是在先生五十六歲的時候，右手患了結核性腕關節炎，不能再揮毫創作書畫了。這對弱者來説，無疑是藝術生命的終止；對强者來説，却要争取闖出一條生路來。自此，先生再用左手練起書法來，他鑽研顔書，二爨、龍門、漢隸、秦篆、章草諸碑帖，在學習傳統的基礎上形遇迹化，融會百家，自出機杼，創造出了自己全新的面目來。費老通過孜孜矻矻數十年的努力，終于獲得了成功，不獨在國内書壇上獨占一席，享有盛譽，前年在日本的東京、大阪舉辦個展時，也獲得了高度的評價：『費新我先生不僅是一位藝術家，而且是一位哲學家，是一位有志之士。』去年先生赴美國歸來，爲我所作一幅字，古拙厚重，典雅質樸，亦先生晚年之精品。

九月初，我在鄭州參加國際書法展覽開幕式，有幸又遇上費老，八二老人，身體還是那麽硬朗，神采奕奕，精神矍鑠，我向老人祝賀：『費老不老，左筆長健，古藤老檜，争奇鬥妍。』

誰能料到，這位『秀逸天成鄭遂昌，膠西金鐵共森翔，新翁左臂新生面，草勢分情韵更長』（啓功詩）的左翁，竟于一九九二年五月五日與世長辭了，訃告郵來，追悼會已經開過，我祇能展對先生的墨迹，默默地致哀了。

一九九二年十月　（《『左書』費新我》，集存《隱堂散文集》）

顧廷龍

八月二十二日，顧廷龍先生以九十五歲的高齡辭世了，我套用鄧雲鄉先生的一句話，悼念先生，似無不可。鄧説：『顧頡剛先生于八十八歲離開人間，雖説壽登耄耋，但也不能不説是中國學術界的一大損失。』顧頡剛是顧廷龍的『老侄』，但侄兒比叔父的年紀大出了一大截，早在顧頡剛執教于燕京大學時，顧廷龍還是燕大的一名學子。

我知道顧廷龍先生的名字已經很早了，是在三十年前的六十年代，中國首屆書法代表團出訪日本，就有顧先生，還有潘天壽等幾位書畫大家。後來也偶爾看到過顧先生的書法大作，多爲篆書，點畫不苟，十分嚴謹，一種静穆典雅的面目，令賞讀者愉悦；也時見先生爲一些典籍的封面題簽，則多爲楷書，有蘇東坡和趙子昂的筆意，又流露出深厚的魏碑的底藴，温文爾雅，爲那被題的典籍增加了藝術光彩，也提高了文化品位。待讀到顧先生的文章，包括他寫的一些序跋，我纔感覺到先生學問的深邃，哪怕是一段小文章，都令我愛不釋手。

還是在一九八七年的時候，我曾致函顧廷龍先生，懇請他能爲《五臺山碑林》寫一幅字，並將陸深的詩《取道南峪口雨後上五臺山》抄寄先生，時過很久，未見回音，我以爲顧老年事已高，恐不能滿足我們的要求了。因爲我知道，名人的書畫債，即使一輩子不停地揮毫，也是無法還清的，更何况顧老作字又特别認真，寫起來自然是很辛苦的。

一日，忽然接到北京來函，是顧先生寄我的大札，並附上法書大作，當時真有點喜出望外的感覺呢。

『巨鎖同志：

曩奉臺示，敬悉。屬書陸儼山入臺詩，栗六久稽爲歉，近來首都，稍事休息，較有暇閑，因遵書一幅奉教。拙書不堪印布，聊以留念。匆請撰安。　顧廷龍四月五日。』

讀上札，亦可窺見顧老人品之一斑，是年先生已是八十五歲高齡，在上海無暇完成的書件，遂將我抄示先生的詩稿，携至京華，趁在京休息的當兒，書成四尺整幅寄我。仰觀大作，行楷相間，點畫精微，意韵簡古，質樸自然，耐人品讀。欣賞之際，我忽然聯想起曾讀過的胡適爲顧廷龍先生尊公竹庵先生留下來的一段墨迹上的題字：

『程明道作字甚敬，他説，非欲字好，即此是學。我在兒童時讀朱子小學，記得此語，終身頗受其影響。今見竹庵先生病中遺墨，一筆不懈不苟，即是敬的精神。胡適』

顧先生所書的字裏行間，也無不看到一種敬的精神，正是承接着一種優秀的傳統。我們悼念顧老，就是要在治學、做人上發揚他那種認真、嚴謹的精神。當今書壇，有人高談藝術，認爲老一輩書法家衹是進到『寫字』的階段，還未跨入『藝術』的範疇，請問這些高談闊論者，你可跨入了會『寫字』的門坎兒？東倒西歪，矯揉造作，以粗糙爲創新，以變態爲時髦，『藝術』果真若此，『藝術』當消亡矣。

（《舊箋情思》，集存《隱堂隨筆》）

董壽平

四月間，吴作人先生和深黄胄先生走了，六月間，謝稚柳先生和董壽平先生也走了。不到三個月的時間，在中國的畫壇上，竟失去了四位大家，這是何等令人痛惜的事情。

董壽平先生是我欽仰很久的畫家之一，早在五十年代，他的《紅梅圖》、《二郎山之晨》等印刷品，就給我留下了很深的印象。六十年代初，我上大學，專修國畫，山西省博物館是我經常涉足的地方，在展室看見過不少標有『董壽平先生捐贈』字樣的名畫。我在欣賞作品的同時，對董先生的義舉，油然起敬，把稀世的傳家之寶捐獻給國家和人民，是何等高尚的行爲啊！

第一次拜訪董老，是在七十年代之初，時值文革，老人僦居北京和平里的斗室之中，受着造反派的監視，不時地遭到審查和批鬥。當時董先生的心情自然是不佳的，然而對一個來自家鄉的求教者，仍是熱情接待，循循善誘，還將自己的十餘幅黄山寫生畫稿拿出來，讓我觀摩，講解外師造化的道理；同時又親筆示範，闡説繼承優秀藝術傳統的重要。一位年近七旬的老人，又身處逆境，不顧自身的安危，竟能擔着『傳播封資修黑貨』的風險，如此認真地輔導一個素昧平生的青年，又是何等的感人至深啊！此後，我每到北京，都要叨擾董老，先生總是誨人不倦，侃侃而談。每次訪談，那高尚的人品，淵博的學識，都令我如坐春風，如沐春雨。

八十年代中，山西省代縣編寫縣志，在近代人物傳中，欲立馮婉琳詞條，受人之託，我隨即致函董老，相詢馮婉林踪迹。未幾，先生作覆：

『巨鎖同志惠鑒：頃辱手示，承詢及先叔祖母馮婉琳事，兹分述如後：先祖昆仲三人，伯祖董麟，爲刑部郎中，祖父文煥，行二，事迹見山西歷代名人傳，叔祖文燦，内閣中書，繼娶代州馮氏，我幼年時，尚旦夕請安。叔祖夫婦，喜金石學。前清咸、同年間，兄弟三人，皆官京師，時人有董氏三鳳之目。先叔祖母詩，民國年間，曾刊入山西叢書，省圖書館即有印本，極易查閲。吾家自我高祖董得衵以下，均見洪洞縣志。先叔祖母馮婉琳與馮魯川爲本家，并爲漢學家王軒弟子。特此奉覆，即請撰安。董壽平』

此函札，不獨爲查尋馮婉琳事迹提供了綫索，也是研究董氏家族的一份珍貴資料，同時又是一份精美的書法藝術品。睹物思人，已成隔世，不禁悲從中來。

一九九零年十月，『董壽平美術館』在晋祠建成揭幕，董老將他創作的書畫精品二百餘件，再次無償地捐獻給家鄉人民，實現了老人『畫圖留給人看』的宿願。筆者躬逢其勝，得以和董老晤談，老人顯得特别高興，他説：『在我的人生旅途中，這算是一件值得欣慰的事情。』

一九九二年四月，因《紀念續範亭將軍誕辰一百周年全國書畫大賽》事宜，我應主辦單位之託，赴京請董老題詞。及到京，知老人在春節前因病住院，我們隨即到中日友好醫院康復樓探望。相見甚歡，先生氣色很好，精神健旺，一如往昔情狀。本不擬再求董老題詞的決定，又説出口來。老人欣然同意，並立即理紙染翰，然病室之中，並無書案，先生便讓我們手提紙角，令紙懸空，老人近前略一思索，便放筆直書，先書四字，未能稱意，一面搖頭，一面説道：『不好，換紙。』我們又懸一張四尺整幅雅紙，老人再一審視，重書八字『松柏氣節、雲水襟懷』，復題上下款。此作摘自毛澤東挽續範亭聯語。八九老翁，凌空揮毫，所書神完氣足，筆精墨妙。于此，亦可窺見先生對書畫藝術精益求精的創作態度。同行者，對董老表示再三感謝，老人説：『不謝，不謝。續範亭將軍爲抗日，曾往中山陵剖腹明志，那是我們山四人的驕傲。家鄉的事，我盡力辦。』臨别，董老還贈我一册日本出版的豪華型《董壽平書畫集》，並在卷首題寫了『巨鎖仁兄惠存』等字樣。展對墨迹，猶昨日事，先生遽歸道山，令我傷悼不已。

同年九月，我參加『山西友好書法訪日團』，離京之前，去看望董老。先生甚是高興，正談話間，突然站起，並説：『請稍候，我去去就來。』十數分鐘後，先生歸座，他説：『我已經和大阪的朋友通了電話，到日本後，他們會周到地接待你們。』又説：『我們山西的書畫水平不低，衹是膽子小，和外面交流不够，宣傳也跟不上。你們這次出訪，把山西的書畫藝術推到國外去，是大好事。在日本遇到困難，給我來電話。日本朝野，我有很多朋友。』這便是董先生，不管大事小事，總是以助人爲樂事。

先生大我三十五歲，在二十多年的交往中，給我的教益是極大的，給我的印象是極深的，寫此二三事，亦可見先生之一斑。董老走了，痛悼之餘，惟努力精進，方不負先賢之厚望。

（《悼念董老》，集存《隱堂隨筆》）

游壽

霞浦女史游壽先生是我最爲敬重的當代學者之一，她在考古學、古文字學、歷史學諸方面的研究卓有成就，更兼教育家、詩人、書法家于一身，這在今天的學界，當是鳳毛麟角的人物了。

『前歲總理(周恩來)問王冶秋同志(國家文物局局長)，國内能讀甲骨文、金文者幾人？以不及十人對，東北區及老身矣。』這是一九七二年游壽先生在《有感》一詩中的部分題記。

『四月，接游壽四日來信及祝壽詩，並于十一日覆函。』這是《宗白華年譜》『一九七九年(己未)，八十二歲』中的第一條。

以上僅録小例二則。前者是國家文物局局長對總理的應對，自屬定論，而後者是一代美學大家宗白華年譜中的條文，在宗先生八十九年(一八九七—一九八六)的生涯中，書札往來何其多也。而于年譜中，獨著此一筆，亦足見游先生在學界的位置和分量了。

我恨無緣，在游壽先生于一九九四年二月十六日以八十九歲高齡仙逝前，未能一睹顔色，親接謦欬。所幸手頭存有先生惠賜書札、墨迹數件，偶一展玩，倍感快慰。

一九八七年，山西舉辦『杏花杯』全國書法大賽，作品評審結束後，評委同游五臺山，我與黑龍江書家李克民下榻一屋，話題自然談到了共所仰慕的游壽先生。當時我在編輯《五臺山詩百家書法擷英》一書，並擬在五臺山籌建碑林，遂請李先生向游老代徵稿件。未幾，便收到游先生惠賜大作：『杖錫伏虎，梵唄潛龍。』欣喜之餘，我有點犯難了，入編書籍吧，不是詩；上石刻碑吧，不足二尺，尺幅小了點(當時我尚未悟放大之術)。無奈中，大着膽子，致函游老。先生不以爲忤，遂書四尺對聯：『盤陀石上諸天近，圓照光中萬劫空。』是摘明人騰季達《詠南臺》的詩句，所書墨迹，渾樸寧静，讀之猶對古刹老僧，未及聆教，油然起敬。到一九九〇年碑成，奉寄拓片與先生，頃接回函：

『奉華翰，喜見漢人章草筆致，久不見此矣。報上狂野之書，何可擬也。余老矣無能，書易語一則，以勉文旗無量。拓(片)甚佳可人也。敬問巨鎖同志。游壽十二月一日。』

隨函附贈七字小條幅：『天行健，自强不息。』于此函札、條幅中，亦見先生獎掖後學、提携新人的高尚品格。所賜墨寶，至今懸諸隱堂之上，朝夕晤對，以爲鞭策和激勵。

一九九一年，我又應約編輯《峨眉山詩百家書法擢秀》，再次致函游老，希望得其鼎助。先生于一九九二年元月書蘇軾詩句『瓦屋寒堆春後雪，峨眉翠掃雨餘天』寄下，並附簡札：

『巨鎖先生：來書并《山西書法》收讀，甚嘉，甚嘉。壽夏間一病，入冬幸差，但兩眼已近于盲，手又無力，尊命未能如意，奉上一哂也。此祝前程無量。游壽啓，一月八日。」

先生病體初愈，不忘在遠之所求，奮力命筆揮毫，令我感動不已。然或因先生年事已高，將詩聯中的『掃』字，誤爲『柳』字。我深知先生治學爲文，素甚認真，故不敢也不願將此誤筆之作印入書册，遂請先生改寫一『掃』字。僅過十天功夫，先生便回函于我：『巨鎖先生：遵囑改寫『掃』，四字奉上。初恐紙不同，找出原書紙，另寫二字，如不佳告我，當另書奉上。老耄健忘，不一。此問年祺。游壽頓首。一元(月)十八。』

于此，多少可以得見先生行爲操守的恭謙和高尚，作字爲人的嚴謹和認真。對我們這些晚生後輩，先生無疑是一個榜樣。細審四個『掃』字，迭合一處，如同依樣取影，絲毫不爽，功力之深，凸顯一斑。書件裝池時，將『掃』字補入『柳』字處，上下呼應，天衣無縫。大作懸諸粉壁，墨香四溢，真力彌滿，雄强壯偉中又透出一絲生趣和拙趣，誠先生晚年之力作。

隱堂案頭有一册《游壽書法集》，書中幾乎囊括了先生各個歷史時期的法書墨迹，既有創作，也有臨習，創作中，諸體兼備，各呈異采；而臨習中，臨甲骨文，臨金文，臨漢隸，臨魏碑，臨鍾繇等，從中亦可窺見先生學書的源淵所自，有所謂『求篆于金，求隸于石，神游三代，目無二李』。傳承着李瑞清、胡小石所倡導的這一路書風。在先生書法集中，晚年作品，幾乎歷年皆備，唯缺八十七歲時書品，而爲我所徵之蘇軾詩聯正是一九九二年先生八十七歲所書，當可彌補此一缺憾。它年書法集再版，收入此作，豈非一段佳話和幸事歟！

先生不獨惠我多多，與山西也是有緣的。在一則題記中，先生寫到：『(壽)到北疆亦二十年，不意老耄之人而得登山見洞穴（大興安嶺嘎仙洞）而論此，誠大快意，想海内同好亦或樂見之。又于一九八四年上雲岡，留連石壑造像竟日，亦可無恨矣。』讀先生文，賞先生字，憶與先生之墨緣，亦『大快意』。適值先生百歲誕辰，草此短文，以爲芹獻也。

二零零五年十月十三日　（《游壽三札》，集存《隱堂瑣記》）

錢君匋

錢君匋先生的名字，早在本世紀二、三十年代，因其在書籍裝幀上的成績，便享譽文壇。當年魯迅先生看到錢氏所設計的封面，曾給予充分的肯定和熱情的鼓勵，並將自己的譯作《藝術論》、《十月》、《死魂靈》等本子請錢君匋設計。接着，茅盾、巴金、葉聖陶等也請錢君匋設計封面，一時間，『錢封面』的雅號不脛而走。其實，錢君匋用力最勤的却是篆刻藝術，他說：『我在二十歲左右，開始從事篆刻。』且畢生鑽研，曾無間斷，老而彌堅，成就斐然。觀其大作，早年便嶄露頭角。正如黄賓虹先生所言：『君匋先生取法乎古鉨而弗拾，力争美善，克循先民矩矱而廣大之。』其後，沈尹默先生亦有詩相讚：『印人刻印派紛然，法秦規漢明淵源。中間宋元體變遷，細硃妙麗人所妍。何文花樣從新翻，後來皖浙各有傳。駸駸争度骅騮前，聲名終竟歸才賢。誰歟作者海寧錢。』

一九七二年後，錢君匋有感于魯迅先生對他的提攜，曾鎸刻魯迅印譜，歷數年功夫，數易其稿，反覆推敲，終成一百六十八方的《錢刻魯迅筆名印集》，在魯迅誕辰一百周年紀念活動中，是一份頗爲引人注目的沉甸甸的賀禮。此集我不曾購得，深以爲憾。一九八八年，有陽關之行，十月間在嘉峪關逛書店，偶得一册《錢君匋篆刻選》，在寒館客舍中，不時賞讀，有如拾掇絲路花雨，令人怡悦，頓忘疲勞。

錢老一生治印甚富，僅爲朱屺瞻先生一人就刊石二百多枚，于此，也足見錢老的勤奮了。

封面設計、篆刻之外，錢先生在文學、音樂、書畫諸方面，均有頗深造詣，曾出版過散文集、詩詞集、歌曲集和美術專著等多種。到晚年，在書畫藝術上，更是筆不停揮，創作了無數彌足珍貴的藝術品。于當今文藝界，能如錢先生涉獵之廣，造詣之精的大家，爲數實在不多。

我與錢先生的結緣，是因了五臺山。爲《五臺山碑林》徵稿，我便致函錢老。先生行將訪美，倚裝命筆，爲書一聯，瀟灑流美，隸楷中時見漢簡筆意。碑成，我將拓片奉寄先生，錢老回贈我中堂一幀，是一首以鄉思爲内容的五言自作詩，詩情逸宕，墨妙典雅。我遂覆函錢老，用致謝忱，並説：『若有機緣，日後赴滬上，親聆教誨，並一睹先生顔色。』云云。此函札，有幸收入《當代書法家書信墨迹選》一書，記録了我與錢老的墨緣。時過數年，我不曾到上海，自然未能親承先生謦欬。錢老年事已高，又應酬冗繁，近年來，我不願再過多地打擾老人。但却常常念着先生，在報刊時見錢老參加書畫活動的報導，便爲之高興，暗暗爲他老人家祝福。看到先生將他收藏巨富的書法名畫和他自己創作的藝術精品無償捐贈家鄉桐鄉君匋藝術院和海寧『錢君匋藝術研究館』，令我感動不已，先生却説：『那是國家給我的榮譽。』這又是何等的美德呢。

日前，代縣李君正籌建一所經營文房四寶並開展書畫活動的齋閣，我答應他，將破例請錢君匋先生爲他題寫一塊匾額。函札尚未發出，錢老遽歸道山。我心生發無限傷悼，遂尋出先生所贈的墨迹，懸諸粉壁，朝夕相對，以寄託一個不曾與先生謀面者的追懷和哀思。

（《追懷錢君匋先生》，集存《隱堂隨筆》）

衛俊秀

一日午睡初醒，兩眼尚處朦朧狀態，忽見粉壁所挂書法條幅——衛俊秀先生所書薛能詩《峨眉聖燈》，頓覺山嶽高聳，林木挺秀，莽莽空中，聖燈化現，游弋飄忽，稍稍而來，由遠及近，由濁而清。有頃，燈盡烟銷，復歸林巒之美。及拭目細察，眼前尚是法書墨妙，而嵯峨連岡之山，不復再見。憶昔往游峨眉，未能一睹聖燈奇觀，每引以爲恨，今偶從衛老墨迹中窺得個中圖畫，真慶幸也。噫，衛老之書，竟入畫境矣，妙哉妙哉！

嘗觀衛老作書，右手握管，左手扶右手腕，聊制老臂震顫。但見凌空取勢，戛然而下，運筆之初，不激不厲，如清風入隙，徐徐而進。繼而，如山澗春水，乍緩乍急，濺花漱石，珠圓玉潤。寫到激情處，放筆直下，水墨淋灕，誠如黄河飛瀑，一瀉千尺，浩浩乎不可遏制。懸觀巨製，氣韵生動；進而審視，耐人尋味，猶對周鼎商彝，金錯曲鐵，銅花斑爛，古趣照人。再細品讀，曲筆如弓，直綫如弦。靜如老僧入定，端坐古刹；動如驍將赴急，直刺沙場。文如騷人敲詩，樸似老農扶犁，不雕不飾，一任自然。先生之書，汩汩乎心中流出，自非手腕揮運之能成。

衛老自幼聰慧，家學淵源，青壯之年，學業大成。豈料五十年代初，因其著述，入『胡風集團』，放逐銅川，監督勞動；即歸鄉曲，仍遭白眼，繼經文革，倍受荼毒，真可謂坎坷人生。然先生胸懷坦蕩，性情達觀，身處逆境，不爲所囿，能耐寂寞，自甘清苦。勞作之餘，不廢讀書寫字，觀天書空，卧床畫被，且常挑燈夜讀，幾不知東方之既白，寂寞與我何有哉！日出而作，享山林之清氣，交麋鹿爲良朋，得淡泊寧靜之心態，怨怒于我何有哉！面對高山大嶽，偶悟篆隸雄渾厚重之意，品讀草木秀發，得助行草華滋逸宕之態，正『睹物象以致思』也，與夫古賢見擔夫争道悟筆法者，何其相似乃爾。先生之書，人生之軌迹也。

先生學書，不主一家，歷代名迹，無不追摹，然對傅山，心儀最久，用力尤勤。而當握管，則不落窠臼于古，能離能合，前賢之法，爲我所用；于己心手相忘，隨情揮灑，不知有我，何曾有法。筆者案頭常置《衛俊秀書歷代名賢詩文選》一册，洋洋乎六十餘篇，正先生對『諸先烈事績，感慨萬端，思接千載；夢中相尋，不能自已』，起而形諸筆墨，以書法傳『自宋至清六位高賢詩文的精義』，誠如先生在『自序』中所言：『一字一滴血，一滴血，使人深感諸公的廓然大公，不知有己，或以身殉國，或以身許國，堅貞豪邁，求仁得仁，把愛國主義精神、人生價值達于極致。』于此，亦可窺見先生人品之一斑。先生之書，品格之流露也。

先生居西安，我居晋北，雖山川阻隔，然書函時通，先生于我，多有教益，有問必答，有求必應。衛老壽登耄耋，不廢揮毫，賞讀近作，老筆紛披，愈見其妙，草此小文，以賀先生九十壽辰。

（《山嶽俊拔林木挺秀——衛俊秀書法品讀》，集存《隱堂隨筆》）

馮建吳

一九八二年四月，我有四川之行，到成都之時，《馮建吴詩書畫印展》剛剛結束，無緣拜讀，頗感遺憾。自峨眉山寫生歸，經道重慶，遂攜拙作到黄桷坪四川美術學院謁訪馮先生。馮老是我久已欽仰的畫壇前輩，他爲聯合國中國廳創作的大幅山水畫《峨眉天下秀》，是書畫界同仁們經常樂道的恢宏巨製。

在『蔗境堂』中見到了馮先生。也許是訪問之日，適值細雨如絲，加之窗外緑樹婆娑，室内光綫似乎有點幽暗。深廣的屋檐下懸一匾額——『蔗境堂』。三字豁然醒目，大漆烏黑底，雕填石緑色，乃馮老自書也。畫室内陳列有序，一塵不染；先生坐擁書城，見客來，略一起身，便見氣喘吁吁，幾聲咳嗽，緩緩説道：

『我有肺氣腫，實在對不起。』

『不知馮老有病，今冒昧打攪，十分抱歉。』我有點歉疚的感覺。

『不妨事，我衹要少行動，慢慢的説話，還可以。這肺氣腫是老毛病了。』先生説着爲我泡了一杯清茶，熱氣悠悠的蒸騰着，室中更感静寂。馮老開始仔細認真地翻閲着我的峨眉寫生畫，連説：『要的！要的！』我請先生提具體意見，他説：

『人生有涯，藝無止境。畫山水就得外師造化，不斷地到大自然中去體察實踐，不獨要多畫，更重要的是細致地觀察和領會，對景寫生，可以「移山倒海」，取捨提煉，在不違反自然規律的前提下，隨心所欲，臨見妙裁。這樣完成的寫生畫，就不是自然面目的翻版了，而已進入了藝術的創作。』先生的話，説的低而慢，恰如屋外的春雨，絲絲注入了我的心田。因馮老身體欠佳，我不便更多攪擾，便欲起身告辭。先生對我厚愛，臨别惠贈小幅梅花一開，硃砂點瓣，生鐵鑄枝，古艷中透出一縷清幽。又題句其上：

『千花萬萼閙春陽，老幹盤拏意態張。取得一枝入圖畫，幾回袖手繞長廊。一九二八年(爲一九八二年之誤)新夏，巨鎖同志入蜀，寫此爲念。馮建吴。』鈐『太虞』白文、『七十不稀』朱文二印。這便是我第一次訪問馮老所受到的禮遇。

由川返忻後，我寫了一封對馮老的感謝信，並寄上我們地區所辦的文藝刊物《春潮》雜志數期，請先生指導，且希望馮老能爲刊物作一幅封面畫。馮老没有以大畫家的姿態拒絶小刊物的希望，而是支持了我們，寄上一幅山水畫，又給我附上一札：

『巨鎖同志：

你好！信和《春潮》刊物早接到。我不久前方由西安參加胞弟石魯的追悼會回校。貴刊八三年封面需要我的畫，現寄你一幅，即作爲贈送你的，你看能否刊用？我感整體感不够强，不大滿意。後有機會，參觀五臺，一定來拜訪你。不詳叙，即祝撰安！馮建吴十月二十日晚』

一位曾經爲人民大會堂、釣魚臺國賓館、國務院中國畫研究院等單位創作了數以百計藝術品的著名書畫家，竟表現得如此謙虛，在藝術上精益求精的創作態度，對我們這些晚生後輩的教育是何等的深刻呢！

這封信，也使我想起了『長安畫派』的領袖人物石魯，以及他在『文革』浩劫中遭受迫害的種種傳聞和軼事，不禁悲從中來。

一九八五年五月，我赴京出席中國書法家協會第二次會員代表大會，在會上又邂逅馮老，他的身體似乎比以前好多了我在先生的下榻處向馮老請教，此次談得更多的是書法。先生重視傳統，更求出新，正如他的書法作品，既可見汲取前人名碑法帖的軌迹，却又形成了自己的獨特面目，剛健婀娜，風姿綽約。評者謂：在吴門書派中，馮氏『自拓堂廡，别張一幟』。品其大作，誠然不虛。

一九八六年，我在太原舉辦個人書畫展，馮先生爲我題詩：『三絶風流粹一堂，鑄熔今古出新章。養疴使我移情緒，藝苑長教意氣揚。』這是先生對我的鼓勵，爲此，我當加倍努力，以不負先生的厚望。

後來我和馮先生通過幾次信，却没有再見過面。到一九八九年十月，受成都市書法家協會的邀請，我再次入川。某日，在杜甫草堂筆會後，大家于浣花溪畔的一家竹樓上聚餐。酒至半酣，安徽省的兩位畫家説，會後他們將到重慶一游，我説：『諸位到渝後，當一訪馮建吴老先生，那可是一位人品和藝術兼優的大家呢！』不料，成都的主人告訴我：『馮先生去了，是今年二月病逝的。』突然的噩耗，竟使我有點哽噎了。先生故去已有半年多的時間，我竟連一點音訊也没有得到。我陷入了沉沉的回憶之中，也因此話題，同桌的書畫家便很少下箸和舉杯了。散席後，我快快地走下竹樓，心裏沉甸甸的，似乎被壓上了一塊石頭。

（《舊箋情思》，集存《隱堂隨筆》）

馮建吴（一九一零－一九八九），字太虞，别字游，四川省仁壽縣松林灣人。生前是四川美術學院教授，有《馮建吴畫選》、《山水畫技法基礎》等出版行世，又有電視專題片介紹其藝術生涯。

蕭乾

今年一月二十七日是蕭乾先生的九十歲壽辰。早在一月十日，我便撰書一副壽聯郵寄北京，以對先生華誕的申賀。令人不能置信的是僅一個月的時間，竟得到了先生于二月十一日作古的噩耗，我的心不禁爲之震顫而悲悼。

我拜讀過很多蕭老的著作，也敬瞻過不少先生的玉照，蕭老給我的印象是一位永遠漾着微笑的老頭兒。

那是在一九九三年夏天，蕭老偕夫人文潔若、兒子蕭桐以及一位陳女士在山西省文史研究館館長華而實的陪同下，來五臺山一游。登山歸來，道經忻州，在訪問元好問墓之前，有半日空閑，因陳女士喜好書法，不知是誰提議，便在蕭老下榻的忻州賓館舉行了一次小型筆會。我應邀出席，有幸一睹了久仰的著名作家、記者、翻譯家蕭乾先生的風範。八十開外的老人了，精神飽滿地接待着每一位采訪者，壯實的體魄，簡樸的衣著，圓圓的顔面上始終漾着慈祥的微笑，話不多，聲音也較低緩，往往是静聽和應答着對方的問話。一位譽滿中外的老前輩，竟是如此的恭謙，這使我對老人更加欽仰和親近了。

筆會開始後，我們請蕭老開筆，老人執意不肯，他説他毛筆字没下過功夫，寫不好，請陳女士代筆。陳久居美國，性格開朗，也不謙讓，便執筆揮毫，寫了幾幅小横披，然後由蕭老簽名，分贈在場的幾位索求者，作爲留念。我遵命，爲蕭老寫一副舊聯語：『大鵬六月有閑意，老鶴千年無倦容。』因爲蕭老是六七月間出游的，便合着上聯。而身雖在旅途中，却不廢譯作，正抽着一切空閑時間和夫人合譯《尤利西斯》。就在筆會的當天，文潔若女士還躲在客房裏專注地勞作着。午餐前，地委領導來看望蕭老，並請老人親筆題字，老人見不好推辭，便略加思索，隨後，飽蘸濃墨，在潔白的宣紙上，題寫了十一個字：『盡量説真話，堅决不説假話。』老人是十分認真的，從中也可窺見蕭老關注國家大事之一斑，令在場諸君頻頻頷首稱是。

在筆會的間隙，我曾抓拍了幾張蕭老談話、揮毫的照片，先生神采奕奕，笑容可掬，我便洗放幾張，懸于粉壁，感念老人那勤奮的著述和高尚的人格，也曾請篆刻家安開年君刻了一方『蕭』字的印章，鈐蓋在蕭老爲我的題贈上。至于那印章終因石質的粗劣，便不曾轉交蕭老，長留隱堂之中，也是一件永久的紀念品。

一九九六年一月，拙作《隱堂散文集》出版行世，因有了蕭乾先生的封面題字，便不揣淺陋，給蕭老奉寄樣書，以求賜教。令我喜出望外的是，竟很快得到了蕭老的回信：

『巨鎖同志：承蒙惠贈大著《隱堂散文集》，頃已拜收，感甚。拜讀《五臺山三日游》，憶起昔年訪晋之行。可惜，吾今老矣（明日即過八十六歲），祇能捧大著神游了。匆頌春祺！蕭乾。一九九六年一月二十六日』

收到此信後，我便記住了蕭老的生日，也萌發了爲蕭老九十歲華誕撰書壽聯的念頭。

我于文學，皆興趣使然，迄今爲止，没有進行過認真的研究，偶有所感，拉雜寫來，自是客串而已。拙文竟浪費了蕭老的時間，我深感不安。然而蕭老是一位寬厚仁慈的長者，對晚生後輩，從來是鼓勵有加，想到此，我又看到了那位永遠漾着笑容的老人。一位文壇巨匠跑完了他人生的最後一圈，悄然仙逝了，然而他的人格和著述却是永垂不朽的。

（《永遠漾着的笑容——蕭乾先生印象記》，集存《隱堂隨筆》）

閻麗川

當我接到閻麗川先生病逝的訃告時，天津美術學院所舉行的向閻老遺體的告別儀式已經結束。我不禁引頸津門，對這位仙逝的著名美術史家沉入了長久的哀思之中。

閻麗川，原名必達，字立川，一九一零年九月十日生，太原市人。先生早年入太原師範學校，受教于趙延緒老師，鑽研美術。未幾，考入國立杭州藝專，旋又轉入上海新華藝專，在諸多名師的教導下，美術論文和畫作時有發表。在校時，還約集滬杭校友和太原的畫家，舉辦了『海風』畫展。美專畢業後，回到太原中學，主持美術教席。『七七事變』後，先生輾轉陝西、甘肅，而後落脚巴蜀，但始終未離教位，爲美術事業嘔心瀝血。授課之餘，不廢創作，在成都舉辦了個展，展品不獨山水、花鳥，還有針砭時弊的風俗畫，獲得了社會各界人士的高度評價。解放後，先生由蓉返并，先到山西藝校執教美術，後轉山西大學籌建美術系未果。一九五四年調往天津，在津四十餘年，從師院到美院，教授美術史和藝術概論。這期間，先生教學成績卓著，著述頗豐，成爲全國屈指可數的著名的美術史家和美術評論家。

我第一次見到先生，已是一九七六年的歲末了。記得那年冬天，我適天津，去到美院，因唐山地震的影響，校園中到處是七零八落的防震棚。在人們的指點下，我尋到了閻先生的住處——在一座舊樓一層的盡頭，南北各一室，門對着門。向陽的兩間作卧室和厨房，向北的一間作畫室，先生的大量論文便是出自這間不大明亮的小屋。見面後，先生很是熱情，首先問訊的是趙延緒老師，其次最關心的是太原的變化，問這問那，似乎對家鄉的每一條熟稔的街道都寄寓着深厚的感情，流溢着一個游子對故里眷戀的情愫。記得拜會先生的那一天正是農曆臘八，閻老堅請我吃便飯，當時有什麼菜肴，已記不清了，然而那紅豆稀飯和四碟小咸菜，確是保留着地道的山西風味。先生還爲我讓孩子們在嚴寒中到『狗不理』排長隊買小籠包子，當時不獨使我十分感激，還令我有些不安的。二十多年過去了，想起來，那鄉情至今還是暖融融的。

到一九七九年，先生的《中國美術史略》要再版，曾回山西來考訂資料，我便陪同老人游覽了五臺山。先生對南禪寺、佛光寺的建築、雕塑、壁畫、題記墨迹等，都作了仔細的研究。在游覽中，登高作畫，臨流賦詩。先生返津後，還將所作《登五臺山二首》抄寄于我，其中一首約略是：『長夏炎炎酷暑天，清凉山中數日閑。山花爛漫迷前路，溪水縱横没渡階。放眼舒懷且佇立，揮毫賦采莫遲延。風光無限時光迫，留得年華在手邊。』

于此詩中亦可見閻老在五臺山中的情懷。

一九八一年，先生的書畫個展在太原展出，我專程前往參觀學習，並寫了《觀閻麗川教授書畫展》的短文，投寄某雜志。然而，我對先生的書畫素乏研究，所作當不能盡其萬一。後將剪報奉寄老人，先生頗爲高興，遂視爲知音。

先生對我的書畫，多有褒獎，這自然是對我的鼓勵。一九九〇年一月，我在深圳舉辦個展，先生題詩爲賀：

『昔日伴游五臺山，今朝喜聞書畫展。
書宗章草融漢隸，畫法前賢繼荊關。
筆底剛勁見風骨，墨色蒼茫映烟嵐。
遍訪名山打草稿，天下奇峰畫裏看。』

還將此作收入《閻麗川詩詞選》。我自疏懶，近年很少染翰作畫，深感有負先生對我的厚望。

一九九五年，趙延緒老師年近期頤，我們籌劃着爲老人舉行百歲誕辰的紀念活動，我首先致函趙師的老學生趙子岳和閻麗川兩位學長，子岳老寄回了手書的賀詞和長信，先生寄回了篆刻的『百壽圖』爲賀。閻老説他在病中，恐不能親自參加老師的百歲盛典了。到去年六月十八日，趙老師的百歲華誕在歡樂中度過，而他的學生閻麗川先生竟在今年的一月二十日病逝了，這怎能不令人痛悼呢！

閻老去了，在我隱堂的書架上，陳列着先生先後贈我的各種書籍，有《中國美術史略》、《中國古代繪畫百圖》、《中國近代美術百圖》、《文物史話》以及一本王振德先生編著的《閻麗川研究》。面對閻先生的遺著，翻閱着閻老給我的諸多手札，我長久地沉入了對這位爲美術教育事業奉獻畢生的山西籍的美術史論家的懷念。

（《悼念閻麗川先生》，集存《隱堂隨筆》）

周退密

四明周退密詞丈，久居滬上，年高九十有一，是我仰慕的學者之一，相交逾二三年，時有書信往來，却不曾謀面。

五年前，九五高齡的施蟄存先生贈我簽名本《北山樓詩》，就中有《周退密夫婦五十齊眉祝之以詩》和《題退密詩卷》二首，皆施公早年之題咏，時退密先生尚于役遼東。二零零一年十二月施先生又贈我《北山散文集》兩巨册，其中書信部分，收入施先生致周退老函札就有六十八件之多，爲收信人之最。于此可見二老的交往之密和情誼之深了。我拜讀這些函件，如對二老，品評碑帖，切磋辭翰，商借資料，相約晤面，互致問候，無不赤誠相見，真情感人。二零零二年八月，施公再以大著《北山談藝録續編》見贈，此書扉頁之題字便是周退老手迹，秀逸中見神韵天成，勁健處知人書俱老。

感謝施先生的惠贈，我對周退老的了解，不少是從施先生的著述中知道的。年前，施蟄存先生以百歲高齡作古了，我深深地懷念他。在我的書架上，不獨陳列着施老的多種簽名本著作，還有我最爲鍾愛的施先生在三十年代所編的《晚明二十家小品》的重印本。這是我于一九八四年自泉州携歸的，于今也有二十年的歷史了。

話已扯遠，言歸正傳。在二零零二年二月，我請上海季聰兄與周退密先生轉上拙作散文集《隱堂隨筆》一册，以乞教正。到六月間，得到周老回函，並賜法書數件，令我喜出望外。其函曰：

『隱堂先生：月前季聰同志來，讀尊著《隱堂隨筆》，至爲感謝。足下文筆斐然，引人入勝，至爲欽佩。敬書奉匾額、楹聯、條幅等數件，聊博大雅哂正。並志墨緣，非敢以云報也。即頌文祺，並祝潭吉。弟退密匆上恕率。二零零二年六月二十四日』

先生以隸書『文隱書屋』、篆書『隱堂』、行書條幅書王西野詩《九華山遇雨》，楷書拙聯『青潭白龍時隱現，丹崖古碑任摩揩』爲贈。先生于我初交，何厚幸如之！我感激不盡，遂即修書再三致謝。至同年十一月，周先生又以大著《捻須集》見贈。此書收先生十年中五言律詩一百六十首。遂置諸案頭，不時品讀。先生雖年登耄耋，却詩思敏捷，詩律精微，能不令人欽佩。

去年春天，拙作書法長卷《陳巨鎖章草書元遺山論詩三十首》由榮寶齋出版，奉寄印品一件與周先生，敬請賜教。未幾，得周老長跋一則，跋語錯愛過甚，我實不敢當。然前輩提携後學，獎掖之心，躍然紙上，殷殷可鑒。今抄録于後，權當鞭策，惟努力奮進，以謝先生之垂懷：

『巨鎖先生：昨以《章草書元遺山論詩三十首》長卷見視，展卷觀賞，老眼爲之一亮。信夫當今藝苑之照明珠也！章草書近日有以用筆凝重，結體奇古爲工者，望之若夏禹岣嶁之碑，古則古矣，其如人之不識何。今先生之書則異是，蓋能以二王之草法，融入漢人之章草，化板滯爲流暢，精光四射，面目爲之一新，而結體一仍其舊，規範斯在，爲尤可寶也。先生生長于忻州，沐山川之靈氣，得遺山之詩教。以繪事名噪南朔。予嘗讀其詩若文，均秀發有逸氣。此卷八百五十字，連綿若貫珠，一氣呵成，無懈可擊，洵可謂之優入聖域者矣。誦厲樊榭之『清詩元好問，小篆黨懷英』之句，吾意欲之遥企山居俱遠矣。爰書所見，以求印可，幸先生進而教之。二〇〇三年三月晦日，四明弟周退密拜草。』

周老贈我大跋後，遂即撥通先生電話：

『是周先生家嗎？』

『是。』

『請周老接電話。』

『我就是！』我拿着電話，有些吃驚了，九十老人，聲如洪鐘，鏗鏘有力，若非神僊中人，焉能如此精神健旺。我在電話中感謝老人惠賜大跋，並談到施蟄存先生與周老的六十八件函札。周老説：『那衹是施公在「文革」後給我的。「文革」前的均丢失無存了。』聽聲音，不無惋惜之感。最後我祝願老人保重身體，健康長壽。

先生曾命我作畫，有函云：『倘得一小幅法繪，作爲家珍足矣。』長者之言，焉敢不從，遂畫梅花一紙，獻拙于先生。至癸未立秋，始得先生函件，方知先生曾因膽囊炎住院。滬晉千里，山川阻隔，未及慰問，深感不安。惠函附寄詩作二紙，其一爲：

『巨鎖先生賜紅梅小堂幅，率賦俚句奉謝：

一幅紅梅遠寄將，高情厚意雅難量。
昨來自覺衰頹甚，讀畫權當禮藥王。
老樹嫩枝疏著花，野梅合在野人家。
若非貌取憑知己，一任横斜映淺沙。

右詩作于今年六月二日，時正因膽囊炎住院三周後出院回家之際，故有自覺衰頹之語。旋于當夜急診，再入院，直至手術摘除膽囊，故迄未寫奉也。八月八日癸未立秋退密又識。』

其二爲：

『垂愛勞良友，兼句積牘重。
侑觴新畫卷，傾蓋老宗工。
物作青氈守，珍當焦尾同。
小詩申悃愊，遠寄託飛鴻。

病中荷巨鎖先生撰聯並書及惠贈法繪紅梅小中堂，情誼稠迭，至爲感激，率賦俚句，以求鑒宥，即乞吟正。九十弟退密更生後拜稿。』

拙畫一幅，竟勞先生費神，吟成三首，並抄寄于我，真是投之木桃，報以瓊瑶。藏于篋笥，隨時展玩，每每想見周老捻須吟咏之情狀。得此詩函，遂致謝忱，並將所藏賀蘭山巖畫拓片一幀以贈先生。未出月，又得惠書云：

『隱堂先生侍右：奉月之望日手翰暨賀蘭山巖畫拓片乙紙，無任欣慰。弟素喜收集古刻拓本，惟巖畫一門，當以此爲創獲，誠爲石室中一大特色。欣喜之餘，即寫一跋尾，兹先將原稿乙紙附呈郢正，希不吝加墨其上擲還，以便打字，至企至企。秋虎可畏，未知尊地已能進入秋凉否？病後手顫草草覆奉，即請文安。弟退密頓首。八月十六日。』

又《賀蘭山巖畫放牧圖拓本跋》：

『賀蘭山岩畫有狩獵、放牧、舞蹈等諸刻，曾見諸報刊介紹，爲吾中華大西北之遠古文化遺産。向往已久，亦淡然忘之久矣。日昨忻州市文聯作家吾友陳君隱堂（巨鎖）忽以拓本一紙見贈。衰年得此，爲之狂喜不已。

巖畫爲陰文鑿刻，與嵩山漢畫像石刻之作陽刻者異。亦製作愈簡樸，年代愈悠久之一證也。畫中可見者：人二、馬一、羊三。左起一人握長竿，從馬背躍起驅策羊群，馬張口而前。馬前又一人握長竿徒行，意在束羊使之就列，以免散逸者。羊三頭首尾相銜，行進中時時作回頭狀，形象極其生動。君于拓本空白處題詩『日之夕矣，牛羊下來』二句，蓋明此刻爲放牧而非狩獵也。爰爲拈出，以著君之精鑒，不如僕之一覽而過，泛泛不求甚解也。

抑僕又有言者，辛巳（二零零一）之春，君曾于役銀川，親臨賀蘭山下，目擊巖畫，有『觀之再三，不忍離去』之語，其好古之情，殆如蔡中郎之于《曹娥碑》，歐陽率更之于索靖書矣。昔香山居士有云：「斸石破山，先觀鑱迹，發矢中的，兼聽弦聲」之數語，以之移贈吾隱堂，可謂恰如其分際。君其莞爾一笑，受之可乎？二零零三年八月二十日，四明周退密，年九十更生後，書于海上安亭草閣。』

讀先生跋文，我不禁汗顔。賀蘭山巖畫拓片藏我處多時，實匆匆『一覽而過』，其題句曾不假深思，亦順手拈舊句書其上，仿佛而已，大略而已。而先生對巖畫拓片，觀察之細密，考究之精審，又將此巖畫的形象逼真地再現給讀者，這一切無不令我嘆服。從中正可窺見老先生治學之嚴謹，行文之高妙。

隨函尚附有《退密詩歷》覆印件二紙，存録詩稿六月二日二首，七月十七日至三十一日七首，八月二日二首，八月十日六首，八月十七日一首。于此，足見周文與詩爲伴，不廢耕耘。愈感先生寶刀不老，詩思如泉。

周老好酒，見有句云：『我雖户名小，亦頗酒思汾』；『枯腸無酒潤，閑坐聽茶笙』，『酒中有深意，淺酌幸毋呵』……我生愚鈍，得交周丈，自感幸甚，何日携汾酒赴滬上，一睹先生仙顔，把盞乞教，其樂何如。

先生與我詩、書（信）、題跋等已集録多多，從這些文字中不正可以讀出周丈的道德和文章嗎？行文之時，正值甲申上元夜，遥祝老先生體筆雙健，童心永駐。（先生有句云：『鏡中惟白髮，心裏尚童孩。』）

二零零四年二月五日夜　（《不曾謀面的忘年交——記周退密先生》，集存《隱堂瑣記》）

潘絜茲

還是四十年前我上初中的時候，在一本雜志的彩色插頁中，看到一幅題爲《石窟藝術的創造者》的國畫，那恢宏的場面，富麗的設色，高古的綫條，讓我對之出神，久久不忍釋卷。這幅畫的作者便是潘絜茲先生。其後我又讀到了先生介紹《敦煌莫高窟藝術》、《敦煌壁畫》的小册子，使我對敦煌石窟有了初步的了解，并產生了深深的向往之情，這也許是先生無意中爲我四十年後兩次赴敦煌巡禮牽上了紅綫。再後來，我對潘先生的名字就愈來愈熟悉，先後看到他的《孔雀東南飛畫傳》、《閻立本》、《吴道子》以及報紙雜志上所發表的美術作品和評論文章，在我的藏書中也有了一本《工筆重彩人物畫法》，這些書籍都爲我後來走上美術道路產生過不少的影響。

一九五二年山西永樂宫壁畫的發現，在美術界引起了不小的轟動。後來，中央美術學院的臨摹品在日本展出時，據説王冶秋先生還專程前往解説。對壁畫藝術，潘絜茲先生也曾撰文在《中國畫》雜志上予以評介。其後因三門峽水庫的興建，永樂宫的所在地永樂鎮是淹没區。爲永樂宫的遷建和壁畫的搬遷，潘先生也大費心血。到一九六五年八月，先生又主持了遷建後壁畫的修復工作。其時，我正畢業于山西大學藝術系，與另外七位同學被臨時抽調到壁畫修復組，作潘先生的助手。記得第一次見到心儀已久的畫家是在太原火車站。這是一位體魄壯實，面孔和善，衣著儉樸，説話不多，似乎有點木訥的人物，没有絲毫的客套和應酬，真樸的爲人，給我留下了深刻而難忘的印象。

永樂宫是國家重點文物保護單位，壁畫是精美的稀世藝術品。在修復過程中，潘先生要求我們一絲不苟，十分嚴格。三清殿西壁所畫一軀藍衣仙伯，手執笏板，俯首前視。而一目殘破，先生補繪此目時，極爲審慎，正所謂九朽一罷，直到阿堵傳神，方落墨上墻。而東壁所繪『七寶爐』，早年因有人爲從壁畫上刮金所毁，其圖案更是殘缺不全。先生結合殘留部分並參考殿内有關紋樣，先在白紙上數易其稿，直到與原作銜接得天衣無縫時，方下筆勾描，然後瀝粉、貼金，使『七寶爐』重放光彩。

永樂宫地處中條山以南，時值秋冬，無些許寒意，雜花如燃，丹柿垂紅，深宫大院中，回廊曲檻，景色盡够賞讀的，然而我們的工作却是十分的單調，日日修殘補破，如同晴雯補裘似的，有不得半點疏忽，嚴肅認真。有些小的紕漏，也逃不脱潘先生的眼睛。永樂宫的伙食，那更是單調的，主食是饃，中午雖有菜吃，却是開水煮豆腐、粉條，加少許咸鹽，連醬油也不放。另有辣椒或芫荽。早餐喝稀飯，有時加紅豆，便多喝它一碗。也有另外時，某日潘先生從紅豆稀飯中撈出了一隻蝎子，仍把所剩的半碗喝了下去。大家勸先生换一碗，先生說：『鍋裏煮了半天，再換一碗，還不是一樣的。』飯後，潘先生祇對炊事員說：『做飯要注意衛生，哪能煮蠍子吃！』這是三十多年前的往事了，要是在今天，吃蠍子却是時尚呢！

單調的生活中，潘先生却是超常的勤奮，他每日起得很早，中午有時也不休息，總是帶着一個白本兒在大殿裏收集資料，當壁畫修復工作結束時，先生畫了厚厚的一本子。

在節假日，大家也搞一些有興趣的事情，記得古建專家杜仙洲到永樂宫後，在潘先生的倡導下，爲大家作了一次古建的講座。我那一星半點的古建知識，開始便是從杜先生那裏聽到的（後來也曾聽過北京大學宿白教授對唐建的講授）。在國慶期間，潘先生和我們四位同學渡黄河，逛潼關，上華山，攀高探險，其樂無窮。

永樂宫壁畫的修復工作，三個月就圓滿完成了。在修復過程中，潘先生言傳身教，在人品上、在藝術上使我們獲益匪淺，同時也結下了深厚的情誼。返并時，一同觀摩了平遥雙林寺的泥塑藝術。在太原期間，潘先生還應邀爲山西大學藝術系美術專業的同學們作了國畫重彩人物的示範。先生回家後，我們一直有書信往來。我到北京時，總要去北官房十七號看看潘先生。某次，潘夫人不在家，先生還親自爲我做飯吃，至今令我難忘。

『文革』後期，有壁畫出國展覽任務，受批判之餘的潘絜兹先生又應命到山西組織壁畫臨摹工作。他帶領一些青年美術作者，從晋南到雁北，從上黨到五臺，選臨了壁畫精品，也爲山西青年美術家繼承壁畫遺産、提高創作水平、培養人才作出了貢獻。那是一九七四年的事，秋天，我專程去繁峙縣巖山寺去探望先生。他住在寺門側的一間東房裏，破舊的老屋漏着天，雨天『床頭雨漏無乾處』，晴夜『滿天星斗插屋椽』。我感嘆先生的苦辛。先生却說：『這裏空氣好，是休養和學習的好地方！』先生對巖山寺的壁畫評價很高，認爲此壁畫可填補金代繪畫在畫史上輝煌的一筆。返京後，先生立即撰文《巖山寺壁畫亟待保護》。在《文物》雜志上發表，呼吁列爲全國重點文物保護單位。文章引起了文物部門和有關專家的高度重視。不久，岩山寺果然成爲國家重點文物保護單位，我以爲這首先是潘先生的功德。

打倒『四人幫』後，六十多歲的潘先生焕發出無比强烈的創作熱情，每日凌晨即起，整日作畫不輟，兩年中創作了以漢樂府《調笑詞》、《李白婦女詩集繪》、《屈原九歌圖》、《白居易〈長恨歌〉畫傳》等二百餘幅工筆重彩的新作，遂于一九八零年一月在北京北海普安殿舉辦了個展，我專程赴京參觀學習。我坐在『春蠶畫室』，面對這位早年在京華美術學院跟徐燕孫學習工筆人物畫法，後來又投筆從戎，跟隨愛國將領張自忠將軍，成爲轉戰豫、鄂的抗日戰士，直到後來遠走河西、在敦煌石窟中研究隋唐壁畫，直窺顧陸張吴的堂奥，而終成一代大家的潘絜茲先生，崇敬之心油然升華。這位被于右任先生譽爲『繼往聖絶學、開國畫新機』的畫師，爲了編輯出版《山西壁畫》、《岩山寺壁畫》，應文物出版社之邀，再次來到山西，一個半月的時間，跑遍了三晋大地，整理著古代藝術遺産，傳播着藝術知識，先後在太原、大同作了有關壁畫藝術的報告。緊接着又在太原舉辦了個人畫展，在五臺山參加了『京津晋年畫創作座談會』。

潘先生爲山西文化資源的發掘和整理做出了很大的貢獻，三晋人民感激他，永遠記着他。今先生已是八十二歲高齡了，他的故鄉浙江省武義縣柳城人民政府興建了『潘絜茲藝術館』，畫家把他畢生的大部分力作捐給了家鄉人民，去年十一月十五日，在柳城龍山公園隆重揭幕。我收到了『請柬』，茲因訪美之故，未能出席，遂書俚句，以爲祝賀。句云：

曠代工筆驚俗眼，一堂重彩展新姿。
鑒古開今參造化，宣平驕子老畫師。

（《潘絜茲先生與山西壁畫》，集存《隱堂隨筆》）

胡問遂

還在十年劫難中，書法事業瀕臨絶境，胡問遂先生則在報刊上發表文章，呼吁『要學一點書法』。我看到這種文章，心情甚爲激動，須知那是在藝術事業窒息的年代裏。

乙丑四月，在北京參加中國書法家第二次代表大會，我有幸認識了這位海上書壇名家胡問老。修長的身材，白皙的面孔，高高的鼻梁，微深的眼窩，看上去，有點外國人的感覺，有人開玩笑説：『一位俄國書家』，引得幾位哄然而笑。

胡問遂先生，祖籍浙江紹興，出生于書香之家，十歲時便開始在方磚上練大字《麻姑仙壇記》，日臨百字，從無間斷。小小年紀，便練就了堅勁的腕上功夫。到三十五歲時，胡問遂先生在上海拜沈尹默爲師，成爲沈的入室弟子，從此在沈老的辛勤培養下，書藝日高，書名漸著。胡先生學書，一是勤奮，二是認真。「一卷顔書《告身帖》，四年的時間裏，竟臨了一千餘遍；而所臨蘇書《黄州寒食詩》和《鄭文公碑》，幾欲亂真。而後先生又博采衆長，兼收百家，積數十年的功夫，形成了嚴謹中見風采、敦厚中富韻致的書風。

丙寅十月，六十八歲的胡老在夫人的陪同下，到烟臺參加中國書協二届二次理事會。一天晚上，我和朝瑞兄去拜會胡老。他正在卧床休息，起坐時，還得夫人去扶持，先生似乎比以前有點瘦弱了。他説話不多，聲音也不高，但極有見地談了對當今書壇狀況的看法，使我們受益匪淺。烟臺會後，先生又走訪了掖縣《鄭文公碑》，這是先生早年臨帖中用力尤勤的刻石，他爲了得見廬山真面目，領略石刻神態，體察書法意趣，不顧體弱多病，不遠千里而來，徜徉雲峰山中，佇立摩崖碑下，顧盼入神，不忍離去。先生這種探索精神，老而彌堅，我在其旁，甚爲感動，隨爲先生和夫人攝影留念，先生自是高興。

日前，胡老應約，爲我們書史監《中臺擁翠峰》詩句：『深樹浮嵐晴帶雨，陰崖積雪夏生寒』。讀其詩，有如置身五臺山中，飲甘泉，臨松風，清凉愜意，甚是可人；賞其書，老筆紛披，骨氣洞達，濃墨華滋，韻味無窮。

（《胡問遂先生》，集存《隱堂散文集》）

吴丈蜀

吴丈蜀先生是中國當代著名的詩人、書法家。據我所知，先生與佛教聖地五臺山的結緣也是頗深的。

早在八十年代初，我編輯《中國當代名家書元遺山臺山雜咏》册時，首先想到了沙孟海、費新我、沈延毅等大家，其中就包括吴丈蜀先生，遂致函吴老，得到了吴老的支持，惠賜了大作。直到一九八五年五月，中國書法家協會第二次代表大會在北京召開，我纔第一次與吴先生謀面。翌年，中國書協在烟臺召開二屆二次理事會，在閉幕會後的晚宴上，書界同仁進行聯歡，我有幸和吴先生同桌聚餐，相與暢談，頗受教益。酒至半酣，先生即席賦詩，登臺朗誦，無奈大廳内笑語喧闐，人聲鼎沸，吴先生的詩作，我是連一句也不曾聽清楚。會後，相偕游覽，登蓬萊閣，讀東坡詩，訪雲峰山，觀鄭羲碑，甚是愜意。此後幾年，我便没有機緣和先生晤談。直到一九八九年十月，成都市書協組織書法活動，我和吴先生都應邀參加。那次活動，除參加了書法展的開幕式外，便是盡興的訪勝探幽，我追隨吴先生，在武侯祠、杜甫草堂尋詩覓句，吴先生的詩囊中自然又添了不少的新作。在浣花溪畔的竹樓上，午餐間，我對先生説：『五臺山正在興建碑林，擬將吴老以前所書《元遺山臺山雜咏》一首鎸刻石上，希望吴老能够同意。』

『五臺山是享譽海内外的佛教名山，我很願意寫首詩作爲留念，衹是没有去過，何以成詩呢！』吴先生不置可否地回答我。

『歡迎吴老在方便時光臨五臺山，我們隨時恭候。』我向吴先生口頭邀請，先生頷而謝之。

由蜀返晋後，我很快給吴老寄上有關五臺山的一套叢書資料，以供先生參考。没過幾月，先生寄回《爲五臺山碑林作》七律一首：

『名山見説住文殊，氣勢雄奇接太虚。嶺峙五臺開佛國，雲封百嶂隱僧廬。寺迎江海千邦客，閣貯經文萬種書。雁代群峰齊俯伏，清凉世界好安居。』拜觀墨迹，洋洋六尺整幅巨製，凝重古拙的漢魏碑版氣息，躍然紙上，直撲眉宇間，冷峻高逸的神韻，令我久久不忍釋卷。這便是今天在五臺山碑林中，讓人留連駐足的那通吴丈蜀先生並書的詩碑了。

到一九九三年，我再次致函吴老，誠請先生到五臺山來消夏避暑，吴老總是忙，未能到五臺山，又寄來一首詩：

『見説文殊法會開，名山何處久縈懷。他時車發忻州道，游罷南臺上北臺。』

吴老情繫臺山，于此亦可見一斑。同年，我擬以五臺山爲内容作書畫專題展，先生聞訊，便撰《浣溪沙》一詞爲賀：『翰墨丹青各不凡，原平有杰樹高幡，神州藝苑譽聲傳。此日一堂陳妙品，詩情畫意聚毫端，冰綃都寫五臺山。』這詞雖然是先生對我個人的題贈，却和五臺山也有聯繫，附録于此，也可從中窺見先生提携新人、奬掖後學的人品和道德的。

一九九四年九月，我突然收到吴先生發自銀川的函札。他説，在西北旅行結束後，將去五臺山一游，赴晋後，再作聯繫。然而時過中秋，尚不見吴老赴臺的踪影。後來，接吴老從漢口所發的信函，他説，相偕數人，行脚匆匆，車過忻州，也不願再去叨擾，便逕去臺山了。臺山之行，吴老宿願已踐，定是詩稿盈囊，我爲《當代書畫家與五臺山》積累資料，希望先生抄示咏臺大作。先生回函説，他的老伴身患不治之癥，他終日延醫購藥，服侍左右，以盡人事。于此境況下，我除了對吴老作安慰外，便不願有任何些許的攪擾了。

吴丈蜀，一九一九年生，字恂子，四川瀘州人，久居漢上，曾任湖北省文史研究館館長。身兼中華詩詞學會副會長，已是年近八旬的老人，詩詞和書法大作，時見于報端雜志，足見先生詩思敏捷、寶刀不老的風采了。我讀吴老近作，真有點『應手看垂鈎，清心聽鳴鏑』的感覺呢！

（《吴丈蜀與五臺山》，集存《隱堂隨筆》）

張頷

張頷先生是我所敬重的前輩學者。所惜先生居太原，而我供職于忻州，不便過從，疏于請教，常引以爲憾事。然小有交往，亦令我銘感不忘。

一九八零年初春，我適太原，遇書法家徐文達先生，他説全國將舉辦首届書法篆刻展覽，山西擬送三十件作品參選，要我寫一幅。且截稿日期無多，需在二三日内完成。我想自己雖耽愛書藝，然所作尚屬稚嫩，又不允回忻從容創作，入選國展，不抱奢望。祇是長者之命，豈敢有違。遂到老同學王朝瑞家，裁一張四尺整宣爲二條幅，一書元好問七絶一首，一書魯迅散文摘句。字雖寫就，尚無印章。朝瑞説他代請張頷先生爲我治印。説來也喜，拙作條幅，竟意外入選展覽，這自然也沾溉了張頷先生爲所治印章的光華。先生爲古文字學家，作書治印，當爲餘事，治印尤少，然偶一操刀，便不同凡響，出秦入漢，古韵高格。爲我所治『巨鎖書畫』白文印，不雕不琢，一任自然。此印，我自今鈐用着，每拿起印石，便自然想到爲我治印的張先生。

大約是上世紀九十年代初，省城幾位書家到原平縣參加古廟會，張頷先生應邀同往。會後，東道主以鄉鎮所産唐三彩倣製品贈送書家，頷老接一駱駝，順口吟到：『願馳名駝千里足，送兒還故鄉。』思維之敏捷，言語之幽默，令在場者笑樂不已。

也是二十年前的往事了，山西省文物局張某去世，北京將此消息誤植頷老名下，一時間，致挽聯、挽詩者，比比而至。時任省文物局局長的張一同志，慌了手脚，深恐此事傳入頷老耳朵，有所刺激，便不假深思，竟將挽聯、挽詩，付之一炬。事後，我于忻州邂逅頷丈，談起此事，我説：『民間有沖喜的習俗，此誤傳，也非壞事，正可看看朋友們對您老的評價。』先生説：『實在可惜，實在可惜！生前能一見挽聯挽詩，也是一件幸事！這個張一，該説他什麽好呢！』惋惜之情，溢于言表。

二零零二年秋月，我受友人委託，代爲介休市綿山碑林徵稿，曾致函當時已是八十一歲高齡的頷老。爲其家鄉名山作字，先生則更爲認真，便自撰詩句，同大札一并寄我：

『巨鎖同志：您好！大函奉悉，遵囑寫就爲家山碑林中幅一條，請兩正之。老手遲頓，寫的不好。您看的辦，能用則用，不能用棄之可也。我自己作四言贊體詩一首(用小篆書)：「綿山終古，介邑韞靈。人文芸若，永葆斯馨。」謹如上。祝嘉祺！張頷上二零零二年八月廿三日。』　頷丈爲人爲學，扎實嚴謹，所著《侯馬盟書》、《古幣文編》以及諸多學術論文，在國内外頗負盛名，今爲家山作字，更是一絲不苟，其氣象直逼斯冰，却自謙若此，能不令人敬重，方之當今書壇那些自視甚高而書品平平的『大家』們，自不可同日而語了。

如今張頷先生已是八十八歲老人了，還時有大作問世，這實在是學界的人瑞，真令人敬佩呢！

二零零七年十月一日　（《張頷先生二三事》，集存《隱堂瑣記》）

鄧雲鄉

讀二月二十六日《人民日報》周末文藝副刊上一篇題爲《童時過年》的短文，在作者鄧雲鄉先生的姓名上加了黑框，我有些懷疑自己眼睛的暈花，這不會是事實，鄧先生才七十五歲呢。在衆多的老一輩學者、作家當中，他還算是一位較年輕的長者。然而文章的結尾處，有一小段編者的按語：『鄧雲鄉先生剛剛爲我們寫來此稿，就不幸辭世，令人悲痛。謹刊此文，以示悼念。』這哪會錯，鄧先生確是過世了。我一時茫然，不知所措。

在我的書架上有很多種鄧先生的著作，還有一册先生親筆簽名贈我的《水流雲在瑣語》，我爲先生那淵博的學識而欽佩，更爲先生那濃鬱的鄉情所感動，早有寫一篇《鄧雲鄉的鄉情》的念頭，終因自己的疏懶，迄今尚未動筆。先生去了，我懷着悲切的心情來完成這篇小文，算是我對鄧先生的追懷和悼念吧。

鄧先生十歲時離開家鄉山西省靈丘縣東河鎮到北京，一九四七年畢業于北京大學中文系，先後在蘇州、南京等地工作，于一九五六年到滬上，任上海電力學院人文學科教授。執教之餘，勤于筆耕，洋洋灑灑，出書廿餘種，可謂著作等身了。讀鄧先生的文章，鄉梓之情，時見筆端，有時濃鬱，若陳年老酒，有時細膩，似工筆圖畫，有時又會流露出些許淡淡的『鄉愁』，皆因情之所繫，不能自已，形諸文字，以抒情懷。下面摘抄幾節，則可見其梗概的。

『我十歲以前，在故鄉靈丘東南鎮生活時，經常聽姨母説民間諺語：「乾隆讓嘉慶，米面憋破瓮。」當時是山西民間經濟最雄厚的時間。平時走親戚家，在很偏僻的山谷中，都有幾進、甚至十來進的高大青磚瓦房，其建築年代，大多是乾隆末嘉慶初年蓋的，均可見當年民間財力。而靈丘還是山西東北隅窮縣，如在中路、南路商業資本集中的地方，那財富自然就更多了。』

『小時候在家鄉祖宅居住，自己家的房子，鎮上其他人家大院子，有的三四進，但都很寬敞，雖然正房也都是一條脊……但院子都是方的多，窗户也都是全部木製，每間房窗臺上兩邊豎開小格子小窗，中間上下大方格和合窗，格局更接近于京派。』

『兒時趴在椅子上，一早看見玻璃窗上的冰棱，是四合院之冬的另一種趣事。那一夜中室中熱氣，凝聚在窗上的圖畫，每天一個樣，是山，是樹，是雲，是人，是奔跑的馬，是飛翔的鴿子……不知道是什麽，也不管它是什麽，每天好奇的看着它，用手指畫它，用舌頭舔它，凉凉的，是那麽好玩。現在還有誰留下這樣的記憶呢……』這是何等美麗而温馨的印象，在我的腦海裏也印刻着同樣的記憶，也曾在《我的童年》一文中，對窗玻璃上的冰花作過興味的記録，而且是何等的相似呢，也許因我在童年，家居崞縣山村，離鄧先生的家鄉靈丘近在咫尺的緣故吧。

還有先生筆下『黄土高坡』上的窑洞，同樣是讓人留戀的一幅鄉土風情畫。

『窑洞都是熱炕，一窗暖日，粉紙窗花，一條熱炕，小媳婦大姑娘盤腿坐着綉兜兜、作嫁妝，説説笑笑，也是一曲青春夢……』

愈是對家鄉的眷念，愈會引發游子思鄉的情愫，先生筆下的『鄉愁』，有時甚至是沉重的：

『飄泊異鄉以來，早已念破家山，無墳可上了，歲時祭祖等迷信也一鼓腦兒掃掉幾十年矣。中元節的種種，那歷歷在目的兒時趣事，都是華胥夢境，一去不復返矣。』然而先生却没有在『鄉愁』中擱筆，而又飽含熱情寫出了《關于晋幫商人答客問》和《吾鄉先賢》等文章，前者闡發了晋商在中國近代史上的輝煌業迹，并揭示了成功者的秘訣；而後者如數家珍似地介紹了傅山、魏象樞、閻若璩、吴雯、陳廷敬、孫嘉淦、祁韻士、徐繼畬、祁寯藻、張穆、楊深秀一批學人。這都是讀來令人感奮的好文章。思之切，行之亦速，爾後先生便很快回到山西，跑了一些地方，又寫出了《大紅燈籠》和《喬家大院》、《五臺山佛緣》、《内長城内外》、《雲中古都》等篇章。在大同時，曾探訪了李懷角姥姥家舊宅，寫道：

『門户依稀，衹是高臺階殘破，墻磚剥落，六十年歲月，它自是皺紋滿臉，老態龍鍾了。我走進院看看，各家也像北京四合院一樣，都蓋着小房，從窗口玻璃望去，也是電冰箱、洗衣機……現實與古老的時代組合。友人給我在門前照了兩張相，算是我回姥姥家的紀念。』人去樓空，自然給人留下了幾許蒼凉的感覺，然而先生的心態很快恢復了正常，當他看到『兩座古寺』(上、下華嚴寺)均經不斷整修，保護很好時，爲之欣慰。

『記憶中的四牌樓，是商店集中的地方，我還記得綢緞鋪「恒麗魁」的名字，但那畢竟是很小的，而今全然改觀了，燈火輝煌。百貨公司、酒樓、服裝店、音響、電氣商店、影劇院、歌舞廳……現代都市的熙熙攘攘、音響節奏的應有盡有，這些對我説來完全是陌生的，已經感覺不到雲中古都。正像我住在雲岡賓館的房間中，没有感到姥姥家的大同一樣——變化太大了。』先生爲家鄉的變化而高興，而對家鄉仍然的『窮』、『不清潔』則是『衹期待于未來吧』。並指出：

『現在化肥發達，改良土壤是很方便的，水源就在眼前，用馬達引水噴霧，真可以説是一舉手之勞，用塑料大棚育苗種菜、種果樹都可以。這裏煤又方便，價格又低廉，冬天温室種菜也簡而易行。有誰願意到五臺山辦科學農場呢？準是發財的買賣。』殷殷之心，昭然可鑒。

我幾乎要成文抄公了，但又没得法子，要説鄧先生的鄉情，當然就得從他的文章中來看。就近來説，在去年，僅在《人民日報》副刊上讀到鄧先生的四篇文章，其中有三篇就是記叙家鄉的故事的，分别爲《糖房之夜》、《缸房》和《葛仙米、地皮菜》，讀這些充滿情趣的文章，無不充溢着鄉情，引人入勝，令人神往。而在鄧先生致我的幾通函札中，也仍然可見情繫家山的一斑的。

我第一次與先生通函，是因爲在市場上買不到幾種鄧老的著述，便貿然打擾先生，也許是因了一個讀者的心願，加之那種無形的鄉緣，鄧老很快給我以覆示，並惠贈了前面已經提到的那本簽名的《水流雲在瑣語》，其函云：

『巨鎖先生雅鑒：

大札奉到，不遺在遠，隆賜法書佳札，鄉梓高誼，感荷奚如？弟六十餘年前離鄉，先祖廬墓、舊居，均已蕩然無存。高、曾、祖、父，四代單傳，鄧氏遠支族人，或有存者，近支則無。戰前故事，祇存記憶中耳。拙著多承獎許，殊不敢當，唯《水流雲在雜稿》已絶版，弟處亦無存書，《水流雲在瑣語》乃前年新版，尚有存書，奉寄乙册，請多指教。如來滬出差，歡迎枉駕賜教，至盼。專肅敬請臺安！

弟鄧雲鄉頓首　四月十九日』

我捧讀着先生的大札和贈書，心情爲之激動，遂將案頭兩方新製澄泥硯寄贈先生，以申謝忱，以供清玩，没想到緊接着又收到先生的兩通大札和一幀條幅墨迹：

『巨鎖先生鑒：

手札并贈之澄泥硯，均已收到，遠勞寄贈，感荷殊深。弟近因心血管病住院治療，先此簡覆，俟下周出院後，當再詳告，匆此，即頌硯安！弟鄧雲鄉頓首　五月廿一日』

『巨鎖先生：

弟昨日已出院回家，今日略還筆債。爲先生寫一小詩奉寄，弄斧班門，博笑之，匆匆不一。即頌硯安！弟鄧雲鄉頓首　五月二十五日』

同函所惠手書條幅爲：

『滹水南峰舊夢遥，江天春暮雨瀟瀟。謝公遠賜桑梓報，石硯澄泥世德高。巨鎖先生不遺在遠，賜書報故鄉消息，並賜寄澄泥硯二方，病中甚感高誼，口占小詩報之，拙不成書，愧甚，愧甚。丁丑小滿後，鄧雲鄉。』（條幅中標點符號爲筆者所加。）

『滹水』，即唐河，在鄧先生的筆下也曾多次出現過，如：

『唐河自西北由蠡縣流入，到我老家靈丘縣是一條水脈，不過，我們縣在上游，在山西境内，翻過重重迭迭的南山（即太行山脉）到廣昌縣，就入舊時直隸省境内了……』先生的故鄉東南河鎮的命名正是因了該鎮座落在唐河以南的緣故吧。『南峰』，指鎮南的玉皇嶺，這些地方，正是先生童年時代經常涉脚的處所，故有六十年後『滹水南峰入夢遥』的詠嘆。

到七月初，我偕文友陳、王二君由忻州經原平、代縣、繁峙而靈丘，得《東河南鎮行記》一篇，後將此行的見聞函告鄧先生，並附上了幾幅照片，于是又得先生覆函：

『巨鎖先生硯席：賜函及照片均已收到，多謝先生不辭辛勞，訪問敝鎮，並與族人面談，道及童年舊事，均一甲子前的舊事，山鎮夏景如在目前，祇唐河流水，街前老樹，一如昔時，其它則不可見矣。遠道深情，感何如之。因天氣炎熱，稽遲裁答，伏乞諒之。弟八月間將回京開會小住，聯系電話（筆者略去）舍弟鄧雲駒家，屆時再告，即頌暑安！弟鄧雲鄉頓首　七月廿七日』

我深知先生是忙人，講學、著述、參加學術研討會，時間安排得緊緊的，加之有心血管病，我便不願作更多的打攪，以後一年多的時間裏，竟連一句問候的話也没有寄上。今先生去了，我衹有深深的懷念。我想，鄧先生雖未能壽登耄耋，而先生却是在《童時過年》的回憶中逝去的，對天地、山河、祖宗的叩拜和焚香中逝去的，也可謂魂歸故里，功德圓滿了。

鄧先生安息吧，家鄉的人們是會常常念起你的。

一九九九年三月二日于隱堂　（《鄧雲鄉的鄉情》，集存《隱堂隨筆》）

林 鍇

今年夏天，我邀請林鍇先生作廬芽山之游，還希望他找一位年輕人陪同，因爲他已是七十七歲的老人了。七月初，他來了，帶着他的兒子林彤。那個二十多年前我在他家所見的孩子，現在已是一個英俊的小伙子，光净的頭顱，烏黑濃密的絡腮胡，剪得齊齊的，儼然敦煌壁畫中的西域人。當年的小學生，今已在中央美術學院執教有年了。

第一次見到林先生，是在一九七七年的秋天。在火車上，我陪他由太原到忻縣。由于初見面，尚不熟諗，在無話可談的時候，他便打開了一本隨身携帶的《魏源集》(約略是，已記不確切)，聚精會神地品讀著。我則打量這位書畫家，一個五十多歲的中年人，却十分的瘦弱，多髭須的面頰，被刮得鐵青鐵青。他説他最喜歡的近代詩人是龔定庵、魏默深和黄公度。問起他身體何以如此清癯，他笑着誦讀李白的詩解嘲：『飯顆山頭逢杜甫，頂戴笠子日卓午。借問别來太瘦生，總爲從前作詩苦。』林先生以『太瘦生』自號，也隱約知道他對作詩的投入了。

到五臺，我陪林先生游覽了南禪寺和佛光寺，那氣度宏大的唐建和精湛絶倫的雕塑，令他贊嘆不已。在文教局小紅樓我的斗室中，寫了不少條幅，内容大都是他自己的詩作，還爲我畫了一幅山水横卷：山林叢樹，亂石流泉，一赤脚醫生，身挎藥箱，走過山間小道，即將奔赴缺醫少藥的山莊窩鋪。這是林先生的代表作之一，我曾在北京榮寶齋見過同樣題材的大作，不過那一幅是立軸，人物更加突出些，需知那個年代的藝術創作是要主題先行的。

林先生在忻留下了珍貴的墨迹，可惜他那次出行，不曾携帶印章，所作書畫作品上，也就缺少了厚重典雅的圖記。

次年，我到北京，曾拜訪林鍇先生，拙作《黄山寫生記》中有日記一則，抄録于後：

『四月二十四日，上午到人民美術出版社訪林鍇兄，同觀鄭乃珖、許麟廬、王子武等畫家作品，晤談時許，並約晚上到林家作客……晚到林宅，居室窄小，破沙發一張，小圓桌一個，舊椅子兩把、小圓桌用餐時當餐桌；小兒子做作業，便爲書桌了。林兄作畫，隨地鋪氈，權當畫案，騰挪揮灑，正《畫地吟》六首之自况也。抄録一首，以誌一斑：

「筆床畫几謝鋪陳，藉土敷箋耐擦皴。爬跪都忘風雅頌，騰跳暫返稚孩真。何愁汗血澆無地，端爲丹青拜有人。斗粟撑腸差足慰，爲誰辛苦折腰頻。」』

于此，亦可見畫家當年的清苦了。到一九八五年五月，我赴京參加中國書法家協會第二次全國會員代表大會，在會場又遇到了林鍇先生。他邀請我到他家作客，奈何時間不濟，未能造訪，想必他家的條件有所改善的。此後二十多年，與林鍇兄再未見過面，偶有書信往來，還收到過先生的詩集——《苔紋集》和幾件詩稿墨迹。話已扯遠了，就此打住。

林鍇先生此番到忻州，目的是看看蘆芽山。我便陪林家父子往寧武。到縣城，有縣委宣傳部張海生同志迎候，以作向導，遂即同車往東寨，下榻汾源水利培訓中心二樓。樓下白楊一株，直幹參天，楊葉颯颯，若秋風吹拂，時值盛夏，暑氣全無。北望雷鳴寺，碧瓦紅墻，熠熠生輝；山下清泉靈沼，波光蕩漾；四圍山色，盡收座中。林鍇先生倚枕半卧，未幾，遂入清夢，想是有點疲累了。

初訪冰洞，一路奇峰怪石，攢青迭翠，萬壑之中，林木雲影，明滅交輝，山泉噴珠濺玉。清溪低唱淺吟，車行風景道上，林先生左顧右盼，應接不暇。經支鍋石、涔山，而大石洞、麻地溝，至春景窪萬年冰洞。車停高曠之地，但見叢林環繞，葱翠滿眼，肌膚生凉。仰觀洞門，『萬年冰洞』四字顔其上，乃羅哲文先生之手筆。方入洞，白烟自口衝起，寒氣逼人。林先生和我退了出來，在入口處，每人租得一件外套，大紅緊身夾克，穿將起來，煞是醒目，也暖和了許多。甫入洞，又感奇寒，小心翼翼，扶木欄杆沿磴道，斗折而下，路面多堅冰或積水，頗滑跌難行。張海生導其前，林彤殿其後，林鍇兄在二位護持下，屏息前進。此通道甚逼仄，僅容一人過而已，遇低矮處，須曲腰彎背，方得通過。面頰偶觸冰壁，砭肌入骨。遇冰道，林先生則手撑雙欄，兩腿騰挪，作懸撑狀，七七老人，似甚輕捷。我隨其後，見其法，乃效之，省力而穩當，唯雙手著結冰之木欄，冷入心脾。至一稍寬之地，方得左右回環觀賞，冰柱、冰峰、冰幔、冰花……無不晶瑩透徹，肌理細膩，珠光射人。又轉扶欄而上，入另一洞天，其地頗壯闊，冰瀑自天而降，若巨幔高懸，似白練千尺，落地無聲。在冰崖高處，一靈芝俏然而出，非冰雕玉琢，乃天然生成，玲瓏剔透，甚是可人，游人無不贊嘆這造化之工。

在冰洞逗留時許，大家已適應那『清凉世界好安居』的處所，待走出洞門，原本凉爽的山谷，却感到格外的炎熱了。林鍇先生詩思敏捷，遂口占一律，真是『有句風前墮，鏗然金石聲』，詩云：

『炙空火帝肆横行，此洞潛藏萬年冰。
寒觸玉螭肌凛慄，光懸凍瀑骨晶瑩。
豈容塵累煎腸熱，已判心源似水清。
安得重門長不鎖，炎凉世界兩持平。』

先生吟罷，接着又説：『詩，自不可死執。説到冰洞，這可是幾十萬年的冰川遺迹，當認真研究保護措施。若此長期對外開放，必將此景觀破壞殆盡，後悔莫及的。』

出冰洞，循原路返到小石門，觀懸棺棧道，有人問：何以將棺材高懸山崖？林曰：『「陞官發財」，人所共仰。官家尤勝，不信，開棺驗之，此正清朝某科七品，寧武縣太爺是也。』一語既出，令衆人大笑不止。至小懸空寺下，對景寫生，復登臨游賞，待山色向晚，歸宿汾源。

翌日訪蘆芽山，取道馬侖草原。車在深山夾谷中行約時許，已升至草原頸項，距原頭不足二三里。車停山道盡頭，但見林木蔭天蔽日，林下有馬隊十數匹，滑竿、轎子六七乘，我們甫出車門，他們便圍攏上來，『請坐轎！』『請騎馬！』『路遠着哩，老先生走不上去。』『便宜得很！』……招攬之聲，不絕于耳，寧靜的森林山谷，頓時熱鬧起來。林先生，一個南方人，久居北京，見此陡坡曲逕，焉敢坐轎騎馬，便在兩位年輕人的扶持下，慢慢攀登，走累了，停下來喘口氣。其實路程並不算遠，没用了多少時間，我們便登上了馬侖草原。

喏，偌大的天地，綠草無垠，直接天邊雲際，近處有十幾棵老松樹，攢三聚五，各逞姿態。原上散見牛馬，或卧或立，或哺乳或舔犢，或游弋或奔馳，或仰天長嘯，或悠閑喫草，或成群結隊，或獨來獨往，一派遼闊壯麗之草原景象。豈知這却是海拔二千多米的高山草甸。甸中有幾條行人或牛馬踩出的小道，一路小上坡，直抵甸北盡頭。我們上得原頭，那些馬隊們也尾隨而來，還在不停地讓我們騎馬，看到草原遼闊，且路程尚遠，我便跨上一馬，旨在誘導林先生，希望他這位南人品嚐一下『騎着馬兒過草原』的滋味。

『林先生，請上馬！這草原平坦，不會有危險！』林先生還在遲疑着，牽馬人已趕了上去，不由分説，將林老擁上馬背。初上馬，老人自然不適應，手扶馬鞍，身肢僵硬，看上去，有點塞萬提斯筆下堂吉訶德的樣子，我不禁一笑。然而走過一段路程，加之不時地談笑，老人鬆弛了，信馬由繮，在草甸中晃蕩著，我則想起了『細雨騎驢入劍門』的詩句，今天，這高原上却來了一位騎馬的林『放翁』。

『亂花漸欲迷人眼，淺草才能没馬蹄。』這詩句，方之于草甸上行旅，再貼切也不過了。馬走著，我們不敢加策揚鞭，仰觀浮雲閑渡，俯察碧草如染，野芳發而香烈，山風吹而微凉，恬然適意，不覺已到原之盡頭。其地有蒙古包三五頂，設點銷賣，有小吃、冷飲，隨時播放着流行音樂，在茫茫的黄草梁上充溢着時代的節拍。

至馬侖草原北端，峭壁陡然而下，沿山小徑曲摺盤繞，可通峽底，夾壑而望，蘆芽山破目而來，所見正山之南向也。峰巒雄秀，直逼天庭，太子殿屹立峰頂，若空中樓觀，群峰在陽光側照中，有陰陽昏曉之感，山麓松杉茂密，層層疊架，正李可染筆下之山水，黑團團裏墨團團，渾穆闊大，磅礴淋漓。近處則怪石嶙峋，直起人面，虬松蟠曲，探海撑空。對此勝景，林先生未及多言，急速地畫起寫生畫。其時山風呼嘯，寒氣襲人，遂轉背風處，就石而坐，手不停揮，將眼中所見，收入絹素，正是『山川摺疊收圖笥，日月斑斕紀歲華』之謂也。

時近中午，問林先生是否要登蘆芽山，答道：『蘇子曰「不識廬山真面目，祇緣身在此山中。」我們今天正在蘆芽山外，已識蘆芽面目，何必再費工夫。再説我這瘦弱之軀，恐怕也難造蘆芽之極。』

將離馬侖草原，我問林老：

『蘆芽之游，可有詩？』

林先生道：『有四句，未定草也。』

其句云：

『不是層霄饒雨露，何能頑石競生芽。來朝應放花千朵，待看烘雲五色霞。』

由寧武返忻，謁元好問墓。徘徊塋丘，徜徉祭堂，摩挲碑石，觀賞翁仲，歇脚于野史亭上，漫步于韓巖村頭，留連半日，興盡而歸。

先生將返京，重展當年爲我所作畫卷，讀畫上題記：『一九七七年凉秋，自大寨歸太原，邂逅巨鎖兄，索畫山水橫軸，草草應命，即乞教正。林鍇。』對此，老人感慨繫之。遂在畫側跋一語云：『辛巳孟夏，暑氛甚熾，巨鎖兄邀游蘆芽山，奇峰異洞，愜人心脾，繼復出示余舊作山水橫卷一幀，蓋已歷二十四寒暑矣。對之猶如夢寐，嘆人事無常，滄桑易改，漫綴數語，以誌鴻雪之緣。林鍇于忻州旅次。』

先生歸京，復致我函，有句云：

『能與二十多年前的老朋友暢談三日，人生之一等快事也。』此語的是。不知何時復能晤對這位『三山俊艾，六法名家』的林鍇先生。

二零零一年十月五日（《訪蘆芽　記林鍇》，集存《隱堂瑣記》）

王學仲

我自幼喜愛書畫，對津門畫家劉奎齡、劉子久、蕭心泉、王頌餘、孫其峰、孫克綱、呼延夜泊諸先生的名字，就甚爲熟悉。在報紙雜志上，不僅能經常欣賞到他們的繪畫作品，也不時讀到他們介紹技法的文章，其文大都深入淺出，無絲毫玄奥晦澀之感覺，對于一個初學者，我受益良多，至今難忘。

其中的呼延夜泊，便是當今的書畫大家王學仲先生。

王先生，山東滕州人氏，幼承家學，熟稔經史章句，尤耽書畫，啓蒙于『老表哥』寄庵，勤于學，業日進，能詩、能畫、能書、能文，小小年紀，便稱譽鄉里。四十年代，就讀于京華美術學院，師事徐悲鴻、吴鏡汀、容庚諸大家，並問道于齊白石、黄賓虹。詩書畫，卓然成家，徐悲鴻曾以『三怪』譽之。先生今爲天津大學教授、日本國立築波大學客座教授，兼任中國書法家協會副主席以及連他自己也數不清的詩文書畫名譽頭銜。在藝術創作上，造詣之高，每令海内外人士所注目，遂于一九九二年在北京人大會堂召開了有九個國家和地區四十多位人士參加的『王學仲藝術國際研討會』。專家學者對其『東學西漸，歐風漢骨』的立論多表服膺。去年，又榮獲『第四届世界和平文化大獎』，爲社會文化和東方藝術的傳播作出了突出的貢獻。就是這位藝術家，在四十多年前，路經忻縣時，發生了一件令終身不快的事情。

一九五四年夏天，二十九歲的王學仲，偕雕塑家張建關（曾參與天安門紀念碑的雕塑工作）和山東國畫家于希寧先生，在大同雲岡旅行寫生後，擬往五臺山，便取道忻縣。在忻之日，瀏覽古城，速寫城門，偶見一架老式馬車，造型生動，頗可入畫，遂研墨理紙，對物描繪。正當先生聚精會神作畫之時，不意在圍觀看客之中，忽出一人，硬説畫家畫了兵役局的地圖，立即没收其畫稿，並收繳了工作證和車票，又將三位畫家一起帶到公安局，盤問再三，鑒于張、于二位當時未曾動筆，予以放行。而對學仲先生懷疑無誤：一是他畫了馬車，而馬車當時正停靠在兵役局墻外（畫家又何曾知道墻内是兵役局）；其二是他畫了車站的旅客小店，車站是不準照相的（王先生又哪裏知道小店距車站還有數十米，尚能拉上關系）。身在他鄉，有口難辯，遂以畫地圖、搜集情報爲罪名，旋被關入破舊老屋，與毆鬥者爲伍，和扒竊者共室，拘留三日，縣公安部門通電天津大學，方得釋放。

先生在忻遭此不幸，雖心情沮喪，又不願此次旅行寫生半途而廢，心一横，便乘坐馬車上五臺。先後尋訪了南禪寺和佛光寺，還勾摹了佛光寺施主寧公遇的塑像。正擬深入臺山腹地，忽有校方金牌見召。先生匆匆回津，時值肅反運動方烈，終因在忻有『搜集情報』之疑，便列入『審查』對象。到此地步，衹能受懲。在一次全系的批判會上，學仲先生的共青團籍就糊裏糊塗地丢掉了。時過一年，方得平反，問題究竟何在？當時誰又能説得清楚呢。

斗轉星移，王學仲先生已逾古稀之年，但與我在信中談及此事時，似難以平静，他説：『給我的青年時代蒙受了難于平復的創傷，所以一直没有忘掉忻縣這個引發創傷的地方。後來提及忻縣這個名字，就有些觸痛傷疤一樣，所以五臺山一直未再去過。』我便回覆先生説：『四十多年過去了，忻州發生了重大的變化，五臺山一年一度的國際旅游月，更是盛况空前。忻縣的過去對先生曾有愧對的地方，「道歉」衹是一句廉價的用語，我不必也不能請先生原諒，衹求先生抽暇光臨忻州，一游五臺山，但願文旌早發，忻州有關領導甚是歡迎；書畫同仁，有盼得瞻風儀，以求教誨也。』

先生若能成行，當感忻州與四十年前是何等的變化啊，筆者也將有短文相續，又是何等的快事啊！

（《王學仲先生在忻縣》，集存《隱堂隨筆》）

沈定庵

説起來已是三十年前的事了。早在一九七五年十月，我初次到杭州，公幹之餘，便縱情于西湖的風景，竟日徜徉于湖畔的名勝古迹中。約略是岳廟的一副抱柱聯，讓我留連忘返。瞧那書法，端莊的結體，開張的氣勢，沉穩渾厚的筆姿，一派伊秉綬的氣象。仔細品讀，楮墨間又流露出幾許鄧石如和趙之謙的意趣，煞是引人注目。下聯有『山陰沈定庵書』六字小款。這『沈定庵』是誰？我却前所未聞。在西泠印社『觀樂樓』的筆會上，我有幸見到了浙中名宿沙孟海、諸樂三諸前輩，請教之餘，也了解了一些沈定庵先生的情況。

這是一位生活和工作在紹興的書家，幼年在其先德華山公的影響下，研習書畫，對伊秉綬書體情有獨鍾，得《默庵集錦》，朝夕摹寫，幾忘寒暑。後師事徐生翁，成爲徐氏的入室弟子。在老師的指導下，遍臨《張遷》、《衡方》、《華山》、《西狹頌》、《石門頌》諸刻石，探本求源，陶鑄百家，取精用宏，爲我所用。對乃師，師其心而不師其迹。久之，遂成自家面目，爲越中一大書家。

自杭返晋後，我便在書法雜誌等刊物中留心沈先生的作品。每有所見，總會用去一些時間去賞讀，那含蓄、蘊藉、耐人尋味的特點，便是先生書法的魅力所在吧。到一九八五年五月，我赴京參加中國書法家協會第二次會員代表大會，會上初見沈先生，得以識荆，奈何相見匆匆，未能暢談請益，引以爲憾事。

到二零零零年九月，因應邀赴沈陽參加中國書法藝術節活動，在下榻的賓館，再次邂逅定庵先生。一日晚，先生到我的客房小坐，並以大著《沈定庵書法作品選》、《定庵隨筆》等見贈，這令我十分的不安。沈先生長我十多歲，我還未來得及去拜訪，先生倒先來了。但見沈先生濃濃的眉毛，眉宇間十分的寬綽；高高的額頭，放着光彩；一臉的微笑，雙眼常常眯成一條縫兒，給人以親切慈祥而又恭謙平易的感覺。説話的聲音，則響亮得似洪鐘，充溢着熱情和力量。次日晚，我回訪了沈先生。當時沈先生正在爲本樓層的服務員書寫條幅，寫完一幅，又寫了一幅。當兩個女孩子歡快地持字而去時，沈先生對我説：『她們也不容易。每日爲大家打掃衛生、整理房間，辛勤勞作，很是勤快，也很辛苦。我寫幅字，算是對她們的感謝吧！』説着，臉上又漾出了笑容。先生的作爲，委實讓人敬佩。當今時代，書法已進入了市場，沈先生能爲賓館的工作人員無償地作書，這種精神是何等的可貴，即此一端，亦可窺見先生人品的高尚了。

在沈陽的互訪中，我和沈老纔真正地熟稔起來。書法藝術節期間，我們參加筆會，相偕游覽。散會後，先生飛往浙東，我回到晋北，兩地雖山川阻隔，見面甚少，而書信往來，電話問候，則從未間斷。特別是每逢年節，沈先生總以自製的賀卡相贈。我把那精緻的賀卡置諸書架上，看到它，就如同面對笑容可掬的沈先生。

沈先生曾先後兩次讓我爲他的書齋『梅湖草堂』和『仰蘇齋』題額。我深知自己書法水平的稚拙，但長者之命，不敢有違。這也許是沈先生對年輕朋友的一種鼓勵和提携吧。先生亦曾以他的書法大作贈我。某年中秋節前，忽然收到先生條幅，上書東坡詞句：『但願人長久，千里共嬋娟。』遂懸諸隱堂，對之出神，一時間，先生揮毫作書的情景便幻化在我的眼前。

先生好酒，每置花雕一壺，茴香豆十數粒，霉乾菜拌乾絲一小盤，獨自把盞，適然而飲，酒至半酣，偶然欲書，遂命筆染翰。其時也，不知有我，何曾有筆，心手兩忘，下筆任情。漫書三五紙，或篆或隸，或楷或草，皆見酣暢淋漓，大樸不雕，得入『有法而無法』之聖域。

沈先生的書法，還有另一種面目，那就是作字十分認真，用筆矜慎，一絲不苟。我案頭有一册先生簽贈的《藥師如來本願功德經》印本，是先生應杭州靈隱寺之請，用一年的時間，恭書而成，而後刻石，鑲嵌寺中。後廣東六榕寺住持雲峰法師，得見石刻拓本，遂又覆印，廣贈善衆。此作筆調從容，法度嚴謹，字裏行間，又流露出一種清静安詳的氣息來，給人以法喜，給人以禪悦，這大概是先生沾溉了佛法的緣故吧。沈先生是一位虔誠的老居士，他親近大德高僧，諸如豐子愷、廣洽法師、雲峰法師等都有交往。偶栖天臺國清寺、杭州靈隱寺、廣州六榕寺、湛江清凉寺。所到之處，皆留筆墨，或爲楹聯，或爲匾額，或爲碑碣，更有摩崖刻石。我好旅游，凡佳山水間，時見沈先生的筆迹。去年行山陰道上，更是隨處可以欣賞到先生的題刻，它竟成了紹興的一道新景致，真讓我大飽眼福。

日前，又在電話中聽到沈先生的聲音，八十歲的老人了，聲音仍是那麽的洪亮，底氣十足。先生告訴我，他將在近期到中國美術館舉辦個人書法展覽。我爲之高興，遂草此短文，以爲祝賀。此展覽當會給北京的盛夏帶去一縷稽山鏡水的清凉。

二零零六年七月二十日（《山陰沈定庵》，集存《隱堂瑣記》）

徐無聞

我和徐無聞先生第一次見面大約是在一九八六年秋天，我到烟臺參加中國書協二届二次理事會，徐先生出席雲峰山刻石學術研討會，大家同游登州蓬萊閣，共訪掖縣（今萊州）雲峰山，訪勝探幽，覓古摩碑，收獲不小，玩得也够盡興的。到一九九一年歲尾，我們都出席了在京召開的中國書協第三次會員代表大會。那次會議，時間很短，主要是理論學習，聽取形勢報告，雖然也進行了換届選舉工作，采取的形式則是上邊提名，代表舉手表决，鼓掌通過。選舉程序完成，領導班子自然也就産生了，然而大家私下議論，對選舉還是有點意見的，這『私下議論』又犯了自由主義的毛病。記得見到徐無聞先生，還是那身簡樸的衣著。瘦小的身材，著一襲灰色的中式罩衫，戴著那頂半舊的鴨舌帽，淺駝色的圍巾，從中一摺，雙摺裹在頸項上，那圍巾的短穗頭從打摺處鑽了出來，静静地散落在胸前。每次大會，總是看見徐先生坐在最後一排的拐角處，很少能聽見他的聲音。或者是因爲冬天的緣故吧，大家總打不起精神來，談話也似乎缺乏氣力。會議一結束，朋友們便勞燕分飛了。然而，我與徐先生的交往却不止于此。

記得一九九零年，我徵集《五臺山碑林》的書件，曾致函徐先生，邀其作字。未幾，便收到了先生的書法大作，這是一件六尺整幅的行書作品，也許是因爲先生忙于外出，書法大作上竟忘了鈐蓋印章，抑或是受了蜀中名宿謝無量的影響，書件上往往有不加蓋印章的習慣。先生寄字，附一簡札：

『巨鎖先生書家惠鑒：

手教敬悉，猥蒙不棄，命爲五臺山書碑，因明日即率研究生去山東考查，百冗繁集，草草援筆，未能求工，今寄呈法正。三晋實吾華夏文化淵源所在，五臺爲世界佛教聖地之一，向往已久，無緣來游，甚爲遺憾，故無從自撰詩詞，倘明後年貴省有古代文學或書法方面聚會，届時祈鼎力照拂，惠函示知爲幸。匆匆不盡。即頌藝安！徐無聞再拜一九九零年六月三十日』

此爲第一札，宣紙行書墨迹，灑脱自然，書卷氣溢于楮墨間。

徐先生有游臺山之意，到一九九二年五六月間，適有友人託我邀請五六位書家到五臺山舉行一次小型筆會，我便致函徐先生，約請他届時赴會。便收到了徐先生的第二札。此函件寫在特製的『徐無聞箋』紙上，箋紙有淺藍色烏絲欄，甚是典雅，其書行楷參半，不加句逗，依照古人函札格式，極爲嚴謹，是一件難得的書法精品，兹録如後：

『巨鎖先生書家惠鑒：頃奉三月二日惠書，極承厚愛，邀游五臺，實我夙願，但五月下旬研究生七八畢業論文答辯，導師不能離校，六月上旬，北京高教出版社與歐陽中石先生將來敝處，召開大學書法教材定稿會，我作東道，亦不能缺席，難副盛意，又負名山，失此良緣，甚爲遺憾。明後年倘有類此機會，亦望執事不遺在遠，先期賜示是幸。别有懇者，北魏程哲碑，舊在貴省長子縣，我因撰寰宇貞石圖叙録，需知其現狀，若尚存具體地點在何處，若已毁，　毁于何時，特請教于先生，敬祈費神賜覆，至盼至感，專此奉陳。敬候文安。徐無聞敬上。四月七日。』

徐先生總是忙，教學、著述、還有無休止的書法、篆刻應酬，對五臺山向往良久，終不能成行，自然留下了深深的遺憾。關于所詢程哲碑的現狀，我作爲一個山西人，又竽列書家行列，竟是一無所知，便詢之長治市博物館的同道，亦無能答覆，後又致函山西畫院院長王朝瑞，請他到古文字學家張頷先生府上代爲請教，纔知道，此碑在『文革』前已移回省城，立于博物館中，浩劫中匍匐地下，幸免遇難，現尚無恙。我將程哲碑的狀況函告徐先生，他當爲之欣慰的。

一九九三年春天，忻州舉辦了一次書事活動，我特約徐先生寫一幅字。徐先生很快寄給我書法大作及致我的函件：

『巨鎖先生：

你好！我自春節起，即因病滯居成都自宅，小兒由北碚轉寄大函，數日前才到。今遵囑寫五臺山詩中堂一幅並奉貽先生條幅一件，敬乞教正。我五月四日，即返重慶，覆示請交重慶北碚西南師範大學中文系。郵編630715。專此奉陳，即頌文安！徐無聞再拜四月二十九日』

五月初，我收到此札，得知徐先生身體欠安，以爲是偶染小恙，或爲感冒之類，便在覆函中，希望他認真治療，精心調理，當會很快康復的。那能料到，六月二十日，先生竟辭世了。看到訃聞，令我難以置信，然而無情的事實，衹能殘酷的折磨生者。我成俚句一首，以寄託對徐先生的哀思：

蓉城飛鴻纔到眼，先生便作隔世人。
一自書壇喪國手，怕見遺墨轉少親。

確是如此，先生去了，他走得太快，又是英年早逝，纔六十二歲呢，他原名徐永年，後因其耳背，方改名爲無聞。耳背就耳背吧，何以要改名。

徐先生是一位教授、學者，所育桃李，下自成蹊；觀其著述，碩果累累。單就書法篆刻而言，啓功先生曾有高度的評價。當今書壇，如先生功力深厚，品位高雅，學識淵博者，能有幾人。

（《舊箋情思》，集存《隱堂隨筆》）

五臺山碑林興建記

在中華大地上，我的足迹幾遍名山勝區。每到一處，不獨忘情山水，陶醉自然，更爲那騷人墨客的題留所吸引，欣賞其法書，吟誦其辭賦，望匾額而出神，味楹聯而留步。福州鼓山之涌泉寺，成都青城之常道觀，青島嶗山之太清宫，南海普陀之佛頂山，雲峰摩崖，伊闕佛龕，八桂墨海，西安碑林……無不讓我徜徉其間，留連忘返。詩有眼，畫有眼，自然景觀何嘗無眼，山水佳處，勝迹名區，一經品題，便見其妙，這『品題』當是山水的眼，勝境的眼。天下名聯，不勝枚舉，孫髯翁一副大觀樓長聯，就把我由塞北引到了雲南，足見其吟咏題留的魅力了。吾晋五臺山，名震寰宇，其地五頂聳峙，山雲吞吐，梵宇琳宫，鐘磬聲幽，高僧大德，棲息林下。每逢盛夏，游人如織，訪勝探幽者，進香禮佛者，消夏避暑者，商賈雲集，玩偶如蟻，一時間，熱鬧非常。如此名區，比之他山，匾聯少，碑碣少，名聯詩碑則更少，文人學子，到此遊翫二三日，便索然而返。有鑒于此，我忽心生一念，何不在此名山建一碑林，刻古今詩詞於其上，留當代書迹于天地間，爲佛教聖地添一人文景觀，其功德當可無量也。心發宏願，遂遊説四方，以求省、地、縣、區領導之共識。

好事多磨，到一九八九年夏秋間，方得在五臺山召開了一次有省、地、縣、區有關領導和專家參加的『五臺山碑林論證會』，從對碑林規模、碑刻内容、書家選擇，到立碑地址以及碑廊建築等諸多方面作了熱烈而認真的討論，並在此次會議上産生了碑林籌建的領導機構和相關組織。我是興建碑林的首倡者和發起人，便主動承擔了遴選詩詞、徵集稿件、上石監制等項任務。

至于徵集稿件，在我心生營建碑林念頭之初，便開始了工作。首先翻檢了大量有關五臺山的文史資料，從多種詩文典籍中，收集和挑選出古今吟咏五臺山的詩詞百餘首，抄寄海内外書法名家，請賜墨寶，共襄勝舉。到論證會召開之際，我手頭收到的法書墨迹已達徵稿計劃的半數以上。

臺懷鎮有文殊寺，地處新建明清街之北端，左倚高山，右枕清流，除一座大殿外，其他建築均已坍塌，惟見黄蒿叢生，瓦礫堆積耳。殿之右，有茅屋一區，爲僧人所居，我方來，見老僧坐斜陽下補衲，小徑雖荒，畦菜猶緑，兼之澗草巖花，雜然綴之，蒼凉中古寺，尚透露出一絲山林野趣，這裏便是我們選好的碑林地址。

碑林建設在財力十分拮據的情況下進行著。碑石以定襄縣青石村所産石材爲原料，該村且有精于鎸刻石碑技藝的工匠，遂選五六人來完成刻石任務。我先將書家墨迹鈎于透明紙上，再由工匠覆寫于石碑上，進而刊刻。刻碑期間，我常往來于五臺山、青石村和忻州之間，監製上石，以求質量。

越二年，文殊寺大殿後新建二層樓文博園竣工，且頗具規模，蔚爲壯觀。而碑林資金尚未能完全到位，擬建碑廊便不能開工，碑林刻石雖基本完成，由青石村運來臺山，撲卧于荒坡蔓草之間，狼藉之狀，頗感不適。

又經一春秋，碑廊方開工營建，文殊寺大殿以東，刈草莽、鏟坡脚，在高崗亂石中，硬是整出一塊平地來，殿西則較爲平整，遂環大殿，在院之四週建木構長廊數十間，髹漆彩繪，立碑其間，横幅長卷，嵌于壁上，大碑巨碣，置于廊下。洋洋乎一百二十五通巨製，蔚然比列。瀏覽大作，諸體皆備，流派紛呈。真書如釋迦説法，拈花微笑，莊嚴中不失慈悲法相；行書若觀音渡海，波濤不驚，風儀瀟灑；篆書似羅漢降魔，精力彌滿；隸書猶老僧入定，凝重肅穆；草書則如法輪圓轉，了無掛礙。品讀碑刻之餘，步出寺院，北望黛螺頂，連峰夾澗，逶迤東下，遠望南山寺、梵仙山，雲來雨過，縹緲多姿，仙閣梯雲，頗具韻致。西過清水河白石橋，殊像寺則近在咫尺，南行經明清街而東摺，則是栖賢閣，高崗之上，古松三五株，步于其下，聽松待月，亦饒有趣味。

一九九四年九月，我適臺山，小駐文博園，爲碑林寫釋文和書家簡介。雖爲深秋季節，游山者尚感熙熙攘攘，專程光顧碑林者也不乏其人，抄詩者，臨書者，求購拓片者，攝影留念者，不一而絶。每當我見這些愛好者品讀文字，咀嚼法書，那欣然怡然的神態，便令我感動，也著實爲之高興呢，加之捶拓碑帖之聲，回響于檐廊之間，在晨鐘暮鼓和鈴鐸迢遞之外，又平添了一種新的聲韻，這聲韻又像在傳遞著古今詩人對臺山的吟唱，流溢着當代書家對臺山的墨韻和心香。在這當兒，我驚詫自己的願力了，當年的一絲念頭，今日竟變成了現實。于此我便想起了省、地、縣、區各級有關領導的决策，想起了青石村各位石匠師傅的辛勤勞作，想起了碑廊的設計者和建築者，更想起了全國各位書法家對五臺山碑林的鼎力相助，特别是已經過世的書壇名宿和我的諸多書友們，便默默地念起他們的名諱來：孫墨佛、蘇局仙、楚圖南、沙孟海、秦咢生、蕭嫻、費新我、沈延毅、顧廷龍、蘇仲翔、沈覲壽、潘受、宫葆誠、游壽、周昭怡、鄧少峰、謝稚柳、馮建吴、胡公石、葛介屏、司徒越、胡問遂、徐無聞、傅周海……諸先生雖然先後作古了，然而他們大多壽登耄耋，名垂環宇，孫、蘇二老竟年過期頤，可謂人瑞了，惟徐無聞、傅周海二位年方週甲，遽然早逝，令人歔欷，所幸他們爲五臺山碑林所遺墨寶，將與名山共存，永放光彩，諸書家的靈魂也該往生極樂了。

（集存《隱堂隨筆》）

翰墨情深
——綿山碑林徵稿感言

綿山因介之推而顯，介之推以綿山而彰，歷代著述，諸如《左傳》、《呂氏春秋》、《莊子》、《水經注》、《史記》等，多有記載；名人學士嘉會于此，仰高風而長嘯，撫青松而賦詩，蔡邕、李世民、賀知章、李商隱、文彦博、司馬光、徐文長、傅青主等，無不留下了精美的篇章。在這名山勝區之中，有識之士，擬建碑林，刻古今詩詞于其上，以增勝概。受友人之囑託，余樂而爲之徵稿，遂拾掇詩章，致函當今全國書壇諸名家，敬祈鼎助，共襄勝舉。時過未幾，稿件便源源而來。諸書家不計稿酬之微薄，能潑墨揮毫，惠賜墨寶，讓人銘感不忘。尤其令我感激者，便是多位高齡書法家，不顧年邁體弱，先後賜稿，並附上大札，讀來感人至深。

陝西師範大學教授、首都師範大學書法博士生考試咨詢委員會委員，九十二歲的衛俊秀先生，是當今書壇獨樹一幟的草書大家。我與衛老相交甚久，他對我頗多教益，有求必應。此次徵稿，應約最早，惠函曰：

『巨鎖好友：前接大函，今書就「綿山碑林」詩一件。勉强握管，難得應手矣……頑健欠佳，曾住院半年，手脚不靈，腦子糊塗，年來很少動筆，無可奈何……但望能來西安一遊，樂何如之！祝文安，全家康樂！俊秀八月八日。』

衛老是傅山研究專家，有《傅山論書法》一書行世，在書界頗有影響；又是魯迅研究專家，有《魯迅〈野草〉探索》，曾受『胡風集團』株連，下放改造，半生坎坷。而對書法藝術，仍孜孜以求，即居山村野店，尚以枯枝畫地，不廢作書。到晚年，成書壇熱點人物，而先生却視名譽爲止水，一如故我，清静淡泊。

説來也巧，衛老寄信之日，蘇州八十五歲的沙曼翁先生也寄我一函：

『巨鎖道兄：多年不見，甚是懷想。今介紹貴處綿山景區管理局徵寫碑文一通，因身體不適，本不能應。以你我多年老友，盡管薄酬，亦當報命。日内將寫成寄奉，祝好！曼啓八月八日。』

沙曼翁先生，愛新覺羅氏，書壇名宿。早年與沈尹默、白蕉等在上海組織書法研究會，奈何在『反右』運動中，也遭坎坷。中國有才華的知識分子，命運竟是如此地相似，能不令人慨嘆。一九八七年山西省舉辦『杏花杯』全國書法大賽，我參與其事。當時，沙老爲評委之一，有幸相交。評審作品結束後我曾陪同諸評委遊覽五臺山、晋祠、喬家大院等山西名勝古迹。在杏花村汾酒廠作客時，沙老爲我作名章一方，爾後在拙作之諸多書畫上，便是鈐蓋的這方印章。沙老潛心佛學，所作書法，便多了幾分清靜莊嚴的風韻，賞讀大作，便能感到一縷怡然的禪悅。

到八月十五日收到著名書畫家、原山東省藝術學院院長、八十八歲的于希寧先生的作品和函件，他説：

『我患心臟病，遵醫囑，到泰山療養院住了一年，有好轉。爲了改變環境氣氛，返濟隱居。前些日子，由我們學院轉來你的信，昨日開始拾筆，也是鍛煉，奉答乞正。』

一位聲望甚高的畫壇前輩，竟是如此地謙虛。在病中，欣然命筆，怎能不讓人感動。這將是我們永遠學習的楷模。七十年代末，我適烟臺，正值《于希寧畫展》在那裏展出，遂得以參觀展覽，大飽眼福，並有幸拜訪了于老。于夫人爲山西老鄉，談書論畫中，又加了縷縷鄉情，這也許是此次徵稿如願的因素之一吧。

山西大學中文系教授、八十八歲的姚奠中先生，將我所寄詩稿遺失，遂與我通了電話，詢問書寫内容，因我不善普通話，一時難于聽清，隨後先生便自作五絶一首寄我。其詩曰：『有道清風遠，潞公德業高。綿山靈秀處，文史富波濤。』

姚先生爲國學大師章太炎高足，執教之餘，偶然命筆，能傳乃師遺韻。晚年作書，成自家面目，且多是自作詩詞。書法雖爲餘事，然因積學精深，妙筆成趣，風規自遠。

古文字學家、八十一歲高齡的張頷先生因爲家鄉名山作字，則熱情更高，亦自撰詩句，同大札一并寄下：

『巨鎖同志您好：大函奉悉，遵囑寫就爲家山碑林中幅一條，請兩正之。老手遲頓，寫得不好。您看的辦，能用則用，不能用棄之可也。

我自己作四言贊體詩一首(用小篆書)：「綿山終古，介邑韞靈；人文芸若，永葆斯馨。」謹如上，祝嘉祺！張頷上。八月二十二日。』

張老爲人爲學，扎實嚴謹，所著《侯馬盟書》、《古幣文編》以及諸多學術論文，在國内外頗負盛名。今爲家山作字，更是一絲不苟，其氣象直逼斯冰，却自謙若此，當今那些身居書壇要位，自視甚高却書品平平的『大家』們，與張老豈能同日而語。

中國書協顧問、原《中國書法》雜志主編謝冰巖先生，雖惠稿較遲，然與我來信説：

『巨鎖先生：因眼病發，這些天寫字困難，故遲至今日始寄上，請諒。祝工作順利！冰巖　十月二十日。』

紙短情長，一片真情，躍然紙上。須知這是一位九十二歲高齡且患有眼疾的老人，亦不忘在遠，以應所托。此外，尚有九十二歲的潘主蘭、八十六歲的楊仁愷、八十一歲的魏啓後等先生均惠賜了大作。這些德高望重，享譽中外的書壇耆宿，雖年事已高，仍不忘爲中華文化事業建設躬耕勞作，盡心竭力，其品德情操，仰之彌高；奉獻精神，爲人楷模，這當是中國文化人的可貴所在了。

七十六歲的詩書畫家林鍇先生致函説：『現在書畫都進入了市場，低稿酬一般都不願意接受，衹有您的面子大。』我想，林先生這話説對了前半句，確實現在書畫進入了市場，有些書壇政要，位高名顯，政務繁忙。求索冗繁，自不能一一應酬，故爾書債難還，苦衷自知。待價而沽，低稿酬自不理會者，也屢見不鮮，市場規則，理所當然，似亦無可非議。至于林先生説『衹有您的面子大』，此話非也，如前所言，這正是中國傳統文化人一種古道熱腸、厚德載物的情懷所致者，小子何德何能，其『面子』又何足論也。

碑林徵稿告一段落，得中外書家大作百零二幅，亦洋洋大觀矣。徵稿中，感觸頗多，此謹記其情誼者。

（二零零零年舊稿，集存《隱堂瑣記》）

後記

自生發出選編《隱堂師友百札》的念頭後，便抽暇翻撿師友簡札，以寫信人的年齡爲序列，以毛筆簡札和硬筆簡札分類編排，分而置之，裝入十數個函夾内，然後請文友曹文安兄爲之裝池。數年之間，文安兄爲我精心設計，裝成手卷、册頁多多。有文朋書友到隱堂小座，每以此册卷相示，無不留連移時，樂而忘歸。今夏，託學棣潘新華爲所選簡札翻拍洗放。時值炎夏，新華忘却暑熱，汗流浹背，備極辛苦，我自感之。

前年，與力群先生通信時，順便乞題簽條，力老很快回寄所題，却説這是『班門弄斧』。髦耋老人，如此謙遜，令人起敬。但見所書『隱堂師友百札』六字，骨肉停匀，真力彌滿，人書俱老，質樸自然。孰知此簽條收藏後，眼下又是遍覓不得；自責之餘，又不敢也不願再次打攪九八老人力群先生。適有山西大學李星元兄過忻，聞吾出版此書，願代勞，遂敬請姚奠中先生重題一過。在此向姚老表示敬意！力老所題，日後必當重現，將俟續集出版時再放光彩。

星元兄對拙作散文多有錯愛，凡《隱堂散文集》、《隱堂隨筆》、《隱堂瑣記》中校對時未發現的訛錯，皆能一一指出。此集的文字校對工作，當由他辛苦了。

三晋出版社社長張繼紅先生，對此集的出版，更是熱情幫助，精心安排，嚴格把關，傾注了不少的精力和心血。

由于以上諸位師友真誠的幫助，《隱堂師友百札》得以順利印行，在此，對所有在此集出版過程中付出過辛勤勞作的師友們，表示誠摯的謝意！

《隱堂師友百札》中，所收録的函札作者，不少前輩過世了，有一些師友，近幾年來也疏音問，故此集印發前，有些師友尚未徵詢其意見，在此謹致歉意。

陳巨鎖　二零一零年六月二十五日